美人記

3

目次

壹之章

蒔花弄巧揚聲名

九月初，何子衿、蔣三妞再加上沈山與章氏夫妻兩個，坐著何忻家的順風車，帶著六盆綠菊，辭別家人，前往州府參加鬥菊會。

何忻正巧在州府打點重陽節禮，不過，他是沒空見何子衿等人的，命個機靈的李姓管事陪著。李管事將鬥菊會的入場帖子給了何子衿，何子衿細細一瞧，見上頭有鬥菊會的時間地點攤位，寫得一清二楚。

何子衿問：「這鬥菊會，一般別人帶幾盆花去？」

李管事道：「我打聽了，這也不一樣，有的帶的多些，有的少些。像去歲，最多的一家芙蓉園，帶了十二盆精心培育的菊花。也有只帶一盆的，都無妨。我看大姑娘帶了六盆來，不如都帶了去，把握也大些。」

何子衿未置可否，「那鬥菊會上還有什麼要注意的事兒不？我第一遭來，不大懂行，李叔同我說一說，我也有個心理準備。」

李管事見何子衿小小年紀，卻很是明白，不禁笑道：「其實沒啥，就是選上上等的菊花。第一天是第一輪，由商會會長請了咱們蓉城有學問有名望的先生來選，選出一百盆上好的菊花來。第二天就是第二輪，這回是府尹大人打頭來選看。第三天就不知是誰了，反正是比府尹大人還有面子的大人物。」

何子衿咋舌，「商會實在大手筆，竟請得動府尹大人。」

李管事道：「到第三天才熱鬧，第三日花中評花魁，屆時還有州府裡的秀才舉子們過來賦詩，另有州府名角前來歌舞，那才是菊花盛會。」

何子衿道：「第二天和第三天我倒不擔心，只是頭一天不知有沒有要打點的地方？」

如府尹這樣的大人物，恐是不好買通，既是還有比府尹更大的人物要來，府尹肯定也要選上上等的菊花，貓膩多的就該是頭一天海選了。

李管事心說，真不愧是他家老爺同族之人，這麼個小小的人兒，竟是門兒清。

李管事道：「姑娘只管放心，商會也盼著鬥菊會上出珍品，哪裡會砸這鬥菊會的招牌？就是咱家老爺，也是在商會能說得上話，到時小的服侍姑娘過去，姑娘只管把菊花擺出來。」

何子衿問：「到時攤位上要不要做些布置？」

李管事道：「頭一天只要有菊花就是，攤位就一張長條桌。這也是咱們會長的意思，說花比美人，倘是真國色，便是荊釵布衣亦不能掩其分毫，如此才能挑出上上品的菊花來。」

何子衿一陣無語，「成，這我就心裡有數了。」

何子衿又道：「大後兒個是鬥菊會，這兩天我得把菊花養好，這幾天要麻煩李叔了。」

李管事道：「老爹吩咐我要照顧好兩位姑娘的，姑娘們有事儘管吩咐。」

何子衿笑，「李叔客氣。」

李管事也笑，「兩位姑娘既是頭一遭來州府，州府倒是有幾處可逛的地方，我卻擔心姑娘們這兩日要照看花草，怕分了姑娘的心。」

何子衿看向蔣三妞，蔣三妞道：「待鬥菊會結束，咱們再逛逛也不遲。」

雖蓉城是比碧水縣富庶繁華百倍的地方，何子衿卻也不是貪玩的性子，「也好，不然我這心裡跟沒著落似的。」

蔣三妞笑說：「我也是。」

鬥菊會是何忻為何子衿張羅的機會，一應住宿也是在何忻的別院裡，李管事給安排得極是周全，儘管何子衿一行人沒心思出去閒逛，飲食上還是預備了許多州府有名的菜色。服侍何子衿等人的丫鬟，亦是丫鬟裡的伶俐人，可見何忻是真的有心在招待她們一行人。

何子衿提前兩天過來，是因為菊花要換地方，得提前養上一養。

她與蔣三妞商量了，雖帶了六盆來，卻不必全帶到鬥菊會上去，只帶了兩盆一模一樣的過去。雖有人只帶一盆，以示孤品絕品，可何子衿覺得，這東西多是用來送禮的。凡是送禮，皆有個講究，叫成雙成對，如此帶一對去就夠了。

待鬥菊會那日，兩人只著尋常衣飾，蔣三妞臉上還抹了層黃粉壓住嫩白的膚色，鼻樑間點了若干雀斑，眉毛畫得又粗又蠢，塗兩個媒婆似的腮幫子。何子衿瞧著蔣三妞只想笑，蔣三妞道：「妳別笑我，妳還小，待過幾年出門也得注意。世間別的不多，好色之徒最多。」

章氏亦道：「姑娘家小心些是好的。大姑娘還小無妨礙，表姑娘實在太出眾。這鬥菊會聽說要來許多有本事的人，那些人多是不把女人當人，只當貨物的。」

何子衿很認同章氏這話，點頭道：「是。」

她們攤位的位置只占中等，不是最好的位置，卻也不差。

何子衿與蔣三妞一人抱一盆罩著黑紗的綠菊，放到攤位上，左右皆是擺菊花的攤位，菊花自古養到今，自從陶淵明那裡「采菊東籬下，悠然見南山」後，位居四君子之一，也就不只是花兒的事了。這花兒身上，實在承載了太多的文化意義。

第一日算是海選，來的人多，故此，攤位之間離得頗近，何子衿左右攤位的花兒也罩著紗罩，如同洞房的規矩，正主不到，吉時不到，是不能揭蓋頭的。

其實時間並不長，商會會長帶著商會骨幹陪著兩位五旬上下一身錦衣的中老年男人看花兒。何子衿還瞧見了熟人，一個是何忻，另一個就是陳姑丈。陳姑太見了何子衿，悄悄眨眨眼，明顯知道何子衿會來。

何子衿面前是兩盆分毫不差的綠菊，綠菊這東西，反正在何子衿的審美中也不見得就比那些奼紫嫣紅的菊花好看，但綠菊稀罕。或者是顏色因為逆天，這綠菊十分嬌貴難養活。何子衿每年在碧水縣都能賣起價來，就因這東西難得，物以稀為貴了。

何況，何子衿這兩盆花當真是碧綠如玉，色若翡翠，便是兩位被商會會長恭維著的中老年人也停下腳步，觀賞讚嘆：「以往讀書，聽說有極品綠菊，瑩碧欲滴，猶如馬中赤兔，人中西施一般。我只恨不得一見，今日終於開了眼界。」

另一人也拈鬚微笑，問：「這花兒是哪家的？」

何子衿道：「是我自己養的，家中長輩聽說有鬥菊會，叫我來見見世面。」

那人見何子衿衣裳雖只是尋常青衣樣式，卻生得眉目精緻，頗有幾分討喜，笑問：「小姑娘妳才幾歲，就能養出這樣的珍品來？」

「我打小跟著族中長輩學著侍弄花草，五歲時我舅舅送我兩株綠菊，品相是黃中帶綠。我足足養了六年花，才養出這兩盆珍品來。」何子衿眉眼一彎，「聽說鬥菊會來的都是有學識能鑒賞的長輩，果然名不虛傳。」

她這花兒本身就夠好，兩人看她生得好模樣，就是這馬屁拍得有些直，也是一樂，命人給了第二日複試的大紅帖子，道：「明兒個帶妳的花兒來給府尹大人一觀。」

何子衿俐落地福身行禮，「是，多謝阿伯。」

在任何時候，好模樣都是沾光的，何子衿小時候，她娘就能用她的臉刷開賢姑奶奶的大門，這會兒何子衿還跟人家攀親，兩人又是一樂，「小姑娘倒是乖巧。」

一行人並未多停留，繼續看下面的菊花，何子衿聽兩人中的一個道：「那綠菊實在稱得上神品了，難得兩盆不差分毫，明兒個給那小姑娘安排個好點的位置。」

第一天結束，還有許多花匠來跟沈山一行人打聽來歷。由沈山支應這些人，何子衿和蔣三妞先抱著花兒回去了。何忻晚上來了一趟，笑與何子衿道：「我一直在州府忙，不多回家，一直知道妳花兒養得好，倒不知妳養出了這麼兩盆好花來。子衿，我看妳要走大時運。」

何子衿笑，「也就是兩盆花，我只盼著能賣個好價錢就成。」

何忻道：「待明天選過，妳要能去第三日的鬥菊會，價錢並不是問題。」

何子衿道：「都是大伯給我這樣的好機會，要不哪輪得到我出頭？」

甭管何子衿是真心說這話，還是客氣，何忻聽了仍是高興的，「是妳自己花兒養得好，倘不是真能與別家的鬥一鬥，便有這機會也是無用的。只是，妳可得留幾盆給我。」

何子衿笑說：「我帶了六盆來，品相都不差，只帶兩盆去了鬥菊會。」

何忻暗讚這丫頭聰明，「那成，剩下的四盆妳也別搬回去，都給我，我虧不了妳。」

何子衿道：「人得知感恩，要不是大伯有見識，給我尋來這機會，我豈能長這大見識？我要是收大伯的錢成什麼人了？大伯瞧得上，送給大伯就是。」

何忻自不會占何子衿這花兒的便宜，不過，聽何子衿說話真正熨貼，難免多跟何子衿說幾句，道：「妳今兒亂攀親，有一個卻是攀錯了輩分。」

何子衿疑惑道：「我家在州府，若說有親戚，就是大伯和陳家了。」餘者並無親人啊，她也不認識別人家。

何忻道：「妳怎麼忘了寧家？」這也算何家拐著彎的親戚了。

何子衿恍然，「難不成那兩位老爺裡，有一位是姓寧的？」

何忻微笑頷首，「那位寧老爺可不是外人，就是妳陳家姑祖父的親家。寧老爺自己是舉人出身，他家裡長子、次子、三子皆是進士出身，都在外地做官。寧三爺如今在帝都翰林院，同妳馮家姑丈是同科進士。他家裡寧四爺是捐的官兒，寧五爺在家服侍父母。」

寧六郎就是陳芳嫁的短命鬼了。

何子衿不由讚嘆：「好一門清貴人家！」怪道陳姑丈寧可叫閨女守望門寡，也要攀這門親呢。只是寧家這等人家，倘為了給兒子尋個伴，死了結門陰親便是，如何非要娶別人家閨女進門兒守這活寡？當然，陳姑丈一千個是自願的。只是，陳芳這樣在寧家住著，便是榮華富貴、綾羅綢緞，又有何意趣？

何忻是簡單同何子衿一說，進士翰林捐官什麼的，尋常鄉下丫頭哪裡懂這個，見何子衿竟似明白他話中之意，想著果然是念過書的孩子，到底有見識。自家孫女是個糊塗蛋，聰明沒用對地方，何忻卻是不吝於指點別人家的聰明丫頭，他笑道：「寧家最清貴的還不是寧老爺這一房，寧老爺的同胞兄弟在帝都，如今是一品翰林掌院學士。」

何子衿這下該驚嘆了，怪道陳家攀上寧家，何忻在碧水縣都要讓陳家三分了。

何忻道：「我與妳指條明路，妳這樣機靈，又與寧老爺有一面之緣，待鬥菊會結束，鬥菊會上那兩盆菊花妳是別想了，只要到了鬥菊會第三天的，都是珍品中的珍品，皆會被人競價高價買去。妳這綠菊養得的確稀罕少見，入選第三天的珍品是沒問題的。鬥菊會一結束，妳這四盆花我要兩盆，餘下兩盆，妳帶了去寧家走動一二才好，不然今兒個還能說是不認識寧老爺，如今既知道是親戚，怎好不多加走動？」

何子衿性子分明，寧家畢竟是陳家姻親，她家剛跟陳家幹過架，雖說陳大奶奶已去念經了，何子衿卻是很煩陳姑丈的。何忻這把年紀，長孫女都比何子衿年紀大，一眼就看出何子衿心中所想。何忻笑道：「妳年紀尚小，親戚間原就是個糊塗事。如妳陳家姑祖父，還不是照樣親親熱熱地同妳家來往？就是妳馮家姑丈，還有妳舅舅，難不成陳老爺與人來往時沒借過他們的名聲？妳與寧家來往，與他人無干。」

何子衿想了想，世間多的是陳姑丈這樣的勢利人，她自己也想去看看寧家這條大腿的，反正馮姑丈與舅舅當初在帝都時都受過寧家照顧，何子衿便道：「待鬥菊會結束，我過去磕個頭也是應該的。」她不是個清高的性子，就似何忻所說，在外頭，陳姑丈定也借過她舅和她姑丈的名聲，說不定陳姑丈還同寧家人說「我家馮姑爺，我家沈小舅爺」啥的。尋常臉皮薄的不一定說得出這樣的話，依陳姑丈的老奸巨猾，這樣說話對他簡直是稀鬆平常。

何忻指點了何子衿去與寧家攀一攀關係後，天已有些晚，就讓何子衿歇息了。

此時蔣三妞方從裡間出來。自從經過陳志的事，蔣三妞已極少見外姓男子，何忻一來，她便避到了裡間去。如章氏所說，對於有錢有勢的男人，女人不是人，而是貨物。

蔣三妞知道自己的容貌，故而處處小心。

見何忻走了，蔣三妞道：「忻大伯實在是個周全人。」

何子衿笑著附和：「是啊！」

何忻一則是指點她，二則恐怕也是知道她家與陳家關係略為緊張，方指點於她。敵人的敵人便是朋友，她家與陳家雖不是敵人，但想再回到從前的親近是難了。何忻與陳姑丈始終不大對盤，先時想聯姻未成，又有杜氏散播謠言之事，陳家攪了何珍珍的親事，種種是非，大家各自心中有數。如今陳大奶奶狠狠得罪了何老娘，直接把自個兒得罪到禪院念經去。何忻本就是要與何恭家修好，才特意尋了鬥菊會的機會給何子衿，卻不想何子衿這般爭氣。何忻再多指點她一二，自己做足了人情。陳家不過乍富幾年就不將何恭家放在眼裡，倘哪天何恭家興旺，難保不會想到陳家今時今日所為，到時便有好戲看了。

便是叫何忻說，何恭也是個十足有運道的人。何恭自己是個老好人，當然，這樣的人，沒人不樂意與他打交道，但打交道可以，想占何恭的便宜是甭想的。何恭少時有個頗有名聲的老娘，便是有人惹得起何恭這老好人，也沒人敢惹何老娘。婚後又有個精細過人的漂亮媳婦，及至這人都而立了，雖只熬了個秀才出來，孩子又這般聰明伶俐。

何子衿是個閨女，甭以為閨女就沒用，到了何忻的閱歷，對家中的孫女一樣重視，只是想到何珍珍，何忻又是一陣煩心。看看人家何子衿，比何珍珍還小四五歲，卻這樣的機靈能幹，把心放得端正。

真是人比人該死，貨比貨該扔。何恭非但有個厲害老娘、精細媳婦，孩子也這樣的得人意，關鍵何恭自己是秀才，可一位嫡親姊夫是進士出身外放做官，一位嫡親小舅子在翰林。

一想到何恭的人生，哪怕何忻腰纏萬貫，也不禁生出幾分羨慕。

蔣三妞又道：「妳去寧家，我就不跟著去了。」

何子衿有些為難。

蔣三妞道：「我不是嫌寧家是陳家的姻親，我是有些擔心，自經了陳志的事，陳家不過是咱們縣裡的土財主就這樣難纏，我再不願去這種權貴之家，還是小心為上。到時我跟章嫂子去街上逛逛，還有，我們繡坊在州府也有鋪面，我想過去瞧瞧。」

何子衿便應了。

有第一日的鬥菊會，何子衿有了些底氣，第二日果然府尹大人到了。能讓寧老爺駐足的綠菊，府尹大人亦覺得不差，何子衿輕輕鬆鬆就帶著她的花兒進了第三日的賞菊會。

經過兩天遴選，這次只剩三十盆菊花。

當真是爭奇鬥豔，要何子衿說哪個最好，她也說不出來。

此次用名貴的雲石搭出高低錯落的位置，恰到好處地這裡放一盆，那邊擱一盆，包管哪一盆菊花都有個適當的位置。

每盆菊花都要提前在花盆貼上名字，何子衿想這名兒想得腦袋險些炸了，沈山、章氏和李管事一起動腦筋，大家想了諸多如綠翡、綠雲、綠珠、綠鶯歌的名字，卻都不算出挑。何子衿終於又發揮其穿越功用，借用林黛玉的名句，為自己的兩盆花兒取了兩個名兒，一盆叫「偕誰隱」，另一盆叫「為底遲」。總之，略沒學識的人都聽不大明白。

章氏就說古怪，聽不大懂。

「這第三天是給讀書人看的，就得古怪著些，讀書人才覺得稀罕。」沈山雖沒啥學識，卻是將讀書人的心思揣摩得頗到位，他還問：「大姑娘，是不是這個理兒？」

甭管是不是這個理，反正比那些鶴舞祥雲、潤顏含笑、鳳凰振羽、桃花春水啥的更叫人看不懂就是，尤其念書的人往往事多，看不懂的就愛問個為什麼。

這個時候就需要何子衿出場了，她一臉謙虛地介紹道：「我記得曾在一本舊書裡看到兩句詩是這樣說的，『孤標傲世偕誰隱，一樣花開為底遲』，竊以為是寫盡菊花精神的妙句。我無甚文采，就借用前人詩句給這兩盆花取了名字。」

她當然不會剽竊他人名句說是自己寫的，她不過是想花兒賣個好價錢，又不是想要做才女。何況，沒有那個才華，非偷了別人的才華來往自己臉上貼金，偷慣了的人，習慣了不勞而獲，偷了一次便有第二次，只是，縱使貼了滿身的金，不是自己的終不是自己的，何必做這樣的蠢事，世上的人並不全是傻瓜。

言歸正傳，菊花本就是隱士之花，何子衿覺得自己取的這名兒還不賴。

結果，她這千古名句一出，據說當天有學問的大人們說了百十多首詩，也沒一句比得過林黛玉的，這就不在她的意料之中了。

何子衿這兩盆綠菊雖沒被點為魁首，卻居探花之位，也是十足驚喜。當天競價時，更烏龍的是，她這探花之位的綠菊，竟比魁首的一盆鳳凰振羽更高。

待何子衿拿到賣花的收入，整個人激動得如同打擺子一般，哆哩哆嗦地與蔣三妞守在銀箱子旁。蔣三妞也比何子衿強不到哪兒去，摸了摸裡頭白花花的銀子，問：「是真的吧？」

何子衿伸手戳一下，帶著貴金屬特有的涼意，吞吞口水，「是的吧？」

兩人猶如得了癔症，一會兒拿起銀錠來咬一口看裡面有沒有摻假，一會兒說這麼多銀子可往哪兒放，四下瞅瞅，又覺得到處都是賊。

兩人在屋裡把銀錠摸了一溜夠，八百兩就是五十斤，得使大勁兒才能抱得起來。鬥菊會為了增加曝光率，都是用現銀競標菊花的。

所以，一行人抬了這一箱銀錠回來。瞅著一箱八百兩的銀子，哪怕在州府也能置一處不錯的宅院了，何子衿兩輩子也沒這麼富過。上輩子她倒是給自己折騰了個小套房，可跟這八百兩的購買力完全沒得比，尤其她這輩子十幾年的人生，私房錢就沒超過五兩銀子。

如今兩盆花賣了八百兩，而且是自己的錢，光明正大，勞動所得。

窮鬼何子衿很沒見過世面地吞了吞口水，夢遊般的同蔣三妞商量：「三姊姊，咱們留下一百兩，餘下的存銀莊吧。」

蔣三妞神情也很夢幻，道：「幹嘛留下一百兩？全都存到銀莊！這麼多的銀子，可不能擱在屋裡！」萬一丟了，可不得心疼死？

兩人發癡半日，方拿定主意，讓沈山與李管事跟著去把銀子存銀莊裡，另外兌出一百兩的碎銀子外加幾串銅錢放身邊花用。何子衿發了財，她不是個小氣人，來這兒幾天，李管事是極周全的，何況這機會還是何忻給她的，她便給了李管事五兩銀子，算是吃個喜兒。又打賞了服侍她與蔣三妞的兩個大丫鬟，每人一兩。餘下院裡的粗使婆子，每人五百錢。再者，沈山和章氏陪她來一趟，何子衿也給了他們夫妻五兩。

一下子賞出去十五兩，蔣三妞都替何子衿肉疼。

何子衿平生第一遭得此巨款，蔣三妞幫她在裡衣縫了個暗兜，將銀票裝進去又妥妥地縫上。七百兩銀票，何子衿叫銀莊夥計分開的，一百兩一張。她身上揣著四百兩，三百兩讓蔣三妞揣身上……由於一下子成了富翁，何子衿很可恥地得了暴富強迫症。她非但現在出門瞧著街上人個個像賊，還臆想出了無數攔路搶劫事件。

蔣三妞揣著這三百兩銀票在身上，也是有點心跳加快，手腳都不知往哪兒放了，說話顛三倒四，悄悄道：「我都不敢出門了。」

何子衿自己都快腦補成神經病了，還要綳住安慰蔣三妞：「沒事兒，誰會想到咱們把錢帶在身上呢？正常人想不到，都得以為咱們把錢擱家裡。」

蔣三妞揣著銀票，澡都不敢洗了，衣裳也不換了。因第二日何子衿要去寧家，蔣三妞還得分神問：「要不要買別的禮物？」

何子衿道：「快重陽了，不如託李管事買幾簍大肥螃蟹，再帶兩盆花就行。」

蔣三妞點頭，「這也成。我聽說大戶人家自有講究，旁的東西便是買了，怕也不合他們家的規矩。螃蟹是時令物兒，重陽正肥，也是吃螃蟹的時節。」

兩人商量了一番，何子衿換了此次帶來的最好的衣裳，當然，縫著銀票的裡衣是不能換的。待早上吃過飯，打理好，就帶著章氏出門。何子衿原是想把章氏留下來陪著蔣三妞的，誰知蔣三妞道：「妳把章嫂子帶去吧，我一個人也不想出門。等妳回來，咱們一塊去街上逛一日，給家裡也置些東西。」

章氏這輩子頭一遭來州府，聽說還要去大官家，怪不安的。雖換了身綢衣，仍是惴惴不安道：「大姑娘，這大戶人家都有啥規矩，您跟我說說，我心裡也有個底。」

何子衿道：「跟在咱家是一樣的，別怕，就當是走親戚就行了。」

章氏手直抖，何子衿握住她的手，安慰道：「就來瞧瞧，吃頓飯便回去了。」

章氏使勁兒喘幾口氣，暗想回去一定要請大姑娘教她一些大戶人家的事兒，以後跟著大姑娘出門心裡便有數了。

到了寧家，當真是宰相門前七品官，寧家雖不是宰相，可在州府也是數一數二的好人家了。何子衿現在還有些名聲，主要是鬥菊會剛結束。不過，何子衿沒叫沈山說鬥菊會的事，沈山說的便是碧水縣何家。門房倒是知道他家守寡的六奶奶就是碧水縣人，包括打賞頗是豐厚的六奶奶的親爹陳老爺，也是碧水縣人。

沈山帶了七簍大螃蟹，其中一簍是給門房的。

門房嘆氣，「這些天淨是送螃蟹的。」

沈山笑笑，門房收了螃蟹，進去通傳了一聲。

寧六爺早早過世不提，寧大爺到寧四爺都在外地做官，寧五爺一家留在老家承歡膝下，打理家族事務。寧太太有了些年紀，家裡瑣事便多交給寧五奶奶打理。節下尤其事忙，何子衿一行是用過早飯便來的，算是早了，可等著來寧家走動的人都坐滿一門房了。

何子衿是姑娘家，就坐在車裡，沈山在門房等信兒。待裡頭通傳，沈山忙去叫何子衿。沈山進不去，章氏陪著何子衿同寧家出來接人的婆子進去。

待客的不是寧五奶奶，看頭上插著兩支金釵，面皮白嫩卻有了一些年紀，眼角堆積著細細紋路，身上穿的亦是綢衣，那料子便是何老娘也沒一件的，一看便知是體面的管事媳婦。

何子衿看看這媳婦，沒有說話。那媳婦也含笑打量何子衿一回，見她衣裳頗是寒磣，頭上只一支絹花和一根銀釵，模樣雖不賴，卻是一眼就知出身破落人家。當然，這是此媳婦的看法，其實也是事實，甭看何恭身上有秀才功名，論家底豐厚，不一定比得上寧家有臉面的下人。那媳婦閱人無數，一瞧何子衿就能猜度到何家的大致狀況。興許是書香門第使然，這媳婦身上也帶了三分文氣，說話很有幾分客氣腔：「五奶奶事忙，吩咐我先過來陪姑娘。」又請何子衿坐，吩咐小丫鬟上茶。

何子衿問：「不知您如何稱呼？」

那媳婦笑道：「我姓趙，大姑娘不嫌棄，叫我一聲趙嬤嬤就是。」

鄉下丫頭就是膽子大，這麼小的年紀就單獨來了。

何子衿點點頭，趙嬤嬤道：「前兒陳老爺和陳太太來過，大姑娘想來不與陳老爺和陳太太一道的，就大姑娘一人來州府嗎？」這麼小的姑娘，如何單身來州府？膽子可真夠大的。

何子衿道：「我以前在家裡養花，前兩天州府不是有鬥菊會嗎？族中長輩看我養的花兒還成，就為我要了張鬥菊會的帖子。我家裡父母事忙，因州府有族中長輩照顧，我便帶著花兒來參加鬥菊會。在鬥菊會上，見了貴府老爺一面。我年紀小，沒見過世面，當時也不認得，沒能請個安。如今鬥菊會結束了，我還有兩盆不錯的菊花，正好孝敬長輩。大過節的，沒啥好帶的，又買了些螃蟹一併帶來。」

何子衿還似模似樣寫了張禮單遞給趙嬤嬤，並不勉強一定要見寧五奶奶，道：「倘是五奶奶事忙，勞嬤嬤幫我遞上去吧。」

趙嬤嬤笑得慈眉善目，又帶著大戶人家下人的矜持，接了禮單並不多看，只道：「姑娘有心了，我這就去回奶奶一聲，姑娘略坐坐喝茶。」

何子衿坐了直有半個時辰，趙嬤嬤方回來了，還帶著歉意道：「實在不巧了，奶奶正在同府尹太太說話，一時怕是不得閒。太太應約去了總督府，六奶奶這些天身上有些不好。姑娘放心，您的心意，我一準兒給您遞上去。」

何子衿道：「麻煩您了，那我就先回了。」

趙嬤嬤也是辦事辦老了的，何況人家姑娘好歹送了菊花送了螃蟹，忙道：「這怎麼成？大姑娘這老遠來了，若不留下用飯，奶奶知道必要斥我沒規矩的！這也晌午了，席面立刻就得了，大姑娘務必得留下用飯才好！」

何子衿笑道：「我知你們奶奶和嬤嬤的盛情，只是我家在鄉下地方，馬車走起來也得一天一夜呢。我來州府五六日了，如今鬥菊會結束，該回家了。眼下過來一趟，見著嬤嬤，心到神知，已不枉此行。」

趙嬤嬤苦留不住，客氣萬分地送走何子衿。

蔣三妞剛用過午飯，就見何子衿回來了，不由驚訝道：「好快呀！」

章氏嘴快說道：「去了都是等的功夫，主家根本沒見著。一個管事嬤嬤接待我們，說兩句話我們就回來了，可不快嗎？大姑娘飯都沒吃。」

蔣三妞目瞪口呆，「那樣的人家竟不管飯？」還送了好些東西哩，寧家這也忒摳了吧？

何子衿笑，「吃那客飯做什麼，我跟章嫂子還不如回來吃。」

章氏緊緊張張地去，怒火騰騰地回，不知這些大戶人家都是什麼狗屁規矩，只是覺得她家大姑娘送花又送螃蟹，即便不是什麼貴重物，可現在她家姑娘兩盆花八百兩的價位，送寧家的那兩盆綠菊，興許比不上八百兩的那兩盆，可也不差了，起碼得值個四百兩吧？四百兩銀子加幾簍大螃蟹，人都沒見著，這他娘的狗屁大戶，也忒小瞧人了。大姑娘的親舅舅也是翰林老爺，就是在他們鄉下人家，有人去了，人家又送這許多東西，見一面總應該的。

蔣三妞命丫鬟去廚下端些吃食來，勸章氏：「生這個氣有什麼用？我們中午吃大螃蟹，妳們也嘗嘗。出去大半日，定是餓了，且好生吃一頓。來州府這五六日了，還沒好生逛過，一會兒我們也去開開眼界。」

章氏怕自己說多了讓何子衿不好過，便笑著道：「是這個理兒。」

何子衿道：「我聽說州府最有名的館子叫青雲居，晚上咱們不回來吃，我請客，到青雲居訂個好位置。咱們下午去街上逛，晚上到青雲居下館子。」

蔣三妞打趣：「果然是財大氣粗了。」

何子衿拍拍胸脯，「那是！」

章氏湊趣道：「我也跟著兩位姑娘開開眼界。」

因何子衿發了大財，大方地打賞了院裡服侍的人，廚下自然也不會落了，故而，這菜上得飛快。只何子衿與章氏兩人吃，四菜一湯外加兩碗大米飯，還有一盤團臍大肥蟹。這原是何子衿分出來給院裡人吃的，當時分的不少，可見廚下還有剩。

何子衿問：「阿山哥那裡的飯送去了沒？」

名叫碧雲的丫鬟笑道：「大姑娘放心，都送過去了。今兒個晌午，我們吃了大姑娘賞下的螃蟹，都念大姑娘的恩德呢！」

「碧雲姊姊太客氣了，原是妳們照顧我照顧的多。」何子衿一笑，不再說什麼。

沈山和李管事跟著，三個大小女人都是頭一遭來州府，縱是自認為見過世面的何子衿，吃過螃蟹，用過飯，又歇了歇，喝過薑絲煮的茶，一行人便出去逛街鋪了。

由於在碧水縣這小地方窩了十來年，這會兒一見州府繁華，立刻也成了土包子。

何子衿主要是買東西給家裡人，她有錢了，又有李管事這個對州府極熟的人跟著，哪兒的東西最實惠，哪兒的東西最好吃，哪兒的菩薩最靈，哪兒的香火旺，李管事全都知道，大家還去最有名的神仙府開了一回眼界。其實這裡在大鳳朝時是一處官邸，當然，這處官邸不簡單。之所以叫神仙府，是因為真出過神仙。神仙還有名有姓，姓唐。唐神仙是大鳳朝年間的人士，那神通就甭提了，反正是大有修為之人。自從唐神仙成了仙，唐神仙住過的地方就成了仙府。這裡便闢出來，不能住人，住的是唐神仙的塑像，以及主持神仙府的大小道士。

神仙府旁邊就是有名的青雲居，青雲居不是神仙住過的地方，青雲居是飯館。之所以叫青雲居，也是沾了唐神仙的光。據說唐神仙還沒得道的時候，曾在青城山的青雲觀修過道。就是現在，青雲觀在青城山上也是知名觀光旅遊景點，香火旺得不得了。這飯館因挨著神仙府，又是個極講究極有檔次的地方，便取名叫做青雲居了。

李管事道：「咱們蓉城最有名的曲子，就是唐神仙傳下來的《祝青雲》。每年秀才試和舉子試後，府尹大人宴請學子，都會令人奏這一曲。」

何子衿笑道：「這曲子以前我聽先生吹過，前半曲調歡快至極，直衝雲漢。非得用上好笛子，不然尋常笛子要吹裂的。」

「是啊，傳說中唐神仙初作此曲時只吹到一半，笛子吹裂，就此擱置。後來唐神仙悟了道，補足後半曲，當時還是皇帝老爺賜給唐神仙的玉笛。聽說唐神仙吹響此曲時，天上神仙都會駐足。」李管事說得活靈活現，「所以，這首青雲曲也被叫作《神仙曲》。」

聽了滿耳朵的神仙傳說，幾人都對著唐神仙的塑像燒了香，便去逛街了。

何子衿給何老娘、沈氏買了兩匹好衣裳料子，何恭、沈念和何冽都是筆墨紙硯，然後又去了銀樓買首飾。

銀的根本不看，何子衿要買幾樣金首飾。這年頭，尋常人家哪裡有金首飾，如何家也有三五百畝地的，何老娘就一支金釵、一對金耳圈，當寶貝一樣鎖起來，非逢年過節是捨不得戴的。沈氏還不如何老娘，她一樣金的都沒有，有數的幾樣首飾都是銀的。

何子衿和蔣三妞也只有幾樣銀首飾，這會兒有錢了，何子衿先挑了兩對金鐲子，分量足得很，每只都有一兩重。一對是萬字不斷吉祥紋，一對是光面上打的芙蓉花樣。何子衿與蔣三妞則每人一支金步搖，蔣三妞挑的是芙蓉花樣，何子衿挑的是桃花花樣。

何子衿這大方人，還選了一只金戒指給章氏。章氏極想推辭一二，又喜歡得不得了，搓著手不知要不要接。何子衿硬塞給她，章氏歡天喜地謝過何子衿。

一行人又去挑了給賢姑太太、兩位薛先生和李大娘的東西，接著在街上買了一箱女孩子喜歡的小玩意兒後，令跟著的小廝連帶著綢緞等物件先抬回去，首飾啥值錢的東西，自是自己揣懷裡收著的。待晚上去青雲居開了眼界，李管事有幸與何子衿等人一塊坐著用席面。這青雲居他來的次數也不多，李管事悄聲道：「青雲居就是寧家的產業。」

何子衿想著寧家既有鹽課之利，竟還有這樣熱鬧的產業，當真是富得流油。

逛過了神仙府，又買了大半日的東西，吃過青雲居，再遠些的青城山也有極好景致，只是重陽將近，何子衿和蔣三妞都想早些回去與家人一起過節。託李管事與何忻說了一聲，何忻仍在州府忙碌，便讓李管事安排車馬，送何子衿一行人回去。臨走前，李管事又遞了兩張銀票給何子衿，道：「老爺給大姑娘的兩盆花的銀子，老爺說，沒空送大姑娘了，待回家再見吧。那兩盆菊花，品相上等，大姑娘不要推辭，這已比市價便宜許多。倘大姑娘執意不收，老爺以後也不敢要大姑娘的花兒了。」

何子衿笑道：「大伯總是這樣客氣。」便依言收了。

李管事道：「這大過節的，還有幾輛車是一塊回去的。大姑娘放心，我都安排好了，明兒早上天亮便動身，晚上在平安鎮歇一夜。平安鎮上有咱們家的別院，一應有人服侍，再一日就能到家了。」

何子衿謝過李管事這一番照顧，李管事亦十分客氣，見天色不早，便告辭了。

翌日，何子衿等人起了大早就出發了。這年頭，馬車速度有限，要趕遠路，都是天濛濛亮就走的。碧雲和碧月送上廚下收拾出的小點心乾果，滿滿的一大食盒，讓何子衿和蔣三妞帶在路上吃。李管事早起相送，送了六罈菊花酒，都放車上了。

何子衿大手筆的打賞，可見不是無所得。

待何子衿走了一日，晚上何忻這別院竟有寧家人來打聽，問何子衿還在不在。聽說人已經回去了，兩個媳婦唉聲嘆氣地回去覆命，其中一個赫然就是那天接待何子衿的趙嬤嬤。

不同於那日故作姿態的矜持，趙嬤嬤此行頗是喪氣，回去稟了寧太太說何子衿一行人昨兒個就走了。寧太太對寧五奶奶道：「以後就是忙，也斷不可這樣了。咱家是正經親戚，人家姑娘好心好意過來，說是年紀小些，妳便是不得閒，琪姐兒也十四了，讓琪姐兒幫妳待客，小姑娘之間更有話說。如何能打發個管事媳婦去招待親戚，飯也沒留一餐，就讓人家走了？傳出去，咱們成什麼人家了？」

說到這個，寧太太就氣不打一處來。八竿子搭不著來打秋風的人不知多少，陳芳娘家雖是商賈之家，可陳芳守寡快十年了，又每日在她身邊服侍，安安分分的。人心是肉長的，時間長了，寧太太對陳芳也有幾分憐惜。何家與寧家不算直接親戚，何家與陳家是姑舅親，陳家與寧家是姻親，所以，何家與寧家算是拐著彎的親戚。

這年頭親戚們大多這樣，彎彎繞繞的，何況，寧太太心裡門兒清，何家雖然只是秀才之家，卻有兩家不錯的姻親。一位馮姑爺是何秀才的姊夫，一位沈翰林是何秀才的妹夫，馮姑爺還與自家三子是同科。再者，兩人在帝都時都受過自家兒子的照顧。何家姑娘何子衿，寧太太是沒見過的，不過，何姑娘的娘沈氏，寧太太約莫年前見過一回。這會兒模模糊糊的不大記得模樣，卻也記得是個秀麗婦人。

寧五奶奶根本沒跟寧太太提何子衿，還是寧五奶奶見著那兩盆綠菊，同趙嬤嬤道：「今年流行這綠菊，鬥菊會上一對綠菊賣了八百兩，這個想來是比不上那個的，品相卻也不賴。」叫丫鬟抱了給寧太太看。

寧太太還說：「總督府裡我瞧見了那八百兩的花兒，說是要送去給薛大儒的。」見這兩盆綠菊也很漂亮，不禁問：「哪家送來的？這花兒不錯。」

寧五奶奶這才說是何家大姑娘送的。寧太太沒想到是哪個何家，細問寧五奶奶。寧五奶奶雖然理事，對馮姑丈和沈素的事卻不清楚，便道：「是碧水縣何家，同陳家是姑表親。」

寧太太這才尋思自家與何家算是什麼親戚，待想通這關係，問：「那何家姑娘呢？」

寧五奶奶精明自是有的，此時心中便覺不大好，忙道：「昨兒府尹太太過來說話，太太去了總督府，我實在抽不開身，六嬸子身上不好，我就叫趙嬤嬤去陪著說話。何家姑娘說了幾句話，送上禮單，就告辭了。」

寧太太命人將禮單找出來，寧五奶奶在一旁道：「她們送了這兩盆花，還有幾簍螃蟹，我叫廚下養起來了，這些天忙，家裡也顧不上吃。」

待管事的媳婦尋出禮單，寧太太瞧過禮單後說了寧五奶奶幾句，寧五奶奶忙命人去尋何子衿，看何子衿可還在州府，若是在一定要接了來府上說話，誰曉得何子衿昨兒個就走了。

寧太太嗔怪寧五奶奶幾句，想著人家來一趟，送了這些東西，螃蟹倒是常見，這綠菊可是稀罕物兒。飯都沒留一餐就讓人家走了，寧太太略為不滿。

現在說什麼都晚了，寧五奶奶面上尷尬，道：「到底是我年輕，想事總不周全。」

寧太太嘆口氣，「吃一塹長一智吧。」

寧五奶奶挨了寧太太的訓，轉頭便將趙嬤嬤罵了一頓，道是趙嬤嬤不會辦事，「我不是說要留飯的嗎？妳怎麼沒留那小丫頭用飯？」

主子明顯是拿自己當出氣筒，趙嬤嬤不好分辨，只得道：「是奴婢昏了頭。」

寧五奶奶罵她幾句，略發洩心中鬱悶方罷，想著也不知太太這是怎麼了，倒拿著個鄉下丫頭這般看重。寧五奶奶生疑，命趙嬤嬤去打聽何家到底是個什麼人家的來歷。

趙嬤嬤見主子仍是使喚用她，忙戰戰兢兢打聽去了。

晚上寧太太與丈夫商量：「老六媳婦在我身邊服侍這些年，性子安穩。她這個年紀，老六膝下也得有個承繼香火的，不如給老六過繼個孩子，老六媳婦以後也有個依靠。」

這事寧太太想了多年，陳芳也想了多年，只是寧太太一直說沒有合適的孩子。因何子衿這事，寧太太思量著，她如今還活著，老五媳婦就對陳芳這般怠慢。何子衿正經算來是陳芳的親戚，哪怕陳芳身上再不好，也該去跟陳芳知會一聲，老五媳婦卻是直接將人打發走了。倘以後她不在了，陳芳怎麼立足呢？寡已經給兒子守了，也不能太虧了這個媳婦。

寧老爺想起早逝的六子，長聲一嘆，「現在大節下的，不好挑人。待過了節，好生尋個老實孩子。年紀最好別太大，叫老六媳婦養著，這也是她的指望。」

寧太太應了，讓人把兩盆綠菊給丈夫搬書房擺著，迎賓待客什麼的，文人墨客喜歡這些東西，又正應時令。寧老爺笑問：「誰送來的？」

寧太太不會在丈夫面前說媳婦的不是，道：「何家姑娘說是來州府參加鬥菊會，想來是她自家養的花兒。老爺在鬥菊會上可見過她？」

寧老爺便問：「哪個何家？」

寧太太道：「碧水縣何家，與陳親家府上是姑舅親。昨兒個來的，偏生家裡亂糟糟的，我去總督府了，家裡府尹太太來說話，老五家的也沒空見見人家，就叫人家這樣回去了。我每每想起來，心裡就有些不好受。聽說何家姑娘年歲不大，十一二歲的樣子。聽這孩子說鬥菊會上見過你，只是那會兒不認得，後來知道兩家是親戚，這才過來請安的。」

寧老爺恍然，「原來是那丫頭啊！」

寧老爺摸摸鬍鬚道：「怪道這兩盆綠菊品相不錯，她在鬥菊會上的兩盆綠菊堪稱神品，最初還是我選出來的。在這次鬥菊會上居第三位，算是花中探花。」

寧太太道：「這麼說，那八百兩銀子的花兒是何家姑娘養出來的？哎喲，真有本事！」

哪怕寧家富得流油，寧太太也是掌家人，不會將銀子視為糞土。何況，八百兩銀子雖不入寧太太的眼，寧太太也知這不是小數目了。

「該留她說說話的。」寧老爺道。寧家這樣的大戶人家，親戚多，族人多，朋友多，事務自然就多。每天來的人多了，真不是誰都能見著真佛的。何子衿單獨一人來，年紀又小，送的東西也沒個章法，一樣花、幾簍蟹，不怪寧家人小瞧。主要是，寧家人太忙了。

寧太太嘆，「我也這樣說，小姑娘家家的這麼老遠來了，又是親戚。如今說這個也晚了，何姑娘回去了，待以後再說吧。」雖覺得有些失禮，到底不是大事，她瞧著兩盆瑩翠欲滴的綠菊道：「她這花兒名貴，也不好白收她的，不如叫老五媳婦備份禮，託陳親家帶回去。」

「也成。」寧老爺點頭，不再多說什麼，轉身賞起花來，

何子衿一行人果然在平安鎮上歇了一宿，第二日下午才到家。

何子衿一進門，院裡熱鬧非凡。院子正中間擺著一張八仙桌，八仙桌中間擺了盆綠菊。這重陽節還沒到，就有半院子老娘們兒圍在一起觀賞菊花。

翠兒擠都擠不進去，無奈在外喊道：「太太，咱家大姑娘和表姑娘回來啦！」半院子人立刻丟下菊花改來圍觀何子衿，相對於好幾百兩的菊花，何子衿這個種菊花的人更金貴。何子衿抱著個包袱，四下一瞅，都是熟面孔，不是親戚便是族人，不是族人便是縣裡常見的熟人，一張張熱切的臉，一邊圍觀何子衿，一邊七嘴八舌說話：「哎喲，子衿回來啦！累了吧？快進來坐。」反客為主，好像這是她家一般。

「是啊，這丫頭可真出息！」

「子衿，聽說妳一盆花就賣了八百兩，是不是真的？」

「子衿，我家丫頭也愛種花，妳收她做徒弟，教教她吧。」

反正何子衿是受到了空前的禮遇，這些人說個沒完，何子衿都不知要接哪句，還是何老娘先命余嬤嬤把花兒擱屋裡去，然後排眾而出，將手一擺，道：「我家丫頭剛從州府回來，茶沒喝一口，飯也沒吃一口，累得很，今兒個菊花就賞到這兒吧，大家有空再來。」

沈氏將些依依不捨的親戚族人們送走，何老娘一張老臉笑得比菊花還燦爛，握著何子衿的手就不鬆開了，親親熱熱地把人接進屋裡，讓何子衿與她一塊坐榻上。

何老娘本就一雙瞇瞇眼，這會兒笑得狠了，直接瞇成一條線。

何老娘瞅著何子衿問：「回來了？」

「嗯。」

「路上還好？」

「挺好的。」

「餓不餓？」

「不餓。」路上吃了不少點心。

「渴不渴？」

「還行。」

余嬤嬤是個細心人，倒了盞溫茶給何子衿。

既然不渴又不餓，何老娘嘿嘿一笑，吼道：「那就把銀子交出來吧！」

何子衿一口茶險噴地上去。

倘不是親耳聽見何老娘吼這一嗓子，何子衿就要覺得自個兒遇著劫道的了。

何老娘是這樣想的，那大筆銀子丫頭自己揣著多不安全。真的，天地良心，哪怕何老娘貪財，主要還是基於安全考量，才要何子衿進門先交銀子的。

何子衿道：「走的時候，祖母可是說只要我掙回車馬費就行，一分不要的。」

「傻蛋，我要了也是給妳置地！」這是何老娘最青睞的投資途徑，她老人家半點兒不提當初撂下的狠話，道：「妳身上別放這些銀子，萬一招了賊可如何是好？」

何子衿無奈，「縫身上了，一會兒再拿。」

何老娘稍稍放心，「我聽說妳那花兒賣了大價錢，就日夜憂心睡不著覺啊！那麼些銀子，帶在身上如何安全？虧得妳們還算仔細。」

沈氏送完族人，何恭也帶著沈念和何冽過來了。大家見著何子衿、蔣三妞回來，都開心得很。沈念更是一步不離他家子衿姊姊，站在何子衿身邊，給子衿姊姊遞茶遞點心，問她路上累不累，走了幾日，這幾天吃住可好，比何老娘這個做親祖母的還周全一千倍。

何冽道：「姊，自從妳去了州府，阿念哥一天念叨八百遭，我都快被他念成和尚了。」

何老娘道：「阿念從沒離開過子衿，這還是頭一回分開這麼多天。」

沈念笑笑，「是。」

沈氏問：「快說說那鬥菊會是什麼樣。可是嚇死人，怎麼花兒到那地界就這樣值錢了？」

要沈氏說，莫說八百兩，一盆花賣八十兩聽都未聽說過。何忻家鋪子的夥計過來報喜，沈氏都覺得自己是聽差了。乖乖，就那麼一盆花，怎能值那許多錢？

婆媳二人都懷疑自己幻聽，問了又問，才相信她家丫頭片子的花兒賣了八百兩銀子。

天啊！何家整個家業都算上，倒不止八百兩，可那是何家祖上幾輩子攢下來的家業啊！沈氏開鋪子十來年，也沒掙到八百兩銀子，何子衿的兩盆花就賣了八百兩！

這個消息在碧水縣上翻騰滾燙，對於小小縣城的震動真不亞於一場八級大地震。

老天爺，一盆花能賣八百兩銀子？這是啥花啊？金子打的吧？

於是，何家這兩天也沒別的事了，就是接待來看花的親戚朋友街坊四鄰。何老娘聽說她家丫頭片子的花兒值了大錢後，花房根本不叫人進，換了兩把嶄新的大銅鎖不說，翠兒的新差使就是瞧著花房，萬不能進了賊。

由於親戚朋友看花兒的欲望太過強烈，何老娘礙於人情，也只令余嬤嬤去搬一盆綠菊出來，擱院子裡讓鄉親們開個眼界。當然，只是看，如今這花兒金貴得很，是碰都不能碰一下的，所以，何子衿回來時，家裡方這般熱鬧。

何子衿把鬥菊會上的事兒同家裡人說了，最後總結一句：「其實就是菊花比賽，看誰家的菊花兒養得好，咱家的排第三。」

何老娘立刻問：「那排第一的賣了多少銀子？」

何子衿頗是自得，假假謙道：「排第一的是一盆鳳凰振羽，賣了六百兩。咱家這是兩盆，賣了八百兩。」

親耳從丫頭片子的嘴裡聽到八百兩這個數目時，何老娘仍是有些暈眩。她定一定神，喜孜孜又語重心長地對家裡人道：「我一直說呢，丫頭片子不如三丫頭能幹，有一手好針線，以後這嫁妝可怎麼著？如今總算能把心擱肚子裡了，她自個兒把嫁妝掙出來了。」以後就不用分祖產啦！何老娘又道：「一會兒把銀子給我，我替妳置了地。八百兩銀子，肥田也能置一百五十六畝了，中等田地兩百畝都有。」

這麼一算，何老娘真想收點回扣，還沒等何老娘說出收回扣的話，何子衿道：「什麼？八百兩全給祖母？以前您還只要一半的！」這個野心家啊！

何老娘見何子衿摳摳索索的不願意交錢，眉毛一豎，道：「這是三兩五兩的事嗎？妳想昧下四百兩做什麼？小心丟了！」在縣城裡，五十兩就能有套小四合院了，豈能叫孩子帶四百兩在身上？何老娘勉勉強強道：「給妳四十兩做私房，別的話不許再提。」

何子衿哪能不提，醜話得說在前頭：「那置了地，以後每年的收成可得我來收著。」

何老娘橫眉豎眼的不樂意，「妳收個屁！妳懂種田的事兒嗎？」

何子衿噘嘴不高興，已經不打算分銀子給何老娘了。何老娘也不是一根筋，遇著銀子的事，她老人家靈活著呢，總之先把銀子要到手才好。於是，何老娘意思意思退一步道：「到時教妳怎麼打理田地就是，妳收著那麼些銀子做什麼？要什麼家裡不給妳買？」

何子衿道：「反正每年收入我得入帳。」

「死丫頭！」何老娘罵一句，算是默許，心道，反正到時收成在老娘手裡攥著。

何子衿這才說：「沒八百兩了。我去一趟州府，運道好，掙了這些銀子，給家裡買了些東西帶回來，又有州府花用之類，剩七百兩給祖母置地吧。」

何老娘的頭髮險些豎起來，眼前一黑，如割心肝，「啥？就這幾天妳花了一百兩？說，幹什麼花了？哎喲，這敗家的死丫頭！我不活了，去把一百兩銀子給我找回來！」

何子衿忙從包袱裡掏出兩只大金鐲子塞到何老娘手裡，何老娘一瞅，立刻覺得心肝疼好了些，兩隻瞇瞇眼就陷到大金鐲子裡拔不出來了。半晌她拿起來往嘴裡一咬，何子衿看得牙都疼了，「別硌壞了您老的牙！」這把年紀，牙也不太結實了吧？

見著金鐲子，何老娘這嘴巴就合不攏了，使勁兒抿了抿嘴，喜笑顏開，「要是總有人孝敬我金鐲子，我寧可把牙硌壞也甘願！」又拿起來對著天光瞧成色，擱手裡沉甸甸的，何老娘掂著分量算帳道：「這一對鐲子也就二兩金子，花不了一百兩吧？」

何子衿道：「還有衣裳料子、胭脂水粉、筆墨紙硯和刀槍弓箭，都在車上的箱子裡放著，一會兒就送來了，我也給我娘買了一對金鐲子。」又摸出一對來給她娘。

何老娘使勁兒瞇著眼瞄，沈氏從匣子裡取出來，笑道：「可真好看！」然後大大方方地直接戴到手腕上了。

何老娘忙道：「平時省著，過年過節時再戴。」

沈氏眉眼彎彎，喜不自勝，不僅是高興閨女給置了金鐲子，主要是閨女有本事給長臉。沈氏笑說：「後兒個就是重陽了，母親也戴上鐲子，子衿特意買回來給咱們的。有親戚朋友的走動，咱們也出去顯擺顯擺。」

何老娘笑得歡喜，「這也是。」

何老娘得了一對大金鐲，見自家丫頭也給沈氏買了實誠東西，就不追究一百兩銀子的事了，與何子衿道：「一會兒七百兩給我。」還嘟囔嫌棄：「糟蹋了二十畝肥田置這些東西，不抵吃不抵喝的，有什麼用？」

何子衿揶揄：「要不我拿到銀樓裡再給您老變現？」

「傻蛋！妳買的時候貴，想再賣回去哪裡還能要回原來的銀子？罷了，湊合著戴吧。」說著，她老人家也如沈氏一般，將黃澄澄的大金鐲子戴在了手腕上，何老娘又說起古兒來：「妳那短命鬼的祖父活著的時候，給我打過一支金簪、兩隻金耳圈。那會兒說得比唱得還好聽，原是要給我打鐲子的，後來妳那混帳姑祖父做生意來借銀子，鐲子也沒打成。早知今日，當初還不如打了鐲子。」

說一回古，放一回狠話，何老娘因得了大金鐲子，喜孜孜道：「短命鬼的福氣只享到了一半，另一半在我家丫頭片子這裡。」

何子衿笑嘻嘻地道：「趕緊拿筆墨，我得把這話記下來，祖母難得讚我一遭啊！」

何老娘笑罵：「放屁！」

何忻家的夥計將何子衿的箱籠，還有李管事送的六罈酒送了來。

何老娘道：「買這許多酒做什麼？」何恭喝酒不多，女人們買些甜酒就夠喝了。

何子衿道：「不是買的，是忻大伯家的一個管事送的。這次去，多虧人家照應。」

何老娘不知何子衿打賞李管事五兩銀子的事，還道：「這人倒是不賴。」非但照應她家丫頭片子，還送這許多酒。這樣的好人，當真不多見了。當然，很久以後何老娘知道何子衿大手筆打賞李管事的事，沒少罵何子衿傻蛋敗家。

大家繼續看何子衿從縣城裡買回來的其他東西。胭脂水粉是女人用的，綢緞衣料有十來匹，老成些的顏色是給何老娘的，穩重些的是沈氏的，鮮豔的是何子衿和蔣三妞的，另有四匹湖藍、玉青的，是給何恭、沈念和何冽做衣裳。

何老娘撫摸著這柔軟得不得了料子，直咋舌道：「我的乖乖，怪不得糟蹋了一百兩銀子。買這麼好的料子做什麼，家常也不能穿。」

「怎麼不能穿？買來可不就是穿的。」

「妳可別二百五了，雖賣花賺了些銀子，也得置了田產才好。穿這麼好的衣裳做什麼，不是過日子的道理。」何老娘一股腦兒全沒收了，對一干家裡人道：「先擱我這兒，啥時候做衣裳，再從我這兒拿。」叫余嬤嬤搬到自己裡間去了。

家裡人全都無語。

何子衿指著兩匹素色上等絲棉料子道：「這是給賢姑祖母的。」又指著一套繡花針，「這是給薛師傅的。」當然，也買了一套給蔣三妞。甭小看這個年代的針，當真不是便宜東西。另有一枝上等狼毫筆，是給李大娘的。說來，李大娘開著繡坊，業餘愛好竟然是書法。倘不是聽蔣三妞說，何子衿都不知道。

何老娘撇嘴，「花這些冤枉錢做什麼？」竟還買筆給阿李？呸！不就會寫幾個破字嗎？

剩下的就是男人們的東西了，甭看何恭只考了個秀才，到底是讀書人，對筆墨還是很喜歡的。何子衿給她爹買的湖筆徽墨澄心紙端硯足裝了一箱子，何恭亦是歡喜，道：「買這麼多做什麼？有個一兩樣就行了。」絕不承認剛剛見母親媳婦都有金鐲子眼紅了一會兒。

何子衿笑道：「爹爹放著用唄，這又不會壞。再者，待爹爹挑了喜歡的，餘下的平日裡走禮也可以用，不比咱們縣裡買的貴多少。」

何老娘當即道：「這樣的好東西可不能拿去送人，存起來叫妳爹妳弟和阿念他們使。平常也不能使，得把字練好，才能使這好東西。走禮啥的，隨便縣裡買些糊弄一下就成。」

何子衿：……

何洌和沈念是瞧著弓箭刀槍喜歡，何老娘又數落：「看吧，一有錢就不是妳了，買這個做什麼，他們又不習武，他們以後是考秀才的人啊！」

何洌道：「祖母，這叫文武全才！」

何老娘再次撇嘴，「別聽你姊的，這是買來叫你分心的！趕緊收起來，誰都不許動！刀刀槍槍的，傷著就不好了！」又說何子衿：「淨花這沒用的錢！趕緊把銀票給我，再不能放妳身上，不然沒兩天都給我糟蹋完！敗家的死丫頭！」

何老娘這真是翻臉比翻書都快。

沈氏道：「先叫子衿與三丫頭梳洗一番吧，這眼瞅著也要吃飯了。」

何老娘點頭，催何子衿：「去把銀票拿出來，晚上叫周婆子做妳愛吃的紅燒魚。」

儘管大家都知何老娘的脾氣，余嬤嬤還是為自己這老主子描補：「太太早頭三天就叫人買了魚，就是留待大姑娘和表姑娘回來才吃的。在水裡養了好幾日，土腥味兒盡去了。」

何子衿和蔣三妞各自去梳洗，沈氏與閨女同去的。何子衿洗了臉，沈氏摸摸閨女的臉，淨是憐愛歡喜，「累了吧？」閨女頭一遭離家，何子衿不覺得怎樣，沈氏是兒行千里母擔憂，這些天都沒睡好覺。沒信兒時擔心，及至知曉閨女這花兒賣了大價錢，又開心得失眠。

何子衿笑道：「也不累，州府大得很，我跟三姊姊急著回家過節，就沒多待。」又忙把後來李管事給她的銀票交給她娘，道：「娘，您幫我存著。我帶了六盆花去，鬥菊會上那兩盆賣得最好。忻大伯拿了兩盆，這是他給的銀子，您收著，也不能全給祖母置了地。」

這三百兩是後來李管事給的，何子衿那會兒的暴富強迫病已好些了，就沒縫身上，改揣荷包裡了，將荷包掛褲腰上，外面有裙子擋著，尋常人瞧不見。

沈氏笑道：「我收著一樣是置地。」在碧水縣，她也沒別的投資途徑。

何子衿知道這年頭沒太多的投資管道，想了想，道：「那就也置地吧。」

沈氏到底想的多，閨女這樣有本領，又有這樣的容貌，讀過書念過書，琴棋書畫也學過皮毛，以後肯定不能嫁尋常的鄉土小子。到時定要給閨女尋個好人家，嫁妝也得跟上。不行，還是留些活錢，到時買些好的木料給閨女打家具。

沈氏心裡已有主意，又細問了閨女在州府吃住的事，連帶去寧家的事，何子衿也跟她娘說了。何子衿道：「忻大伯說該過去走動，我就去了一趟。雖沒見著人，也算是去過了。」

沈氏道：「去就去吧。」

何子衿想著，陳芳或許在寧家不大如意，不然她怎麼著也算陳芳的親戚，寧五奶奶卻是根本不著人通稟陳芳一聲便打發了她。不過，這些話何子衿並沒有與沈氏說。

母女兩個說了會兒話，及至沈念過來叫她們去用飯，母女兩個才停歇。

何老娘屋裡開始擺飯，何恭扶母親坐下，眾人也各自坐了。何老娘剛剛只顧看金鐲子，如今理智從金鐲子上回籠，再一算帳，這會兒就問：「妳不是帶了六盆花去嗎？兩盆賣了八百兩，剩下的四盆呢？這可是一千六百兩啊！」不會給她個小頭，這丫頭自己拿大頭吧？

何子衿道：「就那兩盆頂好的賣了錢，餘下四盆賣不了那大價錢。忻大伯要了兩盆，給了我三百兩，我把錢給我娘了，總不能賣花的錢都給祖母吧？您多少得給我留點兒！」

何老娘哼哼兩聲，由於兒媳婦有個做進士的兄弟，比較有靠山，她便沒與兒媳婦爭，繼續追問：「剩下的兩盆呢？」

「鬥菊會頭一天，祖母，您猜都猜不著頭一天看花兒做裁判的人是誰？」

「是誰？」

「寧老爺。」

何老娘嘖嘖道：「竟是寧老爺做裁判？倘先時知道，該請親戚照顧一二的。」說著又樂呵了，「人就得有真本事，妳養的花好，不用求別人照應便賣了好價錢，這才是本事！」

何子衿道：「是啊，可見了面，初時我也不認得，後來知道，我就送了兩盆到寧家。」

何老娘心裡最記掛的莫過於陳芳，問：「可見著妳姑媽了？妳姑媽可還好？」

何子衿道：「我去的時候不巧，正趕大節下，您不知道多少人去寧家走禮，門房裡等著的人坐都坐不開。那天寧太太出門了，寧家是五奶奶在跟府尹太太說話，興許是太忙，沒讓我見著人，我也急著回家，放下東西就走了。」

何老娘嘆道：「這大節下，妳姑祖母沒有不去的。」

何子衿笑著把話題岔開：「今年祖母發了財，重陽可得多買幾個大螃蟹吃。」

「發個屁財！原本該是一千一百兩，這才幾天妳就給我花出去了一套大宅子，沒揍妳就是好的，還敢要螃蟹吃？」何老娘想到那一百兩就肉痛，「錢呢？不是叫妳拿出來嗎？」

何子衿簡直要愁死了，「揣肋骨呢，哪那麼容易拿？」

何老娘撇嘴，「我還不知道妳？妳不趁機顯擺顯擺，心裡就過意不去。」

這些年，何子衿被何老娘冷嘲熱諷成了一隻笑面虎，甭管您說啥，她只管自個兒樂呵，當下夾一塊紅燒魚肉道：「還是祖母您了解我！祖母，咱們就是傳說中的知音！」

面對何子衿的臉皮，何老娘也得甘拜下風。

當天晚上，何老娘拿到七百兩銀票才算安安穩穩地睡了一個囫圇覺。她將這七張銀票數了又數，看了又看，摸了又摸，躺在床上感嘆道：「這丫頭像我啊！」實在太能幹了！

余嬤嬤：簡直不給人活路了，好想出去吐一吐！

余嬤嬤勸道：「太太睡覺吧。要不要摘了那鐲子，怪沉的吧？」

何老娘立刻閉眼打起呼來。

余嬤嬤：……

人是有依戀性的，州府千好萬好，何子衿還是覺得家裡最舒坦。哪怕看看何老娘刁鑽摳門又愛財的臉，都覺得舒坦得不能再舒坦。

第二日照舊早起，沈念早早穿戴洗漱好，在門外等著跟他家子衿姊姊一起打拳說話。何子衿拉著沈念的手，摸摸他的頭，笑道：「總覺得才走了幾天，阿念就長高了一大截。」

何子衿去州府沒帶他，沈念覺得是自己還小的緣故，下決心想要快點長大，可惜他再急也沒法子揠苗助長。老鬼給他出主意，說沈念自己要先做出大人樣來。老成了，自然就叫人瞧著可信，尤其是那種被女人摸臉摸頭的事不能再做了。

本來很喜歡何子衿摸他頭的，聽了老鬼的建議後，沈念硬是口是心非：「子衿姊姊，我如今大了，不能再摸我的頭了。」

何子衿還沒說話，穿著夾襖夾褲的何冽跑過來，臉上帶著沒擦乾的水漬，將頭伸到自家姊姊面前，「姊，摸我吧摸我吧！」他真是想死他姊了，一去州府這麼久，還不帶他去。

何子衿摸摸何冽的頭，何冽親親熱熱地同他姊說話：「姊，妳從州府帶回來的點心可真好吃，昨天晚上我和阿念哥半夜餓了，一人吃了兩塊芙蓉糕才睡著。」

何子衿笑問：「晚上沒吃飽嗎？」

「不是，主要是那糕忒香，擱床頭，把我跟阿念哥給香醒了。」何冽性子開朗，自己說著亦不覺臉紅，反覺有趣，哈哈大笑。

沈念：阿冽這張嘴真是的，子衿姊姊肯定覺得他們還是貪吃的小孩子……

何子衿現在是暴發戶，財大氣粗，幫何冽把臉擦乾，大方地道：「你們喜歡的話，下回我再託人買回來就是。」

「也不用總買，一個月買一回就行，比飄香園的點心還好吃。」何冽找著同盟，拉住沈念問：「是不是，阿念哥？」

阿念哥盯著何冽被子衿姊姊摸過的頭，「嗯」了一聲。

早起晨練，何子衿在州府也沒耽擱過。何冽打了一趟拳，與沈念一塊尋出何子衿買回的弓箭在手裡擺弄，跟沈念商量著在家裡立個靶子，以後練練弓箭啥的。

蔣三妞過來說：「可得尋個僻靜處，免得家裡人不小心挨上你們一箭，那可夠受的。」

何冽道：「三姊姊，我以後可是神箭手，怎會射著人？」

蔣三妞笑，「妳也說是以後。」

何冽拿著小弓比劃，興致勃勃地吹噓：「三姊姊，妳就等著瞧吧！」

幾人正說著話，飯還沒吃，就有人上門了。來人頗是面生，一身青色長衫很體面，腰間卻繫著根布條。這年頭，大戶人家對穿衣極講究，譬如何子衿去寧家，雖未見著寧家正主，但寧家僕婢身上不論穿綢穿布，腰間一律是繫布條絲巾，而不是絲條緞帶之類的腰帶。這人蓄著鬚，四旬上下，中等身材，衣裳料子算是好的，可從腰間繫布條看，興許是下人。

何家下人有限，且一早要備早飯，翠兒和周婆子在廚下忙，小福子在後頭劈柴，就何子衿幾個小的在晨練，這會兒見有人來，何冽上前問：「你是誰？來我家可是有事？」

原來這人是來買花的，對方自稱是城南胡家的管事，想買一盆綠菊。

何冽人小不大會招呼，張嘴就把何恭喊出來了。何恭一見到胡管事，笑道：「正好我家閨女回來了。子衿，胡管事前天就想買花，妳看留下哪兩盆做種，勻一盆給胡管事。」

何子衿以前只聽說過胡家的名聲，沒真正見過，不要說胡家主子，下人都沒見過幾次。只看胡管事穿戴齊整，便知這不是尋常人家。要說何忻和陳姑丈在碧水縣也是一號人物，可與胡家比就遜色許多。何忻與陳姑丈只是有錢，胡家則是真的有錢又有名。

當然，錢不一定比何忻和陳姑丈多，但碧水縣最有名的芙蓉樓是胡家的產業，什麼筆墨書鋪，都是胡家的產業。由此可知，胡家走的是風雅路線。

據說胡老爺年輕時做到過五品知府，辭官後歸家養老，連縣令大人都得稱他一聲前輩，不然碧水縣裡姓胡的多了去，為何唯他家敢自稱城南胡家？

哪怕是何恭時常請教文章的許舉人，在縣裡雖有名聲，卻也與胡家沒得比。碧水縣唯二能入胡老爺眼裡的，就是沈素和徐禎，因為這兩人是進士出身。秀才門第的何家，往昔根本沒與胡家來往過。

何子衿聽她爹這樣說，很快想明白了是哪個胡管事，然後帶著胡管事去花房看花了。她總共就十盆綠菊，挑了上好的六盆帶去州府，如今還剩四盆。這四盆品相也不差，何子衿留兩盆做種的，餘下的兩盆令胡管事挑選。

胡管事選好了花又問價錢，何子衿笑道：「這花能入胡老爺的眼就是它的福氣了，如何能收錢？勞您同胡老爺說一聲，這花是孝敬他老人家的。」

胡管事身為胡家的管事，是見過些世面的，自不會一口應下，連忙道：「萬萬不敢，姑娘這花價值不菲，如何敢收此重禮？老爺若知曉姑娘不肯收錢，定會責怪我的。」

何子衿道：「當初這幾盆未帶去鬥菊會，原就是放在家裡準備節下孝敬長輩的。胡老爺德行貴重，於鄉梓間素有令名，無人不敬仰。菊花是四君子之花，原就該配君子，所以我說這花得胡老爺的喜歡是它的福氣。重陽將至，在這花面前說銀錢，咱們這些俗人還罷，胡老爺豈是狷介之人？您只管帶回去，倘胡老爺有責怪之意，您來找我，我替您去說話。」

胡管事此方笑說：「姑娘這樣吩咐，小的從命就是。」與何恭客套幾句，胡管事便歡歡喜喜回去覆命了。

何老娘聞風而至，問何子衿：「這胡管事前日就過來想買花，妳那花精貴得不得了，家裡也不知要怎麼賣，不知妳要留哪兩盆做種，就說等妳回來送他府上去，誰曉得胡管事一大早便自己來了，這是打聽著妳回來了，賣了多少銀子？」拈拈手指，何老娘已準備數錢了。

何子衿得先安撫何老娘，她握住何老娘搓啊搓的手指，輕聲道：「祖母別掉錢眼裡出不來了，咱們已得了近千兩銀子，夠招人眼紅的。胡家老爺可是做過官的人，收他銀子做什麼？我沒要錢。現下做了人情，以後倘有眼紅咱家花兒的人來尋事生非，咱家就有靠山了。」

何老娘聽說是白送，有些不樂意，「胡家門楣高得很，豈是咱們家可攀的？」

「門第再高也不可能不與人來往，這白給他一盆花沒收銀子，人家總要承情。」何子衿小聲道：「還有一盆，我想叫爹爹送去給縣令大人。」

何老娘鬱悶地望著自家丫頭片子，剛還覺得她是小財神，怎麼這會兒又有往賠錢貨方向發展的趨勢？當下問道：「不收錢？」

「不收，這是走動的人情。祖母想想，姑丈和舅舅雖好，卻是遠在天邊。如今有機會能拉一拉關係，以後幹什麼不方便？」何子衿勸道：「有我在，祖母還怕以後沒花可賣嗎？糾結這兩個小錢做什麼？」

何老娘沒說話，心裡計算利益得失，何子衿又說了一句：「咱們自己走動人情關係，以後叫人不敢輕易欺負，是不是？不說別的，跟縣太爺打好關係，再有陳大奶奶那樣的敢上門，咱們就能直接告官將人逮大牢裡去。」

何老娘肉痛地嘆口氣，「算了，不賣錢就不賣錢。」

搞定何老娘，何子衿順手幫花兒澆水。何老娘瞧著一屋子奼紫嫣紅，嘀咕道：「妳說這事也怪，我瞧著紅的粉的才喜慶，那綠色的跟烏龜殼顏色那麼像，怎麼還能賣大錢呢？」嘖嘖兩聲，何老娘不能理解有錢人的腦袋，抬腳去收拾菜園子了。

何子衿：好吧，其實她有同樣的看法。她愛花，也愛養花，最愛的是養花能帶來收益。想到自己馬上就要成為小地主，她歡喜得幾乎能笑出聲來。

用過早飯，何子衿同沈氏商量，讓她爹拿剩下的一盆綠菊送給縣太爺。

沈氏道：「就一盆花，孤伶伶的。」

何子衿笑，「大家只是覺得綠菊稀罕罷了，其實菊花那麼多，不是沒有別的名品，只是不如綠菊罕見。一會兒我配幾盆奼紫嫣紅的一塊送去，花團錦簇，看起來也熱鬧。」

沈氏琢磨了一下，道：「成，正好每年重陽節縣太爺都要開賞菊會，秀才、舉人和鄉紳都會赴宴。」何恭自然也有份，只是秀才身分不吃香，每次去只是喝兩杯就回來。當然，今年不一樣，何恭送一盆稀罕的花兒，又有懂得種花的閨女，起碼能在縣太爺面前露個臉。

沈氏道：「自從妳這花賣了大價錢，許多人都想來拜妳為師學養花。」

何子衿一笑，「這個不用忙，祖母就能應付得了。」

沈氏聞言也是一樂。

何老娘這輩子沒收過這麼多禮，雖然沒啥重禮，但是讓人心情爽快。

先前何子衿沒回來時，何家就熱鬧得像廟會似的，眼下何子衿回來了，熱鬧前頭得再加個更字了。何子衿現在是縣裡的名人，出去怕被圍觀，給李大娘和薛師傅的禮便是蔣三妞帶著翠兒送去的。給在陳家任教的薛先生的禮，則是打發余嬤嬤送去。

何老娘就專心致志在家裡開茶會，何子衿根本不用露面，何老娘便與這些打算來拜她家丫頭片子為師的人說：「不成不成，不是我們丫頭不樂意教，是教了妳們也學不會。」

「哎喲，看嬸子說的，我就不信我家妞子笨成這樣，學都學不會！」

「是啊，學都沒學，哪裡就知道學不會呢？」

「唉，妳們不知道……」何老娘擺擺手，接過沈氏奉上的茶呷一口，這才說道：「我問妳們，在我們丫頭之前，妳們見過綠色的菊花嗎？」

「就是沒見過，才想叫我家桃姐兒跟著子衿學手藝啊！」這位野心不大，想著只要學到何子衿的手藝，哪怕一盆花賣不了八百兩，賣八十兩也好。

「妳以為這麼容易學啊？要是這麼容易學，大家都趕著去掙那八百兩銀子了！」何老娘先說一句八百兩，接著神祕兮兮地壓低聲音道：「實跟妳們說吧，當初子衿她娘生她前一天，我就做夢了，夢裡有個仙人從天上下來，捧著盆綠色的菊花給我。我剛要問怎麼好端端的給我一盆花，忽然有人敲門，原來是子衿她爹，子衿她娘要生了。我沒念過書，也不認得幾個字，不過是沒啥見識的鄉下婆子一個，很快就把這個夢忘得一乾二淨。後來這孩子喜歡種菊花，我才又想起這個夢。如今方明白，這是命中註定呀！」

「妳們說說，要不是命裡跟菊花有緣，哪能養出這麼好的花來，是不是？」何老娘信誓旦旦地道：「所以我說這不是人教的，這是天生註定的。」

上午打發了一撥想拜師的人，下午又打發了另一撥想拜師的，何老娘傍晚才有空清點這些天收的重陽節禮。何子衿見人都走了，便同何老娘一起清點禮物。尋常小戶人家不會送什麼重禮，無非就是水果點心，何子衿道：「明天的水果點心都不用買了。」

甭管這禮物值不值錢，有人送何老娘就高興，喜孜孜地道：「要是明兒有人送一大簍螃蟹來就好了，這樣連螃蟹都不用買了。」

何子衿：……

何子衿道：「祖母，以後您別再說什麼神仙夢的事了啊！」

「幹嘛不說？我想了好幾宿才想出這麼個好夢來。」何老娘悄悄道：「妳姑媽懷阿翼的時候，夢到好大一雙翅膀，就給妳表哥取名叫翼。妳說說，怎麼生妳的時候妳娘也沒做個神叨點兒的夢呢？唉，只好我來做一個了。」

在何子衿看來，雖然何老娘沒啥學識，但是在傳銷上有一流的天賦。她不是不叫何老娘說，只是得換個說法，她道：「說一回就行了，不能總說。這些話是別人聽到叫別人去說的，您說一回就成。說一回，待別人聽說了來問您，您還不能直接承認，得要表現得很謙虛很驚訝，似嗔非嗔似、怒非怒的樣子說『咦？誰跟妳說的？這樣的碎嘴！我都說不能往外說的』。總之得這樣口是心非一回，別人才會更容易相信。」

何老娘聽著何子衿的主意，眼神越來越亮，最後一拍大腿，叫道：「著！」

果然是長江後浪推前浪，瞧瞧，她家丫頭片子比她老人家還聰明呢！

兩人正交流著誆人的心得，陳府的管事來訪。

與其跟陳管事打交道，何老娘寧願清點禮物。哼，陳家人對她無禮，殊不知想巴結她的人多了去！就是她家丫頭片子也越發有出息，會養花會賺銀子，一個頂別家十個的能幹！

何老娘見著陳管事，再沒有以前的好臉，面無表情地問：「有什麼事？」

不是送過重陽節禮了嗎？難不成再送一回？

陳管事先向舅太太請了安，自從他家大奶奶得罪舅太太，舅太太這臉許久都沒緩過來。不要說他一個管事，他家老爺來了都得不到人家的好臉。

想到何老娘的脾氣，陳管事又恭敬三分，笑道：「回舅太太的話，是寧家備了份重陽禮，託老爺帶回來給您。我家老爺也是剛到家，就命小的抬過來了。」

何老娘一想便明白，對何子衿道：「興許是妳走得急了。」

當然，也有可能是寧家人勢利眼，後悔那天沒招待她的寶貝丫頭，這才補給禮物。何子衿回來只說去了寧家一趟，沒跟家裡人說在寧家受怠慢的事，可何老娘和沈氏等人哪能沒察覺到一點端倪？寧家是大戶人家，講究規矩，可世間事多半有個套路，你要是看重誰，人家去你家，怎會不趕緊相見？除非是不想見的人，才會推脫不見，讓人幫著招待。何子衿去了，沒見著寧家正主，可不就是人家瞧不上何家嗎？若何子衿不是何恭的閨女，而是皇帝的閨女，寧家主人敢不見？歸根究柢，還是寧家瞧不起何家。

只是何子衿沒說，何老娘便也裝作不知道，心裡卻是狠罵了幾句寧家勢利眼。

如今見著禮物，何老娘就不說啥了，與陳管事道：「辛苦你了。」

陳管事忙謙道：「不敢不敢，都是小的應當的。」將寧家備的禮單奉上，余嬤嬤接過。

何老娘道：「這天色也晚了，明兒個過節，我們小戶人家要茶無茶，要水無水，我就不留你了，你早早回去吧。」

饒是陳管事跟隨陳姑丈走南闖北，自認八面玲瓏，眼下面對何老娘這話，也不知該怎樣應對了，只得無奈道：「小的告退。」恭恭敬敬地走了。

何老娘冷笑一聲，「來，丫頭，看看這禮單上有啥？」她老人家識字有限。

何子衿道：「咱們去瞧瞧，一樣樣照著單子核對就知道了。」

「這也是。」看禮單可不如看實物更有感覺。

寧家備的大多是衣裳料子，應該是不清楚何家有幾口人，便老中青少的都備了一些。寧五奶奶因被寧太太好生抱怨了一回，準備這些東西時用了些心，料子都是極好的，起碼比何子衿在州府鋪子買回來的更好。另外有兩株參、兩包燕窩、幾張皮子及補身子的東西。

總之，是分量很足的重陽節禮。還附有一封信說何子衿去的那日庶務繁忙，未能接待，等何子衿下次再去州府，一定要過去玩之類的客套話。

何老娘望著滿當當的節禮，笑道：「這倒還差不多。」

何子衿道：「看這料子不錯，正好做兩身新衣裳穿。」

何老娘道：「不走親不出門，也不是沒有衣裳，做啥新衣裳啊？存著，全都存著，以後有大用處的。」她忍不住摸了又摸，這輩子還是頭一遭見到這麼柔軟光滑的料子，上面還有各種花樣，花色鮮亮柔和，一看就知道不是尋常料子。她已經打算往後何子衿說了婆家，給她做嫁妝。這會兒穿了圖新鮮，日後要上哪兒尋這上好料子呢？

何子衿實在受不了何老娘這有東西便是存著的性子，道：「東西就是拿來用的，一屋子好東西擱著不用，小心招了老鼠和臭蟲。」

「放屁！我那箱子可是老樟木，祖奶奶傳下來的好物件，一百多年沒生過半隻蟲！」何老娘意志堅定，「這得留著以後使，別有個三兩件好東西就放不住，不使了難受是吧？不存財的丫頭，妳這麼大手大腳，往後多少銀子夠使？不是過日子，這是在娘家，樣樣都隨妳，倘在婆家總想著吃穿，可是會被嫌棄的。」

尋常人家沒有不節儉的，可是，人生在世，誰不愛美？何子衿自覺是小美人，以前沒有還罷，現在有了好料子不能做衣裳穿，如何忍得？她心中一動，便道：「祖母，您聽我說，出門做客，總得有兩身體面衣裳不是？」

「以前做的衣裳怎麼就不體面了？」她家又沒啥顯貴親戚，就是陳家或何忻家有錢，這兩家都是極熟的，也不用特別打扮。

何子衿道：「要是去胡家呢？不該做兩身好衣裳嗎？」

何老娘過日子是一把好手，但見識畢竟有限，問：「妳白送他家一盆綠菊，他家能請咱們家過去？族長也沒這麼大的面子哩。只有阿洛中秀才的時候，聽說見了胡老爺一面。」

當然，她家丫頭的綠菊眼下可是稀罕物，特別值錢。這麼些錢撒出去，怎麼著也得聽著個響兒吧？何老娘不由被何子衿說動了心。

何子衿有個天生的長處，凡她說出口的話，甭管是確有其事，還是滿嘴胡謅，都很招人信。何子衿道：「有備無患，萬一人家請咱們呢？若沒好料子倒罷，明明家裡有一櫃子的好料子，因捨不得穿就鎖櫃子裡，到時去做客都沒件像樣的衣裳，豈不叫人小瞧？」
何老娘猶豫了，「那一人做一身？」
「總得有個替換的吧？」
「替換啥？這衣裳就是去體面人家穿的，哪裡需要替換？妳在家侍弄花草又用不著穿這好衣裳。」何老娘一輩子精打細算，若何子衿貪嘴要吃啥的，何老娘都會叫人買給她，反正到時也是全家人吃。在養孩子上頭，何老娘是相當大方的，可穿衣啥的，乾淨整齊就行，上好的料子何老娘是當真捨不得的，總覺得存著日後能有大用。
何子衿說得嘴巴都乾了，何老娘總算答應。由於寧家送的料子太好，何老娘是捨不得動的，但何子衿從州府帶回的衣料，倒可酌情拿些出來，家裡每人做一身體面衣裳。
何子衿本著趁熱打鐵的精神，當晚想著先把料子拿出來，何老娘卻道：「深更半夜，黑燈瞎火的，妳嬤嬤年歲大了，眼睛不行了，看不清鎖眼不好拿，明兒個天光好再拿吧。」
哪怕要做衣裳，多在她老人家的櫃子裡放一夜也是好的。
唉，丫頭片子不存財，掙了就想花，簡直愁死她了！
何老娘沒愁死，余嬤嬤快愁死了：她的眼神是有些花，看鎖眼還是沒問題的啊！
何老娘執意不給，何子衿也沒法子，倒是第二日胡家幫了忙。一早大，胡家送了兩大簍螃蟹來，說是自家水塘產的，節下分贈親友，今天正是重陽正日子。
可見何子衿這花不是白送的。
何老娘笑道：「我昨兒念叨了大半天，不想今兒個就真有人送螃蟹來，正好省下買螃蟹的錢。」她老人家不愛吃這個，「硬殼的東西，裡頭沒啥吃頭，不如燉肉實惠。」還賊貴！

螃蟹不是啥稀罕物，稻田裡就有，這東西一旦多了，稻子都種不好，影響收成。許多農人從稻田撿出來剁碎餵雞餵鴨。何老娘很不理解那些有錢人家的腦袋，居然在水塘養這玩意兒。更不理解的是，明明餵雞餵鴨的東西，咋個大就賊貴賊貴的呢？

何恭喜食螃蟹，瞧了一回道：「今年螃蟹個頭足實，一時也吃不完，送些給阿山他們吧，這東西就是吃個時令。這些螃蟹肯定不便宜，他們夫妻節儉，怕是捨不得買這麼好的。」

沈氏附和：「這倒是。咱家反正是吃不完的，不如街坊鄰居都送送，大家嘗個鮮兒。」

何老娘卻是催促兒子：「你趕緊走吧，縣太爺家不是有菊花宴嗎？那兒也有螃蟹吃。」

「在外吃酒，可不如在家吃痛快。」何恭心寬，不愛鑽營，這是他的真心話。

何老娘道：「去吧，秀才們都去的，等你晚上回來，我們再蒸了吃。」

何恭笑，「娘，你們中午就吃吧，省著做什麼？現在正是吃蟹的季節，孩子們也想吃的，不用特意等我。娘也說了，縣太爺那裡有好螃蟹。」

何恭在家喝了半盞茶，說了幾句話，就帶著小福子去縣太爺府上赴宴了。何恭年輕時剛中秀才，在縣太爺面前還是頗吃香的，如今年近而立，沒中個舉人出來，便不大吃得開了。所幸家裡吃喝不愁，夫妻恩愛，兒女雙全，眼瞅著閨女也有出息，中不中舉人，他是得之我幸，不得我命。再者，秀才也是分等級的，如何洛、陳志這等少年秀才，最得人意。碧水縣除了致仕的胡老爺、居鄉的許舉人，剩下的便是秀才們了。如何洛、陳志，自然座次最好，往往能與縣令大人同席。何恭在秀才裡屬中等，另有一等是既老又窮的秀才，位居末等。

今日則不同往時，何恭的位置往前挪移，竟與縣令大人同席。大家見著他，難免說一回菊花的事。其實何子衿每年養的花不多卻也不少，尤其這等時令花，初時少，後來養得好，她爹常拿去走禮應景，何子衿便多養了幾盆。就是今年重陽，綠菊碧水縣裡只有胡老爺和縣太爺有，餘者與何恭相近的許舉人，還有其他關係好的秀才，都收到了何恭送的菊花。

綠菊稀罕，何子衿每年都要拿去賣錢的，所以，何恭拿去走禮的是別色的菊花。別色的菊花便是往時覺得尋常，如今綠菊賣了大價錢，這收到菊花的人家，也都覺得何家的菊花不尋常了，哪怕不是綠色的。

何恭去參加縣太爺的菊花宴，何家這邊又得陳家送來的兩簍螃蟹。往年陳家都會送，只是今年兩家關係緊張，何老娘對陳家餘怒未消，見著陳家人不是陰陽怪氣，就是冷嘲熱諷，何老娘還以為陳家今年不送了，故此，昨日嘟囔著還得花錢買螃蟹的事。不想今天陳家送來了，加上胡家送的，可著實不少了。

沈氏與何老娘商量：「這大螃蟹實在好，醃了醉了醬了頂多放半個月，咱們到底吃不完。聽說阿山他岳家也在碧水縣做小生意，不如送阿山一簍，叫他拿去打發吧。」

原是想給沈山十隻八隻的，如今家裡四大簍，索性給沈山一大簍。

何老娘道：「這也成。」一起碼走走人情。

沈山和章氏夫妻兩個陪她家兩個丫頭去州府，還算是忠心可靠。

何老娘又道：「中午吃一回，晚上吃一回，這東西不容易死，叫周婆子放簍子裡養兩日，明兒還能吃。剩下一簍，妳醉些醬些，留下給阿恭吃的，到時拿些到醬鋪子賣，看能不能賣出去，反正無本生意，便宜些也是淨賺。」

何子衿給何老娘提個醒兒：「晚上叫周嬤嬤用蛋清餵螃蟹，不然螃蟹會瘦的。」

何老娘道：「妳倒是捨得，雞蛋多貴呀！」

「螃蟹也就這會兒吃，能吃幾回啊？」何子衿可是很喜歡吃螃蟹的，一頓吃六隻大螃蟹都沒問題，這還是沈氏死活攔著不讓她吃太多的時候。何子衿笑道：「祖母不喜歡吃螃蟹，一會兒叫周嬤嬤買塊五花肉，拆幾隻螃蟹，我給您老做個獅子頭如何？」

何老娘道：「那得多腥啊？」

「一點都不腥，好吃得不得了。」

「做吧做吧。還獅子頭，不就是大丸子嗎？」何老娘嘟囔一句，習慣性挑挑毛病。

何子衿笑說：「小的叫丸子，大的就叫獅子頭了。」

沈氏去分派送螃蟹，何子衿著周嬤嬤去買五花肉。今日是節下，沈念和何冽不必念書，送東西的事，沈氏便叫小哥倆去分送各家。他們送螃蟹，各家則送個一條魚、一隻風雞、一把鮮菜或一個西瓜當回禮。何家也自備了肉蔬，但街坊間就是這樣，常有往來才顯得親熱。

沈念和阿冽年紀都小，何冽沒那拆蟹吃蟹的細緻，他只喜歡吃蟹黃蟹膏，沒人給他拆蟹肉他便不吃。現在有獅子頭，何冽覺得獅子頭更香更合他胃口，便不大動螃蟹了。沈念及蔣三妞吃東西都屬於細緻型，剔完蟹殼，還能把蟹腳組裝回去。

沈氏嫌螃蟹寒性大，不讓孩子們多吃。她自己吃的也不多。何老娘沒吃螃蟹，倒是吃了個獅子頭，何子衿怕何老娘吃太多肉撐著，便勸說：「您多吃點菜。」

何老娘嘀咕：「好不容易放開吃一回，還攔著不叫吃，這虧得是我自己花錢買的肉。」

「這麼大的丸子，吃一個就行了，想吃明兒個再做，一下子吃多了葷腥不好消化。」何子衿夾了一塊涼拌藕給何老娘，「您嘗嘗這個，又脆又鮮。」

好吧，藕也是精貴的東西，何老娘吃了兩塊，又道：「那個獅子頭是咋學來的？妳娘可不會做這樣的好菜哩。」

何老娘初時沒留心，覺得她家丫頭片子像她，天資聰穎，眼下自欺欺人欺不過了，一樣兩樣還能說丫頭片子是自己琢磨的，但為啥同樣的菜，丫頭片子就是做得比別人好吃呢？尤其這獅子頭，她以前也吃過，只是沒吃過裡頭摻蟹肉蟹黃的。這樣鮮香的滋味，一吃到嘴裡就能化了，這還是她頭一遭吃到這樣的好吃食。

何子衿淡定自若，「我白給書鋪子抄了好多書呢，有時拿兩本回來看，錢老闆也不說啥，那食譜當然是在書上看的唄。有些愛吃的人，專愛寫食書，裡頭都是燒菜做飯的事兒。」

何老娘道：「原來廚子也會寫書啊！」她直覺認為，凡是寫食譜的都是廚子。

何子衿倒是有耐心，「不見得是廚子，但起碼也是懂吃食的人。像這獅子頭，其實是有訣竅的，裡頭要用五花肉，做出來才香。還有人喜歡炸了再燉，我倒覺得五花肉本來就肥，不用炸，燉的時間久了，肥肉自然就化在湯裡。湯是用高湯，實不必過油炸。煮湯時把剔肉的蟹殼放進去，湯便能提鮮，味兒便更好了。」

何老娘認真地點頭，「這些書看看倒不賴。」主要是比較有用。女兒家廚藝好也是一項優勢，倒是這項優勢對現在的何子衿來說，只能算是錦上添花。自從何子衿那花賣了八百兩，打聽她的不知多少人家，只是她年紀還小，暫時說不到親事上，大家只得作罷。等過兩年瞧著，有這樣養花的本領，媒人就得把何家的門檻踩平。

何恭直至下半晌方歸，身上酒氣熏天，沈氏端來醒酒湯，問：「如何喝這許多酒？」

何恭腦門兒疼，揉著眉心，嘆出一嘴酒氣，「我這是沾了咱們丫頭的光。以前菊花宴沒多少人理我，這回真是不得了，一個個似我同胞兄弟，拚命來敬酒。虧得阿洛阿志幫我擋酒，不然得叫人抬我回來。」他雖喝了不少酒，好在腦子還是清醒的。

「一群勢利眼！」沈氏罵了一句灌丈夫酒的傢伙們，著翠兒去打來溫水，她服侍著丈夫去了外頭的棉袍，扶他上床，蓋上被子，給擦過頭臉，又問：「好些沒？」

何恭「嗯」一聲，道：「跟娘說一聲，就說我回來了。」

「你睡吧，我叫翠兒去說。」沈氏怕他頭疼，輕輕幫他按了按。何恭酒品很好，喝了酒便是睡覺。這一覺直睡到傍晚。沈氏怕他睡多了晚上失眠，才將人給叫起來。

何恭覺得口乾，沈氏倒了一大盞溫白水給他。何恭一連喝了三盞，方覺得好些。

沈氏問：「頭還疼不？」

「沒事兒了。」何恭精神大好，接過沈氏遞來的溫布巾擦臉，「這回去我可是露了臉，還有人跟我打聽閨女的親事，真是叫人不知說什麼好。」

沈氏笑，「這才到哪兒，這些人啊，也忒急了。」

倘有好人家，沈氏也會認真考慮，只是她閨女這樣會掙銀子，得什麼樣的好人家才配得上她閨女呢？沈氏一時也沒了標準。所幸閨女尚小，一時倒也不急。

沈氏道：「你外頭留意著，我在家裡也留心，倘有合適的人家，先說給三丫頭。眼瞅著又是一年，明年三丫頭就十六了。」

何恭道：「王氏那混帳，雖說遭了報應，到底影響了三丫頭！」

沈氏並不多提王氏的事，找了件乾淨袍子道：「把衣裳換了，咱們去母親那裡吧。母親惦記著你，你睡覺的功夫，著余嬤嬤過來兩趟了。」

何老娘抱怨兒子吃酒太多傷身，何恭笑道：「一年就這一回，我也沒料到呢！」

何老娘道：「沒料到咋啦，你不喝別人還能強按你的頭？真是笨，不想喝就裝醉，誰再逼你喝，你就吐他一身。」

何老娘給兒子出主意，覺得兒子蠢笨，這樣簡單的法子都想不到。

何恭訕笑，何老娘嘆口氣，問：「晌午在縣太爺那裡除了喝酒，可吃好了？」

何恭感嘆道：「每桌兩盤大螃蟹，我只來得及吃兩殼蟹黃和一碗湯。」然後就被人敬了許多酒。何恭不知道，他這人懶怠應酬才有空吃兩殼蟹黃及一碗湯。那八面玲瓏的人，哪有空將心思放在飯食上，又不是真的為了去吃飯。當然，何恭就是去吃飯的……

何老娘道：「我叫周婆子蒸了螃蟹，晚上你痛痛快快吃幾隻，明兒個還有。」

何恭很會哄他娘：「還是娘疼兒子。」

何老娘回以二字：「屁話！」

何恭……

在外人看來，何老娘的日子是越過越好，哪怕何恭止步於秀才，考了好幾年都沒考上舉人，但這家人特別會過日子。且不說田地越來越多，就是何子衿，兩盆花賣八百兩，這跟財神爺有啥區別？不要說八百兩銀子，許多人一輩子就是八十兩也沒見過。

一家子日子過得好，是有欣欣向榮之氣的。

在外人看來，何老娘家便是如此。

如今誰不羨慕他家有何子衿這樣會賺錢的丫頭，大家都說何子衿種菊花的本領是天上神仙傳授的，雖然很多人不信，卻有很多人相信，不然她一個小丫頭如何能種出金貴的花兒？

便是與何家祖孫幹過架的三太太都羨慕得在家裡叨念：「人家都說丫頭是賠錢貨，要是個個有那臭丫頭的本事，生一屋子賠錢貨也甘願啊！」

當然，這是外人的看法，何老娘卻是覺得日子過不了了，原因就出在何子衿身上。

也不是什麼大事，完全是非常小的一件事。

何子衿鬥菊會結束就同蔣三妞兩個往家趕，終於在重陽前趕回家。要知道，何子衿是買了許多禮物的，家裡人人有份，東西太多，也分了好半日，接著又是重陽節，熱鬧忙碌也沒顧得上整理自己的東西。

一直到重陽節過完了，因家裡螃蟹多，何子衿早上還早起做了回蟹黃兜子給家裡人吃。何老娘一口氣吃了八個，險些撐著，連沈氏這素來少吃螃蟹的人，也覺得合胃口，讚了何子衿一回。一頓就把家裡剩下的螃蟹吃去大半，餘下的沈氏醬一些就夠了，省得浪費。

日子這樣的順遂，何老娘偏生覺得這日子沒法過了，起因就要從這吃過蟹黃兜子的早飯說起。何子衿如今騰出手來整理自己從州府帶回來的私貨，她發了財，不僅是給家裡人都帶了禮物，還有余嬤嬤、周婆子、翠兒、小福子也都有份。余嬤嬤、周婆子和翠兒是一人一只銀戒指，小福子則是一塊湖藍的衣料。

余嬤嬤得些東西，主僕二人情義深厚，何老娘還是可以忍一忍的。聽說何子衿還給周婆子和翠兒銀戒指，何老娘整個人都不好了，心疼得直抽抽，偏生又不能說。她即便是心直口快，也明白家裡使喚的這些人，東西給都給了，她再要回來啥的，會寒了下人的心。

何老娘憋啊憋的，憋得心肝兒疼，還是忍不住命余嬤嬤叫了何子衿來，且打發了余嬤嬤出去，私下與何子衿說：「以後可不能這樣了，咱家不是那等大戶，有那閒錢打賞，這銀子給妳兄弟買一塊墨或一刀寫字的紙都夠了。」

何子衿知道何老娘心疼銀子，安撫她道：「祖母只管寬心，我這不過是小錢，咱家的產業都在祖母手裡呢。以後我那些銀子置了地，田裡的出息也給祖母收著好不好？祖母別怕往後沒錢，有錢的日子在後頭。何況，主家有喜事打賞，下人自然同喜，這樣他們就會知道，主家好了，他們才會好，便會更加用心服侍。不然，主家好了，他們是這樣，主家發達了，他們還是這樣，那他們會不會覺得，勤快是一樣，懈怠也是一樣？但凡用人，就得賞罰分明。便是田裡的佃戶，哪家打的糧食多還要多賞些呢。祖母別心疼這些小錢，好日子還有。」

賞都賞了，反正不能再要回來。何老娘再三同自家丫頭片子道：「有喜事賞這一回還罷，也不要總賞，總賞會叫人當成冤大頭。」

何子衿笑應：「知道了。」

當天何老娘再次同余嬤嬤感嘆：「這丫頭就是像我啊！」

余嬤嬤：奴婢老眼雖有些花，也看到太太您的瞇瞇眼總是盯著奴婢手上的銀戒指拔都拔不出來了！阿彌陀佛，幸虧大姑娘不像太太您啊！

事實上，何老娘嘴上雖不說，但她還是覺得自家丫頭是個心裡有數的，而且，已經那啥勝於藍了……罷了罷了，反正丫頭會賺錢，打賞就打賞吧。

得了何子衿的安慰，何老娘方覺得釋然，日子也能湊合著往下過了。

何老娘還在心疼銀戒指的事，何家便收到了胡家的帖子，十月初十是胡老爺大壽，請何家人去赴壽宴。打發走胡家下人，何老娘嘖一聲，瞅何子衿一眼，「神了！」

何子衿嘴角翹起，接過余嬤嬤手裡的帖子念給何老娘聽。

沈氏笑，「離十月初十還有幾天，丫頭們把新衣裳都做好，到時可以穿。」

何老娘對蔣三妞道：「我的衣裳也著緊些。」家裡數蔣三妞針線最好，以往偺著蔣三妞做繡活兒掙錢，何老娘的針線大多是何子衿做。這次因料子好，她就看不上何子衿的針線了。自稱艱苦樸素的何老娘，點名要蔣三妞幫她做衣裳。

蔣三妞笑應：「是。」

何老娘道：「還得教教阿冽和阿念規矩，甭去了叫人笑話。」

何子衿笑說：「他請咱們，咱們依約前去，有啥可笑話的？阿念和阿冽在家裡也不是會胡來的人，去別人家更不會失禮。」

何老娘嘆，「妳哪知道大戶人家的心思？我看妳樣樣都好，去寧家不是照樣碰了壁？」一不留神，把寧家那事兒說破了。何老娘知道小孩子的性情，何況在她老人家心裡，自家丫頭片子那花兒剛賣了大錢，正是意氣風發之時，聽這話定會覺得沒面子。

難得何老娘這般心直口快之人，竟想得這般周全，誰曉得何子衿眉毛都未動一根，只是笑道：「碰不碰壁都沒關係，咱們是自家過日子，吃的是自己的飯，沒什麼不坦蕩的。祖母只管放寬了心，在家啥樣，出去一樣。胡家雖是官宦人家，可來往是你情我願的事兒，倘是被人小瞧的來往也沒意思，去一次便罷了。只有彼此客氣，方能長久。」

倒不是說何子衿清高，實在是真就奴顏婢膝，或者得一時之利，想長久是難上加難。何況，家裡這些人也不是那種性子，何老娘理會不來那套殷勤小意之類的手段。與其叫何老娘患得患失、小心翼翼，還不如大大方方地去，便是有些土氣，想來胡家也不會意外。

何老娘沒主意時，還是願意聽一聽何子衿的主意，她老人家活了這大半輩子，於人情來往上還是有些心得的，就聽沈氏道：「這壽禮怎麼備？」

何老娘看向何子衿，「要不，把寧家給的那兩枝參帶上？我讓妳嬤嬤拿去給張大夫瞧過，是不摻假的二十年山參。」

何老娘多半連價都一併估了，何子衿想了想，卻是道：「要我說，備些家裡土產便罷了，再搭些壽桃壽麵，像許先生過壽時，差不多就好，不然明年到哪兒去買這參呢？咱家本就是小戶人家，不用充大戶，而且，二十年的參是中等參，說不得胡家便是用也是用更好的，若送去無用處，也是白搭。」

幾個人商量後決定按尋常壽禮準備，壽麵壽桃則是從飄香園買，算是碧水縣上好的了。

胡老爺的壽日還沒到，陳姑媽過來了。

貳之章 ◆ 人情交際須兼聽

陳姑媽雙眼含淚激動萬分地告訴何老娘一個好消息，寧家終於同意給陳芳過繼嗣子了。

陳姑媽眼淚擦了一遍又一遍，卻是面帶笑容，嘆道：「快十年了。」

何老娘亦嘆，「這回芳丫頭總算有個盼頭了。」然後又勸說：「姊姊莫要流淚，咱們該為芳丫頭高興才是。」

余嬤嬤端上茶來，蔣三妞和何子衿順手接一把，一個奉予陳姑媽，一個奉予何老娘，余嬤嬤則將剩下的一盞遞給陳二奶奶。陳姑媽接了茶顧不得喝，笑道：「是啊，我實在喜得不得了，過來與妹妹說一聲，咱們一塊高興高興。」

陳二奶奶轉手將茶放在一旁的方几上，附和道：「我在家裡也勸母親呢，妹妹的福氣在後頭，過日子只看以後。」自陳大奶奶去念經，陳二奶奶生了雙胞胎兒子，已然是陳姑媽身邊的第一人。人逢喜事精神爽，陳二奶奶的精神氣可不是一般的好。

何老娘點頭，「這話是。」

陳姑媽拭拭淚，念佛道：「如今夙願得償，待芳丫頭此事辦好，我就去廟裡還願，給菩薩重塑金身。」

大家又暢想了一番陳芳今後的好日子，陳姑媽這才道：「說來，我早就想過來，節下一直忙忙叨叨的，實在抽不開身，一直拖到今兒個。」陳姑媽瞅著何子衿直笑，「子衿如今真是出息了，我聽說鬥菊會上上百盆花，咱們子衿拿了個第三。」

何子衿笑道：「這也是湊巧，我那花兒入了大人們的眼。」

「說是湊巧，怎麼別人湊不了這個巧呢？妳那幾個姊妹與妳一道念書的，可沒人有妳這項本領。」陳姑媽笑嘆一回，頗有些孩子是別人家的好的意思，也的確是別人家的好些。

陳二奶奶笑，「是啊，二妞說起來，羨慕妳羨慕得不得了。」

何子衿道：「二妞姊這是替我高興呢！我家不似姑祖母家這樣的大家大業，故此，自己學些本事，日後也好在這世道立足。如姑祖母家的姊妹，那是生來就要做大家小姐的，就是到鬥菊會上，我是賣花兒的人，姊妹們是競價買花兒的人，如何能一樣？」

陳二奶奶被何子衿奉承得不禁一笑，「妳這丫頭，就是嘴甜！」

陳姑媽將手一擺，「什麼大不大家小姐的，她們要有妳的本事，我夢裡都能樂醒。」

「哎，孩子家，各有各的好。」何老娘說句車軲轆話，不經意地雙手一疊，腕上兩只金鐲相擊，發出「叮」一聲。

陳姑媽放眼一瞧，「好亮堂的鐲子！倒沒見妹妹戴過，這黃澄澄的，瞧著是剛打的！」

何老娘一副抱怨天抱怨地的樣子，「唉，說到這個我就愁，好不容易那花兒賣了些銀子，丫頭也不知過日子的道理，非得給我買這個回來。姊姊妳說，能當吃還是能當穿，一下子好幾畝地進去了，叫人惱得很。」說著，何老娘抬手攏攏鬢間一絲不亂的花白頭髮，那大金鐲子自腕上往臂上一滑，更是耀眼。何老娘繼續抱怨，張嘴就是一套胡編：「這麼個金圈子，沉得很，我是戴慣了我以前那對老銀鐲的，本不想戴這個，誰曉得不戴丫頭還不高興，天天逼著非叫戴。唉，我還說呢，我這輩子就是恭兒他爹活著時這樣管過我，如今都是我管人，不想又有個要管著我的了。」

何子衿：求您老炫耀時甭用這麼哀怨的口氣好不好……

陳二奶奶嘴快，且很會捧何老娘的場，笑道：「看舅媽說的，孩子還不是孝順您。要是我們二妞出門給我買兩個大金鐲子回來，我還不知怎麼歡喜，子衿實在懂事是真的。」

陳姑媽笑，「妳舅媽心裡也歡喜著呢！」

何老娘笑，「她們有這片心就好，買不買鐲子我都歡喜。」

「是呢。」陳姑媽笑。

陳二奶奶如今正是春風得意，問道：「我怎麼聽說這回子衿去州府住的是何老闆家？咱們自家在州府也有別院有鋪子，子衿以後去州府，只管住咱們家。」

何子衿笑，「這次鬥菊會是忻大伯幫我安排的，我又沒去過，故此，一應都是忻大伯幫的忙。下次再去，人生地不熟的，自然要麻煩伯娘。」

陳二奶奶道：「這是應該的。我聽妳二伯說，妳那花兒可是緊俏得不得了，妳姑祖父想要兩盆，都沒能輪得上。」

「二伯娘這是在逗我，排行第一位的鳳凰振羽就是姑祖父的鹽行拍得的。姑祖父後來倒是著人送信想要我的兩盆綠菊，只是那會兒都有去向了，我想應也沒花兒。」陳姑丈的確著人問綠菊的事了，只是那時何忻要走兩盆，還有兩盆何子衿已打算送寧家的，便沒應。

何子衿噙著笑問：「這倒奇了，姑祖父有一盆鳳凰振羽，打點人足夠了。若他早兩日說，我定會勻一盆綠菊給他，偏生沒早些說。姑祖父可不是磨蹭人，他素來事事搶先的。」

陳二奶奶笑，「這我就不曉得了，倒是明年，妳可得給妳姑祖父留兩盆好的。」

何子衿笑咪咪地學陳二奶奶說話：「這我就不曉得了，誰知道明年花兒長得怎樣。」

陳姑媽低聲道：「聽說今年總督大人要打點一位大有學問的先生，非得要奇異些的花兒，子衿那綠色的罕見，倒比排第一的更入總督大人的眼。」

何子衿點點頭，「原來是這樣，看來這次真是我運道好。」上有所好，下必甚焉。總督大人喜歡什麼，下面的人自然群起效仿。陳姑丈在鬥菊會上手夠快，可惜買錯了花兒，以致於後來方叫人去問她綠菊的事。

陳姑媽道：「這話別往外頭說。子衿取的那兩個名字也好，叫什麼隱什麼遲來著。」

蔣三妞道：「偕誰隱，為底遲。」

「對對對，反正我不大明白的話兒，聽說這樣的名字有學問，可不就被上頭的大人物瞧上了嗎？」陳姑媽道：「所以我說，子衿這書沒白念，能取出這樣有學問的名字來，這才是秀才們說的『學以致用』呢！」

何子衿順勢笑謙：「倘不是薛先生教導我那一二年，我也讀不了詩書。」

何老娘笑，「是啊，以前我只覺得丫頭家認得幾個字，會算數，別叫人坑了就行。如今想想，多念幾本書也沒壞處。就是三丫頭，我也叫她多看書。」

陳姑媽笑著附和：「這兩個丫頭都是百裡挑一。」

何老娘又開始叮叮叮撞金鐲子了，假假謙道：「哪兒啊，就一般的鄉下丫頭，好在知道勤快做活，以後自己掙口飯吃是不愁的。姊姊，與咱們年輕時那會兒沒得比。」

聽著叮叮撞金鐲子的聲音，何子衿十二萬分的確定：她真的沒見過比何老娘更口是心非更會顯擺的人了。

寧家決定給寧家六房過繼嗣子，這對於陳芳對於陳家都是一種肯定，也無怪乎陳姑媽喜極而泣了。送走陳姑媽婆媳，何老娘嘟囔：「也不知陳家會不會去向胡老爺拜壽。」

何子衿笑，「這有什麼要緊？胡老爺的壽宴想是熱鬧得緊，不一定就能坐到一處。」

何老娘道：「有那許多人？」何家圈子有限，就是平日赴宴，也多是與何家門第相仿的，備個三五桌算是多的，而且親戚朋友相熟，自是自在。便是何忻、陳家這兩家錢的，也擺過幾十桌的大場面，何老娘不是沒見識過，但胡家是官宦人家，與這二府皆不同，何老娘這輩子還是頭一遭與官宦人家打交道，心裡很是緊張。

何子衿道：「不是人多人少的事兒，我以前聽薛先生說過，大戶人家但凡有宴會，對客人座次肯定提前有所安排。姑祖母家是賣鹽做生意的，我爹是有功名的秀才，這如何一樣？自然是要分開坐的。」

何老娘點點頭，「這倒是。」

沈氏進來說：「子衿，妳去瞧瞧，周婆子把鴨子買回來了，看是不是妳要的？」

何子衿出去看鴨子，何老娘與沈氏道：「要我說，鴨蛋怪腥的，不如雞蛋好吃。」

沈氏笑，「我也這樣說。這蛋也奇，越小吃起來味兒越好。似鴨蛋和鵝蛋，個頭雖大，卻不如雞蛋味兒好。」

「妳別太慣著她，這才剛過了重陽，肚子裡的油水還沒消化下去，怎地又給她銀子買鴨子了？」何老娘道：「她雖掙了幾個錢，卻也不容易，有錢正經置了地才好，每年有些出產，是個長長久久的營生。」

沈氏捧了盞茶給何老娘，道：「我正想跟母親商量呢，原是想著給子衿置地的，可我又想著，她也漸漸大了，家具嫁妝也得慢慢置辦起來，攢上幾年也就齊全了，不然到時慌手慌腳的，著急不說，怕也不合心意。」

尋常人家哪裡要攢嫁妝，不過是臨到頭買齊全便罷。家境好些的，買幾樣好的。家境差些的，買差一等的。如今是何子衿得了這一注銀錢，沈氏方動了給閨女慢慢攢嫁妝的心思。

何老娘一想也明白了沈氏的意思，點頭道：「這也是。咱丫頭既有這樣的本領，又是她自個兒掙的銀錢，是該好生備幾樣嫁妝的。」

沈氏笑，「是。」

婆媳兩個說著話兒，陳二奶奶也服侍著陳姑媽回了家，又繼續殷勤地服侍著婆婆用過午飯，方回自己房裡歇著。

陳二奶奶一回屋便問：「妳兄弟做什麼呢？」

陳二妞小聲笑道：「能做什麼？這麼個小奶娃娃，吃了睡睡了吃唄。剛吃過奶，睡著呢，娘您小聲些。」一招呼丫鬟進來服侍陳二奶奶洗臉梳頭，去了頭上那些繁重金銀，又換了家常衣衫。陳二奶奶先悄聲細步去隔間看了熟睡的雙胞胎兒子，方回自己屋同長女說話，「行了，我回來了，妳也去歇會兒吧。」

女兒漸大，眼瞅著就是說婆家的人了，學裡功課便停了，陳二奶奶教她理些家事，以後在婆家是用得到的。因多年期盼方生出一對雙胞胎兒子，陳二奶奶愛若珍寶，竟是眼前一刻都不能離的。今天隨婆婆去何家，就叫長女看一會兒，生怕奶媽婆子不盡心。

陳二妞瞅著這個時辰問：「娘是吃了飯回來的，還是沒吃飯回來的？」

「我在妳祖母屋兒裡一塊用了的。」陳二奶奶嘆，「我看，妳舅祖母是動了真氣。以往我們在妳舅祖母面前沒什麼臉面倒罷了，妳祖母過去時，她們還是很好的。」

「怎麼，舅祖母連祖母都給臉色瞧了？」

「那倒沒有，只是這親疏啊，一眼就能看出來的。」陳二奶奶又嘆口氣。

「看娘這長吁短嘆的。」陳二妞自丫鬟手裡接了茶奉予母親，「舅祖母也真是的，多大點的事兒，就這般不依不饒了。大伯娘不是去念佛了，還得怎麼著？只記著咱家的不好，那些年的好呢，都忘了？遠的不說，就說近處，要不是祖母，子衿能來咱家念書？」

陳二奶奶皺眉，「這是哪裡的話，快閉嘴吧，妳這話一出去，原還有三分恩情的，也得被妳說沒了。妳舅祖母是長輩，再有不是也輪不到妳去說嘴，這話叫別人聽到，該說妳沒規矩了。就是子衿，嘴裡可沒有妳半句不好，妳這樣在背後說她，叫她知道豈不寒心？」

陳二奶奶緩一緩口氣，道：「長輩的事是長輩的事，妳只當不知就是，妳們小輩之間只管照常來往才好。」陳二奶奶覺得，何子衿能種出那般金貴的花兒，還是極有本領的。

「她那麼精，哪裡會說咱家不好？只是您瞧，她那花兒賣了大價錢回來，只買了東西送薛先生。」陳二妞挑起兩道彎彎的眉毛，「她是知道咱們兩家不大好了，倘若買東西給我們姊妹，豈不是白花費銀錢。薛先生卻不一樣，雖是在咱家教授學問，到底不是咱家的人，只是咱家花銀子聘來的，所以，她才繞過我們姊妹，去打點好薛先生，以後她在學問上有什麼難處，若請教薛先生，只看著她前些天送的東西，薛先生也得教她呢。我早知她聰明過人，只是不知她這般勢利。」

「什麼好東西？我問過了，不過是帶了枝筆給薛先生罷了。」陳二奶奶無奈，反問：「妳還差那個不成？」

「我倒是不差那個，就是想想覺得寒心，她在咱家時，我給過她多少東西，光點心不知從咱家帶了多少去。她沒琴使，那琴還是娘從舅舅家的樂器行拿來送她的。」陳二妞拈一枚胭脂紅的蜜餞擱嘴裡含著，「她家與咱家遠了，她自然與我也淡了。我倒是想與她來往，只怕我有意，她無心呢。」

陳二奶奶呷口茶，「快別說這些酸話了。親戚間本就是一本糊塗帳，妳這是怎麼了，往日也不這樣的？」

「我就是覺得心寒。」陳二妞道。

「我說句老實話，當初妳們一直沒個兄弟，我心裡焦得跟什麼似的。送子衿一張琴，這是想從妳表嬸那裡取一取經，看有沒有生兒子的法子。如今有了妳們的兄弟，莫說一張琴，便是叫我送一百張琴，我也樂意。」陳二奶奶嘆口氣，「妳呀，子衿是在咱家念了兩年書，妳也照顧過她，這不是很好嗎？如今又計較什麼點心不點心的事？當初也是我叫妳照顧她的，不過吃些點心，這能值什嗎？就是她這次從州府回來，帶東西給薛先生是師生情義，她是沒給妳東西，可妳們姊妹都一樣，若是別人都給了，不給妳，妳再說這些話不遲。妳只看著咱家對舅太太家的好了，妳哪裡知道咱家艱難時，舅太太家也幫襯過咱家。」

「咱家現在雖日子富貴，可一個好漢三個幫，眼裡也不能沒了人，不然咱家日子遠勝舅太太家，妳祖母妳大伯妳爹他們還一趟趟過去做什麼？」陳二奶奶道：「她遠了，妳近著些就是。妳如今是大家小姐地享受著，可二十年後呢？」

陳二妞心裡不服，「怎麼，娘就覺得我二十年後就不成了？就比子衿差了？」

陳二奶奶為女兒扶一扶鬢間斜插的小珠釵，道：「妳是我親閨女，我自是盼妳比世人都強的，可這世上還不是人外有人，天外有天？咱家當初窮苦時，誰料得咱家有今日呢？我與妳說了吧，妳也不是個笨的，子衿有這一手養花兒弄草的本領，一年這許多銀子的進項，她的親事呀，差不了。我是沒適齡的兒子，我要有，我真樂意親上做親。」

「妳呢，咱家除了妳大妞姊，就是妳了。我聽妳祖母的意思，大妞的親事年前要定下來的。她雖是長孫女，可性子不比妳在妳祖父祖母面前討喜，妳也比她聰明，妳的親事也快了。」陳二奶奶說著，陳二妞已羞得臉上通紅了。

「這有什麼好羞的，早晚要與妳說個明白的。」陳二奶奶看女兒嬌羞的模樣，心下憐愛得不得了，笑一笑，語重心長道：「如今妳也大了，親事是早晚的事，可即使成了親，妳也得記著，與人多交好，莫與人多交惡。就拿子衿來說，妳何必不交好她呢？以後說起來，這是我表叔家的表妹，最會種菊花的，難道不好聽？妳得學著看人，這些有出息的人哪個沒脾氣？沒脾氣的那是窩囊廢，我還瞧不上呢。人有本事，就有脾性，妳在家是大家小姐，家裡有我有妳爹，事事都由妳說了算，在外頭可不能這樣。妳得該精明時精明，該糊塗時糊塗，像子衿這事，她又沒明明確確與妳生分，妳又不是大妞那傻瓜，妳先時對她的好，我先時與妳表嬸的交情，人家都沒說什麼，妳先自個兒遠了，傻不傻？」

陳二妞被母親說得半低著頭，沒了話兒。
陳二奶奶笑，「好了，我知道妳心裡明白，只是啊，眼裡忒不容沙子了。」
陳二妞不好意思地笑了笑，「我也沒娘您想得這樣通透。」
「妳還小呢，我在妳這個年紀時遠不如妳。妳是讀書識字的人，以後肯定比我強。」陳二奶奶問：「明兒個妳那新衣裙就送來了，好生試一試，看可合心，倘有不合心的地方，叫繡坊立刻去改了。這是下個月去胡老爺壽宴時要穿的，可不能馬虎。」
陳二妞笑，「我知道，倒是娘不是說給我打新首飾，得什麼時才送來？」
「那是拿去州府鋪子打的，得略慢些，放心吧，月底前定能送回家來的。」陳二奶奶瞧著閨女秀氣的臉龐，笑問：「前兒從州府帶回的胭脂可好用？」
「還成，比先前用的好，潤得很。」
「這是最好的芙蓉坊裡頂頂好的胭脂膏，裡頭放的都是精貴物兒，甭看咱們縣裡的胭脂鋪子也說自家胭脂裡有珍珠粉，那是騙鬼呢。不要說珍珠粉，豬油能兌上些也是好的。這個可不一樣，我聽說上到總督夫人，都是用她家的胭脂水粉。」陳二奶奶道：「那麼一小盒就得十兩銀子，小戶人家一年的嚼用呢，妳覺得好以後就使這個。」
陳二妞笑應，一時便回房歇息去了。
大丫鬟白鸝抱了床錦被來，輕聲道：「太太忙了一上午，也在榻上略歪一歪才好。」
陳二奶奶嘆口氣，「妳們姑娘呀……」話只說了一半便不說了。
白鸝笑著勸道：「奶奶只管寬心，奴婢覺得有一句話何姑娘說的是極對的。」

「什麼話？」

「何姑娘是在鬥菊會上賣花的人，咱家姑娘啊，是競價買花的人。」

陳二奶奶不覺一笑，「是啊！」自家閨女是瞧著何子衿出了大風頭，有些使性子罷了。只是，有什麼好爭的？何子衿也不過是會種花兒罷了。便是賣得幾百兩銀子，這些雞零狗碎的小錢，還不在陳家眼裡呢。

「咱們姑娘素來通透，太太一點撥，也就明白了。」親為陳二奶奶脫了錦靴，蓋上熏香的錦被，白鸚拿來一對美人拳，坐在腳榻上，輕輕為陳二奶奶捶起腿來。

陳二奶奶忽然道：「二妞漸大了，以後要學的事也多，黃鸝不若妳穩重，不如妳去二妞身邊服侍，平日間多勸著她些。她年紀小，正是意氣用事時。」

白鸚手裡的美人拳略頓一頓，低聲說道：「奴婢是太太一手調理出來的，太太叫奴婢去哪兒，奴婢就去哪兒。」

陳二奶奶滿意地閉上眼睛，漸漸入睡。

……

田裡的大白菜剛收好，就到了胡老爺的壽辰。何家一家人都換了新衣，小福子在街上雇了兩輛車，男人一輛，女人一輛，帶著備好的壽禮，前去胡家赴宴。

一進胡家主宅所在的胡家胡同，車便不得不停下來，實在是前頭的車一輛輛堵滿了整條胡同。何恭道：「反正就幾步路，咱們走過去吧。」

何老娘已然咋舌，在兒子的攙扶下下了車，往前望一眼，除了人就是車，不由讚嘆：

「我的乖乖，人可真多！」

沈氏對一干孩子道：「阿念和阿冽跟緊了相公，三丫頭和子衿跟著我，都不許亂跑。」

好在外頭車輛人馬多，裡頭人也忙碌，卻不顯得雜亂。何家人一到便被請了進去，男人去前院，女人去內宅，何子衿、蔣三妞跟著何老娘和沈氏，由一個三十歲左右的媳婦引著到了正廳，胡太太帶著兩個兒媳婦與一個孫媳婦招待來賓，見著何老娘還說：「您家孫女種的菊花實在好，咱們同在鄉梓，哪日閒了正可多說說話。」

何老娘實誠地道：「成！您哪日閒了想找人說話，著人去叫我，我在家也是無事。」

胡太太笑著請何家一家人往側廳坐了。

何老娘見到了三五個熟人，起碼許舉人的媳婦許太太是認得的。許太太也帶著兩個媳婦來了，何恭時常去許家請教學問，每至節下都會備禮給許家，故此，沈氏與許太太和許家兩位奶奶亦是相熟的。倒是蔣三妞及何子衿，被引去了姑娘們坐的地方。

這裡是一處別廳，一明兩暗的格局，相當寬敞，屋裡桌椅櫃榻一應俱全，牆上懸掛著書畫，百寶閣上擺置素雅的玩器，几上供著幾盆碧綠的水仙，此時剛進十月便已點起炭盆，暖和得很，香爐裡燃著不知什麼香，暖暖的很是舒服。廳內穿紅著綠的大小姑娘有二三十人，講究些的又帶了自己的丫鬟，故此，頗是熱鬧。

來做客的姑娘們由胡家四位姑娘招待，胡家大姑娘瞧著年歲與蔣三妞相仿，一手拉著一個，親親熱熱地對蔣三妞道：「妹妹是薛師傅的得意弟子，我嚮往已久。」又讚何子衿：「妹妹的花兒養得真好，可是叫我們姊妹開了眼界。」這位顯然是做足了功課的。

蔣三妞和何子衿謙道：「不過些許小技，您見笑了。」

胡二姑娘引了陳大妞、陳二妞、陳三妞和陳四妞過來，「妳們表姊妹定是極熟的。」

陳大妞瞟何子衿一眼，皮笑肉不笑，「若知妹妹們也來，就請妳們乘我家的車了。」

何子衿不欲與她起這口角令人笑話，只淡淡一笑，「多謝表姊，我們雇車是一樣的。」

陳二妞聽陳大妞的話很不像樣，忙對何子衿和蔣三妞道：「這幾位是二姑娘、三姑娘與四姑娘。」把胡家三位姑娘介紹給她們認識，還得安撫何子衿，道：「剛正說起子衿妹妹呢，我們誰家不養個花兒啊草的，卻都不如子衿妹妹養得好。」

何子衿笑，「二妞姊過譽了。」

陳二妞問：「妹妹在家做什麼呢？我前兒正想著哪天過去找妹妹說話。」

「也沒什麼事，田裡剛收了白菜，我幫著我娘醃泡菜來著。」何子衿說著，就有個圓臉姑娘問：「何姑娘，妳花兒養得那般好，在家還要妳親自醃泡菜？妳家裡沒丫鬟使喚嗎？」

何子衿笑，「雖有丫鬟，可家裡活兒多，也要自己做的。」

「說來妳家不論醬菜、泡菜做得都好，就是燒餅肘子也香，表叔和表嬸這生意是越發的好了。」陳大妞在一旁笑。

何子衿瞅她一眼，「我爹是念書的秀才，哪裡懂生意不生意的事。大妞姊怕是誤會了，不過是我外家族人鬧著玩罷了。」

陳大妞卻是不依不饒，「我怎麼聽說是嬸嬸的本錢？」

何子衿笑了笑，「大妞姊聽誰說的，也與我說一說。早聽說大妞姊素來沒心計，果然是被小人給矇騙了，不然大妞姊回家問問大伯娘，是不是這個道理？」陳大妞的臉刷地就下來了，陳二妞顧不得幫她圓場，死命拉著她往外走，也不知在陳大妞耳畔嘀咕兩句什麼，陳大妞總算沒當場發作。

何子衿對胡家幾位姑娘一笑，道：「陳家與我家是老姑舅親，不算外處，故此，我們表姊妹都是隨意慣了的。賢姊妹是斯文人，讓妳們見笑了。」

胡大姑娘笑，「哪裡哪裡，兩位妹妹這邊坐吧。」心說，今日來的人多，她原想兩家是親戚，才想著讓陳家姊妹照顧何家兩位姑娘。若知她們不睦，再不能叫她們碰到一塊的。

倒是蔣三妞，雖然比何子衿年長，但每次見何子衿這笑面虎的退敵方式，都是佩服得不得了，決心學習一二，想著，我要是有子衿妹妹三四成的功力，以後也不必再動刀動槍了。

何康和何歡手牽手過來與何子衿及蔣三妞打招呼，這兩人，一個是何忻的幼女，一個是何氏族長嫡長子何恆的長女，兩人與何子衿關係都不差，且是同族，還介紹了相熟的姑娘給何子衿與蔣三妞認識。什麼司刑大爺家的千金、主簿大人家的姑娘、學諭家的小姐……反正何子衿和蔣三妞是認識了不少人。

何子衿如今是碧水縣名人，小姑娘家聚在一處，難免說一回花啊草的。縣太爺家的千金可能傲氣些，但這三班六房出身的姑娘，待何子衿、蔣三妞還是不錯的。這年頭三班六房都屬吏，算不得官，可說句老實話，能在三班六房混個職位，比考秀才實在多了。

當然，如胡老爺這等人物，請的也是三班六房的頭頭兒。

餘者便是碧水縣鄉紳族長家的千金，還有胡家外地親眷過來赴宴賀壽的，如何子衿等碧水縣的姑娘們便不大熟了。胡家四位姑娘招待這些姑娘們，還有一位在胡家寄住的姓趙的表姑娘，亦頗是和善，再者便是胡氏族人家的姑娘了。

大家不過略說些話，如陳大妞這般不識趣的再沒有的，待一時，壽宴的時辰便到了。姑娘們亦坐在一處，只是胡姑娘早打發丫鬟下去調了位置，務必令何陳兩家遠著些，不然真出了什麼不雅的事，掃的是胡家的臉面。

胡家席面備得也好，只是人太多，許是廚子忙不過來，提前預備了許多菜色，上到席上時便溫涼不熱了，又是這樣大冷的天。這席面是圍著戲臺上下樓擺放的，還有大戲看。只是到底進了十月，天氣寒涼，何子衿沒吃幾口，喝了一碗湯便罷。

待沈氏差翠兒來叫她們，兩人便辭了胡家姑娘，與沈氏、何老娘回家去了。

一家人都沒吃好，何老娘到家便吩咐翠兒道：「去跟周婆子說，不拘什麼，快些整治出來墊墊肚子的好。」

沈氏問丈夫：「你在席上吃了些不？」

何恭道：「說是芙蓉樓的大廚掌勺，可天兒實在冷，菜上來都涼了，就喝了幾杯酒。」

何老娘道：「還不如咱們小戶人家，在屋裡擺兩席，熱熱鬧鬧地吃一頓，實惠不說，也親香。他家是做官的人家，排場倒大，就是這席面不大實在。我看啊，大家都沒吃好。」

翠兒端了碗醒酒湯回來，道：「周嬤嬤沒預備，這會兒趕著蒸飯，怕是要等一等了。」

何恭並未喝多少酒，只是他也餓了，接了醒酒湯喝半盞，酸得直皺眉，道：「去外頭叫一席酒菜來吧。」

「那不一樣要等。」何老娘咕咚咕咚灌了溫水，「這等好年景，竟還要挨餓。」

沈氏吩咐翠兒：「去鋪子裡瞧瞧，有燒餅拿幾個回來，肘子多切些，先墊補墊補。」主要是沒去大家大戶赴宴的經驗，偏生趕到大冷的天兒，老的少的都沒吃好。

何子衿想著一家子的飯，立時叫周婆子整治，她一人也忙不過來，便道：「家裡小爐子上一直溫著骨頭湯，我去瞧瞧，起碼先做個湯出來，大家喝了暖暖身子。」

沈氏點頭，「去吧。」甭管什麼，有吃的就行，大晌午的還沒吃東西，大家都餓了。

何子衿和蔣三妞去廚下幫忙，家裡別個沒有，蘿蔔白菜冬瓜南瓜盡有的，這些都是冬天能存放住的菜，另外家裡醃的雞蛋鴨蛋醬肉火腿亦是齊全，三人一起動手，先切了冬瓜片與火腿絲擱骨頭湯裡煮。不多時便炒了四樣菜，再剝顆大蔥打上六個雞蛋攤兩個雞蛋餅，待菜炒出來，湯也得了，正好熱騰騰地端上去。

何老娘說周婆子：「要是靠妳一個，家裡老少爺們兒吃飯都難。」

周婆子笑，「這回是沒預備，就煮了些醒酒湯備著，往時間，我可是哪頓飯也都沒落下過的。」別的時候赴宴都是吃得很好的，回來最多喝些醒酒湯，哪似這回餓著肚子回來。

其實是何家節儉，除非一日三餐，不然灶上鮮少備熟食的。

翠兒很快也拿了熱燒餅熱肘子回來，大家坐下墊補了一頓總算填飽了肚子，這才有力氣說胡家壽宴的事兒。大人們是沒什麼事的，這個年紀，不管關係遠近關疏，總會顧個大面。

何洌和沈念也好，何洌道：「阿洛哥很照顧我們。」

何子衿把陳大妞的事說了，「大妞姊無事生非，我給了她幾句，二妞姊把她勸走了。」

沈氏對陳家早沒了耐心，道：「不要與她一般見識，她呀，分不清個好歹，這是因妳大伯娘的事記恨上咱們家了。」

「她早就是個糊塗蟲，理她呢，咱們自個兒沒吃虧就成。」何老娘翻個白眼，「她自己的終身大事還沒個著落，倒出來丟人現眼，傻蛋！」

甭看何老娘這話不中聽，卻是道道地地的實在話。

陳二妞把陳大妞的事說給母親聽，陳二妞直嘆氣，「我與娘私下說幾句子衿的不是，也是私下說。大姊姊可真是的，那許多人呢，子衿又沒招惹她，她張嘴就陰陽怪氣，她還以為別人聽不出來呢。哪怕妳因大伯娘的事心裡不服，但她畢竟是做姊姊的，再怎樣也不該在外頭跟子衿拌嘴。別人都知咱兩家是姑舅親，以為咱兩家關係多好呢，叫大妞姊這一鬧，人家都知道咱兩家有嫌隙了。」

「吵半天，還吵不過人家。」陳二妞簡直愁死了，「不知道的還以為我們一家姊妹都是大姊姊那樣的。」她心裡並不是多為陳大妞著想，只是，這年頭，一家姊妹縱有脾性不同，可一人忒丟臉了，餘者難保要受其連累的。

「死丫頭！丟人現眼！」陳二奶奶亦是來氣，握拳狠狠一捶炕几，對閨女道：「這事不要再提了，我會跟妳祖母說的。她再金貴，也不能為她一個，連累得妳們都沒了名聲。」

陳二奶奶為人精道，這等事自不會敲鑼打鼓地同婆婆說，而是私下說的，且面上故作十分為難，「大嫂子這樣，平日裡我只擔心委屈了大侄女，可倘不教導一二，又怕她越走越偏。說句心裡話，我也知大侄女同大嫂子母女情深，可大嫂子那事，如何能怪到舅太太家呢？大侄女這樣，不是常法。倘次次見了子衿便要刺人家一刺，子衿與許能忍一忍不說什麼，只是那丫頭的性子母親還不知嗎？甭看成天笑咪咪地說話也甜，心裡精著呢。這次虧得二妞死命攔著她大姊姊，不然在胡家鬧出事來，算是怎麼著呢？我實在擔心，偏又沒主意，可不說又怕大妞哪天闖了大禍，豈不是我這做嬸子的過錯？」

陳姑媽聽了陳二奶奶這一番話，怒到極處反是面無表情，緩緩吁出口氣來，「知道了，別再與人提這事了，好在只是小孩子家的口角，不值什麼，妳去吧。」

陳二奶奶恭恭敬敬地退下。

當晚，陳姑媽與陳姑丈商量：「你想讓大妞與胡家聯姻，怕是難了。」便將今日陳大妞的事兒說了。胡家不是傻子，在人家姑娘面前辦的這事，便是瞎子也知道了。

陳姑丈罵一句：「這混帳丫頭！」

陳姑媽長嘆，「她這不識好歹的脾氣，不能高嫁，高嫁會出事的。在你手下挑個會哄人的孩子，好歹能哄住她，稀裡糊塗過一輩子，也是幸事。」

陳姑丈沒說話，問：「阿志的聘禮預備得如何了？」

「都妥了。」

「成，先把阿志的親事定下來。」

陳姑媽既氣陳大妞不懂事，又擔心丈夫拿陳大妞做交易，喝道：「你可別再生邪心！」

陳姑丈一臉晦氣，「能生什麼邪心？她這樣的，連安分兩個字都不知怎麼寫，我就是有邪心，她是能換關係，還是能換銀子？」

「這樣的，嫁給誰家都是結仇！」陳姑丈道：「我去尋思尋思，誰與咱家有仇，把她嫁過去，只當為我報仇了！」

陳姑媽險些一口氣上不來，陳姑丈忙給老妻順氣，「隨口說說罷了，妳還當真不成？我是氣這丫頭無能，比子衿那丫頭長幾歲，口齒還不如人家伶俐，真是白吃這些年的飯。這樣無能，偏又脾氣大，嫁與我手下管事，倒是沒人敢輕待她，只是妳也得想一想，她是大孫女，二妞、三妞、四妞和五妞也得嫁人呢，難不成叫其他孫女婿與管事互稱連襟嗎？還是尋個老實的鄉紳家嫁吧。」

陳姑丈又道：「胡太太那裡，妳多帶二丫頭過去走動。」

陳姑媽嘆，「這也好。」

轉天，何子衿又收到胡家姑娘差人送來的賞花會的帖子。

這壽宴胡家整整忙了一日。

其實依胡老爺在碧水縣的身分地位，便是擺兩三日酒也是應當的。只是，胡老爺為人低調，且不是整壽，便只擺了一日酒，就這樣，也累得胡太太身上生疼。

胡太太狠歇了兩日方歇了過來，此方有空與孫女說話，便問大孫女：「那何家姑娘如何？妳見著她沒？」

胡大姑娘笑道：「如何沒見？只是那日就見了一面，且因來的姑娘們多，也沒顧得上與何家姑娘多說幾句。別的不好說，性子是好強的。」便將何子衿與陳大妞的事說了。

胡大姑娘道：「我原以為她們兩家是老姑舅親，定是極熟的，不過姑娘家各有各的性子，也不一定就全都合得來。陳家大姑娘說話不大妥當，她家雖有錢，何家卻是親戚，陳家便不謙遜些，也不好那樣說話的。何姑娘年紀小，更不肯相讓，那日真把我們姊妹嚇一跳。她們興許往日慣了的，我瞧著實在擔心，生怕她們有什麼不痛快，萬一拌起嘴來豈不傷和氣？待中午用飯時便將她們分開了。」

胡太太微微頷首，「待下回什麼花會茶會的，妳請一請何家姑娘。」

待胡大姑娘走後，胡氏給胡太太遞上一盞溫茶，「娘，您是相中何家姑娘了不成？」

胡太太接了茶，「何姑娘不過十一二歲，這會兒說相中，也忒早了些。」

「我聽著大丫頭的話兒，何姑娘恐怕不是個溫順性子。」

胡太太不以為然，呷口茶，徐徐道：「被人問到眼前倘尚不知吭氣，那是人嗎？那是死木頭。我與妳說，這上等人物啊，分兩種，一種是家裡能幹的，一種是自個兒能幹的，何姑娘就是第二種。」

胡氏道：「憑咱家，什麼樣的好姑娘娶不來？」

胡太太道：「叫妳說，這何家姑娘不好了？」

「不過就是花兒種得好罷了，也值當娘您這樣讚她？」

「值不值當，慢慢妳就知道了。」

胡太太不願多討論一位姑娘的好壞，哪怕是與親生女兒也是如此，胡氏便也不再多言。

話說何子衿接了胡家的帖子，還有些驚訝，沈氏笑，「既請妳，妳就去吧。」

何子衿點頭，轉身又去何老娘那裡訛出兩塊好料子，何子衿是這樣說的：「有一便有二，難不成次次去人家家裡做客都穿同一身衣裳？叫人家瞧著，跟沒別的衣裳穿似的。」

何老娘只得又割了一回肉，當然，心裡也樂意叫自家丫頭與胡家姑娘來往的。

便是沈氏，也展開了新的社交關係，譬如司戶大爺家的太太與沈氏就很能說到一處去，司戶大爺姓史，這位司戶太太便稱史太太了。

司戶不是官，是吏。官是中央指派，人數少，如一縣之內，官員只有四人，便是縣令、縣丞、主簿、典史。但一縣之地，事情說多不多，說少不少，僅憑這四人是治理不過來的，而官員做不完的事情，便要由吏來擔任，這便是三班六房的來歷。

三班六房又各有各的不同，如六房，仿照朝廷六部，為吏、戶、禮、兵、刑、工六房。這六房裡各有頭人，百姓分別稱其為：司吏大爺、司戶大爺、司禮大爺、司兵大爺、司刑大爺、司工大爺。這幾位大爺，包括各房人手，皆屬吏員。

吏的地位沒有人們想像的低，起碼得能寫會算，而三班則是指衙役的分類，衙役分為皂班、快班、狀班，這便是三班衙役的由來。三班的地位明顯低於六房，再者，六房是文差，衙役多為武行，欺壓個把人啥的，大多是衙役出面幹的，而且優倡皂錄子孫三代不得科舉，這是朝廷明令。至於商賈出身，於科舉無礙。只是朝廷嚴令，官員不得經商，所以，衙役不論社會地位，還是人文地位，都不如六房。

不管是三班還是六房，有一點，官員是流水的官，朝廷明文規定官員不能由本土人士兼任，而吏則不同，在任何地方都是流水的官員，鐵打的吏員。如碧水縣，今日李縣令如此，明日張縣令來了，三班六房還是這些人，甚至稍稍軟弱的縣太爺，還有被架空的可能。

因此，官的地位沒人們想像的那般高高在上，而吏呢，也有吏的地位。
史太太已有了些年紀，她腦後梳一個簡單的圓髻，插兩三支金釵，圓臉一團和氣，與沈氏笑道：「若不是那日咱們說話，再想不到縣裡還有這般透脾氣的姊妹，不然妳家可是書香門第，我等閒不敢貿然相交。」
沈氏道：「這話該我說才是，以往見著姊姊，聽別人說這是司戶大爺家的娘子，我再不敢近前唐突的。因姊姊是官家門第，再想不到這樣和氣。」
「什麼官呀，鄉親們賞臉，對繡姐兒她爹叫聲司戶大爺罷了。我家世代做這個，繡姐兒她祖父活著時也是做司戶，做熟的。」史太太年紀雖長沈氏十幾歲，說話卻極是爽利，「那天自胡老爺壽宴上回去，就是繡姐兒，回家也與我說，妳家兩位姑娘都是實誠人。」
史太太說著就一陣樂，「妹妹好福氣，有這般能幹的閨女。繡姐兒與我說，原想著妳家子衿是養花的人，不與尋常閨女一樣，指不定是怎樣不食人間煙火的人物，就是想結交，我們繡姐兒也做不來清高的性子。結果繡姐兒說，妳家子衿還在家裡幫忙醃泡菜，兩人說起話來也對味。我們繡姐兒像我，是個直脾氣，最不能與那些之乎者也酸文假醋的人來往。」
沈氏道：「我往常都說，女孩子家多做些活兒不是壞事。大戶人家的姑娘，十指不沾陽春水，是人家的命好，我們這樣的人家可沒那許多講究。我們家兩個丫頭，三丫頭跟著薛師傅學繡活兒，子衿在家除了養養花草，就是喜歡燒菜做飯，我都愁得慌。」心下卻覺得奇怪，這位史太太的長女是嫁給許舉人的長子的，如何又說出酸文假醋的話來？
史太太笑說：「這可是正好，我們繡姐兒也喜歡下廚做個點心煲個湯什麼的。」

繡姐兒其實就是那位在胡家與何子衿說話的圓臉姑娘，年紀與何子衿一樣大，只是繡姐兒是六月生的，何子衿是二月生的，故此，就得叫何子衿一聲姊姊了。

繡姐兒臉圓圓的，人也圓圓的，明明與何子衿同齡，卻似比她小兩歲似的，一副討喜可愛的圓潤模樣。她家祖輩就是在戶房幹的，家境很是不錯，白嫩的手腕上戴著兩個小金鐲，頭上一支小小的海棠金簪、一支小小的蝴蝶步搖，頸上帶著金嵌寶的項圈，似模似樣地請蔣三妞和何子衿吃她帶來的蜜餞，「我最愛吃這山楂果，卻是兩樣做法，一樣外頭裹著糖霜，一個是蜜漬的，又酸又甜。三妞姊、子衿姊姊，妳們嘗嘗。」她家有乾果海味鋪子。

蔣三妞見這蜜漬山楂紅得如胭脂一般，不禁心喜，又看那糖霜山楂，便道：「這麼早就做山楂了，街上還沒見糖葫蘆賣呢。」

繡姐兒道：「也快了，天兒說冷就冷的。十月初做這糖霜還不成呢，怕一著熱化掉，這是前兒做好的新鮮貨，掌櫃大叔知道我愛吃這個，做好給我送來的。我想著要來見兩位姊姊，便帶來咱們同享。」

何子衿笑道：「妳家的乾果是一等一的好，我祖母說，她年輕時吃就是這個味兒，如今還是一樣的味兒。我們小時候冬天出去，好幾回都是去妳家鋪子買糖葫蘆。妳家非但這山楂做得好，海棠也漬得好，看這顏色，跟蜜蠟一般。我看那天在胡老爺壽宴上，用的就是妳家的乾果蜜餞，是不是？」

繡姐兒嘴裡嚼著山楂，喝口玫瑰花枸杞茶，方道：「子衿姊姊真是好眼力。」

蔣三妞順手幫她續上茶，何子衿道：「這沒什麼難猜的，咱們縣裡，妳家乾果鋪子不用數都是最好的，縣裡有頭有臉的人家擺席，點心大多是用飄香園的，乾果就是妳家的了。」

繡姐兒很機靈，對蔣三妞道了謝，舉著茶盞一抬手，「茶還是姊姊們這裡的好。」

何子衿笑道：「這是我自己曬的花草，妳喜歡，一會兒我裝一罐給妳。」

繡姐兒道：「那我先謝謝姊姊了。」

「不必客氣。」何子衿道：「倘是綠茶，平日間不敢多喝，喝多了晚上睡不著覺，這種花草茶多喝些是無礙的。三姊姊喜歡綠茶花草茶混在一起喝，味兒也很好。」

繡姐兒呵呵直笑，「綠茶味兒清淡還好，我有一次喝了南越國的磚茶，茶湯是紅色的，不知道叫什麼名字，就喝了一杯，鬧了我半日的肚子，我娘還說呢，就想嘗個鮮兒，誰知不說苦不拉嘰沒個喝頭，怎麼還跟吃了瀉藥一般。」

何子衿和蔣三妞都是一樂，蔣三妞道：「世間還有這樣的茶？」

「可不是嗎？那會兒我還小，這會兒我娘就想弄些那個茶來叫我喝，好減一減肉，變得像兩位姊姊這樣的苗條人才好呢。」繡姐兒說著，又一塊蜜餞進了肚子。

何子衿道：「妳還小呢，等大些自然就瘦了。我小時候也胖，妳問問三姊姊就知道。」

蔣三妞笑，「是啊，妳子衿姊姊小時候臉也是圓的。」

繡姐兒瞧著何子衿有些不能信，摸摸自己的圓下巴問：「難不成似我這樣胖？」

蔣三妞道：「妳現在也不胖，妳性子好，誰見了妳都喜歡，何況現在正長個子呢，倘一味想變瘦，吃不下喝不下的，倒耽誤長個子。」蔣三妞一直都是苗條人，小時候想吃口好的都沒有，實在不能理解繡姐兒想變瘦的心思。蔣三妞是想胖一些，可就是現在，吃食上再不委屈了，仍是吃什麼都不胖，亦令人煩惱愁悶呢。

繡姐兒道：「要是我以後能像三妞姊和子衿姊姊這樣，我可就放心了。」

沈氏與史太太說話投機，繡姐兒同蔣三妞、何子衿也能說到一處去。頭一天拜訪，史太太並未留下用飯，近晌午時帶著繡姐兒告辭了。何子衿已命翠兒收拾出了一個細蒲草編的方匣子，裡面放著整整齊齊的四個青花瓷瓶，何子衿笑道：「這是我與三姊姊平日常喝的花草茶，妹妹拿去嘗嘗，若合口，只管再與我說。」

繡姐兒道：「多謝姊姊。」

何子衿和蔣三妞一塊陪繡姐兒過去沈氏房裡，史太太見丫鬟手裡抱著東西，嗔道：「這是什麼？又要妳姊姊的這些東西。」

繡姐兒笑說：「這是三妞姊與子衿姊姊平日裡喝的茶。娘，您不是想我變得苗條嗎？姊姊們喝什麼茶，我也喝什麼茶，我也就能苗條了。」

史太太笑，「妳呀，光喝茶沒事，管住嘴才有用。」

沈氏道：「繡姐兒這樣正好，我看著繡姐兒，就似看到子衿小時候一般。她是還沒到抽條的時候，待到那時候，轉眼就能瘦了。」

史太太笑，「我就承妹妹吉言了。」

沈氏帶著蔣三妞和何子衿送了史太太母女出去，道：「姊姊還有事，我就不虛留姊姊，待姊姊下次來，可一定得留飯，嘗嘗我的手藝。」

沈氏與史太太似失散多年姊妹重逢一般，那叫一個難捨難分，在大門口還說了會兒話，史氏方帶著繡姐兒上車，告辭離去。
沈氏回房與蔣三妞和何子衿說：「繡姐兒那孩子，一看脾氣就好。」
蔣三妞笑，「是，我跟妹妹都與繡姐兒說得來。」
何子衿亦笑，「直爽得很，有什麼說什麼，就得與這樣的人做朋友才有意思。」
沈氏頗覺欣慰，「那就好生相處。」
何子衿問：「娘，您跟史太太是在胡老爺壽宴上認識的嗎？」
沈氏笑，「說來也怪，一說話便覺得投緣。」
沈氏聽史太太說家裡有位十二三歲念書的公子，史太太有心來往，沈氏呢，既覺彼此投緣，便不會將史太太拒之門外。甭看史家老爺只是司戶，說起來是不如秀才舉人體面，可史家是十足十的殷實人家，在碧水縣也是數得著的了。
史太太心情很不錯，在車上細問閨女都與何家兩位姑娘玩什麼了，繡姐兒道：「吃了會兒蜜餞，喝了茶，我們解九連環玩了。子衿姊姊的屋子裡有很多書，都是她自己抄的。娘，您看子衿姊姊這樣有學問，說話還這樣和氣，比許冷梅好多了。」
繡姐兒嘟嘟囔囔：「不就認得幾個字嗎？裝得跟什麼似的。」
「看著妳大姊姊的面子吧，理她做什麼？」史太太想到長女的婚姻就心煩，長女當時說的婆家，說的時候史太太是極樂意的，許舉人家的長子許青。那會兒瞧著女婿也出眾，成親一二年中了秀才，也算年輕有為，只是，許舉人好歹止步於舉人，到許女婿這裡，中了秀才後考好幾回，也沒能像他爹一樣中個舉人回來。其實沒中舉便沒中舉，整個碧水縣舉人進士都是鳳毛麟角，史家連秀才都沒出一個，可這考不中舉人，性子也古怪了，前年丈夫好意說吏房有出缺，既考不中舉人，不如在衙門裡補個差，熬幾年也能熬出些名堂。不想這話卻是捅了許家的肺葉子，史司戶好心提議，結果沒兩天閨女哭回家了。

叫史太太說，不願意補差，更想著往上奔也沒啥，她家男人又不是壞心，沒拿女婿當外人才會這樣說。真以為衙門六房的差使這麼好補呢，等閒沒點關係，拿銀子想進都難。

可史家就此陰陽怪氣起來，還敢說是她閨女不旺夫，氣得史太太險過去幹一架。若不是丈夫攔著，史太太再不能叫閨女受這個窩囊氣。這兩年閨女的日子不大好過，史太太索性把閨女外孫外孫女時不時接回家住，懶得與許家來往，對這種酸文假醋的人家厭惡至極。

還有上次小女兒繡姐兒去參加胡家的賞花會，史太太想著，小孩子家不過玩一玩罷了，便叫閨女去了。偏生趕上一群丫頭要作詩，繡姐兒心寬，沒當回事兒，卻受了許青的么妹許冷梅的奚落，話裡話外說繡姐兒沒學問。繡姐兒當時就回嗆了許冷梅幾句：「我不識字，也不認得書，故此不像姊姊這般刻薄。姊姊既是識字，也念了許多書，卻變得這般尖刻。如此看來，還是不識字不念書的好，起碼落得寬厚二字。」

繡姐兒出了氣，可長女在許家的日子越發艱難了。

史太太被許家氣得胃疼，自此一見著念書人家便繞道而行，不想沈氏是這樣爽利人兒。

史太太長嘆，「可見世上還是有好人的，只是沒給咱家遇著罷了。」

就是蔣三妞與何子衿，也都是能幹的姑娘。

史太太傍晚就接到了許家送去的許冷梅訂親的帖子，史太太一看竟是陳許兩家聯姻，忍不住奇道：「他家不是誓要將閨女嫁到書香門第去嗎？」

先時聽說想與何氏族長家的嫡長孫何洛小秀才聯姻來著。

晚上史太太與丈夫念叨了一嘴，史司戶也煩透了許家，冷笑道：「許親家眼光是有的，何秀才與胡家，不論哪個都是上上等的人選，只是許親家沒好生照照鏡子，他不過一貧舉人，拿什麼去攀附人家少年秀才與官宦門第。」

史太太將嘴一撇，「這陳家哥兒說也是個出息人，只是在女色上有點糊塗。」

「陳家千樣不好，也有一樣好，銀子有的是，要不然憑許親家的清高，也不能把閨女嫁過去不是？」史司戶不欲多說許家的事，問：「妳今兒不是去赴沈家的約了，如何？」

史太太笑道：「以前只聽說這位何秀才也是與許舉人念的書，咱家又與他家不熟，少有來往。上次在胡老爺壽宴上湊巧相見，才知我們竟是透脾氣得不行。何家奶奶人雖年輕，難得和氣又明理，性子也爽快，怪道她家醬鋪生意越發興旺。她家有兩個丫頭，一位是何太太娘家侄孫女投奔來的，就是拜薛千針為師的那位姑娘，相貌一等一的好，怪道以前有那些個流言呢，只是我看，那姑娘不似個糊塗人。」

「別聽風就是雨，何忻家長媳怎麼沒的，便與這相關。」史司戶敲敲桌子，不令妻子再說這事，在碧水縣這些年頭，少有事能瞞得過他。

「這我知道，只是非得親自瞧一眼才能信呢。」說到何家，史太太便來了興致，也沒了八卦陳志的心，「你聽我說，還有那位種菊花的子衿姑娘，與咱家繡姐兒一樣的年紀，只是大生日，比繡姐兒高半個頭，生得真真個好模樣，又會讀書識字，聽繡姐兒說，屋子裡好些個書呢。人家讀書識字可不像許家梅姐兒那般眼裡沒人，人家對咱們繡姐兒和氣得不得了。」

史太太靠在熏籠上與丈夫絮叨：「可見這家教好賴，不在門第不在出身，天生各人。性子寬厚的，才有後福。」她家家境雖好，可膝四子兩女，老大、老二和老三都娶了，大丫頭也嫁了，剩下的就是繡姐兒和峰哥兒了。峰哥兒是小兒子，家裡家業豐厚，以後自然不會虧待小兒子，可兒女都是心頭肉，做父母的哪個都疼，史太太這些年就為小兒子小閨女的親事操心。雖說孩子們還小，可長大也就一轉眼的事。不提前相看著，臨時抱佛腳，這可是婚嫁之事。長女提前相看了好幾年也沒看出許青是個神經病來，到小兒子和小閨女這裡更得小心。依史太太的意思，只要女方家境尚可，人能幹，品行端正，講理就成。日子好賴，也不只看父母傳下多少產業，還是要看會不會過日子。

史司戶卻是一朝被蛇咬，十年怕井繩，「念書的閨女難免心氣高些，咱們前頭三個媳婦，沒一個正經念過書的，妳給峰哥兒弄個通文曉字的來，以後妯娌可難說得到一塊。」

史太太瞪著丈夫，「難道天下念書的都似許梅不成？你是沒見著人家何姑娘的氣韻，你倒是做得好夢，人家還不一定樂意呢！」

「闔縣不只妳長了眼，何況人家姑娘還小，說不到這兒。」丈夫大潑冷水，史太太心煩得一揮手，道：「就算說到這裡，也得看兩個孩子投不投緣。繡姐兒與何姑娘玩得好，我與何太太也透脾氣，就是尋常來往有什麼不好？起碼那是一家正派人。」

史司戶想了想，「這倒是，何太太的娘家兄弟今年才中的進士。三四月那會兒，沈大人衣錦還鄉，還與縣太爺喝酒了。縣太爺雖是一縣之主，卻是舉人出身，對沈大人客氣得緊。」

史太太打個呵欠，面露倦色，「行了，這個不打緊，若脾氣不相投，就是玉皇大帝的親戚也沒用。倘脾氣相投，不論高低都能來往。」

天色已晚，夫婦兩個說些話，便早些安歇了去。

何家也接到了陳家派人送去的帖子，何老娘如今與陳家遠了，更不會關注陳志的親事，如今見陳志訂親，還是問了送帖子的媳婦，才知定的是許舉人家的閨女。

打發了陳家下人，何老娘將帖子擲在一旁，與沈氏道：「到時妳與我去就罷了，別叫丫頭們去了，鬧哄哄的。」

沈氏道：「我跟母親想到一處去了。」

陳志的訂親宴日子是在臘月十二，日子還早，何家也未在意，此時何子衿與蔣三妞在試新做的衣裙。除了大戶人家的衣裳，尋常人家都是自己做的。蔣三妞不必說，她天生有一雙巧手，就是何子衿，經過這幾年的訓練，做出的活計雖比不得蔣三妞，也很能看一看了。

這身衣裳的料子也是何子衿和蔣三妞自州府買回來的，不是綢也不是錦，就是上等的棉布。何子衿挑料子不在乎什麼綢不綢緞的，上上等的提花織花也太貴，她就選素色染色好的衣料。不看別的，就看料子摸在手裡舒服不舒服貼不貼身，也有那次等綢料看著有光澤，摸起來滑順，只是支支棱棱的，就是做了衣裳能好看到哪兒去。那等料子都是圖個面子又沒多少銀錢的人家買的。話說以前何老娘也有兩件那樣的衣裳，穿起來像鎧甲，何子衿沒少偷笑。

總之，何子衿與蔣三妞買的料子，算是比上不足比下有餘，穿著絕對是舒服的。

這樣的料子做衣裳，自不比提花織花富貴，不過自己繡花絕不難看。蔣三妞是一身肥瘦相宜的朱紅色對襟棉長袍配白綾棉裙，裙襬只露尺長，斜繡了一枝紅梅，端莊又喜慶。何子衿年紀小，則是石榴紅斜襟短襖配櫻草色的長裙，裙下襬鑲一圈半尺寬的石榴紅，往上隔三寸又鑲一圈窄些的石榴紅鑲邊，鑲面上用櫻草色的繡線繡著連綿的梅花紋。這紋樣簡單，並不似蔣三妞裙襬上精繡的梅花，只是簡單的一圈紋樣罷了，沒什麼顏色變化，故而繡起來飛快，何子衿素來手腳慢的，也不過兩日就做好了。

短襖上斜襟鑲的是一道寸寬的櫻草色的料子，腋下斜襟止處繫一段窄窄的天藍帶子，且在此處裁出窄腰身，腰上掛著天藍色絲縷空的流蘇穗子垂下。

何子衿這一身是高腰襖裙，她個頭雖矮，但這樣穿來比例極好，整個人似拉長一般。她衣裳顏色用得活潑，頗有幾分天真稚美。頭髮編成小辮梳成雙丫髻，兩根紅頭繩綁成蝴蝶結的樣子垂下來，髮間用小小的紅色梅花絹花裝飾，可愛得很。

沈氏見閨女頭上無金無銀，笑道：「這樣倒也好看，就是沒法戴釵了。」

何子衿道：「我梳這樣的頭髮，戴釵本就不相宜，這樣就挺好的。」

何子衿是嬌俏可愛風，蔣三妞則是往端莊裡打扮，她正是窈窕的年紀，頭髮也多，梳個簡單的垂鬟分肖髻，簪一支金步搖，配一支海棠絹花，就有那種掩不住的嬌豔動人。

沈氏望著兩個女孩，心裡極是歡喜，同何老娘道：「咱家的丫頭就是比別家的強。」

孩子都是自家的好，何老娘瞧著也樂，「這話很是。」對沈氏道：「先前叫妳置辦的小首飾，置辦來了沒？」

沈氏道：「昨兒個那銀匠鋪子就送來了。」

翠兒捧來兩個紅漆匣子，沈氏打開來，滿滿兩匣子金光閃閃的首飾，何子衿險被閃瞎，兩眼瞪得溜圓，不可思議地道：「怎麼打了這許多金首飾？」

沈氏抿嘴直笑，何老娘道：「美得妳！」

沈氏此方道：「金的暫時還打不起，這是鎏金的。」

鎏金，鍍金的意思。

何子衿拿起一支玫瑰花釵，玫瑰做得栩栩如生，這工藝這鎏金技術，尋常人也看不出這是鎏金的來。蔣三妞道：「一下子做這樣多，鎏金的也得費許多銀子呢。」

何老娘頓遇知音，道：「可不是，弄這兩匣東西，足花了八兩銀子！」

沈氏笑說：「咱家雖打不起金的，可妳們大了，總有出門的時候，頭上光禿禿的不好看，這個先拿去玩，待以後再慢慢給妳們添置首飾。」

何子衿天生樂觀，「這個就挺好，要是真金的給我戴，我還怕不小心弄丟了。」說著便順手將兩個鎏金鐲子戴到腕上。

蔣三妞也很高興，與何子衿一人一匣子鎏金首飾帶回房了。

待外頭雇的車來了，何老娘還說她們：「那許多新首飾，怎麼不多戴兩件？」

何子衿指指耳上金光閃閃的鎏金葡萄耳墜，道：「這不是嗎？」

蔣三妞耳上也換了梅花墜子，兩人手上還各戴了一個鎏金戒指，何老娘卻不甚滿意，「頭上忒素淡，又不是沒有，插它個七八根釵才顯得貴氣。」

何子衿道：「祖母，您別老土了。您瞧我們頭髮這麼黑這麼亮這麼好看，首飾襯一下頭髮就好了。除了那暴發戶不會打扮的，誰會插一腦袋金銀啊？真土包！」

何老娘道：「我看妳是燒包。」

祖孫兩個對了回相聲，沈氏笑道：「車來了，帶著翠兒去吧。」

胡家早先去過一回，如今再去，頗有些熟門熟路的意思。

到了胡家大門口仍是有婆子引了進去，至二門換了更為體面的管事媳婦，一路穿月門過長廊，及至一處坐北朝南的院子，便是胡太太的居所了。正房是明三暗五的結構，外頭小丫鬟打起大紅的棉氈簾子，何子衿與蔣三妞一進門便聞到一股甜甜的暖香，室內傳來清悅的說笑聲，繞過一張大紫檀屏風，屋子開闊起來，正是那日前來拜壽時胡太太所在。

有丫鬟通稟：「何姑娘、蔣姑娘來了。」

胡太太笑，「快請。」

何子衿和蔣三妞忙過去向胡太太請了安，胡家四位姑娘紛紛上前，胡二姑娘笑道：「祖父壽宴那日雖得見，卻沒得好生說話。我家也有茶花，一會兒請妳們去看。」

胡大姑娘嗔道：「說到花兒，妳這話也沒完了。」引著何子衿、蔣三妞與其他人相見。

胡太太是祖母輩的人了，且娶了孫媳婦，說來該稱老太太了，不知為何還沒改稱呼，故此，胡太太仍是太太。兩位兒媳也都是要給兒子說媳婦的人了，仍是奶奶輩的，一個是二奶奶，一個是三奶奶，而胡家大奶奶隨丈夫在外做官，並不在家。不過，這位大姑娘便是長房嫡女，在老家待嫁，婆家說的是州府頗有名望的章家，章家雖不比寧家，朝中亦是有人為官，也是州府有名的書香門第。

言歸正傳，胡二奶奶瞧著是四十許人，鬢間幾許銀絲，微有圓潤，性子安靜，只是讚了聲「好姑娘」便沒他話了。胡三奶奶瞧著則較胡二奶奶年輕許多，一頭烏鴉鴉的頭髮，髮間插一支雀頭垂珠步搖並兩支相宜的珠釵，頰上薄施脂粉，眉間可見年輕時的美貌，杏眸含笑，一手拉著一個讚道：「那日人多沒細看，原來世間竟真的有這般靈秀的姑娘。往日我只說大姊兒她們幾個也算難得，如今見了方知天外有天人外有人。」

何子衿笑道：「三奶奶是大家出身，往日間想來少見我們這樣的鄉下丫頭，方覺得稀罕。您多看上兩日，包您就知什麼叫土妞了。」

一屋子人都被何子衿逗樂，胡三奶奶尤其笑得歡快，與胡太太道：「母親瞧見沒，我算是會說話的，只是也不如這丫頭嘴巧。」

胡三奶奶附和道：「好丫頭，妳要是土，這世上哪還有靈秀的。」親自攜著兩人的手為她們介紹胡氏姑奶奶，以及胡氏的女兒趙姑娘，還有胡家四位姑娘。胡三奶奶笑，「想來那天妳們已與我家四個丫頭和悅兒認得的，以後好生來往。她們在家也沒什麼玩伴，很是念叨了妳們幾回呢。」又問何子衿幾歲了，可曾念過書之類的話。

何子衿學著林妹妹的臺詞，「認得些許幾個字罷了。」

胡三奶奶立刻道：「怪道這樣靈巧，念過書的姑娘就是不一樣。我家的幾個丫頭也是念書的，妳們就更有話說了。」

胡二姑娘道：「可不是嗎？以前都是許姊姊過來，這次茶花開了，本想也請許姊姊一塊來賞花的，不想許姊姊的親事定了，她便不好出來了。」

胡家並未多說許姑娘訂親的事，與這一群太太奶奶相見過，又說了會兒話，胡家幾位姑娘和趙姑娘便請何子衿、蔣三妞去園子裡看茶花了。

何子衿養花兒是為了掙錢，胡家這等人家，花草自然不會少，但見著胡家園中那棵盛放的茶花樹時仍不禁讚嘆：「這樹得幾百年了吧？」茶樹樹冠遮住花園一隅，樹上盛開著成百上千的大紅色茶花。

胡大姑娘笑道：「這樹原是先祖文襄公幼時自芙蓉山上移下來的，自移至本園起，也有兩百多年了。」

何子衿道：「那會兒還是前朝吧？」

「前朝還沒開始，是大鳳朝德宗皇帝時。」胡二姑娘道：「所以說，我家這茶花樹也算歷經滄桑了。」

蔣三妞看了又看，道：「若不親眼所見，都不能信世上竟有這樣的茶花樹。」

胡三姑娘與何子衿年紀相仿，眉目間肖似胡三奶奶，聽到蔣三妞的話，不禁笑道：「其實我家這棵茶花樹說是有些年歲，在咱們碧水縣也是不錯的景觀了。不過，聽說帝都有棵杜鵑樹，樹幹有合抱粗，一次開花上萬，又是不一樣的氣派。」

何子衿道：「那肯定得上千年的古樹了吧？」

胡四姑娘咯咯笑，「這算是樹外有樹了。」

看過胡家的杜鵑樹，快到晌午時，何子衿和蔣三妞便告辭了。

兩人路上買了幾串糖葫蘆，到家後，何老娘嘀咕：「又亂花錢。」接過一串吃了。

沈氏說飯後再吃，笑問：「如何？叫妳們賞花，賞了些什麼花兒？」

何老娘咬著裹了糖漿的山楂果道：「這冬天有啥花好賞的，無非就是水仙，這會兒臘梅還沒開呢。」她家這兩樣花兒都有，依何老娘五十多年的閱歷，她完全無法理解這世上竟有這一等賞花之人。哪怕她家丫頭片子的花兒賣了大錢，何老娘都不能理解賞花之事，花有啥好賞的？無非就是開了花，香噴噴的，瞅一眼便罷了。當然，還有一些花兒是能吃的，譬如藤蘿花可作藤蘿餅，玫瑰花可做玫瑰茶，就是茉莉，除了熏屋子外，花未開時摘下，去了柄蒂淘洗乾淨，和上兩個雞蛋，攤的茉莉餅也好吃，帶著一股清逸花香，與尋常的雞蛋餅不是一樣的味兒。這花兒能熏屋子能吃倒罷了，可世上多少事做不過來，竟還有人瞅著花看個沒完，俗稱賞花。在何老娘看來，凡賞花賞草的人都是吃飽撐的，更別提花大價錢買花買草的人，那簡直都是冤大頭。

所以，胡家姑娘請她家兩個丫頭去賞花，胡家是大戶，何老娘還應景地弄些鎏金首飾來給丫頭們充門面，實際上，何老娘覺得胡家都是一家吃飽撐的沒事幹的閒人。她家丫頭片子什麼花兒都會養，春天的迎春，夏天的玫瑰，秋天的菊花，冬天的水仙臘梅。哪怕胡家是大戶，何老娘也不覺得他家的花兒有什麼好看的。

蔣三妞笑，「胡家有一棵兩百多年的茶花樹，剛開花，瞧著有上千朵，很是好看。」

何子衿點頭，「咱們縣裡恐怕都沒這麼大的茶花樹。」

何老娘道：「妳們見識過啥呀，妳祖父說芙蓉山深處有一棵上千年的茶花樹，開起花來，那好看勁兒就甭提了。兩百多年的花兒算什麼，去芙蓉山上走一走，多的是有年頭的花啊樹的。那花兒無非就是長在胡家，人家才覺得稀罕。」

別說，何老娘這話其實自有其道理。

何子衿忙問：「真有那麼大的茶花樹？我怎麼沒見過？」她也是常去芙蓉山的人。

何老娘嘖一聲，端了茶來喝，「都說了，是要往深山裡走才能見著。」

一家人說著話，沈念和何冽也念完書過來了，何子衿問：「爹還沒回來呢？」一大早的，學諭大人就差人來叫了何恭去，也不知有什麼事兒。

沈念瞧一眼兩位姊姊的打扮，老鬼與沈念道：「一個嬌豔，一個俏麗。」沈念還覺得還是他家子衿姊姊更好看，說道：「不如我去縣衙瞧瞧，看是不是縣裡有什麼事？」

何老娘笑，「不用去，就在縣裡，還能丟了不成？有小福子跟著呢。」

何子衿問沈念和何冽：「我買了糖葫蘆回來，你們要不要吃？」

沈念道：「我下午再吃。」

何冽是想吃的，可是他哭喪著臉，「打昨晚起，我右邊這後槽牙就開始疼。」

何子衿忙拉了他，叫他張開嘴看，看半天也看不出啥來，何老娘出偏方：「去廚下拿個花椒粒，哪兒疼擱哪兒，半日就好了。」

沈念跑去拿了花椒粒來，何冽往槽牙上一放，牙是不疼的，可他整個嘴巴裡，吃過午飯都還是只剩麻的滋味，完全品不出別個味道了。

這個年紀的孩子都愛吃甜食，何子衿說他：「以後不許吃糖了，趕緊去刷牙。」

何冽嘟嘟囔囔：「我這會兒不疼了。」

「不疼也去刷。」小孩子一般不用刷牙的，因為這年頭牙刷挺貴的，還有牙粉，都是藥鋪子裡出售，一份份藥材配了磨成粉，說不金貴是假的。別人家的孩子都不刷牙，只何家孩子自小就刷牙，這個好習慣，不用說也知道是自子衿姊姊這裡培養的。為這事，何老娘沒少抱怨，嫌牙粉貴，增大家裡的開銷。不過，到如今，何老娘也就只是抱怨一二罷了。

何老娘也說孫子：「趕緊去刷刷，那牙粉裡有去火的藥材。」

花這些錢自小開始刷牙，要是還刷不出一口好牙，那真是虧死了。

沈念拽著何冽去刷牙。

沈氏與何老娘商量：「天兒越來越冷了，冬天的竹炭已經送來，我看了看，倒比往年的好些。昨晚相公還跟我說，天冷了，叫母親這裡早些燒起炭盆來，母親，明兒個就燒炭盆吧。家裡孩子們多，阿念和阿冽又要念書，天氣太冷，墨都會凍上的。」

何老娘本是不願的，往年都是進了臘月才燒炭，聽沈氏說孩子們念書的事兒，便道：「這也好，今年是比往年要冷些。炭夠不夠？別年咱們都沒這麼早燒的。」

沈氏笑道：「母親放心吧，盡夠的。便是不夠，咱們與賣炭的小二多少年的交情了，當初他爹燒炭時是買他爹的炭，如今他接了他爹的營生，就買他燒的炭了。要是不夠，到時看差多少再補一些。」

何老娘點頭，「炕也燒起來。早上燒我這屋裡的炕，丫頭們不論做針線還是看書都往我這屋裡來的，人多也暖和。妳們要是睡炕，什麼時候睡什麼時候燒。」

碧水縣傳統是睡床的多，不過，何家這宅子有些年頭了，屋裡是盤了炕的。譬如何老娘的臥室，除了慣常睡的老架子床，臨窗便盤了一條小通炕，夏天不顯啥，冬天在炕洞裡放些炭，將炕洞門一關，就能暖和一天。何老娘夏天睡床，冬天太冷的時候會睡幾天炕。睡太多也不行，炕暖和歸暖和，可是太乾了，何老娘睡幾天會上火。

沈氏笑說：「我倒覺得還是睡床舒坦，晚上灌個湯婆子，也不覺得冷。」

「年輕人，火力壯。」何老娘很高興媳婦不需要燒炕，這樣就能省下不少竹炭。

何子衿倒是想燒炕，只是她屋裡沒炕，於是，要求添個湯婆子。

沈氏道：「往年湯婆子都放著呢，妳跟三丫頭還是一人兩個，夠不夠使？」

不待何子衿和蔣三妞說話，何老娘便道：「誰要不夠就過來跟我睡炕。」這麼一提議，何老娘覺得自己想了個絕好主意，「妳們過來吧，倘我屋裡過冬，暖和不說，還能省兩間屋的炭呢！」要不這麼早燒炭盆，何老娘真擔心炭不夠使。

何子衿道：「我不去，祖母，您晚上總是磨牙。」

何老娘深受打擊，自尊心受到傷害，翻白眼道：「自小睡覺就跟打仗似的，真以為我稀罕妳個丫頭片子呢！」老娘主要是為了省炭！

「那可不？我還不知道祖母您呢，做夢都說『子衿，我好稀罕妳啊』。」

由於何子衿臉皮太厚，何老娘硬被氣笑，說：「真個臉皮八丈厚！」

何子衿商量道：「祖母，明兒個叫小福子去莊上弄幾隻雞回來吧，咱家的年雞也養得差不多了吧？」她家有三五百畝地，論起來不算多，也在地頭上蓋了處四合小院，勉強算是個莊子，由何老娘的陪嫁老福頭夫妻兩個看著。這老夫妻也是個孤獨命，沒個兒女，後來，小福子認了老夫妻做個乾親。莊子上每年養些個雞鴨豬羊啥的，當然，就老福頭夫妻，且也有些年歲了，養不多，都是過年時吃。

聽到何子衿要雞，還是幾隻，年還沒到就打她雞的主意，何老娘道：「妳買的鴨子還沒吃呢。家裡啥肉沒有，鋪子裡天天有肘子，家裡也有醬肉，怎麼又惦記起雞來？」說著這話，何老娘是十分自豪的，有肉吃代表家裡日子好過，只是，她轉頭又跟沈氏道：「哎喲，這可不行，咱們這樣的人家，誰家天天吃肉？日子不是這個過法，明兒個不准再燒肉吃了。」

沈氏溫聲道：「不是母親說孩子們都在長身子，叫每頓做些葷的來吃嗎？唉，阿冽這孩子也嘴饞，哪頓不吃個葷腥就吃不香。相公這吃飯是叫母親給慣的，天天叫他吃肉嘛，他嫌膩得慌。三天不讓他吃肉，又嫌嘴裡沒味兒。」

何老娘呵呵一樂，「這也是。」關係到命根兒子與命根孫子，她又改了主意，道：「現在年景就是好了，要是以前，哪裡敢想這頓頓有肉的日子呢？不往遠裡說，丫頭片子小時候家裡吃回葷就歡喜得不得了，哪似如今，吃肉都尋常了。」

沈氏笑，「是啊。就說以前的衣裳，要是有件綢的，得是串門做客時才捨得，這會兒也不覺得多稀罕了。」

何子衿聽著婆媳兩個憶苦思甜，壞笑道：「我記得小時候祖母對我好得不得了，天天買飄香園的點心給我呢！」

何老娘剛要說還不是被妳這個丫頭片子威脅的，她老人家也有些急智，這會兒孩子們都大了，知道記事了，當然不能再似以前那般。於是，何老娘一咬舌尖，菊花老臉扭曲出一臉不大和諧的慈愛，摸摸何子衿的頭，硬生生轉了話音，「是啊，妳是老大，不疼妳疼誰？」開了頭，何老娘接著很流暢地總結了一下她老人家這些年的慈愛表現用來洗白：「別說飄香園的點心，妳那會兒隔三差五還要吃羊肉吃牛肉，哪回買不給妳？哼，羊肉還好說，城東菜場的肉鋪子裡總有得賣，牛肉卻哪裡是隨便就有的，還挑嘴得不行，老死的牛不吃，病死的牛不吃，單吃意外死的……妳啊，也就投生在咱家，遇著我這慣孩子的，才肯慣著妳，不然換一家妳試試？」

慣孩子的……

何子衿腦海裡無限循環此四字，原來何老娘自我評價是個慣孩子的……

何子衿還沒消化何老娘的自我評價，何恭帶著一臉喜色回來了，一進家門，水也顧不得喝一口，眉飛色舞道：「咱們縣裡要辦縣學了！」

說起來真是一把辛酸淚，碧水縣離州府不算遠，坐車也就一天一宿的路程。可想一下，闔縣的舉人進士加起來，一隻手便數得過來，可見文風頹靡。

事實上，碧水縣這地方臨山近水，何子衿這十多年來沒見著鬧什麼旱災澇災啥的，雖沒說到風調雨順的境界，起碼人們都能過活，可見是不錯的地界，可是何老娘有記憶時起，就是鬧兵荒，天天打仗，民不聊生的日子。如今這才安定了沒幾十年，據何子衿分析，該是東穆太祖終於把前朝幹翻，自己坐了江山，只是這也沒幾年呢。據說何恭和沈氏成親的那年，太祖皇帝死了，新皇帝登基後還免了三年賦稅……不過，這些事除了當官的，碧水縣的升斗小民是素不關心的。

如今休養生息幾十年，碧水縣山青水秀，人們日子也還過得，卻一直沒有一所正經的書院。縣學縣學是有的，學諭大人就是管著縣學的事兒。一般縣學裡念書的都是秀才，名額倒是有限的，縣學的名額是三十人，但是看何恭這做秀才的天天在家做沈念及何洌的啟蒙老師就知道縣學的情形了。聽說有個學諭大人，也是三天打魚兩天曬網。

何恭剛剛說要辦縣學，何老娘這不大懂衙門事兒的都糊塗了，道：「不是有縣學嗎？你一個月還得去一回。」

何恭笑道：「不是那個縣學，是縣裡要辦書院了，讓孩子們念書的地方，胡老爺牽頭願為山長。縣裡拿不出太多銀錢，鄉紳們願意捐銀子，陳家出了一千兩，忻族兄出了八百兩，胡家出了六百兩，縣太爺出三年的薪俸，咱們族裡也捐了銀子，略有些臉面的都捐了錢。」

何老娘關心銀錢的事情，忙問：「你也捐了？」

何恭笑呵呵地說：「我們秀才一人五兩，算是杯水車薪吧。」

何老娘道：「原來叫你們去是捐銀子。捐那許多做什麼？五兩銀子能買三頭年豬了！」

「娘有所不知，咱們碧水縣前朝時也是有書院的，文學昌隆，只是前些年兵火戰亂，不要說書院，縣學現在也不成個樣子，咱們縣裡還是這兩年才出了一二進士。如今皇上下旨，讓各地重辦書院，以興文道。」何恭很有耐心地解釋書院的重要性：「現下讀書的孩子越來越多，不是各家自己請先生，就是像咱家這樣的，自家人來啟蒙，待大些再去私塾念書。倘縣裡有書院，由縣裡出面延請名師，受益的還是孩子們。咱們阿念和阿冽都能去上學，出點銀子就出點吧，咱家也還出得起，以後孩子們都要去書院念書呢，再者，縣令大人說了，凡是捐銀子的，將來書院建成後勒石以記。」

何恭不算有虛榮心的人，但想到能在石頭上記上自己的名字，心裡也是歡喜的。

何老娘嘿嘿道：「怪道那缺德帶冒煙的陳老賊捨得出一千兩，原來是要把名字刻在石頭上啊！」何老娘很了解陳姑丈，如今有錢了，就好個名兒。不過，也不是沒好處，縣裡修橋鋪路啥的，陳姑丈時有捐贈。故此，雖陳何兩家疏遠，陳家在碧水縣名聲也還不錯。

聽老娘這般評價陳姑丈，何恭心裡頗是贊同。

沈氏這才插空問：「相公中午可用過飯了？」

「縣太爺請大家吃茶商量書院的事兒，大家一直在說書院來著，哪兒顧得上吃飯，倒是喝了一肚子茶水。」妻子這一問，何恭也覺得餓了，便道：「給我弄些吃的來。」

沈氏笑說：「幸而叫周婆子留了飯。」

不用沈氏吩咐，何子衿就顛顛兒跑去端午飯給她爹了。

何老娘讓兒子回自己屋用飯，有媳婦服侍著更舒坦。

沈氏叫翠兒去打水，服侍著丈夫洗過手臉。

打發翠兒下去，何恭悄與妻子道：「唉，今兒個真有件掃興的事兒，有人說咱們子衿那花兒賣了大錢，還打趣說我捐的少，不知是不是無心還是有心說那話。」
沈氏挑眉問：「誰說的？」
「許師弟。」
沈氏問：「許青？」許舉人算是丈夫的啟蒙先生，許舉人二子一女，小女兒是將與許志訂親的丫頭，長子許青，這字還與沈氏的閨名重了。好在沈氏自嫁了人，別人都以何恭媳婦或是何家大奶奶稱呼她。許舉人兩子，長子許青，次子許菁，許青早早中了秀才，因自家與許家是時常來往的，過年過節何家都會備禮。何恭較許青年長三歲，可不是正經師兄弟嗎？就是因這話是許青說的，何恭才拿不準是有心還是無意。
沈氏柳眉一挑，「又不是三歲孩子，什麼該說什麼不該說難道也不知道？你慣來好心的，殊不知他人心裡存了歹意。他也是當爹的人了，說比你小上幾歲，可也有限的，家裡兒女雙全，難道話也不會講？這是眼紅咱們家，以後提防著他些。」
何恭嘆口氣，「許師弟以前與我也不錯，這幾年性子越發古怪了。」
「上回史太太來就說許家酸文假醋，這話咱們不好說，許先生畢竟待你不錯。」沈氏無奈道：「何況他家是舉人門第，論家境也比咱們家強些的。這人心胸也忒窄了，怎麼就見不得別人好呢？」倘私下打趣還罷，這麼大庭廣眾說出來，定是刻意的。
何恭嘆道：「以前在先生家念書，論起來，許師弟年紀雖小些，卻是比我和阿素都強些。他中秀才也比我們早，這好幾年中不了舉，許師弟心裡也急的，只是他何必總盯著比他強的瞧？就是跟我比，我大他好幾歲，不也沒中舉，而且還不如他呢。真是的，中不了舉，難不成日子也不過了？」

「這叫什麼話？一樣是秀才，難不成你大幾歲就比他差了？」要說不急丈夫的功名也是假的，只是這功名的事兒，哪兒是那樣容易的？如今家裡日子也不錯，兒女雙全，夫妻恩愛，就這小日子，沈氏也過得有滋有味。

嗔了一句，沈氏又道：「許青不識好歹那樣說，你沒給他兩句聽聽？」

何恭道：「我還沒說，忻族兄就說了，這是縣裡大事，老爺們兒有銀子出銀子，有力氣出力氣倒罷了，豈能要人家小姑娘賣花的錢，傳出去不好聽，好似縣裡男人不中用似的。我也說了，那是咱們閨女的嫁妝錢，許先生的臉色有些不好看呢。」

「那也是許青自己說話不檢點，這還是師兄弟呢，張嘴就吭你，還是忻族兄厚道。」沈氏對何忻的印象自鬥菊會後便又回轉了過來，這會兒更覺得何忻人好，想著過些天何家娶大奶奶，她過去幫襯幫襯才好。

夫妻兩個說著話，何子衿在外頭偷聽夠了，方敲門進來，從食盒裡拿出飯菜擺几上。何恭瞧著閨女這身喜慶鮮亮的大紅襖，笑道：「咱們閨女穿啥都好看！」

何子衿把菜擺上，機靈地拿著一壺燙好的酒給她爹斟酒，「如今天兒冷，爹，喝一口吧。別喝多，喝多我娘念叨你。」

何恭直樂，「還是閨女好啊！」

沈氏問：「妳弟呢？這刷牙刷哪兒去了？」

何子衿道：「他正換牙呢，一刷刷了一顆下來，是下頭的牙，剛扔屋頂上去了。周嬤嬤說後街李家小子來找他們，不知做什麼去了。」

男孩子正是貪玩的年紀，往日裡有何恭看著念書，傍晚還得出去玩一玩呢。

何子衿跟她爹打聽：「爹，是每個縣都辦書院嗎？」

「哪兒那麼容易呀？有的縣太小，有的縣太窮，再者，一個縣辦一個書院，能有幾個學生呢？我聽說五六個縣才有一個書院，縣令大人是極力爭取，還有胡大人也幫了不小的忙，才把這書院落在了咱們縣裡。」何恭笑，「以後妳兄弟和阿念他們念書多方便，倘是去別的縣念書，還得住書院裡，家裡也掛心，是不是？」

何子衿由衷道：「縣太爺可是做了件大好事啊！」

「可不是嗎？」何恭是讀書人，自是欣喜的，抿一口小酒，樂道：「有了這書院，子孫後代都沾大光了。」

何子衿道：「那這書院肯定要建得挺大的吧？」還得有外縣學生住書院裡。

何恭點頭，「起碼得容得下七八十人。」

「光咱們縣，像阿冽和阿念他們這念書的也不止二三十人，還有各村裡念書的孩子，其他縣的小孩兒，像爹您說的，五六個縣才這一個書院，只容七八十人，如何夠使？」何子衿又道：「再者，不說別的縣，就說咱們縣，像許先生這樣的舉人，是自己在家開私塾，還有大戶人家自己請先生在家教子弟，難不成一下子都能去書院念書？」

何恭夾筷子鹵肉，慢慢嚼了，「私塾如何能與官家開的書院相比？別個不說，光先生就不能比。這回也不只是請咱們縣有學問的先生，除了胡大人自薦為山長，聽說胡大人還把芙蓉縣最有學問的錢先生請來了。就是許先生，也答應在書院任職。先生的事兒不必妳愁，有胡大人和縣令大人張羅著，肯定是有的。再者，妳以為是個想念書的就能來書院讀書？得要先考試，考上了，才能去書院念書。」

「這些天得抓緊著些，到時考到書院去。」何恭喜孜孜地說。

沈氏幫他布菜，道：「那這有了書院，縣學的事兒怎麼著呢？」

何恭道：「縣學跟書院不是一碼，縣學還是各縣的事兒，沒啥大變化。不過，咱們縣這書院辦起來，請了那些有學問的先生過來，就是過去請教，也方便許多。」

何子衿笑，「咱們縣要興旺了。」

「是啊！」何恭笑咪咪地再抿一口小酒。

待用過下午飯，喝了茶，在屋裡略歇一歇，何恭就出去把沈念和何冽自外頭拎回來，與他們說了縣裡要辦書院的事兒，嚴令兩人要加倍用功，就繼續精神百倍地教兩人念書了。

沈氏從櫃子裡找出兩塊湖藍的料子，絮叨道：「要是去書院，可不能跟在家似的這樣隨便棉褲棉襖的到處跑，得做兩身新衣裳才成。」

何子衿道：「書院才開始建，明年能建好就是快的。」

「冬天人們事兒少，縣太爺抽些壯工，尋了地方，這眼下又有銀子，蓋房子能慢到哪兒去？」沈氏這會兒才有空說：「還沒問妳呢，頭晌去胡家，胡家姑娘好相處不？」

「都挺和氣的，就是覺得不是一路人。」何子衿道：「她們在家幹的事兒，跟我和三姊在家做的事兒不一樣，其實說不到一塊去。」

沈氏笑，「聽說大戶人家的姑娘，每天就吃喝打扮，啥都不幹，都由下人幹了。」
何子衿道：「我想著，那也沒意思，還不如咱們家這樣。」
沈氏笑，「妳倒樂呵。」
何子衿說：「娘，到時去打聽打聽書院辦在哪兒吧。」
「打聽那個做什麼？總歸是咱們縣裡唄。」
何子衿道：「書院要是蓋新的，不會是什麼熱鬧地兒，可書院蓋成了，似我爹說的，連學生老師也得百十口人呢。這書院的事兒，一般人摸不著，不過書院外頭的房子地啥的，買一些無妨。不說別的，章嫂子打燒餅的手藝是家傳的，聽說她娘家兄弟多，也不只她一個會打燒餅，到時置個小門面，打燒餅賣醬肘子也行啊！」
「就這百多人的書院，一天能賣幾個呀？」
何子衿笑道：「娘，這才是剛開始。咱們這地方有山有水的，多好啊。聽說就是以前打仗打得民不聊生，如今天下太平了。您想想，以前一個村兒裡讀書的有幾個，現在有幾個？就是縣裡也是念書的越來越多，咱們縣這樣，別的縣肯定也這樣。那書院周圍，現在冷清些沒事兒，房子地的肯定不貴，您打聽打聽唄，有合適的買點兒。要不，拿我的錢去買，買了算我的。我自個兒學著打理，以後上手也容易。」
沈氏摸著衣裳料子，也沒做衣裳的心了，「錢又不是大風颳來的，省著些使吧。妳那個花兒，我想過了，物以稀為貴，妳要是每年都弄十來盆賣，以後肯定越來越便宜。」
「嗯，花兒的事兒不急，不說物以稀為貴，倘每年都能賣那大價錢，眼紅的人更多了，我想明年看看再說。」何子衿膩歪在她娘身邊，「說房子地呢，娘，您替我打聽成不？」

「知道了，妳比那蓋房子的還急呢。」沈氏抱怨：「等我問問再說，甭成天瞎想著買這兒買那兒，還是置田產最可靠。雖是不比開鋪子賺錢快，卻貴在穩當。」

何子衿拱一拱她娘，沈氏笑，「知道了知道了，都快把我拱下去了。」

「榻板擋著，拱不下去。」

香香軟軟的小閨女坐身邊，沈氏拉起閨女的小肥手，自個兒瞎歡喜，「這人啊，有沒有福氣，要先看手。」何子衿生得似沈氏，哪兒都秀氣，就手腳不大秀氣，譬如她小時候胖，手腳跟著胖，也不顯啥。如今年紀漸長，她也瘦了，結果手腳還是肥肥的。何子衿這輩子就羨慕她娘這修長的手，也不知她這手怎麼長的，又短又粗，不秀也不美，半點不像她娘。

一聽沈氏這話就知道是親娘，看她閨女哪兒都好，沈氏摸著她閨女的小肥手誇上了：「手心肉多，一看以後就是拿錢的手。」沈氏這些年頗注意保養，伸出自己那細白柔膩，十指尖尖的手，立刻將何子衿的小肥手比成短粗胖，沈氏還能眼瞎似的說：「不像我，妳看我這手瘦不拉嘰的，一看就是幹活的手。」

何子衿長嘆，「這才是親娘的審美觀啊！」

如今縣裡既定了開辦書院的事兒，何恭對沈念何冽的功課是一抓再抓，絕不是以往放牛吃草的鬆懈狀態了。誰要做不完功課，還要拿戒尺打板子。

何冽抱怨：「屁股都打腫了！」聽說學堂上的先生都是打手板的，他爹卻打屁股，何冽倒是不怕打，他就是覺得面子上過不去。年歲漸長，何冽也到了知道要面子的年紀啦。

抱怨也沒用，沈氏幫他屁股上藥，安慰兩句作罷。親爹又不會打壞，挨兩下挨兩下唄。挨兩下若能更用功，沈氏半點意見都沒有。沈氏還拿出沈素的例子做對比，與何冽道：「你爹心軟，你是不知道你外公當年，哪兒像你爹這樣打戒尺板子，那是拿這麼粗的棍子抽。」沈氏還比劃了一回棍子粗細，「你命好，你爹捨不得對你動大棍子，你就知足吧。」

對比了一下他舅當年的淒慘生活，何冽找到了心理安慰，其實除了面子上過不去，他也不覺得有啥，這年頭誰家男孩子沒挨過揍呢？

有鑒於家裡男孩子用功，何子衿怕他們營養跟不上，便叫周婆子每日去肉鋪子裡買兩副新鮮的豬腦，專門燉來給他們吃。何老娘還說了：「待明年新書院開張，要是你們都考進去念書，咱們一家人就去芙蓉樓吃一頓。」

何恭糾正道：「娘，書院不能用開張來說，得說招生。」

何老娘撇嘴，「還不是一個意思？」

何冽問：「祖母，那是不是到芙蓉樓我們想吃什麼就能點什麼？」

何老娘財大氣粗，「這是自然！」

何冽道：「那我要吃芙蓉樓的大肘子，聽說可香了。」

「成成成。」寶貝乖孫的話，何老娘沒有不應的。

何恭道：「你先好生念書，考上再說。」

何冽信心十足，「爹，您就放心吧，我跟阿念哥也念好幾年的書了。現在更加用功，要是年紀差不多的一起考試，也不一定就比別人不如！」

何恭剛要說，有信心是好事，可也別忒自信了，奈何何老娘已插口道：「這話很是。只管用心念書，我看咱們家就沒笨人。」

祖孫幾個說了會兒話，何恭就帶著兩個小的去書房了。沈氏同何老娘道：「昨晚滷的兩個大豬頭，早上周婆子說骨頭都要酥了。咱們家人少，一個也吃不完。我想著，前些日子多得忻族兄照顧，李大嫂子倒是愛這一口，不如送一個去給李大嫂子嘗嘗。」

天氣漸冷，已到了做醬肉的時節，沈氏如今不在肉鋪子養豬，她都是年初將豬寄養在佃戶家，她出養豬的糠料，每養五頭給佃戶一頭，佃戶也樂意的。這兩天把豬宰了，除了該醬的醬了，沈氏令周婆子滷兩個豬頭，一個自家吃，一個走人情。

何老娘點頭，「這也應該。咱們兩家本就不錯，他們兩口子都是厚道人，去吧。」自杜氏一死，當初那事兒何老娘便不大計較了，而且，鬥菊會的事兒還多虧了何忻照顧，何老娘就徹底釋然了，如今也願意兩家走動的，只是她輩分高，就是去了，與李氏也沒什麼話說。這就看出有媳婦的好處了，何況沈氏與李氏素來關係不差，由沈氏出面走動最合適不過。

沈氏笑，「叫兩個丫頭跟我一道去吧，她們也大了，該串串門的。」

沈氏便令蔣三妞和何子衿去換衣裳，待兩人換了出去做客的體面衣裳，娘兒三個正要出門，繡坊那邊有人來找蔣三妞。沈氏便與蔣三妞道：「那妳就先去繡坊，李大娘找妳，興許有事。」吩咐翠兒與蔣三妞一道同去。

蔣三妞道：「我與小芬一道也有伴。嬸嬸還要帶東西，沒翠兒跟著怎麼成？」

沈氏笑說：「放心吧，叫周婆子送我們一程就是。」

蔣三妞這才不說什麼，帶著翠兒去了繡坊。

沈氏攜何子衿去何忻家，何子衿說：「不知李大娘這會兒叫三姊姊去是什麼事兒？」

「總不會是壞事。」沈氏道：「眼瞅著快過年了，繡坊這會兒最忙。」

何子衿道：「上次去州府，我跟三姊姊還到李大娘的繡坊轉了一遭，比咱們縣裡的繡坊更大更闊氣呢！」

沈氏點頭，「李大娘也是咱們縣裡數一數二的女人了。」

周婆子插話道：「聽說當初李大娘的繡坊還繡過龍袍。」

母女兩個皆是驚詫，何子衿道：「不會吧，倘有這樣的大事，怎麼沒聽說過呢？」

周婆子頗是自得，「李大娘不是那般張揚的人，這要不是我，碧水縣知道的沒幾個？」

何子衿八卦之心頓起，「莫不是有啥內情？」

「內情沒有，我是從羊肉鋪子的啞巴婆娘那裡聽來的……」

啞巴還能傳個小道消息？何子衿正納悶，就聽周婆子道：「真真正正咱們州府最紅的三喜戲班用的龍袍啊，那可不是一般的針線……」

何子衿險些被周婆子這大喘氣噎死，周婆子憶起當年，「那年太太剛生了咱們大姑奶奶，咱家老太太還在呢，縣太爺偌大面子，三喜戲班在咱們縣唱了三天大戲。哎喲，那個熱鬧，咱們老爺還在他家戲班子串了回琴師！」

何子衿問：「難不成那麼早李大娘就開起繡坊了？」

「說來她也十分不容易，以前賣過雜貨，在縣集出過攤子，後來才置起鋪子，轉眼三十來年，方有了這份家業。」周婆子感嘆。

聽周婆子絮叨著，就到了何家，何家門戶上的小子連忙上前接了周婆子手裡的食盒，沈氏道：「妳先回去預備午飯吧。」周婆子便回家去了。

沈氏是常來的，何忻家下人她大多認識，自從杜氏出了事兒，何忻不令兒媳婦理家，直接將家裡的事交與李氏管理，這家下人見著沈氏較往時便更加殷勤了。及至二門，有婆子接手食盒，一路將沈氏與何子衿母女送到主院。

李氏得了信兒，站在門前相迎，「我正想尋妹妹說話，這是帶了什麼來孝敬我不成？」

何子衿與李氏見了禮，李氏忙扶起何子衿，親自引母女二人進屋。

小丫鬟上茶，沈氏笑著呷一口，道：「也沒什麼好的，昨兒個我做醬肉，這不是有豬頭滷了兩個，我家裡一個，帶一個來給嫂子，記得嫂子最愛這一口。」

李氏出身小戶，喜歡的吃食也很平民化，「也就妳年年記得我。」

沈氏道：「又不是什麼金貴東西。」

何子衿問：「伯娘，康姐兒不在嗎？」

李氏笑，「非跟著妳大伯去州府，妳大伯架不住她歪纏，可不前兒就帶她一道去了。我兩天沒睡好了，心裡惦記。」

何子衿道：「您就放寬心吧，忻大伯是再周全不過的人。」

「老話說的好，兒行千里母擔憂，母行千里兒不愁。」李氏笑說：「妳那會去了州府妳娘也一樣，妳不過去了六七日，妳娘來我這兒跑了三趟。」

何子衿瞅著沈氏笑，「要不說是親娘呢！」

「妳們這些小姑娘，不知怎樣生的，個個都這樣嘴甜如蜜，叫人不愛都不行。」李氏打發了屋裡丫鬟，「我正有事想跟妳們商量。」

沈氏道：「什麼事？嫂子直說就是。」

李氏道：「就是子衿那菊花不是養得忒好嗎？子衿還記得芙蓉坊嗎？」

「嗯，上次鬥菊會芙蓉坊一盆鳳凰振羽拔得頭籌。」

「芙蓉坊也是咱們州府的老店家了，他家東家與妳大伯相識，就想問問妳，明年妳還要不要參加鬥菊會？」

何子衿笑道：「伯娘也知道，我就是隨便養兩盆花自己玩兒，今年是湊巧了有這個機緣，託忻大伯的福去開了眼界，有這一回我也知足了。」

李氏點頭，她打理鋪子也有些年頭了，外面的事略知道些，與何子衿道：「那芙蓉坊的東家是想著，若方便，妳以後有了好花兒，他可以代為寄賣。銀錢上妳不必擔心，芙蓉坊不會虧了妳。實話說吧，這素來好花兒難求，芙蓉坊是有名的胭脂鋪子，他家不靠鬥菊會上那競花的銀錢活，對他家而言，名聲比那競花錢有用的多，也是他家打聽出妳的底細，知妳也不是要靠賣菊花出名的人，才會通過妳大伯與妳商量這事兒。」

何子衿想了想，這倒是不錯的法子，她不想總是出頭，一則物以稀為貴，年年弄出一大批，就是仙珍異草怕也賣不上價了；二則這年頭男人出名趁早有好處，女人可不一定，何子衿不是很樂意去出那大名。芙蓉坊這法子倒不賴，可悶聲發大財，不過，何子衿依舊道：

「花草這種東西不比別的，好不好的，一在人力，一在天意，這得看明年的花兒如何了，不然倘沒養出好花兒，也是白坑了人家，沒什麼趣。」

李氏微微頷首，讚許道：「一聽這話就知咱們子衿心思放得正。」

何子衿笑了笑，與李氏打聽道：「我常聽芙蓉坊的名字，倒是知道他家是賣胭脂水粉的，具體的就不知道了，伯娘要是知道的多，不妨說一說，我也長些見識。」

李氏笑，「要不是妳大伯打聽清楚，也不會叫我問妳。只管放心，芙蓉坊是三百多年的老鋪子了，連帶本朝，也是經了三朝的老字號，現下靠著的是州府章家。他家主家姓李，在商行商，也是個有信義的人物。」

何子衿挑眉，「章家？」這輩子她也只去過一次州府，統共只知一個寧家罷了。當然，偌大一州府，自然不可能只一戶顯赫人家。

「章家也是一等一的顯赫人家，我聽說縱使如今或者不比寧家，太祖皇帝時，章家也是出過尚書的人家。」李氏道：「對了，咱們縣裡胡家大姑娘，定的就是章家公子。」

聽李氏說了一通胡家章家的八卦，及至將要晌午，沈氏方帶著何子衿告辭回家。

蔣三妞午飯沒回來，倒是打發翠兒回來說一聲，蔣三妞在繡坊用飯了。蔣三妞讓翠兒回家，待傍晚去接她就成了。

直待傍晚，蔣三妞帶回一個比較震驚的消息：「繡莊裡管帳的夏姊姊要去州府的繡莊上做事，臨年事多，李大娘知道我識字，說叫我學著管些事。」

何老娘立刻問：「那每個月給妳多少工錢？」

蔣三妞道：「二兩。」

何老娘一拍大腿，「幹了！」如今家裡條件好了，一個月花銷也不過二兩銀子。蔣三妞一個月掙二兩，比她繡花掙的也不少了。先確定了工錢，何老娘又問：「現在叫妳管啥？」

蔣三妞道：「就是繡娘們做的活計，每個人做多少活記下來，算一下發多少錢就行。」

何老娘問：「妳算術成不？」拿了銀子，也得把事兒做好才成。

蔣三妞笑，「嬸嬸早教過我打算盤，子衿妹妹也教過我心算，我今天就是把先前夏姊姊管的帳接了過來，夏姊姊說我還成。」

心算啥的，是教育小能手何子衿對每個家庭成員的訓練，何子衿向來堅持認為，計算對於人類的邏輯有很好的幫助。家裡除了何老娘太笨沒學會外，連余嬤嬤也會，不過，學得最好的並不是馬上要轉入會計工作的蔣三妞，而是每天負責採買的周婆子。據說周婆子由於遠超眾生的心算能力，在菜場買菜時常把經年賣菜的老菜販子算到神經紊亂。

蔣三妞有了新工作，而且似乎直接晉升到管理層，正趕上沈氏殺豬做醬肉的時節，家裡很是慶祝了一回。何子衿還露一手，做了個爆炒肥腸，被沈氏列為不能上桌的菜色之一。

除了沈氏，大家都喜歡，用何洌的話說：「臭香臭香的，又臭又香。」

蔣三妞閒了與何子衿說：「子衿妹妹，我頭一遭知道世間有這等人物。」

啥等人物？

蔣三妞道：「夏姊姊去州府繡莊是要頂一位江管事的缺，江管事原是芙蓉縣人，嫁了個秀才，不想秀才命短，江管事帶著閨女守了寡。要是尋常人，怕是一輩子也就是守著閨女過，誰曉得江管事又再嫁了，還是州府大商戶，因江管事要嫁人，李大娘調夏姊姊過去，咱們縣繡莊才有了空缺，叫我暫且補上了。」

何子衿道：「這世上，男人要求女人守節，可有哪個男人會給女人守節呢？有合適的人，當然可以再嫁。」

「這話也就咱們女人說說了。其實再嫁不難，難的是似江管事這樣還能帶著閨女體體面面地再嫁人。」蔣三妞感嘆，「一則沒拋棄自己十月懷胎的骨肉，二則便是再嫁也嫁得更好，起碼沒辱沒自己。做女人，到江管事這地步，也算沒白活了。」

蔣三妞覺得江管事為人不凡，很大一部分原因與蔣三妞的身世有關，父母對待婚姻、兒女，以及父母對待彼此，包括父母之間的情感等等一系列複雜的經歷，讓蔣三妞對男女婚姻也有與尋常人不同的看法。簡單地說，父母都不是啥好人，一個死得丟臉，一個攜款逃跑，蔣三妞能有今天，除了自身膽量，還有自身運道。

所以，在蔣三妞的認知裡，守節並不是女人生就該如此的事情，而是一件需要思考值與不值的事情。倘是真倒楣嫁個男人如她親爹，有她親媽那樣的女人存在也不算啥了，哪怕真是個賢慧得不能再賢慧的女人。倘嫁的是她親爹那樣的賤男人，不要說死了男人理當改嫁，哪怕男人沒死，也當和離的。

這是蔣三妞以女人的身分的看法。

當然，這並不是說蔣三妞就覺得她親娘做的對，在蔣三妞心裡，親娘同樣是個賤人。賣自己還不夠，還要把親生骨肉論價賣了……相較之下，人家江管事即使改嫁都要帶著親生骨肉，只這一點，蔣三妞就對江管事敬佩。看，世間還是有好母親的，這樣的好母親，不論如何都不會放棄自己的骨肉。只是她命不好，沒遇到而已。

經上一系列原因，蔣三妞對江管事充滿好感。

這也是何子衿聽到的唯一關於江管事的正面評價了。

譬如，蔣三妞的同門師姊李桂圓就是這樣說的：「我們師姊妹三個，都不比三妹妹的運道好。我跟阿琪就是一輩子做活的命，不似三妹妹學過字會算術，這一有機會，再有師傅的面子，可不就把三妹妹提上去了。」

這位大師姊以前被陳姑丈收買做過陳姑丈的說客，好在臉皮夠厚，哪怕被蔣三妞當面拆穿，經過一段時間的臉皮修復，依舊再來何家來往。唯一不同的是，這次就不給何老娘帶禮物了。李桂圓一邊繡花，一邊道：「也是三妹妹妳運道好，遇著姓江的那娼婦。」

「再沒見過那等娼婦。」李桂圓很顯然比蔣三妞消息靈通，「子衿妹妹知道不，那娼婦一嫁嫁的還是妳馮家姑丈的族親呢，也是姓馮的，還是一戶秀才。她家裡窮得都快要飯了，不知怎麼勾引了這馮秀才，哎喲，想方設法進了人馮家大門，結果兒子也沒生一個，就生一丫頭片子，命硬得不得了，三年就把這馮秀才給剋死了。命這麼硬，還不好生守寡，那馮秀才墳頭上的土都沒乾呢，眼不瞧的就勾搭上了州府的有錢人家。再有錢如何，聽說是給人做填房，人家原配的兒女都好幾個了？說不得就是個黃土埋到嗓子眼兒的半大老頭子。妳說，這再嫁能圖啥，還不是圖人家有錢！」

蔣三妞對江管事是很有好感的，不過，聽李桂圓這麼說，她也沒直接反駁，只是道：

「師姊消息可真靈通。」

李桂圓一挑眉毛，道：「姓江的這點事兒，咱們繡坊誰不知道呢？話說這回大娘真是看走了眼，怎麼就提攜了個娼婦？」那義憤填膺的樣子，一千個替李大娘不值啊！

蔣三妞實在聽不下去了，道：「師姊別這樣說，江管事定有江管事的好，人家大戶難不成是眼瞎的，專揀著不好的來娶？」

「妳年紀小，知道什麼？男人啊，還不就看一張臉？那姓江的妳沒見過，我是見過的，有一回來給大娘送東西，那眉眼那身條，渾身上下只寫了一個騷字，我一瞧就知她不似良家婦人。」李桂圓說得有鼻子有眼，她又道：「不過，那騷狐狸走了也好，她不走，妹妹也不能去學管帳。妹妹眼瞅要發達了，以後可別忘了提攜提攜妳師姊。」

蔣三妞謙道：「師姊這是哪裡話，我還不是一直仰承師姊照顧嗎？」

李桂圓眉眼一笑，拍拍蔣三妞的手，「咱們同門師姊妹，不比別個，正當守望相助，互相扶持，是不是？」

「師姊說的是。」蔣三妞問：「聽說師姊大喜的日子就快了，定在哪天？」

李桂圓面上一紅，「臘月初七，到時妹妹帶著子衿妹妹一道過去熱鬧熱鬧。妳們去了，也給姊姊我長長臉。」

蔣三妞笑，「成，一定去的。」

李桂圓親事將近，平日裡忙得很，這與蔣三妞聯絡感情的空兒也是擠出來了，說了會兒話，她便起身告辭了。

何子衿感嘆，「桂圓姊還沒嫁人就滿嘴葷話，這要成了親，可怎麼得了？」

蔣三妞似笑非笑，「她呀，就是這性情，別看在咱們跟前說咱們天好地好，擱別人跟前，不見得怎麼說咱們呢。」

何子衿：李桂圓就是傳說中的多面派啊！

李桂圓在另一師妹何琪跟前兒是這樣說的：「咱們兩個說是做師姊的，論誰都沒三妹妹得師傅喜歡。她也會做人，去一趟州府還給師傅給大娘帶禮呢。光憑這一條，咱們兩個這窮家破戶的也比不得她。雖說她命硬無父無母，何家對她當真好，還教她認字算術，不然繡坊這缺，哪裡輪得上她？」

甭看何老娘和何子衿祖孫兩個收拾過三太太、五嬸娘婆媳兩個，何琪說話卻很公道，她低頭繡花道：「咱們師姊妹三個，唯師妹能寫會算，有這記帳的事，自然是師妹來做的。就是五叔婆教她讀書認字，這是五叔婆有仁心，師妹運道好。」五叔婆是指何老娘。

李桂圓酸了一通，得何琪這一句，倒顯著她心小似的，也不好再跟何琪說啥了，而且，李桂圓覺得，師姊妹三個，除了她這一條腸子通到底的實心人，兩個師妹實在是各有各的小心思：何琪一門心思從師傅那裡偷絕學，師姊妹三個，在繡活上，何琪是進益最大的。蔣三妞更鬼頭，以往看她最老實，誰知這讀書的人就是鬼心眼多，神不知鬼不覺的，竟然去繡坊管帳了，一個月啥都不用幹就有二兩銀子拿，真是找誰說理去呢？

想了一通這不省心的兩個師妹，李桂圓簡直午飯都吃不香了。

何子衿正跟蔣三妞打聽：「李桂圓說了個什麼人家啊？」

蔣三妞道：「我也不大清楚，她也沒說清楚過，聽她說是家境挺好的，婆家也有百十畝田地，三進宅子，外頭還有鋪子。」

家裡有田地有鋪面，這真是相當不錯的人家了，當然，這是相對於李桂圓的個人條件而言。倒不是說李桂圓個人條件不好，可勉強說就只是一般，能嫁到有田有房有鋪子的人家，的確是不錯了，何子衿亦道：「她這婆家還不賴。」

正巧周婆子在院裡鴨籠餵鴨子，這會兒聽著了，道：「不就是菜場羊肉鋪子那家兒子的那媳婦嗎？我早聽她婆婆比劃過了，她家兒媳婦與咱們家表姑娘是師姊妹，一塊跟著薛師傅學針線，就是剛剛那位李姑娘，我每次買羊肉都是到她婆家的肉鋪子買。」

周婆子覺得李桂圓這親事很有油水，「別個不說，李姑娘嫁過去，不愁沒羊肉吃了。」

何子衿立刻想起來了，道：「啊，她婆婆就是嬤嬤妳說的那個特會傳小道消息的那個不會說話的老闆娘，是吧？」

餵完鴨子，周婆子手往圍裙上一擦，道：「就是那個啞巴婆娘，天天無事生非，特會挑撥個事兒，常把她男人氣得半死揍她一頓。不過別看妳話不會說，心裡可有數，人也會算計，她家的羊肉生意挺不賴的。」

參之章 ◆ 書院招生養儒士

何老娘想買地的事有了準信兒，何老娘當天就叫何恭帶著小福子去瞧了回地，一百五十畝妥妥的肥田就到了何子衿的名下。

何老娘倒沒想著直接就將地記在何子衿名下，還是沈氏提的，沈氏道：「直接記好，省得以後再改名字，也省了一樁麻煩。」

這原就是何子衿掙來的銀子，家裡早合計好給她買嫁妝田的，何老娘也沒意見，不過地契還是由何老娘收著的，何子衿在法律上已經是一名妥妥的小地主啦。

什麼買田或地契過戶的事兒，都要去衙門司戶大人那裡辦手續的，沈氏在與史太太說話時，史太太便道：「妳家是真正疼閨女的人家。」見過多少人家，大多是拿閨女補貼兒子的。何家這麼一大筆銀子，說是何子衿掙來的，可都給何子衿買了田，這也相當難得了。

沈氏笑道：「本就是子衿掙來的一筆浮財，我就這一個閨女，家裡又不是吃不上飯了，再不能要閨女這個錢的。」

史太太道：「也就妳家這樣想，縣裡多少人家收多少聘禮，將聘禮原樣當嫁妝陪嫁過去，自己家不另出一份嫁妝的。」何家閨女有一百五十畝肥田陪嫁，當真能說到不錯的人家。

「何必跟那樣的人家比？」沈氏道：「那樣的人家，或者真是日子艱難，這倒有情可原。或者是自己刻薄，那也沒法子。要我說，閨女跟兒子一樣，哪個不是十月懷胎來的？」

「是啊！」史太太說到了縣裡籌辦書院的事兒，「妳家兩個小子都要考書院吧？」

沈氏笑說：「是。他們兩個也念了兩三年的書了，既是書院招生，咱們又離得近，就叫他們試一試唄。考得上就去上，考不上反正年歲不大，在家念兩年書再考也無妨。」

史太太笑，「我家峰哥兒也準備考書院的，妳有沒有聽說許舉人要辦個班，就是為考書院準備的課程，時間不長，大概半年。我聽說許舉人也要去書院任先生的，上他這學堂，與許考書院能容易些。」

「這我倒不知。」沈氏興趣極濃，「上這半年學堂要多少銀子呢？」

「貴了些，每人要二十兩。我家與許家有親，許家雖說不收峰哥兒的錢，可我怎麼好不給？」說到許家，史太太就想嘆氣，她也就嘆了一口氣道：「一碼歸一碼，親戚是親戚，說來以往許親家辦的私塾也不便宜，一個月也得二兩銀子。我們峰哥兒這些年念書，我也沒少過許親家的。」她家倒不缺兒子念書的銀錢，只是有許家這門親家當真憋悶。

沈氏過日子節儉，在兒子念書上是極捨得的，道：「我回去與相公商量一二，倘相公也同意，咬咬牙也得叫孩子們去。」

史太太笑，心說，輕輕鬆鬆剛買了一百五十畝肥田的人家，就是出這四十兩銀子，也不至於到咬牙的地步。史太太依舊笑咪咪的，「是啊，孩子一輩子的大事呢，這要早考上書院一年，就比別的孩子早一年聽那些有學問的先生們講課，以後興許就能早一年考秀才。」

簡而言之，不能叫孩子輸在起跑線上。

沈氏頗是認同史太太的說法，自史家告辭後，沈氏便十萬火急地回家同丈夫商量要不要叫孩子們去參加許舉人補習班的事情了。

老鬼的反應是這樣的：不過一個舉人，哼！

在沈念的心裡，老鬼也比許舉人有學問，於是沈念道：「我們跟姑丈學得挺好的，再說，基礎一點一點地打，也不是揠苗助長就能行的，我倒覺得不用去。」

何冽道：「這也忒貴了，半年就要二十兩銀子！」由於從小接受他姊的心算訓練，何冽對數字相當敏感，再者，他知道家裡不是富戶，也是很會過日子的。

沈氏卻不這樣看，沈氏道：「要是花二十兩能保證你們進書院，我也捨得。」

何老娘這鐵公雞亦打算拔毛了，道：「你娘說的對，就是這個話！二十兩算啥？我可是聽說了，書院裡都是有學問的先生，個個比許舉人還有學問！」不過，何老娘問沈氏：「花二十兩在許舉人那兒念半年書真能考上書院？」她兒子在許舉人那兒念書走禮的花銷，十幾年二百兩不止，也沒考個舉人出來。

蔣三妞話雖少，卻是一語中的：「這得看出題的是不是許舉人吧？」

何子衿不想家裡花這冤枉錢，道：「許舉人在咱們縣算是有學問的，可倘若五六個縣一起算，怕也數不著他。就是這辦書院，頭一遭招生，怎麼也輪不到他一個小舉人出題吧？再者說，人家許舉人辦這課程，可沒保證一定能考上書院，無非就是他有舉人功名，又做了多年的先生，在教書上有經驗是真的，方辦這個課程，在書院招生前再撈一筆銀子罷了。」

何恭還是很尊敬老師的，咳了一聲，輕斥道：「不准說這種話，許先生是傳道授業之人，收些束脩是應當的。」

何子衿笑，「我就是覺得，爹您自小是跟著許先生念書的，許先生的學問您也學了大半。爹您講課講得就不錯，咱家與許家素有交情，要是覺得不放心，不如去許先生那裡旁聽一節課，是好是賴也就能分辨了。覺得好，去念半年，家裡也有這個錢。覺得一般，就不用去，也沒啥。」真想不到許舉人還有開速成班的腦子，只是，有這個腦子，這些年許舉人家過得還是尋常了些。

何子衿的提議得到家裡人一致通過：先試聽，上不上速成班再說！

開速成班不是許舉人的專利，自從縣裡要辦書院，周婆子第二日又帶來新鮮消息：「芙蓉縣也有舉人老爺開學堂，說是給考書院的孩子們講課，比咱們縣便宜，人家上半年課只收十八兩。」周婆子除了採買外，還帶回了芙蓉縣書院速成班的招生簡章。

何子衿感嘆：實在不能小看古人的智慧啊！

事實上，許舉人這速成班雖不是許舉人的專利，許舉人也是下了一番決心才開的，其間沒少幼女的勸說。對，就是許冷梅，那個曾經嘲笑史家福姐兒沒學問的姑娘，也是即將與陳志訂親的姑娘。

許冷梅是這樣勸說其父的：「父親並不是看中束脩的人，可這舉凡做學問，總要有個門檻的。孔聖人如何，不也要收幾條臘肉嗎？如今縣裡要辦書院，父親也要去書院任教，咱家這私塾是不會再辦的。就是為咱們縣的小學子著想，父親也該再開幾堂課，給他們鞏固一下基礎也好，哪裡不足，再給他們講習一下也罷，總歸是父親做先生的心意不是？」

不能提錢，還得把父親說到心動意動，總的來說，許冷梅還是相當了解父親的。

許家的速成班開起來了，家裡這一筆進帳不小，許太太便與閨女道：「再給妳置一二金首飾，總不能嫁過去叫人小瞧。」

許冷梅淡淡道：「陳家又不是看中咱家有錢，母親放心吧，陳家給的聘禮不會少，到時自有打金首飾的銀子，這錢母親收起來留待家用也好。」

許太太掩淚，「總是爹娘沒本事，委屈了妳。」

「這有什麼委屈的？」許冷梅幫母親拭淚，「我嫁過去就是做少奶奶，金奴銀婢的使著，再富貴不過的日子。何況，陳家大爺是有秀才功名的，委屈不到我。」

許冷梅是真心不覺得委屈，世上的人都是兩張皮，便如父親，孤傲清高重名聲，心裡未嘗不知黃白之物的好處，不然也不會為大哥和二哥娶得殷實人家的媳婦，也不會為她定下這門富貴親事了。陳志即使有些糊塗名聲又如何，陳家大富之家，許家舉人之家，一則有錢，一則有名，端的天作之合。

許冷梅想，她這父親自己一輩子於功名於人事於前程皆無大出息，倒是給子女結的親事樁樁殷實，件件實惠。

過了李桂圓的親事，就是陳許兩家的訂親禮，親事定了，成親的日子更近，便是在第二年的正月十八，眼瞅就到的。

陳家給的聘禮頗是豐厚，許太太帶著閨女看了，兩個媳婦史氏和凌氏在一旁跟著看陳家的聘禮，凌氏嘴巧，笑道：「十里八鄉可是都沒有這般豐厚的彩禮，妹妹福氣極好，嫁得這樣的富貴人家。」

許冷梅似笑非笑，「瞧二嫂說的，二嫂嫁到我家，看來是福氣壞的。」

凌氏一噎，史氏沒凌氏這般意氣去拍許冷梅的馬屁，這丫頭念過幾本書認得幾個字，素來眼裡沒人，史氏便道：「太太，我與弟妹去瞧瞧午飯可得了。」

許太太道：「去吧。」

史氏和凌氏去瞧午飯了，出了放聘禮的屋子，凌氏低聲道：「我還不是好意嗎？」

史氏淡然道：「妳呀，是多餘。」

凌氏嘆，「沒招她沒惹她的，這個脾氣，真不知什麼樣的人能哄樂了她。」

史氏道：「到婆家就換她哄人，不是人哄她了。」

妯娌兩個說話便去瞧飯了。

許太太與女兒道：「妳二嫂是個有口無心的，妳心裡知道就行，不用與她計較。」

許冷梅沒說話，許太太瞧著彩禮豐厚，相當歡喜，拍拍閨女的手道：「可見是誠心求娶，看妳看得重。」

許冷梅取了聘禮單子看過後道：「這也省事了。」衣裳首飾頗是周全，不然正月十八的正日子，再去置辦就倉促，何況還有現銀兩千，許冷梅道：「母親看著幫我置了田產吧。」

許太太道：「這也好。」

閒事不提，轉眼便是新年，一進臘月，大家就操持過年的事了。年前的年禮走動自不消說，倒是何子衿養花養出了名，她每年臘梅也要養些給她爹拿去走禮的，人一出名，尋常的花兒別人也能瞧出好來，何恭但凡帶幾盆花兒出去走動，又是大過年的，大家瞧著紅豔豔的臘梅，都會讚個幾句。

倒是何子衿，好不容易重活了一回，如今也是小地主了，就打算趁著年華正好時再做一身新衣裳，跟沈氏提了一句，沈氏道：「妳今年冬天可做兩身嶄新衣裙了，就是我允了，妳祖母也得說妳。」

何子衿想了想，「娘就放心吧，娘只管預備出料子來，到時娘也做一身新的穿。」待晚飯吃後，一家人在何老娘屋裡說話，何子衿便說：「過年誰家不串門走親戚，祖母，您可得做身新衣裳。我料子都給您挑好了，那匹胭脂色織花的就好看。」

何老娘假假道：「我一把年紀了，不是沒衣裳穿，還有綢衣裳沒穿過幾回，不用做。」

何子衿見何老娘嘴角翹起來了眼睛也彎起來了，就知有門兒，繼續笑道：「祖母別管了，您不穿，反正我只管做好了，到時您老不要，我就扔街上去，有的是人要。」

「這是什麼混帳話？」何老娘笑罵一句，也就不一力拒絕了，道：「唉，那樣的好料子，妳做斷不妥當的，萬一做壞了，豈不糟蹋了好料子，還是叫三丫頭做。」

如今快過年了，蔣三妞只需把手裡的帳理清，是不用再做繡活的，見何老娘點她的名，笑道：「我這裡正好有姑祖母的尺寸。」

何老娘道：「上回妳給我做的那身穿著就服貼。」

沈氏笑，「不是我誇咱們自家丫頭，三丫頭的針線，就是在鎮上也是一等一的。」

喝口茶，何子衿接著道：「還要再做件斗篷，祖母的那件斗篷穿多少年了，聽說還是姑媽出嫁那年做的，年歲比我都大，料子早不新鮮了。新斗篷的料子我也早給祖母看好了，那匹黑底紅花的就大方，到時絮了新棉花，沿個寸寬的黑邊，要多暖和有多暖和。」

何老娘怪捨不得的，道：「我那斗篷去年剛漿洗過，翻新絮的新棉，就是外頭看著不大新鮮，其實那料子好，還是妳祖父活著時給我置的好料子，現在摸著都軟和得不得了。」

「這件又不是說不穿，做件新的，有個替換的也好，是不是？」何子衿道：「再說了，那件沒風毛，上回我去洛哥哥家，見他祖母披的斗篷上還有風毛來著。咱家現在日子好了，也給祖母做件有風毛的斗篷，穿出去才體面。」

何老娘一聽要做有風毛的斗篷，立刻道：「那得多少錢，日子還過不過了？」

「我早打聽過了，又不是做裘衣，邊邊角角的鑲風毛用不了多少錢，一件衣裳做成，也就用一兩張皮子，咱們自家做，只用皮子成本，也不花別個錢。」何子衿道：「祖母想想，一隻兔子才多少錢，何況一張兔皮呢？」

何恭是孝子，勸道：「娘就做一身吧，大過年的，家裡都做新衣裳，不過是鑲個毛邊，咱們家還是鑲得起。」

兒孫都這樣勸著，何老娘咬咬牙，「成！」

說通了何老娘，沈氏便打算買幾塊兔子皮，何子衿叫她娘多買幾塊，跟她娘說：「以前沒有倒罷了，娘這也辛苦十多年了，不過是過年穿一回好衣裳，祖母也要用皮子的。娘的衣裳也不必用多了，袖子上這樣縫一圈就格外好看呢。」

沈氏本就注意儀容，再說，愛美之心，人皆有之，被閨女說得頗是心動。關鍵也是這兩年日子的確寬裕了，沈氏道：「那就多買兩塊，妳們姊妹年歲大了，是該學著打扮的時候了。屆時皮子給妳們，妳們自己看著做。」女孩子家，當然得會過日子，但倘以後不會穿衣打扮也是件愁事，沈氏很注意對家裡女孩子審美的培養。

何子衿笑，「我早打聽了，狐狸皮比兔皮是貴些，也沒貴太多，咱家別買那稀罕的狐皮，就照著尋常顏色的買兩塊給祖母衣裳上用，祖母定高興，咱們自己的用兔皮就好。」

沈氏一戳閨女的額角，嗔道：「真個鬼靈精！」家裡人人都有新衣，何子衿這做新衣的事兒還不是水到渠成？這回非但是新衣，還能鑲個毛邊。想到閨女這事兒做得滴水不露，還在老太太跟前賣了好，就是沈氏心裡也喜歡，真是不知要說什麼好了。

於是，在何子衿的動員下，這年年底，家裡女人們都穿上了鑲毛邊的衣裳。就是男人們的新衣也體面得很。何恭照舊是棉長袍，沈氏不會虧待自己男人，何恭的新袍子袖口鑲了寸寬的狐狸毛邊，瞧著斯文之外還多了幾分富貴氣。

沈念和何洌的棉袍沒弄毛邊，他們的棉袍配了寸寬的腰帶，扣出腰身來，俐落得很。

何老娘瞧著一家體體面面的兒孫，樂呵呵地過了個年。

過年時縣裡又有戲臺唱戲，何老娘帶著一家人去看戲，新襖裙新斗篷的不離身，還有人奉承她：「您老越發富貴了。」

後鄰老太太白氏與何老娘是一個輩分的，年紀比何老娘小兩歲，笑道：「瞧我老姊姊的這通身的氣派，真叫一個鮮亮。哎喲，這鑲的什麼毛啊，可真軟乎！」說著還摸兩把。

何老娘頭上插著一根真金簪、兩根鎏金的銀簪，頭上戴著翻新的臥兔兒，耳朵上還掛了兩個金耳圈，再加上一身簇新的衣裳斗篷，兩隻手擱毛絨絨的手捂子裡，簡直想低調都低調不起來，「是狐狸毛，孩子們說，弄一圈狐狸毛特別暖和。」

白太太也是一身新棉衣，只是她這料子就是尋常的棉布，說是漿洗過，就顯得硬了些，不如何老娘身上的緞子軟乎亮麗，棉衣上自然也沒有鑲毛邊，頭上倒也有幾支鎏金簪子。甭看老太太們年歲大了，倒較年輕的攀比得更加厲害。何老娘被白太太說得心裡竊喜，她還假意謙道：「哎，妹妹也知道我家，不是穿這毛衣裳的人家。我也不知道，孩子們就偷偷地做好了。要是不穿，孩子們又不高興。」

白太太道：「這才是嫂子妳的福氣呢。」

何老娘抿嘴一樂，眼睛笑咪咪的成了一條線，待鑼鼓一開腔，何老娘就看起戲來。這一班戲班是何忻請的，故此，何氏族人有些不錯的位置，譬如何老娘這一桌，還有服侍的下人擺了兩碟乾果，亦有茶水伺候。

不過一家人也就何老娘圍著桌子有個位置，何子衿和蔣三妞都是跟著沈氏坐後頭板凳上的，何老娘抓兩把乾果，一把給何子衿，一把給蔣三妞。何子衿給那伺候茶水的小子幾個銅板，道：「坐著的都是長輩，勤來著些。」

那小子歡喜地應了，之後服侍得果然殷勤。

倒是何老娘很是瞅了自家丫頭片子的荷包幾眼，回家說她：「妳個傻大方，怎麼還學會打賞了？咱家可不是那樣家風。」

看回到家，何老娘也不打算脫裝備的樣子，何子衿幫她去了斗篷，笑道：「祖母是要坐著看半日戲的，吃了瓜子核桃，難免口乾，咱們自家又沒帶水，給他幾個錢，他過來得勤快，省得到時要茶無茶要水無水，豈不掃了看戲的興致？」

何老娘嘴裡嘟囔：「一桌人都沾咱們家的光。」

何子衿笑，「是啊，大過年的，就叫她們沾一回吧。」

手從手捂子裡拿出來，今兒頭晌光顧著把手插手捂子裡了，可不把金鐲子給捂住了嗎？何老娘一時沒留意，決定下午去聽戲不戴手捂子了，何老娘把手捂子給何子衿，道：「我火力壯，不用戴這個，怪熱的。妳小孩子沒火力，以後給妳戴吧。」

於是，何子衿稀裡糊塗的，就得了個手捂子。

看過了何忻家請的戲班，陳姑媽力邀何老娘過去看她家請的戲班。何老娘是戲迷，也不好真不跟陳家來往了，便也去了。蔣三妞是不去的，沈氏不大喜歡看戲，何況過了初五，孩子們就開始念書了，初八鋪子開業，家裡的事得指望著沈氏，何老娘就把何子衿帶去了。

何子衿去有去的好處，得好幾個大紅包，陳姑媽笑問：「阿念和阿冽怎麼沒來？」

何老娘道：「不是要考書院了嗎？過了初五就在家裡念書，子衿她娘在家看著他們。」

陳姑媽微微頷首，「非得苦讀，才有出息。這麼小就知道用功，以後定有出息。」

何老娘笑道：「就盼他們應了姊姊的話。」

陳二妞與何子衿說話：「妹妹，妳好久沒來了。我詩會下帖子請妳，妳怎麼也不來？」

何子衿笑說：「咱們可是知根知底的，二妞姊還不知道我？說是上了兩年學，識得幾個字是真的，詩是再作不出來的。」

陳二妞道：「妳只管來，我也不大會作詩，不過是起這麼個由頭，一處樂一樂罷了。」

陳姑媽笑，「就是這樣，如今姊妹們在閨中，正該好生樂一樂的。」又誇何子衿梅花也養得好，何恭送來的梅花，陳姑媽就擺在了屋裡。

陳大妞冷笑一聲，陳二妞就想堵住陳大妞的嘴。自從陳大奶奶把自己作去念佛，陳大妞便以噁心何家人為己任，不見何家人則罷，見則必要陰陽怪氣。

陳二妞真是愁死了，陳姑媽臉已經沉下來了，她沒料到陳大妞在長輩面前也能如此。她委實受夠了陳大妞，她兒子五個閨女兩個，孫兒孫女更是不缺，如今在數的孫女就有六個，不差陳大妞這一個。陳姑媽對陳大妞道：「這兩天妳總在我跟前，也累了，回去歇著吧。」

陳大妞再一冷笑，起身一扭就走了。

陳姑媽嘆，「真是前世不修，修來這等孽障。」

何老娘見陳大妞這樣自暴自棄，安慰大姑姊兩句：「兒孫都是債，大些就好了。」

「那我得燒香拜佛。」陳姑媽道：「我看得到的時候都這樣，就不用說我看不到的時候。妹妹妳說，我哪裡敢放她出去見人？她這個脾氣，出門就是得罪人，我真是上輩子欠下她們母女的了。」

何老娘勸道：「姊姊看二妞她們姊妹就知道，天底下，還是懂事的孩子多。」

陳姑媽長嘆，「我就盼著阿志媳婦趕緊過門呢。」

陳大妞這般無禮，何老娘不氣了，回家還安慰何子衿：「不必理她，她這是作死呢。」

何子衿本沒把陳大妞放在心上，她回房點了回在陳家收到的紅包，都擱自己的小匣子裡存了起來。傍晚沈念過來看她，問：「姊姊，妳可見著陳大妞了？」

「見了，怎麼啦？」

「她有沒有欺負妳？」沈念是擔心他家子衿姊姊受陳大妞的氣來著。

何子衿道：「她敢欺負我，我給她兩個耳光她就老實了。」

沈念哈哈直樂，何子衿問他念書累不累，沈念嘟嘟囔囔地同他家子衿姊姊說了半晌的話兒，還著重讚了他家子衿姊姊過年穿的這身鑲了毛邊的紅衣裳，沈念道：「子衿姊姊，以後妳冬天的衣裳還這麼做，有毛邊的好看。妳生得白，穿紅的最好看。」

何子衿眉開眼笑，「那是。」

何洌過來喊沈念回去睡覺，沈念瞧一瞧窗外，問：「都這麼晚了？」

「可不是，你這出來撒尿的，還以為你掉坑裡了。」何洌肚子又餓，問他姊：「姊，妳這兒有沒有點心？」

何子衿現在已經不大喜歡吃點心了，「有芝麻糊要不要喝？」她每天一碗用來美髮的。

何洌也不挑，沈念去廚下拿了兩個碗來，何子衿給他們沖了兩碗黑芝麻糊，待吃完黑芝麻糊，何子衿道：「睡前別忘了刷牙，不然又要鬧牙疼了。」

兩人都應了，走前沈念還叮囑：「姊姊也早些睡，晚上冷，燙兩個湯婆子暖一暖再睡。」一出去後仔細地幫何子衿關好門，不要他家子衿姊姊送出去，外頭冷。

何洌擦一擦吃芝麻糊吃出的鼻尖細汗，又緊緊棉襖，道：「阿念哥，你可真囉嗦。」

「這怎麼能叫囉嗦？女孩子不比咱們男人強壯，當然得照顧著些。」沈念挺一挺還有些單薄的小胸膛道：「你看子衿姊姊，比我還長一歲，現在都沒我高了。你以後也會長得比子衿姊姊高，所以說，身為男人，就得知道照顧家裡的女人。」

何洌琢磨著道：「這也是啊！」

「那是！」

……

陳志的婚禮頗是盛大，起碼在碧水縣是有一無二的了。何家隨了禮，除蔣三妞外都去吃了回喜酒。陳志親事不過一個月，陳二妞的親事也定了，亦是碧水縣的顯赫人家，是胡家二房的一位公子。

便是何子衿也得佩服何姑丈鑽營的本事，只有世人想不到，沒有何姑丈鑽營不到的。

陳二妞親事定了，陳二奶奶特意過來說話，言語間頗是歡喜：「再也想不到的緣分，胡家哥兒比二妞大兩歲，也是準備考書院的。」

沈氏與陳二奶奶關係不差，笑道：「我就說二妞是個有福氣的，不知什麼時候訂親？」

陳二奶奶道：「親家那頭是想著早些定下來，不過，二妞明年才及笄，看了明年正月二十八的日子。時間鬆快些，我也正好得給二妞籌辦嫁妝。」

沈氏笑，「二嫂子最是周全的，以前定給二妞攢著嫁妝的，只是二妞嫁的不是尋常人家，可得著實備幾樣不尋常的體面東西才好。」

陳二奶奶笑得合不攏嘴，可見對親事的滿意，「弟妹說到我心坎上了。」

陳二奶奶沒想到她閨女能得了這門親事，陳大妞是嫡長女，年紀也最大，但有好親事肯定也要先說陳大妞，誰知這丫頭自己作死，把上上等的好親事給作沒了，倒叫她閨女撿了現成。想到大房如今七零八落的樣子，陳二奶奶說不上快意，卻也是有幾分幸災樂禍的。

陳二奶奶與沈氏說了會兒話，因陳二妞親事剛定了下來，再者如今陳二奶奶極受陳姑媽倚重，家裡也離不開她，便樂不顛兒告辭了。

送走陳二奶奶，何子衿道：「二伯娘歡喜得都快魔怔了。」

沈氏卻是很能理解陳二奶奶，「天下父母心，做父母的哪個不願意兒女有好姻緣？」

何子衿正欲說話，翠兒進來回道：「芙蓉縣馮家打發人過來了。」

沈氏道：「快請。」

來的是兩個男人和兩個女人，進來先請安，再一問，原來是送禮兼送信的，沈氏就讓翠兒叫了丈夫過來。何恭陪著兩個男人說話，沈氏帶著兩個女人去了何老娘屋裡。何老娘一聽有閨女的信，連忙要了來，偏生不識字，只得按捺住焦切問：「這信是什麼時候到的？」

來的女人一個姓李，一個姓王，有些年歲，瞧著四十上下的樣子，姓李的女人笑道：「是大爺和大奶奶年前打發我們往家裡送年禮，晉中那邊離咱們這兒實在太遠，路上天氣不好，耽擱了，我們是過了年才到家的。一到家，太太就打發我們給親家太太送來了。親家太太只管放心，大爺和大奶奶連同兩位小爺在晉中都好，只是惦記親家太太。大奶奶說，您老一定要保重身子，指不定什麼時候大奶奶回來看您。」

要是往日不提，何老娘也不這樣惦記。如今馮家下人一來，何老娘心提得高高的，聽這李嫂子說了一通，方堪堪放下心來，何老娘道：「他們好就好，我在家裡能有什麼事，無非是惦記他們罷了。」

李嫂子道：「是。大奶奶在晉中時也常說起親家太太、親家大爺、親家大奶奶、親家大姑娘和蔣三姑娘、大少爺、念少爺。」

何老娘又問：「晉中那地界啥樣？可吃得慣？可住得慣？」

李嫂子道：「與咱們這裡大不相同，不似咱們這裡喜食辣，那裡人嗜酸，凡吃東西都愛放醋，醃的酸菜酸得不得了，而且吃麵吃的多些，好在也有大米，大奶奶說不如咱們家鄉的東西對味兒。」

何老娘道：「酸的吃多了，腸胃哪裡受得住？咱們這兒不食辣哪裡吃得下飯呢？這次多帶些茱萸過去。」

李嫂子笑，「親家太太只管放心，雖有吃食不大合意，不過好在地方方便。晉中比咱們這兒要更富庶些，缺什麼少什麼的總能當地置辦了，何況咱們自家帶了廚娘過去，如今已是樣樣如意了。大少爺在當地書院念書，二爺也要啟蒙了，我們大爺官兒也當得好，還得上官誇讚了一回。」

何老娘聽了很是歡喜，連聲道：「這就好這就好！」

何子衿道：「晉中氣候怕是比咱們這兒乾燥些。」

「可不是嗎？真給大姑娘說著了。」李嫂子笑說：「春夏時常颳風，秋冬也格外冷，我們帶年禮回來，就是路上遇著好幾場大雪，一下就是五六天，路上積雪一尺深，車輪子裹上稻草也走不得，一上路就打滑，待雪化了，路又難走，如此方遲了。」

何老娘直念佛，道：「什麼早一天遲一天的，這都無妨，只要你們大爺和大奶奶連帶我外孫們平安就好。就是你們大爺當差，也得留意身子，別累著了。」

何老娘很是細緻地問了一通閨女和女婿的事兒，才意思意思地問馮老爺馮太太可安好，又說了幾句話，便叫余嬤嬤帶著兩個女人下去休息了。

何老娘迫不及待地叫何子衿：「過來給我讀一讀信。」

何子衿展開來念了一遍，大致就是啥都好，讓何老娘放心的意思。這樣一封信，何老娘直叫何子衿念了三遍，哪怕不識字，也自己細細瞧了一回，再小心摺起來放回信封揣懷裡，方絮絮叨叨：「哎，妳姑丈沒功名時，我盼著趕緊考個功名，以後叫妳姑媽享福。這功名考出來了，跑老遠的地方去做官，不知什麼時候能再相見。」

何子衿安慰道：「姑媽能隨姑丈各處瞧瞧才是福氣，省得一輩子窩在這小地方。」

何老娘哼一聲，「一看妳就是個心野的！」

何子衿笑，「人家都說養女隨姑嘛！」

這話何老娘愛聽，「這倒是。」

沈氏道：「李嫂子她們這麼大老遠的來了，不如多留他們住兩日。我再預備些姊姊日常喜歡的東西，到時託李嫂子她們帶回去。晉中再方便，有許多東西怕是買都買不著的。」

何老娘點頭，道：「這麼大老遠的把年禮帶回來，她們也受累了，中午叫周婆子多燒幾個菜，叫阿余陪她們一塊吃，妳去瞧著把屋子收拾一下。」

沈氏應一聲，下去安排了。

何老娘思念女兒及女婿，一時竟把看年禮的心也淡了，用過午飯待下晌才想起年禮來，命人搬到自己屋，帶著何子衿一起瞧了。何姑媽自來是個周全人，家裡每人一份都寫好籤子了，何老娘才不管什麼籤子不籤子的，她帶著何子衿收拾，全都搗鼓自己屋裡分門別類地鎖了起來，只將筆墨之流拿出來，傍晚時拿去給何恭用。

何子衿趁機點一點何老娘的私房，「這個正好做身春衫穿，那個秋冬做衣裳好。」

何老娘斥道：「就知道穿，不長心眼！」

何老娘自覺是很有心眼的，她問了李嫂子，知道她們待三月中就起程去晉中了。既是如此，先令沈氏備了些給馮家的東西，留李嫂子等人住了兩日，便叫她們回了。何老娘道：「我這裡也有給你們大爺和大奶奶的東西，只是一時備不齊，你們既是三月中才走，到時我備齊全了，叫子衿她爹帶去，勞你們帶回晉中給你們大爺大奶奶。」

李嫂子忙道：「親家太太吩咐就是，都是我們分內之事，哪敢當得一個勞字？」

周婆子早給預備了路上的吃食，沈氏也早打賞了，李嫂子幾個便告辭了。

李嫂子等人一走，何老娘便跟沈氏說了幾樣閨女愛吃的東西，「綢緞布匹這樣的東西，妳姊姊都送回了不少，我看著淨是好的，她那裡也不缺這個。這麼老遠的當官，唉，我不愁別的，就是怕她吃不好，咱家那去歲晾的小魚乾還有沒有？」

「還有些，只是怕不多了。」

「有多少都包起來，到天暖和湖裡多的是，妳姊姊那裡想是沒這個的。」

沈氏道：「這個容易，後鄰白嬸子家去年也晾也不少，一會兒我去問問，看她家可還有，倘有，多湊一些給姊姊。我記得姊姊吃麵時，最喜歡拿這種小魚乾熬湯底。」

「是啊，聽李婆子說，晉中那地方好不好的就是兌上半瓶醋的吃法，妳姊姊可怎麼吃得慣啊？」何老娘想想就心疼，「再去乾貨鋪子裡買些筍乾菜乾，眼瞅著就是吃春筍的時候了，妳姊姊也愛這一口，不知那地界有沒有筍子吃？」

何子衿笑道：「祖母只管放心，晉中是一等一的富裕地界，比咱們這兒更好。只是氣候跟咱們這兒不一樣，冬天冷得很，竹子不好養活，怕是沒筍子的。」

何老娘與沈氏道：「那多買些。」

婆媳兩個商量半日給何姑媽預備的東西，何老娘就打發沈氏去忙了，又對何子衿道：「妳姑媽素來疼妳，妳表哥在咱們來的時候，天天買好吃的給妳，妳也該備些東西。」

何子衿點頭，「嗯，到時我也寫封信給姑媽。」

何老娘看何子衿沒說到點子上，想她年紀尚小，心眼不足也是有的，何老娘提點一下自家丫頭片子：「寫信啥的，跟我寫一起就成了。我這裡有妳姑媽的尺寸，大件妳做不了，給妳姑媽做雙鞋吧？」

何子衿道：「做一雙鞋起碼得一個月，怕來不及呢。」

何老娘想了想，嫌丫頭片子不中用，「怎麼手這樣慢？」退而求其次道：「那就做雙襪子吧，要細細地做。」

何子衿心下一動，想著何老娘這麼一門心思打發她做針線給何姑媽，不會是動了什麼親上加親的念頭了吧？想想她如今芳齡十二，何子衿感嘆何老娘不愧是親祖母，這會兒就打算她的終身大事了，何子衿道：「姑媽那裡什麼襪子沒有，我針線又不是很好，這不是明擺著露怯嗎？到時祖母的信由我來寫，姑媽一看我那好字，知道我有才學，不比做針線好？」

「妳知道啥？女孩子家，不會寫字沒啥，倘不會針線，就叫人說嘴。」

「這是我姑媽，又不是外人。祖母放心吧，祖母想想，一個縣裡，姑娘家十之八九是會針線的，可認字的有幾個？」何子衿舉例說明：「看三姊姊就知道了，針線做得再好，也是繡娘，這一認得字，一有機會就成了帳房，可見識字比會針線可稀罕多了。」

何子衿歪理邪理一大堆的說服了何老娘，何老娘叮囑道：「那妳好生練一練字，到時可得要把字寫好了。」

何子衿笑咪咪地道：「祖母就放心吧。」

說服了何老娘，何子衿去院子裡遛達遛達，這年頭雖流行親上加親，且也不一定親上加親生的孩子就有不足之處，只是，何子衿仍不想冒這個險。不管是姑表做親，或者是姑舅做親，何子衿都不是太樂意。

香椿樹上的香椿芽又可以摘來吃了，院中的小菜園已冒出點點綠色，何子衿遛達到了廚下，見竟有新筍，不禁問：「外頭這會兒就有筍子賣了？」

周婆子笑，「哪裡是買的，咱們後鄰白太太家在山上有片竹林，今春暖和，我回來時見著白太太拎著一大籃子，非給了我幾個。大姑娘最愛鮮筍的，中午用臘肉炒來吃吧。」

何子衿道：「不是有前兒買回的鯽魚嗎？養好幾日了，正好做道鮮筍鯽魚湯。」

沈氏做事向有效率，何況是給大姑子預備東西，不過四五日便都得了，說來沒什麼貴重物，卻都是何氏往日在家裡吃慣用慣的東西。何老娘還把當初寧家給的兩株參放裡頭去了，與沈氏道：「咱們在家有什麼事呢，也吃不著這東西。妳姊姊和姊夫在外頭，我心裡時時記掛著，拿去給他們的好。」

沈氏亦道：「母親說的是。」

何老娘又叫了子衿過來寫信，待何子衿鋪好紙研好墨，何老娘便道：「跟妳姑媽說，咱家裡都好，就是惦記她、妳姑丈，還有翼哥兒和羽哥兒。叫他們好生過日子，妳姑丈做官別太勞累了，妳姑媽管家也記著歇一歇，就是翼哥兒和羽哥兒念書，也別太用功，把身子保養好了，比什麼都強……不用記掛家裡。他們好了，家裡就好。」說了一通各種好之後，何老娘就開始誇何子衿鬥菊會上賺了大把銀子的事，何子衿這向來自信的人都不知原來她在何老娘心裡這般能幹。何老娘讚一回，還給何子衿提個醒兒：「這也就是一說，妳別當真。」

何子衿覺得好笑，道：「叫我不當真，這豈不是糊弄姑媽嗎？」

何老娘道：「哪裡是糊弄？我是叫妳謙虛些，爭取今年養出更好的花兒來。」

何子衿笑，「提一句就是了，姑媽去過帝都又去晉中的人，整個東穆都快走遍了，還有哪裡沒去過？經的多見的就多，最有見識不過，咱們看著天大事一般，姑媽覺得尋常呢。」

何老娘很是自豪，「怎麼會覺得尋常，妳姑媽小時候也沒賺過這許多銀子！」

她老人家當然也疼閨女，但孫女能幹，這就說明家裡的子孫是一代更比一代強。何老娘其實也願意何子衿嫁在身邊，可是她老人家認為憑孫女的才幹，碧水縣實在沒有合適的小子可做孫女婿，這才考慮到外孫馮翼身上。女婿家也是官宦門第了，要孫女沒這能耐，何老娘心裡還微有些配不上馮家的感覺。如今孫女有本事，在何老娘眼裡，兩個孩子就很般配了。只是，這種事何老娘哪怕是個率直的人，也不好直接說。萬一說了，事兒沒成，太傷臉。何老娘就想著，先叫閨女知道子衿的本領，子衿較馮翼小兩歲，年紀般配不說，還是親上加親，這樣的大好姻緣擺閨女面前，她就不信閨女看不到。待閨女和女婿都有意，主動提及親事，這樣她家丫頭片子臉上才有光彩，不然女家巴著男家，就有些難看了。更何況，一個是看著長大的孫女，一個是心裡疼愛的外孫，這事辦得更要格外小心才行。

也就何子衿這是親孫女，何老娘才想破腦殼，想出這樣一個再委婉不過的主意來。當然，哪怕就是不成，憑自家丫頭片子的人品才幹，於碧水縣也不是缺婆家的，何老娘就有這種自信。何老娘讚了一通自家丫頭片子，又開始誇自家乖孫，接著又誇兒子，還在為下科秋闈努力奮鬥啥的。

何子衿寫了十來張信紙，寫完之後重新念了一遍給何老娘聽，何老娘讚道：「比妳爹寫的還好。」丫頭寫信，她老人家聽得懂。

何子衿寫好信封，將信與禮單擱進去黏好。

何老娘再去檢查了一遍給閨女帶的東西，又問兒子什麼時候有空，趕緊帶了去。何恭道：「娘既備妥當了，我這就打發小福子去租車，明兒一早我們就動身。」

何老娘道：「這也好，早些送過去，馮家這會兒也該預備著打發人去晉中了。」

何恭把功課給兩個小的安排好，道：「要是早些把功課做完，出去玩會兒也無妨。」

沈念和何冽都很歡喜，他們不算不用功的孩子了，只是正是喜歡玩的年紀，總是念書，亦覺枯燥，聽何恭這話，再沒有不開心的。

待何恭去了芙蓉縣送東西，何子衿就忙著將去歲扡插的一些茉莉薔薇分盆。跟沈氏說了一聲，何子衿去舊貨鋪子弄了幾十個陶製花盆回來。何老娘現在不再說何子衿亂花錢，她問何子衿：「今年種這些綠菊？」哎喲，一盆按一百兩算，她家丫頭片子也得發死了！這樣一想，何老娘整個人都興奮得站不住腳了。

何子衿一句話打破何老娘的發財夢，道：「綠菊有兩盆就夠了，去歲扡插的茉莉薔薇都大了，把它們分一分盆。」

何老娘唉聲嘆氣，「那茉莉又不值錢，種許多這個做什麼，沒得耽誤了功夫。」

何子衿笑，「以後喝茉莉茶也好。」

何老娘便沒興致，轉而去收拾自己的菜園子了。倒是沈念隔窗瞧見，著緊把功課寫完，收拾好筆墨功課，出來幫何子衿的忙。

何子衿現在花兒多了，同沈念忙活到晚上吃飯，花盆倒是用盡了，只是還有大半花兒沒能分出來，沈念問：「姊姊明天是不是還要去買花盆，我同妳一道去。」

何老娘道：「弄那許多盆，花房都擱不開，往哪兒擱去？」

何子衿想一想，道：「不用再弄盆了，明兒個種院子裡。」

何老娘道：「院裡種哪兒？妳要早說，菜園子我空一半給妳。」這會兒早種上菜了。

何子衿屋子外門兩側早用碎磚砌出花池來，她打算把她娘她爹的屋子、她兄弟的屋外，全都砌出花池，到時都種上花，連何老娘那一進也照舊設計，何老娘倒不反對，「這也給院裡添一景兒，人來了就知道咱家裡花兒養得好。」

沈念和何洌好不容易休息一天，結果兩人都沒能出去玩，就幫著何子衿砌花池幹活了。沈念還這樣道：「不用姊姊搬磚，妳搬不動。也不用姊姊翻土，鐵鍬怪沉的。」

何洌在沈念的影響下，也很有照顧婦孺的思想，道：「姊，妳去歇著吧，這點活兒，我跟阿念哥一天就幹完了。」
何子衿道：「現在鴨子肥了，我叫周嬤嬤殺一隻，晚上烤來給你們吃。」
何洌立刻樂了。
何子衿是想做一做上輩子吃的烤鴨，這個年代空氣清新，水也清澈，就是有一樣不好，物資比較貧乏。偏生何子衿還沒穿到富貴之家，小時候家境也不大行，吃點心都要靠時不時訛詐一下何老娘啥的。如今何子衿點心不大愛吃了，她愛上了做飯。
今生山美水美景致美，但論及燒菜做飯，真不如前世花樣多。
這烤鴨擱前世那是再尋常不過的吃食，擱這會兒……只得何子衿自己搗鼓了。何子衿早把鴨子買好了，擱鴨籠裡，叫周婆子天天的拌了糠麵增肥。
增到現在，其實早夠肥了。原是想過年吃的，無奈過年事多，沒來得及做。待過了年，也沒哪天是閒的，何子衿騰不出空來就耽擱了。
周嬤嬤早上就先把鴨子宰了，何子衿接了半碗鴨血，在裡頭調入水、酒、鹽，放陰涼處讓鴨血凝固。待周嬤嬤把鴨子褪洗乾淨，將內臟都收拾出來，何子衿叫周嬤嬤將鴨腸鴨心鴨肝，反正鴨肚子裡那一套連帶鴨頭鴨腳全都擱小鍋裡滷熟，她自去將烤鴨的前期準備做好。當然不是傳統繁複的做法，只是按前世家常做法罷了。把鴨子用開水將皮燙了一遍，就拿出去放陰涼處通風處晾著了。
何子衿中午做了一回不大正經的鴨血粉絲湯吃，主要是就一隻鴨的鴨血內臟，一家人吃不大夠，何子衿就往湯裡切了些火腿進去一塊煮，味兒也鮮得很。蔣三妞自從做了帳房，中午就是繡坊管飯了，待這湯好了，何子衿先盛了一碗令翠兒給蔣三妞送到繡坊去。

中午何老娘邊吃粉絲湯邊絮叨：「越發會吃了。」看來她家丫頭片子是看了新食書。

何子衿笑，「晚上吃烤鴨。」

何老娘一碗粉絲湯下去又盛了一碗，「那幾隻肥鴨早該宰了，我還以為過年時就吃。」

「我原也打算過年時吃，可惜忙糟糟的，沒顧得上。」何子衿還用開水燙了一碟小青菜擱邊上拌湯裡吃。

到下午何子衿大張旗鼓地將掛爐收拾出來烤鴨子時，一陣接一陣的烤肉香往鼻子裡鑽，何冽道：「聞著香味兒都幹不動了。」

沈念道：「你去瞧瞧烤好沒？」他也有點幹不動，這也忒香了。

何冽跑去問了一趟，回來道：「姊說還早著呢。」兩人繼續搬磚挖土砌花池。

何子衿第一次烤，而且是用比較原始的工具，火候啥的掌握得不大好，好在她耐心足，足烤了一個多時辰，香翻了一條街。

蔣三妞回家都說：「好香，外頭都聞著味兒了，這是做什麼好吃的了？」

何老娘道：「快把妳兄弟兩個餓暈了。」她老人家也在掛爐前遛達幾遭了。

蔣三妞笑，「我一見中午那湯就知道子衿妹妹又做新鮮吃食了，我給繡坊裡的人嘗了，她們也說味兒好。」

何老娘道：「裡頭都是好東西，這要再說味兒不好，活該雷劈啦。」

蔣三妞被何老娘噎樂了，何子衿瞅著紅通通直往外滴油的烤鴨，道：「鴨子應該明天再烤的，晚上吃太油不大好。」

「巴巴烤這半日，妳就別廢話了。」何老娘年紀大了，老人家有些嘴饞，聞了大半時辰的燒鴨香，好不容易快吃上了，又聽何子衿說這話，忍不住翻個大白眼。

何洌幹了一天的體力勞動，就等著吃他姊這烤鴨呢，吸一吸鼻子，深覺他姊婦道人家囉嗦，道：「吃了飯又不是立刻就睡覺，且得消化會兒呢。」

待何子衿將鴨皮鴨肉都削片在盤裡放好，餘下鴨架剁開煮湯，周婆子又炒了三個素菜搭著，再切好蔥白絲，配上甜醬，還有蒸鍋裡的荷葉餅、新烙的素餅，方一塊端了上去。

何子衿很是得意地示範了一下吃法，便是沈氏這素來不愛太過油膩的人也吃了兩個，覺得味兒好。這會兒沒有黃瓜，何子衿叫周婆子弄了個素炒銀芽，這樣挑幾根銀芽放塊烤鴨肉裹在荷葉餅裡，有點春餅的吃法，亦是不錯。

端上湯來，何洌喝了兩碗，「好吃是好吃，就是一隻不大夠，應該叫我姊烤兩隻的。」

何老娘對何洌素來是慈眉善目，有求必應，「還有呢，那鴨籠裡是十隻鴨子，又不下蛋，都肥得該宰了，明兒再叫你姊烤一隻就是。」她老人家緊著孩子們吃，其實也沒吃太夠。

何子衿道：「等我明兒個把花兒栽好了，爹回來，多烤些，送一隻給朝雲道長，李大娘和薛師傅那裡送兩隻，賢姑祖母那裡送一隻。」

何老娘一聽這話就心裡冒火，指著何子衿道：「虧得如今不缺吃食，要前些年，家裡都被妳打發窮了！」何老娘簡直要愁死了，真不知這傻大方的脾氣像誰。雖說丫頭片子這聰明勁兒像她，可偏生沒學到她過日子的精髓，有點好東西恨不得全都送給別人，這以後可怎麼過日子啊？別人家的媳婦都是往家攢東西，要誰家娶這麼個媳婦，天天往外打發東西，何老娘自己就覺得對不住人家。何況何老娘是有親上做親的主意，一想到自家丫頭片子這般敗家，一旦親上做親，恐怕外孫沒兩日就得喝西北風去。

將沈氏與孩子們都打發去歇著了，吃兩丸消食的山楂丸，何老娘在院子裡轉了兩圈，回屋裡喝一盞釅茶，方把丫頭片子又叫了過來，直叨叨了半宿過日子的要訣。

晚上都睡覺了，老鬼忽與沈念道：「你子衿姊姊可不一般。」

沈念素來有耐性，沒說話，老鬼繼續絮叨：「想起一樣是一樣，她好些吃食做法新奇，我以前都未見過。」

沈念心說：「那是你見識短。」

老鬼直接被噎死。

……

何恭去了四五日便回來了，何老娘自有一番問詢。

何恭笑道：「親家都好，這月中就出發去晉中了。親家老爺叫我給娘您問個好兒，還有咱們縣書院這就建好了，我想著也快招生考試了，馮氏族中有幾個孩子要過來念書，到時跟咱們阿念和阿冽也是個伴兒。」

何老娘不解，「這話說得怪，馮家姑奶奶嫁到豐寧縣去了，現在馮家就馮二爺守著家業，在馮親家膝下盡孝，馮二奶奶生了一堆丫頭片子，還沒兒子，哪來的孩子過來考書院？」

余嬤嬤端上茶，何恭呷一口道：「這關係說來也不遠，是姊夫親大伯家的孫子，還有別的族親的幾個孩子。我說了，既來了碧水縣，住咱們家就行，考試不比別的，咱們畢竟熟門熟路，他們來了，起碼不必為吃住費心，就是去考試，到時與阿念和阿冽一起也方便。」對於考試的孩子，何老娘還是很寬厚的，何況親戚之間互有幫襯是理所應當的事，何老娘點頭道：「這也是。」

沈氏道：「那要提前收拾屋子了。」

何恭喝了半盞茶，將茶盞擱一旁的高几上，道：「這也不急，就是考試的時候要過來住幾日，到時收拾出三間屋子也夠使了。」

說起收拾屋子的話，沈氏另有思量，抽空與丈夫商量道：「家裡時常來人，子衿與咱們住一進，是當初她年歲小非要自己睡，便叫她睡西耳房，如今她漸大了，未免不便。我想著，老太太住的第三進的屋子寬敞，不如叫子衿搬後頭與老太太、三丫頭同住，出入也方便。」

何家老祖宗在建宅子的時候目光長遠，主要是這年頭等閒人家三五個孩子都是尋常，何家老祖宗委實沒料到他這一支硬是幾代單傳，故此，這三進的宅子建得比尋常三進要寬敞。尋常三進宅子的第三進都是一排低矮的後罩房，何家這套宅子的第三進卻是實實在在添了一重院落，與主院所在的第二進是一樣的建設，坐北朝南三間正房帶兩間耳房，東西廂俱全。

「這也好。」他閨女如今住的是正房的西耳房，那時何子衿小，非要自己住，只得由了她，為了就近照看方便，才叫閨女住的西耳房。後來，沈念與何冽住的便是東耳房，何恭道：「不如將咱們這院兒的東廂收拾出來，讓阿念和阿冽挪到東廂房去，孩子們都大了。」

「我也是這樣想。」沈氏道：「西廂就照舊給子衿做花房吧。」

夫妻兩個商議好了，沈氏再與何老娘說。何老娘沒啥意見，琢磨了一回道：「我這院子東廂給三丫頭住了，西廂是廚房，還有周婆子在住，再有妳的醬缸什麼的也滿當。妳嬤嬤住在我東邊的耳房，我這隔間沒人住，丫頭片子東西多，便將隔間連帶著西耳房給她住吧。」正好可就近教導一下丫頭片子過日子的道理。

何子衿也沒啥意見，她搬家的時候，沈念還幫著整理箱子，貼心得不得了。等沈念和何冽搬屋子，何子衿被請去幫忙布置房間，畢竟女孩子審美好一些，屋子擺設啥的，還是女孩子更細緻，尤其東廂是三間，除了進門的小廳外，還有兩間能做臥室。沈念和何冽決定，兩人還在一間屋子睡，剩下的一間收拾成書房。說是書房，除了書架書案之類，何子衿還找出一張老榻擺進去，將這榻擦洗乾淨，鋪上新做的棉墊子，再左右擺兩個引枕，中間放張小炕桌，一套茶具，就是個休息說話的地方。倘有客人過來，將小炕桌啥的一收，便暫時可做客房。何子衿還免費送他們好幾盆茉莉薔薇驅蚊草，能夠熏熏屋子。

待搬好屋子，何子衿又做了回烤鴨，各家送了送，朝雲道長那裡多送了一份藤蘿糕。何子衿是親自去了一趟朝雲觀，當然，有小福子雇了車跟著。沈念是很想陪他家子衿姊姊一道去的，奈何現在何恭看他們功課看得緊，先前何恭去馮家，沈念和何冽完成留的課業後放了兩日假，這會兒是再難放假的，只得眼巴巴看著小福子陪他家子衿姊姊去了。

雖然何子衿沒啥信仰，不過，這並不妨礙她與朝雲道長之間的來往。朝雲道長對於何子衿的到來也是挺歡迎的，主要是，何子衿常時不時送東西給他，哪怕不能親至，也會叫僕人送來。禮多人不怪嘛，儘管沒啥貴重物，可這時日久了，朝雲道長又跟沈素相識，故而對何子衿的觀感很不錯。

何子衿笑著將食盒打開，「在家閒做了幾樣吃食，送給道長品嘗。」

朝雲道長依舊最喜歡藤蘿餅，對烤鴨明顯沒啥興趣。

朝雲道長讚道：「這藤蘿餅做得有點意思了。」

何子衿抿嘴笑，「能得道長讚一句，可見我這藤蘿餅做的還成。」

朝雲道長留何子衿在道觀用午飯，還道：「小徒弟去河裡撈河蝦了，一會兒妳帶一簍走，正對時令。」

何子衿笑，「河蝦擱韭菜油爆就好吃，便是直接放鹽水煮也別有滋味。」

兩人說了一回美食，何子衿才說起這次來的目的，她想跟朝雲道長打聽書院的事兒。碧水縣的書院快建好了，就建在了芙蓉山上，而且地皮沒用錢，是朝雲觀送的。

好吧，這年頭宗教場所的財力就是這般牛氣。

甭以為道觀就是清苦之地了，稍有名頭的道觀都不差錢。譬如朝雲觀，半個芙蓉山是他家的。當然，與朝雲觀名聲相仿的芙蓉寺，在產業上也絲毫不比朝雲觀差，芙蓉寺周圍上千畝的肥田便是寺裡產業。除了山頭田畝收入，這兩家還有香火法事之類的收成，委實富戶。

所以，縣裡看好了建書院的地方，還得跟地主朝雲觀買地。朝雲道長神仙中人，大袖一揮，送你吧。不得不說，朝雲道長為碧水縣的文化事業做出了自己的貢獻。

這次來，何子衿就是跟朝雲道長打聽書院外頭要不要建房子的事，朝雲道長還是很有生意頭腦的，道：「先試著建一些鋪面，就是不知好賴了。」

何子衿道：「芙蓉寺外也有許多鋪子，書院雖是建在山上，好在只是山腰，並不算高。要是您建了鋪面，能不能給我留兩間？」

朝雲道長笑道：「我與妳舅舅相熟，難為妳個小女娃這一年到頭時常孝敬我，到時建好了妳只管過來。」

由於早就羨慕芙蓉寺外那一排老禿驢們建的商鋪，每年收租的銀子就海了去，再者，老禿驢們宣傳有道，每年還固定有大型商業活動——廟會，碧水縣每五天一次的大集市也是擺那兒附近。雖然朝雲道長自詡道家法術不比佛家法術差，但在財力上，朝雲道長還是覺得有所不如的。這也沒法子，他這觀是建在山上，觀裡產業也多在山上。不比芙蓉寺，雖與芙蓉山齊名，偏生是建在山腳下碧水潭畔。芙蓉寺的地理位置優越，芙蓉寺的禿驢們也善於做商業開發，以致於財力之雄厚，朝雲道長都隱隱有些眼紅。

等待多年，朝雲道長終於等到了千載良機，縣裡要建書院了，於是，朝雲道長免費出地皮給縣裡建書院，除了想搏個好名聲外，也是想攢一攢他朝雲觀的人氣啦。人氣來了，財氣自然到。如今鋪子還沒開始建就有人打聽鋪面啥的，朝雲道長還是感覺很欣慰的。

把商鋪的事兒敲定了，中午與朝雲道長吃了回山上野味兒，何子衿便帶著朝雲道長送的一簍河蝦和一簍小河魚告辭回家，會過日子的她少不了路上順道拔些鮮嫩的野菜。

何子衿覺得，像她這樣上山都會順便摘野菜回家的人，何老娘竟然認為她不會過日子，簡直太沒天理了。

何子衿回家少不得做一回野菜雞蛋餅，且河蝦是當天撈的，還算新鮮，何子衿原覺得吃不完，沈念在一旁道：「子衿姊姊，一半油爆，一半水煮吧。」

何子衿道：「吃得了嗎？要不要曬些蝦乾？」

沈念連忙道：「不用不用，怎麼會吃不完？家裡人都愛吃蝦的。要是做少了，還吃不痛快哩！」較之肉類，沈念是偏好魚蝦的。

「這東西就是吃的時候瑣碎。」油爆還好，水煮河蝦啥的，何冽的舌頭沒練出來，剝殼就是個事兒，「姊，叫周嬤嬤把這小魚兒收拾了，裹了雞蛋糊炸得焦焦的，那才好吃。」

於是，當天的晚飯就是河鮮配野菜雞蛋餅了。

何家伙食好，因家裡孩子們多，又都在長身子，何老娘雖是個節儉脾氣，卻心疼孩子，且有沈氏時不時拿私房補貼廚房，故此，對於家裡豐盛的伙食，何老娘就不多說啥了。

因為營養跟得上，於是養出了一屋子竹竿，連同蔣三妞也是越發高挑。雖然這年頭的人大多瘦削，可何老娘瞅著自家這一屋子竹竿也發愁，與沈氏道：「天天不是魚就是肉，沒斷過頓兒的，還一個個不長半兩肉，也不知吃的東西都到哪兒去了。」

都在長個子的年紀，就是何子衿沒兩個弟弟長得快，也早沒了小時候的圓潤，整個人又細又高又薄又扁，除了臉，實在沒啥看頭。何子衿做春衫時都鬱悶，她這都十二了，還是扁平扁平的，她倒是不喜歡太大，起碼也該開始發育了吧，可是半點動靜都沒有，何子衿都擔心以後會變飛機場，穿衣裳難看……

「正長個子呢，孩子一貪長，可不就瘦了？」沈氏很歡喜，養孩子也是有對比的，同年紀的孩子，哪個高哪個矮，哪個胖哪個瘦……反正沈氏瞧著自家孩子都是高個子，心裡就舒坦，尤其是馮家孩子來了以後，沈氏的自豪感達到了頂峰。

一冬一春，縣裡總算把書院建好了，書院的先生也到位了，招生考試的時間也確定了，於是，這些天許多別縣的中小學生紛紛趕赴碧水縣，準備參加招生考試。

碧水縣的客棧早就滿員，連帶著飯莊啊車行啊筆墨鋪子衣料鋪子啥的，生意都好得不得了，整個碧水縣比往日熱鬧三分。

有親戚的先會投親戚，沒親戚的才會住客棧租房子。馮家就是在這個時候來的，有四個十來歲的孩子，還有兩個大人帶兩個男僕跟著。因估算著來的人多，沈氏提前叫阿念和阿冽再搬回原來的東耳房，可也沒料到會來八口人，東廂騰給客人住也不大夠，便在何恭的書房安置了馮燦和馮炎兄弟，另外下人安置在下人房。

帶著孩子們來的，一個叫馮凝，一個叫馮凜，都是與何恭相仿的年紀，另外兩個馮家小子，一個叫馮熠，一個叫馮煊，年紀亦是十歲上下。

馮凜是馮姑丈嫡親的堂兄弟，說來也是極近的關係，馮凜帶著孩子們與何老娘見禮後，先奉上給何老娘的禮物。人家雖是來何家住幾日，也不是空著手來的。

何老娘笑道：「實在太客氣了，來就來，還帶什麼東西，豈不外道？」

馮凜道：「您是長輩，理當慎重。這些都是家中土物，是我們做晚輩的孝心。」

何老娘便不再說什麼了，問馮家長輩可好，又問孩子們的年歲，瞧著都是乾淨斯文的孩子，何老娘也喜歡。當然，對比一下，還是覺得自家孩子最好，尤其馮凜道：「阿念和阿冽這個子可真不矮。」

何冽年紀最小，今年八歲，但他個子與十歲的馮炎相近，而且何冽生得虎頭虎腦，透著一股少年的精氣神，頗是招人眼緣。相對的，沈念的相貌則太過精緻，正經的瓜子臉，修長的眉，高挺的鼻樑，淡色的唇，還有那雙眸光湛然的鳳眼，較之何子衿這位小美女毫不遜色，他又是個寡言安靜的性子，反給人一種距離感，不比何冽接地氣。故此，馮凜親暱地摸摸何冽的頭，舉止都能瞧出喜歡來，對沈念只是讚一句「好孩子」便罷了。

何老娘還在為竹竿兒孫發愁，不由笑道：「就是不長肉。」

馮凜道：「正長個子呢，等個子長成了，自然也就結實了。」

馮凜還額外誇讚了何子衿養花的本領，道：「去歲我們在芙蓉縣也聽得了大姑娘的名聲，當真是能幹，不愧是老太太一手養大的孩子。」後一句馬屁話把何老娘拍得喜笑顏開。

何子衿微微一笑，「不過是我運道好，馮叔叔過獎了。」

「這可不是過獎，是實心話。」馮凜道：「像妳這麼小的女娃娃，可有幾個能有妳的本領呢？」說什麼運道好，要是個傻子，運道再好也沒用，到底是人何家姑娘能幹。

馮家幾個小公子朝何子衿望去，老鬼忍不住對沈念道：「哎呀，馮家別有他意啊！」

沈念根本不理這個多嘴鬼，難道他是瞎的嗎？難道他沒有看到這四個混帳小色胚盯著他家子衿姊姊瞧了又瞧瞧個沒完的眼神嗎？真是天地良心，小男孩見著漂亮女孩子多看兩眼實屬正常。不過，顯然沈念不這樣認為。要知道，沈念是有著極高的道德標準的，只是馮家人剛到，他也不好說「把你們的眼珠子放正」之類的話。更可氣的是，老鬼一徑絮叨：「說不定這是提前來相看子衿丫頭。也是，她長得漂亮，又會掙錢，還念書識字，有一手好廚藝，到哪兒去找這麼好的丫頭啊？」

沈念是個非常板得住的人，哪怕內心已經開始火山噴發了，面上依舊不動聲色，還露出一絲關切地問道：「馮世兄在家讀什麼書？我與阿冽也要考試，到時正好做伴。」

四位姓馮的公子，您老問的哪一個啊？於是，顧不得看小美女，馮氏家族四位公子連忙與沈念說起話來。

彼此說些家長裡短的事，孩子們也互相見過，馮家人遠道而來，何老娘道：「這大老遠的過來，先去歇一歇吧，晚上你們一起吃酒。孩子們也歇一歇，大後天就是考試的日子了，書不必急，把精神養好是正經。」

馮家人老遠提前過來，就是想讓孩子們歇好。好在何家也有兩位考生，考生與考生間，總有許多共同語言的。

當然，共同語言不是考試，何冽在跟他們說碧水潭的風景：「咱們這會兒去，正是荷花開的時候。那一眼望不到頭的荷花，好看得不得了。這會兒天有些熱，芙蓉山上正涼快，朝雲觀的道長可是有一身的好功夫。」

「對了，我聽說新書院建在山上，阿冽，你去過不？」

「還沒呢。這也是才建好，趕明兒咱們就去。要是能考上，還怕沒去的時候？」

大家說著話，空氣中飄來了飯菜香，沈念瞧瞧日頭，去內院找他家子衿姊姊了，他有些事要與他家子衿姊姊溝通一下。

何子衿坐在院裡做針線，沈念一瞧就知道是他的衣裳，是子衿姊姊親自挑的料子給他做的，當時子衿姊姊還說，等他考上書院正好穿新衣。沈念瞧著太陽西落，拿起一旁的野雞翎製的羽扇幫子衿姊姊搧兩下，「天光有些暗了，明兒個再做吧。」

何子衿拿著衣裳在沈念身上比一比，笑道：「明兒個再上了袖子，熨齊整就能穿了。」又問沈念：「你不是跟馮家小公子們在玩嗎？」

沈念道：「阿冽在跟他們說話，我是想跟姊姊說，正院的花兒，我幫姊姊澆水就行了，如今家裡客人多，姊姊別出來啦。」傍晚都是他家子衿姊姊澆花的時間，現在家裡來這些半大不小的臭小子們，下午在老太太屋裡時還總是朝他家了子衿姊姊看來看去的，也不照鏡子瞧瞧自己，一個個長得那醜樣，比他還不如，配得上他家子衿姊姊嗎？

何子衿笑，「這也好。」

沈念還這樣建議：「姊姊，家裡人多，不如晚上收拾兩桌，姑丈帶著男人們在外頭一桌，姊姊、姑姑和祖母在裡頭吃。」以往家裡來了客人也是這樣的。

何子衿將半成品的衣裳略疊一疊，道：「這也好。」又叫何冽去地窖裡搬一罈去歲林管事送的菊花酒，就讓何冽與馮家的幾位小學生一塊去玩了。按教育小能手何子衿的說法，與同齡人相處，有助於情商的提高。

天知道沈念根本不想提高情商啥的，他寧可守著他家子衿姊姊說話，幫子衿姊姊提高一些危險防範意識，以免被騙啥的……

沈念幫他家子衿姊姊澆了花，用晚飯時，看馮家四個土包子吃得滿臉歡喜的模樣，沈念再次確定，哪怕馮家「心懷不軌」，憑他家子衿姊姊的眼光，也看不上這四個土包子。

馮炎在來考試的馮家兄弟中年紀最小，與沈念同齡，且比起寡言的沈念，馮炎更像個十歲的孩子，晚飯後他們兄弟尋沈念與何冽說話時，他還道：「阿冽，你家的飯菜可真好吃，有的菜我在家都沒吃過。要不是下午就聞著做菜的香味，我還以為是從飯館買來的菜。」

何冽是個直性子，道：「我姊做的菜，比飯館的也不在話下。你們要是早些來，還能吃到我姊烤的鴨子，那味道啊，香！」何冽說著都忍不住吞一吞口水。

馮燦年紀最大，有十四歲了，個子也高，不禁道：「難不成晚上的菜是何妹妹燒的？」

何妹妹什麼的，也太隨便了吧？沈念心道，稱何姑娘才顯得莊重呢。於是，在內心深處給了馮燦一個「不莊重」的評價。

何冽道：「不是，這是周嬤嬤做的。不過，周嬤嬤的手藝都是我姊教的，要是我姊親自燒的，還能燒得更好吃。」

馮燦道：「何妹妹可真是手巧。」

「最手巧的是我三姊姊，三姊姊繡的花兒做的針線，就是在碧水縣也是數得著的。」何冽這張禿嚕嘴，不用人問，把家裡姊妹的情況都交代清楚了，鬱悶得沈念只想給他縫上。

馮燦道：「就是傍晚回來的那位姊姊吧？」

「嗯，三姊姊在繡莊做事。」

沈念實在聽不下去，只得轉了話題：「怎麼不見熠大哥和煊大哥？」

馮燦笑，「他們有些累了，剛阿炎過去，已經睡了。」

當天晚上，沈念有些失眠，聽著何冽呼嚕個沒完，沈念更睡不著了。天氣漸暖，夜風只是微涼，便起身去院裡站了站，見馮燦和馮炎的屋裡還亮著燈，沈念瞅一眼，鬼使神差地過去了。他不是有意要偷聽，主要是那兩兄弟話題中竟有關他家子衿姊姊的內容，叫沈念怎能不聽一聽呢？沈念便蹲在人家牆根底下聽了。兩兄弟的談話內容是這樣的……

馮炎道：「何姊姊相貌跟堂嬸可不大像。」他家堂嬸的眼睛像何家老太太的眼睛，瞇瞇的一條線的樣子。何家姊姊的眼睛說不出來，但很好看。

馮燦「嗯」了一聲。

馮炎道：「何姊姊燒菜也這樣好吃。」

沈念：土包子！

馮燦又「嗯」了一聲。

馮炎感嘆：「阿冽和阿念多有口福啊！」

沈念：這是自然。

馮燦這回道：「睡吧，還不睏？」

馮炎嬉笑，「睏啦，就是頭一天來，怪高興的。」

沈念：瞎高興個毛啊！

待馮家兄弟屋裡熄了燈，沈念緊一緊衣襟，也回去了。老鬼越發長吁短嘆，同時火上澆油地道：「馮家也是不錯的人家，要不，當初何老爺也不能把何家姑奶奶嫁到馮家去。」

沈念被這老傢伙長吁短嘆得一宿沒睡好。

古時候的招生考試較之於現代，除了規模大小不同外，別個都是一模一樣。因這考試要上午一場下午一場，何家與朝雲觀熟，頭一個月就往朝雲觀訂下了孩子們中午休息的房間。他們這是趕早的，許多沒趕上往朝雲觀訂房的，或是往山下芙蓉寺，抑或臨近的客棧訂房。倘三者均沒趕上，便只得在書院隨便尋地方湊合著熬時間了。

車子倒是方便，馮家過來的時候便駕了兩輛車來，這回正好做考試用。

沈氏帶著何子衿準備了考生們的午餐便當，交與小福子時叮囑道：「你認得朝雲道長，中午時託道觀的廚房熱一熱就好吃了。只是湯不方便帶，這裡頭的是紫菜乾，到時在道觀裡借個大碗，擱些鹽拿開水一沖就是一道湯了。水囊裡的水都是溫的，渴了喝這個水，水喝完後及時找開水灌上，可不要灌路上河裡的生水，喝了是會鬧肚子的。」絮絮叨叨地說了一通，難為小福子是跟慣了何恭考秀才考舉人的，對這考試的注意事項極清楚，待沈氏說完，小福子道：「大奶奶放心，我一準兒把小爺們服侍好。」

何老娘還親自送了一送考生，「好生考，考上了，芙蓉樓裡吃好的去！」

馮燦年歲最大，道：「您老就放心吧，等著在家聽我們的好消息。」

何老娘笑呵呵的，「好好好！」

與現代還有不同的是，家長沒去送考。何恭其實是想去的，但看人馮家沒送考的意思，他也不好表現得太在乎，也就不去了。其實何恭不知道的是，馮凜和馮凝這對族兄弟心裡也是想去的，就是這兩人比較會裝，而且遠來是客，嘴上沒說送考的話，是想何恭先開口，大家便好一起去，偏生何恭沒能與這對族兄弟心有靈犀。
用午飯時，何老娘還絮叨：「這會兒該吃飯了吧，不知山上有沒有熱水喝。」
何子衿笑道：「您就放心吧，熱水什麼的都有的。」她去朝雲觀訂房的時候給朝雲道長出的主意，朝雲道長與書院商量了，為了支持考生，還在書院外由朝雲觀的小道士們免費擺個水攤子，給考生們喝水啥的。
何子衿完全不擔心，阿念六歲就啟蒙了，那會兒阿冽年紀小，也跟著學認個字。念這好幾年的書，一個升學考試能有多難？起碼何子衿覺得自家兩個弟弟是沒問題的。
何子衿對弟弟們有自信，於是不緊張。
沈氏也不急，她最有耐心不過，何恭多年舉人不中，沈氏也沒覺得啥，何況如今只是升學考試，在沈氏看來，孩子們還小，就是沈念也是冬天的生辰，說十歲，是按虛歲來說的，其實比九歲生日的大不了多少。考不上，無非是在家裡再多念兩年罷了。
沈氏這麼想著，便也不緊張了。
何老娘在孩子們考試前親去燒過香了，絮叨一嘴是習慣使然，有信仰的人也不緊張。
最緊張的是三個想去送考而沒能送考的男人。
何恭書是看不下去了，他與馮凜和馮凝往日挺有話說，今日只剩一個話題。整個上午，三個男人坐書房裡，一會兒馮凜道：「這快到山上了吧？」
何恭道：「嗯，是吧。」
馮凝道：「管他考上考不上呢。」

一會兒馮凜又說：「該進書院考試了吧？」

何恭道：「嗯，是吧。」

馮凝道：「管他考上考不上呢。」

一會兒馮凜再道：「不知出什麼題目，聽說是錢先生出的題。」

何恭道：「嗯，是吧。」

馮凝道：「管他考上考不上呢。」

還稍稍具備正常思維的馮凜……

男人們在午飯時也頗有些食不知味的意思，不是不想吃，也不是飯菜不香，就是不覺得餓，完全沒有用飯的欲望。

午飯沒怎麼吃，便叫翠兒收拾了。午覺更不是睡不著，料想著孩子們還在山上，不知下午考試如何，三人輪番在屋子裡轉圈。一時，沈氏在何老娘屋裡用過午飯回房休息，沈氏問翠兒：「大爺呢？」

翠兒道：「與馮家兩位大爺在東廂說話。」

沈氏便沒再多說什麼，這些天家裡有客人，且又是親家來客，偏生家裡僕婢少，故此得樣樣事留心，不好怠慢了親家族人。何老娘漸上了年歲，家裡內宅的事多交給沈氏打理，沈氏頗覺勞累，去了外衣到床上略歇一歇。倒是何恭一會兒回了房，沈氏想著送到前院的午飯動的不多，便道：「看午飯沒大動，這是怎麼了？覺得不對口還是怎地？」

何恭坐立難安，又在屋子裡開始轉圈，道：「也不知孩子們如何了？」

沈氏拉他坐下，「能如何，這會兒估計也在歇著呢，下午再考一場就回來了。」

「妳就一點也不擔心？」他簡直擔心得吃不下飯。

「這有啥好擔心，不就是入學考試嗎？」沈氏道：「你不是還私下常跟我讚阿念聰明，阿冽也不笨嗎？」想到沈念那一雙父母，沈氏仍是忍不住皺眉，聰明都是一等一，就是人品一個賽一個的次，好在沈念這孩子不像那一對賤人，當真是破窯出好瓷。

何恭長嘆，「這會兒就擔心人外有人，天外有天了。」

沈氏打個呵欠問：「馮家幾位小公子書念得如何？」這幾天頗忙，都沒顧得上問。

「還行。」何恭幫妻子拉開被子蓋上，「馮燦最好，與阿念相仿。馮熠比咱兒子要強些，馮炎與阿冽差不多。」說到這個，何恭還是很自豪的，覺得這幾年的家庭老師沒白當，而且教學相長，給孩子們講課，何恭自己覺得比請教許先生還更有所得。故此，這一兩年，許先生家倒去的少了。

沈氏笑，「那還有什麼擔心的，我就不信咱們家的孩子考不過別人。」

沈氏忙了大半日，回房是想歇一歇的，奈何現在什麼樣的安慰也安撫不了何恭那副為孩子們緊張兮兮的心腸。沈氏要歇午覺，何恭就唉聲嘆氣個沒完，一會兒他又起身轉圈了，煩得沈氏攆他到書房，才安生地歇下。

何子衿提著蒲草編的籃子去花房看花兒時瞧見在院裡轉圈的爹，不禁道：「爹，您怎麼在院裡待著？」看他轉圈轉得這般投入，是不是有啥愁事呢？

何恭拉開摺扇搧風，「沒事。」

何子衿想了想，笑問：「不會是擔心他們考試吧？」

何恭裝模作樣地不承認，「這有什麼好擔心的？讀了好幾年的書，倘若考不上，是他們不用功，再接著念就是。」

何子衿偷笑，這會兒剛剛入夏，天氣並不熱，且薔薇花已經開了，父女兩個就在薔薇花架下支起藤桌籐椅，喝茶說話。

何子衿笑著倒盞涼茶給她爹，「我看爹您科舉時也沒這樣緊張過。」

「妳哪兒知道父母心？」何恭喝口茶，自己安慰自己道：「就算阿冽考不上，阿念只要正常考，應該沒問題的。」

「您就放心吧，這不過是入學考試，又不是去考秀才。」何子衿分析道：「也不過是四書五經上的事兒，他們跟您念好幾年的書了，哪怕沒什麼深刻見解，通讀也通讀一遍了，而且考試肯定不會只招一個班的，起碼得分出等級來，初級班、中級班、高級班什麼的。我就不信，他們難道連初級班都考不上？」

「弟弟他們啟蒙便早，天底下哪有那麼多天才，無非是看誰更勤奮罷了，阿念和阿冽資質就算不是上等，也是中等，且不算不勤奮了，爹只管放心，一準兒沒問題的。」相對於何恭的關心則亂，何子衿頗為篤定自信。

勸了一回老爹，何子衿瞧了一回花房的花兒，又在外剪了許多花擱在蒲草編的籃子裡，提回去煮水喝了。

儘管該勸的妻女都勸了，待傍晚沈念、何冽等人回來，何恭的狀態也不咋地，但因為有馮凜和馮凝比著，也算不錯啦。

考生們回來，先是到何老娘屋裡說話，何恭等人也一塊過去了。

何老娘問：「考得如何？」

何燦笑道：「反正認真答了，我看題目不難，到底如何，就待三天後吧。」

三天後書院張榜，考試結果才出來。

何子衿端來涼茶，考生們一人端一盞，沈念捏著茶盞，不疾不徐道：「問題不大。」

何洌也說：「我都答滿了。」尤其算術，他覺得挺簡單的。

甭問古代招生入學為啥考算術，這年頭，君子六藝，禮、樂、射、御、書、數，數是其中之一。當然，六項也不是全都考，起碼樂、御、射就沒考。

馮炎道：「就是時間太緊，沒能去碧水潭逛逛。車上瞧一眼，這會兒風景正好。」

馮熠說他：「等考上書院，還怕沒空去逛碧水潭？」

馮煊則有些緊張，抿抿唇，沒說話。

馮凜道：「盡力就好。」反正已經考完了。

何恭鬆口氣，「嗯，是啊！」

馮凝道：「管他考上考不上呢。」

馮凜：阿凝哥……

這回考試完了，因考試結果要三天後才出來，何恭也就給沈念和何洌放了假，讓他們帶著馮家四兄弟逛一逛碧水縣的風景。這種男孩子的行動，何子衿如今已不方便參加了，畢竟與馮家還不大熟呢。

倒是男孩子們一出門，家裡清靜不少，沈氏都要趁這清靜空好生歇個午覺去去乏。何老娘有了年紀，略瞇一瞇罷了。何子衿沒午睡的習慣，就繼續做沈念的衣裳。沈念的衣裳是很喜歡子衿姊姊做的，何冽小小年紀就是個大臭美，他喜歡叫三姊姊做。

何老娘睡醒午覺就打聽她家丫頭片子幹嘛呢。這離得近了，何子衿又是個活潑人，天天與何老娘就近對相聲，熱鬧得很。何老娘還悄悄在心裡想，怪道看有些人家的老太太總愛將個把孫輩養在膝下，先時她覺得麻煩，其實感覺還挺不錯的。

起碼在何子衿搬過來後，何老娘除了收拾菜園子，又多了一件愛好，那就是串門。串何子衿的屋子，一天串好幾趟。

聽余嬤嬤說丫頭片子在做針線，何老娘洗洗臉就溜達過去了，何子衿擱下針線起身扶老太太一把。何老娘不必人扶，自己就坐炕沿上了，拎起何子衿做的衣裳看，覺得還成。

何老娘道：「鑲什麼邊啊，瞎講究。」

「好不容易做回新衣裳，就做得好看些唄，這跟講究不講究沒啥關係。」何子衿笑，「就是祖母您，不也是喜歡叫三姊姊給您做衣裳。」

何老娘嘿嘿一笑，「丫頭片子是不是醋啦？」醋不醋的話，何老娘還是跟何子衿學來的，她老人家其實特有一顆時髦的心，很愛學些時髦話來著。何老娘一副很給何子衿面子的口吻說道：「我衣裳還有，今年不打算做新的了，要不，妳給我做兩雙襪子吧？」

求您老別用這種好似我占天大便宜的樣子說話好不好？

何子衿也忙著呢，道：「阿念的衣裳做好了，我還得做夏衫呢。」

何老娘瞪眼，「妳又要裁新衣？」這敗家女喲，日子簡直沒法過了。何老娘給何子衿算著呢，去歲一冬就裁了四套新的，每每想到這個數字，何老娘就心肝兒疼。今春嚴防死守，憑何子衿把天說下來，她老人家也不做新衣了。她不裁，一家人便都不裁，這也就阿洌和阿念要去書院念書了，何老娘才點頭允他們一人做一件新袍子穿。

「不是，娘拿過來給我的，是以前姑媽的衣裳，三姊姊也穿過，我現在身量可以穿了，就是大小上要改一改。」何子衿一句話，何老娘瞪著的眼立刻瞇了起來，笑咪咪地何子衿洗腦道：「過日子就得這樣，能節儉就得節儉著，過年過節的有身新的，就是好日子啦。」看自家丫頭片子手裡這衣裳快做好了，就叫余嬤嬤去升炭火拿熨斗。

何子衿這些年頗得歷練，連這種原始熨斗也用得頗為熟練。待衣裳熨好，何老娘道：「這衣裳啊，三分做七分熨，瞧瞧，是不是平整多了？」說得好像是她老人家在熨一樣，其實她也就幫著抻了抻。

何子衿給她老人家提個醒兒：「祖母，芙蓉樓要不要提前訂位置啊？」

何老娘道：「人家書院還沒張榜呢。我倒是願意請客，就怕他們萬一考不上。」

衣裳熨好，余嬤嬤將炭盆搬了出去，何子衿比了比給沈念做的衣裳，嗯，袖子還是一樣長的，應該問題不大。余嬤嬤倒了茶來，笑道：「阿念和阿洌小小年紀就每天念書，這般用功，我就不信還考不上書院。太太只管把銀子預備出來，到時去芙蓉樓吃頓好的。」

何老娘別看平日裡摳，對待上學念書的事還是很捨得的，聽了余嬤嬤這話直笑，「這點銀子是小錢，待考上書院才是大花費，每個月起碼二兩銀子，這才是學費，餘下書本紙張，哪個不要錢？」

余嬤嬤道：「這跟大爺以前在許先生私塾念書倒差不多。」許先生的私塾就是這個價，當然，許先生的考前衝刺班更貴，半年就要二十兩。不過，聽家裡兩位小爺說，衝刺班也就那樣，並沒有去上。

何老娘喝了半盞茶，與余嬤嬤道：「這哪能一樣？我聽說請的先生都是極有名氣的，還有進士老爺呢，許先生才是舉人。能得進士老爺上課講授學問，這二兩銀子花得也值啊！」

兒子自小聽許舉人講課，結果只考到秀才。孫子若能得進士老爺教導，以後起碼得考個舉人吧？何老娘美滋滋地想著，尤其近年前風調雨順的，田裡收入一直在穩定增長，又有了阿念和丫頭片子的二百多畝田地，何老娘說起二兩銀子的學費，也就稍稍釋然了。

余嬤嬤附和道：「還是太太有見識。」

何老娘眼睛笑成一線天，何子衿瞧瞧外頭的天色，見沈氏來了內院，便隔窗喊了一聲，沈氏就直接到了何子衿的屋子，笑道：「家裡有客人，可別這般大呼小叫的，顯著失禮數。」又向何老娘問安，道：「母親中午睡得可好？」

何老娘道：「老了，不比你們年輕人貪睡，我早起來教丫頭片子熨衣裳了。」

多少年的婆媳了，何老娘對兒孫都沒得說，就是對沈氏，時不時就要來上一句，幸而沈氏心地寬，臉皮也厚，她笑笑道：「不知怎地，用過午飯就犯睏，非得睡一會兒才行。」

何老娘道：「妳就睡吧，反正家裡有我呢。」幸而沈氏還會做個小生意，不然修來這麼個懶媳婦真得愁死。街坊四鄰的看看，誰家媳婦像她家這個中午要歇午覺，人家媳婦哪個不是趁著中午家裡人歇午覺自己偷空做活計來著。就她家這個，婆婆早起來熨衣裳了，她還在自己屋呼呼睡哩。

「這都是母親疼我。」沈氏笑咪咪的險把何老娘噎死，轉而說起正事：「孩子們出去玩，回來該餓了，我叫周婆子去預備些吃食。」

何老娘點頭，「是該備些，我剛也要跟周婆子說，丫頭央著我教她熨衣裳，竟忘了。」

何子衿：別人是飛來橫禍，她是飛來黑鍋。

沈氏道：「這幾天家裡有客，廚下消耗也大，剛我叫翠兒秤了二兩銀子給周婆子。」

何老娘撣撣衣襟，開始裝傻，「哦，這些事啊，妳看著辦就行了。我是活一年少一年，這家早晚還不是你們的，妳做事自來周全妥貼，我放心。」按理，現在何老娘管家，家中一應開銷都在何老娘手裡，哪怕這銀子沈氏出了，何老娘也該補給她，但何老娘就如同得了暫時失憶症一般，完全不提二兩銀子的事了。

沈氏笑道：「還是得母親瞧著些，我心裡才有底呢。」

其實有個會做小生意的媳婦也不賴，沈氏手裡錢活，時常補貼家裡，除了懶一些愛睡午覺，也沒啥。何老娘心胸立刻開闊了，也不挑沈氏的不是了，反是道：「家裡這些事，妳就看著辦吧。我只教導一下咱家丫頭，她年歲也大了，該學的事也得學起來了。」

沈氏笑笑不再說什麼，丈夫哥兒一個，唯有一個姊姊還是遠嫁的，就像婆婆說的，這家以後還是他們夫妻的。以前手裡沒有，婆媳關係平平，沈氏自然不會有補貼家裡的心思。如今這十來年，她手裡漸漸寬裕，除了鋪子收入，還置了百十畝田地，自她生了兒子，婆媳關係也好了。家常過日子，本就是個糊塗事兒，真要丁是丁卯是卯的，過不了日子，反正只要婆婆跟前過得去，即便補貼一二，她也樂意。再說孩子們還小，她不願虧待了孩子們。

只是，沈氏再不是做好事不留名的性子，她既補貼了家裡，自然要叫婆婆知道。何老娘這性子也有趣，只要是得了實惠，別個便也不大計較了。

說完家事，沈氏瞧了回閨女做的衣裳，對摺比了比，肩袖尺寸都還對襯，針腳也勻稱，沈氏笑道：「這針線已是不錯了。」又拍了一記婆婆馬屁：「都是母親肯教導她，這才搬來幾日，衣裳便做得有模有樣了。」

「主要丫頭也有靈性，倘遇著個不開竅的，憑怎麼教也教不會的。」何老娘當仁不讓地說道：「這丫頭是像我。」然後第一百回說起來往事：「我初做衣裳那年也就十歲，拿出去別人都不信是我做的，都說是針線鋪子裡的師傅做的。」接著，何老娘瞅何子衿一眼，很大方地表達了讚賞，「丫頭雖比不上我當年，也差不多啦。」

母女二人聽何老娘吹了通牛，待下午涼快了，何老娘去看顧小菜園，沈氏到廚下幫著準備晚飯，何子衿則去小茶爐子上煮了一大壺涼茶放著。

何子衿見沈氏臉色有些不好，忙問：「娘，您是不是不舒服啊？」

沈氏撫胸順一順氣，道：「有些氣悶。」

何子衿忙扶了沈氏坐在院裡瓜藤架下的竹椅裡，「興許是廚下油煙大，您在院裡坐會兒，我跟周嬤嬤她們弄菜就行了。」說完跑屋裡倒了盞竹葉茶給沈氏。

沈氏喝了茶稍稍好些了，何子衿又問：「什麼時候覺得不舒坦的？」

沈氏笑，「沒事，別瞎擔心，就是偶爾這樣。」

何子衿心中一動，不禁道：「娘，您不會是有了吧？」阿冽八歲了，當然，她娘年紀也不大，今年才三十歲。

何子衿這一句，正被發現媳婦又坐著偷懶想來一問究竟的何老娘聽個正著，何老娘當時的心情變換就甭提了。何老娘三步併兩步過來，連聲問：「真有了？幾個月了？」

何老娘是婆婆，問倒罷了，只是當著閨女的面，閨女都十二了，自生了兒子，這快十來年了都沒動靜，這突然間……沈氏臉上有些窘，道：「我也不好確定，就是兩個月沒換洗，時不時覺得精神短，聞著油腥味有點不舒坦。」

何老娘一拍大腿，兩眼放光，「這還有什麼不確定的，定是有了！」何老娘喜笑顏開，半點也不嫌媳婦偷懶了，連忙道：「以後別去廚下了，想吃啥妳就說，覺得累了就歇一歇。」然後何老娘彷彿沈氏親娘沈太太附體般問：「要不要再去睡會兒，我看著怎麼精神不大好？」

沈氏淡定地道：「母親放心，沒事的，坐一坐就好了。」

「阿彌陀佛。」何老娘雙手合十，念念有詞，「這都是佛祖保佑，咱們老何家三代單傳，妳可一定要給咱們老何家再生個孫子才好。」又叫翠兒去平安堂請張大夫。

沈氏忙道：「今天事忙，還是有空再去吧。」中午孩子們在外頭吃的，怕是吃不好，故而晚飯定要豐盛些。

「哪天不忙？這可是大事，半分耽擱不得。」何老娘十分看重媳婦的肚子。
余嬤嬤從菜園子出來，笑說：「我去跑一趟吧，平安堂又不遠。」
何老娘笑，「這也好。」
於是，考生們的考試成績還未出來，何家先有一喜：沈氏有了身孕。

肆之章 ◆ 毓子孕孫喜事臨

何老娘喜不自勝地給了張大夫一兩銀子，張大夫留下安胎的方子，笑道：「大奶奶底子不錯，這方子吃也可不吃也可，都無妨的。」

何恭瞧著媳婦都樂傻了，何老娘推他一下，「去送送你張叔。」一個縣住著，哪怕是何老娘，也知道得跟大夫搞好關係。

何恭方回神，連忙道：「張叔請。」又禁不住咧嘴笑起來。

張大夫也笑呵呵的，他們大夫最喜歡診視的莫過於喜脈了，何恭是高興又是擔憂，悄悄同張大夫道：「內子上次生育還是八年前，我頗是擔心。」

張大夫道：「尋常便是四十產子的都不算稀奇，放心吧，你媳婦正當年輕，雖不是強健之人，但生育間隔的時間長，身子底子不錯。就是要保養，也不必太過，尋常適當走一走，其實對生產有好處。」做大夫的人，只要產婦不是身體極虛，向來是不主張臥床休養的。

何恭皆應了，客氣地送走張大夫。馮凜和馮凝聽說，也恭喜了何恭一番。何恭笑，「我家子嗣單薄，再想不到的。」好幾代都是單傳，哪怕媳婦再生個閨女也好。

馮凜道：「可見是興旺之兆。」

馮凝現已恢復了往日的鎮定，眼神溫和，「賢弟去看看弟妹吧，這樣的大喜事，弟妹定是歡喜，咱們一會兒說話不遲。」

何恭也不與他們客氣，「那我先進去看看。」便歡天喜地回屋裡去了。

馮凝和馮凜看何恭這傻爸爸樣都覺好笑，馮凝望向何家這院子，便是春天剛修的花池，移栽的茉莉玫瑰薔薇亦皆長勢喜人，此際鮮花翠葉，夏風徐徐，令人不禁有心曠神怡之感。

馮凝心道，這院中瞧著便有欣欣向榮之氣，風水已起，說興旺之兆實不為過。

何恭去屋裡瞧著沈氏都不知說什麼好，搓搓手道：「妳說，我怎麼就沒察覺呢？」

何老娘瞪兒子一眼，「你能察覺什麼，我孫子又不是在你肚子裡。」

何子衿說一句：「又成天孫子孫子的，孫女難道不好？」

當著自家丫頭片子，何老娘哪裡敢說孫女不好，她急中生智地委婉說道：「我的傻丫頭，兄弟可是妳以後在娘家的靠山，多個靠山有啥不好的？」從袖管裡摸出個湖藍素面荷包，再從荷包裡摸出一角銀子，約有半錢的分量塞何子衿手裡，「來，給妳錢，拿去買點心吃吧。不管妳娘給妳生幾個弟弟，我都最疼妳。」

何老娘生怕丫頭片子在孫子孫女的問題上較真，竟大方拿出錢來哄一哄何子衿。

何子衿白得一角銀子，揣自己荷包裡，「攢著。」

何老娘樂得摸摸丫頭片子的頭，「就得這樣，我家丫頭片子越發會過日子了。」雖說錢給了何子衿，但何子衿不花，這錢就還是老何家的，何老娘便高興。

何恭坐在床邊握著妻子的手，道：「生個小閨女也好。」

何老娘頓時急了，咳一聲，瞪著兒子，「孫女好，孫子更好！」這拖後腿的傢伙，孫子還沒生呢，就往這兒念閨女經，她老人家可是一心盼著孫子的。

何老娘又絮叨：「待今年再給你姊姊捎信，可得把這大喜事寫上。」看兒子這傻樣實在不順眼，「別光瞅著你媳婦傻樂了，又不是頭一天成親，這沒出息的樣兒，你倒是著緊地給我孫子取幾個大吉大利的名兒才好。」

何恭被他娘說得有些不好意思，道：「這麼大的喜事，還不許人樂一樂了？取名急什麼，這還得七個月才生呢。」

何老娘懶得看兒子那張傻臉，「行了，你就守著你媳婦吧，我跟子衿去廚下瞧瞧，可得做幾樣滋補的好菜來。」

沈氏想下床，何老娘忙道：「妳可別動，先歇一歇。剛不是覺得胸悶嗎？張大夫說快三個月了，待過了三個月坐穩了胎再動彈不遲。」

不容沈氏再說啥，何老娘便昂首挺胸，精神百倍地帶著何子衿去廚下忙了。

何洌同小夥伴們回家就知道他要當哥哥了，心中大悅，「我以後也能管著一個了！」

何老娘笑，「去瞧瞧你兄弟吧。」

何洌大驚，「我娘生啦？」他不過出去玩了一日，他娘就給他生了個弟弟，好快！

何子衿直笑，何老娘忙給孫子解釋：「年底才生，這不是已經在你娘肚子裡了嗎？先打好招呼，以後兄弟間情分好。」

何洌便忙不顛兒瞧他弟弟去了，何洌自己就給他弟弟取了名兒，就叫何二，簡稱小二。何洌是這樣跟他弟弟交流的：「小二啊，你以後可要聽哥哥的話，哥哥買糖給你吃，不聽話就揍，聽到沒？」以致於何恭先把他給揍出去了。

何洌又跑去同馮炎說他要當哥哥的事兒，於是，小夥伴們也知道何洌要當哥哥的事了。

沈念心下暗想，不知他母親當年有身孕時，家裡是不是也曾這般歡喜。思及此處，沈念不禁問老鬼：「生父是誰，你知道嗎？」

老鬼道：「告訴你也沒用，他不知有你我，即便知道，於你我也不是好事。當年他是另攀高枝，方與母親和離。倘他知道有你我的存在，彼此裝作不知道便罷了，他那岳家勢大得很。憑你現在，不論地位，還是倫理，你我都奈何不了他。待你去帝都之時，他又仕途折戟，客死他鄉，我們與他沒什麼父子緣法。」

沈念沒說什麼，相對於拋棄他的母親，生父於他更是比陌路人還要陌路人。就是聽老鬼說他生父客死他鄉，沈念也沒什麼特別的感情，「那母親呢？母親去哪兒，你知道嗎？」

老鬼很坦白，「我上輩子到死都在查。」

沈念對自己的父母完全沒有老鬼這種執念，到死都在查，查這種沒要緊的事做什麼，他只要有子衿姊姊就夠了。

恭喜了一回沈姑姑和何姑丈，沈念去幫著子衿姊姊準備晚飯。其實已經做得差不離了，見廚下又炸了小魚，沈念拈一個給子衿姊姊吃，何子衿笑道：「你吃吧，我吃過了。」她是廚子，有好菜都是她先嘗，又問：「今天去哪兒玩了？」

沈念咬一口酥脆的炸小魚，道：「就是碧水潭芙蓉寺。」縣裡只有這兩個知名景點，沈念道：「明兒早上去爬山。」

何子衿有些羨慕，「這倒是不錯，就是平日裡閒了多爬爬山，對身體也好。」她也喜歡爬山，就是女人出門實在不方便，據說這會兒民風還開放了呢，擱前朝，女人出去都是不能露臉，但何子衿要出門，也要有人跟著才成的。

沈念瞧出他家子衿姊姊的惆悵，悄聲道：「等他們走了，我陪姊姊去爬山。」

何子衿再捏個炸小魚給沈念擱嘴裡，「好啊！」

兩人先把菜擱食盒裡，待前院擺好桌椅，沈念就幫著提了過去。

用過晚飯，何子衿與周婆子在廚下收拾，讓翠兒去各處送開水，之後何子衿各處又查看了一遍，瞧了沈氏一回，方回房休息。

沈念早在等著他家子衿姊姊了，何子衿笑問：「是不是來看新衣裳的？」

「剛看到了。」沈念不急著說他的新衣裳，從懷裡掏出個小布包，遞給何子衿，「今天出門，我給子衿姊姊買的。」他過年的壓歲錢都是給他家子衿姊姊收著的，其實在家用不到什麼錢，但出門什麼的，子衿姊姊也會給他零用錢。今兒出去玩，瞧見這簪子好看，沈念就買下來送給子衿姊姊了。

「是什麼？」何子衿接了，打開來見是根木簪子，簪子打磨得光潤雅致，簪頭是兩朵桃花，雕琢極是精細，何子衿道：「真好看。」是真的好看，這可能是鄉間手藝人雕琢的木簪，但這手藝在何子衿看來真是上上好，維妙維肖，說得上是藝術品了。

見子衿姊姊喜歡，沈念也高興，道：「這是桃木簪，桃木可以避邪。等以後我賺了錢，給姊姊打根金的。」

「這根就很好，金的我有一匣子。」何子衿摸摸沈念的頭，對鏡插上，「好不好看？」

沈念仔細端量了一回，幫他家子衿姊姊重新簪了，「這樣更好看。」

兩人正說著話，何老娘在東間正房問：「是阿冽嗎？」

何子衿和沈念兩個便去了何老娘屋裡，何子衿笑道：「是阿念。祖母看，阿念給我買的簪子。」指了指頭上的桃花簪。

何子衿頭略歪，何老娘湊近了看一回，「嗯，還成。」又鼓勵沈念：「好生念書，以後給你姊姊打金的，這才是男子漢大丈夫的本事。」

沈念素知何老娘的脾性，應道：「是。」

何老娘還在歡喜沈氏懷孕的事呢，因為馬上要有第二個乖孫，何老娘簡直歡喜得睡不著覺，問沈念：「你姑姑要給你生小弟弟了，你知道了不？」

沈念笑道：「知道了，剛過去向姑姑、姑丈道喜了。祖母只管安心，我就看今年您院裡這兩棵棗樹花兒開較往年多，棗子也結的較往年多，可不就是大大的吉兆嗎？棗子棗子，原就寓意多子的。」

沈念幾句話把何老娘哄得樂開花，何老娘連連道：「不愧是讀書人，知道的就是多，怪道你姑丈時常誇你聰明呢。」

沈念笑說：「孩子都是自家的好嘛！」

正說著話，何恭過來了。何恭極孝順，一早一晚，晨昏定省，沒有一日落下的。

何恭道：「打外頭就聽著娘笑了。」

何老娘道：「家裡有喜事，我歡喜。」

何子衿和沈念起身，何恭過去坐了，道：「都坐吧。」何恭與母親道：「子衿她娘也說過來，我說天有些黑了，就沒叫她過來。」晨昏定省，以往都是夫妻一道過來的。

何老娘道：「就是這樣，孝順不在這一時一刻，把身子養好是正經。」

何子衿端了盞茉莉茶來，何恭聞著極香，喝了兩口。何老娘今日歡暢得很，天黑也不睏了，見著兒子，還興致盎然地同兒子說起古來，道：「當年你太奶奶只生了你爺爺一個，你爺爺只生了你爹一個，到我這兒，生了你們姊弟兩個，你奶奶活著時就說我旺家，果不其然，你媳婦可不又有了。」合著兒媳婦懷三胎全是她老人家給旺的？

何子衿還很捧場地拍何老娘馬屁：「我就說嘛，都是祖母這命旺。」

子衿姊姊拍完馬屁，沈念接著拍：「家裡如今樣樣順遂，就是我們，也全都是仰賴祖母的福氣庇佑啊！」

何老娘美滋滋地咧嘴，假假謙道：「一般一般啦！」

沈氏有了身孕，闔家喜悅。

隔日便是書院張榜的日子，全家人都記掛著這事兒呢，一大早就打發僕人去看榜，好在書院頗是人性化，除了書院外張貼榜單外，還在碧水縣縣衙外的公示欄裡貼了一份，以方便考生查看。小福子與馮家兩個男僕早早就去了，半個時辰才歡天喜地跑回家，小福子鞋還擠掉一隻，因要先回屋換鞋，這報喜的頭一名便讓給了馮家男僕小喜子。

小喜子搶著報喜，當頭一句就是：「少爺們都考上了！」

接著小福子趕來細說道：「學裡分甲乙丙丁四個班，咱家念少爺與親家燦少爺都是乙班，熠少爺和煊少爺是丙班，炎少爺和洌少爺是丁班。」

最自信的就是馮炎與何洌了，這兩人在短短十來天內就結下了深厚友誼，馮炎笑道：「我就說沒問題的。」何洌亦道：「當時題目就不難，全答上了。」

何恭忍不住道：「聽你們這口氣，不知道的還以為你們考的是甲班呢。」

馮家另一男僕小樂子回來得最晚，自袖筒裡奉上一張名單，不疾不徐回稟道：「這是本次考試的名次分班。」

三個男人一瞧，馮凜接著樂了，道：「阿炎，你是最後一位呢。」

何恭道：「阿冽比阿炎強一個名次，你們倆在丁班，一個倒數第一，一個倒數第二。」難兄難弟啊！

何冽和馮炎彷彿受到誇獎，伸手擊掌，齊聲道：「這就是運道啊！」逗得大家都笑了。

馮凝道：「考上就好。既有運道，也得好生念書，待入學後一塊用功，等年下考試時可不許是這個名次了。」

幾個孩子都起身應了。

何子衿笑道：「祖母，先叫小福子去芙蓉樓訂兩桌上好席面吧。」

何老娘笑呵呵地說：「是該好生吃一回酒，這算是雙喜臨門！」就要打發小福子去。

馮凝道：「來打擾這些天，怎能再叫老太太破費？我已命人訂席面了，中午就送過來。一則賀恭弟人丁興旺，二則小子們爭氣，總算沒白來一回，咱們好生吃回酒才是。」

何老娘心裡熨貼得要命，想著馮凝實在會辦事，省了她老人家一筆銀子，她嘴上卻不肯虧了禮數，說道：「這豈不是叫你請我們了？」

馮凝是個溫和性子，心中喜悅，面上也並不大說大笑，而是溫言淺笑：「倘每日都能有此等喜事，我情願每日請吃酒。」

何老娘便沒再爭這個，只是叫周婆子提前搬出窖裡的好酒燙了。

何老娘又對馮凜和馮凝道：「你們在碧水縣無房舍，不如就讓阿燦他們住到家裡來，以後孩子們上學彼此也有個伴。再者，孩子們功課上的事兒，就近能問阿冽他爹了。」

他家是不準備讓阿念和阿冽住宿走讀的，何老娘便順嘴說了。當然，馮家應該是不會厚臉皮將四個孩子都託付給她家的。

馮凝道：「不瞞您老人家，這次來一則是送他們幾個小的考試，二則也是想著在碧水縣置些房舍產業，畢竟以後族中小子們倘天資尚可便要來念書，以後少不得您老人家多照應。」

見馮家已有打算，何老娘笑道：「親戚間，本就應該的。」

芙蓉樓是碧水縣最有名最高檔的飯館，何冽心心念念的紅燒肘子這回總算是吃著了。因孩子們都考上了書院，家裡頗是熱鬧，用過午飯，孩子們也不睡午覺了，就在何子衿先前的耳房前薔薇花架下說話，何冽道：「這肘子味兒好吧？」他小時候在人家席面上嘗過一口，就再也忘不了了，可惜芙蓉樓的東西太貴，家裡等閒不會買來吃的。

何炎道：「是不錯，還有對蝦味兒。」

「哪裡有蝦？我怎麼沒見著？」

「我說是有對蝦的味兒，裡頭是沒蝦的。」

何冽覺得稀奇，「難不成燉肘子裡頭還放蝦不成？」還有，對蝦是啥蝦？

馮燦道：「做菜時放進去，待菜成了再挑出來，不足為奇。」

何冽咋舌，「還有這種事？」他覺得挺奇的。

馮熠笑，「像咱們自家炒菜，蔥薑蒜放著是尋常，可也有許多講究人家，為了菜色好看，廚下做好了菜，再一根根挑乾淨也是有的。」

何冽聽著，頗覺開了眼界。

小喜子在一旁道：「昨兒我去芙蓉樓訂席面，見芙蓉樓那條街上還有個叫碧水樓的，那房子也新，那氣派比芙蓉樓還大呢。」

何冽道：「我沒聽說過碧水樓，大概是新開的，在碧水縣，還是芙蓉樓的招牌老。」

孩子們書院都考上了，芙蓉樓的好酒好菜也吃過了，再去書院辦了入學手續，半個月後開學，學費每位每學期十五兩，一年便是三十兩。比何老娘預估的每個月二兩還要多，何老娘私下同余嬤嬤咋舌道：「幸而如今家裡日子尚可，不然當真書都念不起。」兩個孩子光學費開支，一年便是六十兩。

余嬤嬤道：「可不是？小學生一年學費就是六畝上上等肥田，這還不包括書本筆墨。」

何老娘嘆，「尋常的一進小院可以買一處了。」

馮家弄好入學的事，便與何家告辭。知道他家還要再來碧水縣置辦房舍，以後短不了來往，何老娘也就沒苦留。沈氏備了些土物做回禮，馮家兄弟客氣一二未再推辭，帶著孩子們謝過何家這些天的照顧，方上車走了。

馮炎與何冽道：「阿冽，過些天就能再見了，下次來，我帶對蝦乾來。」

何冽道：「你可得記著啊！」

馮家人一走，家裡事情是少了許多，可突然之間冷清下來，大家還怪不習慣的，何老娘感嘆道：「老話說的對，多子多孫多福氣，家裡非得熱鬧，方能興旺。」

何子衿笑說：「您老甭急，有那熱鬧到您老頭疼的時候。」

何老娘道：「我就盼著呢。」

如今考試結束，眼瞅著就要去書院念書了，何恭索性給沈念和何冽放了假。沈念仍帶著何冽每日看兩個時辰的書，並不因何恭給他們放假便到處瘋玩，何恭悄與沈氏道：「可見近朱者赤，有阿念帶著，阿冽這也養成好習慣。」

沈氏笑，「是。」讀書這事，孩子能懂得自律，實在是父母的福分。遠的不說，沈素少時為念書挨了多少打，幸而兒子在這上頭不像舅舅，沈氏能念了佛。

夫妻兩個說些兒女的話，傍晚沈山過來，還帶了幾個燒餅肘子肉，何冽道：「阿山哥，我正說過去找章嫂子要燒餅裹肉吃呢。」沈念和何冽都愛這一口，家裡並不禁孩子們吃食，他們只要饞了便去章嫂子那裡，反正是自家生意，方便得很。

沈山笑說：「知道你要去，我這就順腳帶來給你了。」又叫何冽與沈念去吃燒餅。

沈山過來，一則是交上個月的帳，二則還有事與沈氏說，「前兒有事去碧水樓吃飯，現今碧水樓裡有幾樣菜，與咱們大姑娘做的有幾分相仿。」

沈山是知道何子衿於廚藝上頗有天分的，就是如今鋪子裡他媳嫂做的燒餅配醬肘子的吃法，也是何子衿先提出來的。何子衿自大些開始學廚，便時不時就搗鼓出個新鮮菜式來，反正沈山這輩子是見都未見那些做法吃法。都說何子衿是自書上學來的，好吧，沈山字倒是識一些，他也不看什麼廚藝的書，只是他覺得，天下看書的人那麼多，怎麼偏何子衿能整出些好菜呢？沈山是有些疑惑，不過，他是個聰明人，這些事想想便罷了，並不會說出口。何況，女孩子家會些廚藝也是好事，但如今有人學著何子衿的菜來做買賣，當然，這是食肆行常見的事，你家有好菜，別家偷師學了來不算啥。何子衿以前年紀小，還是去歲才開始被允許做菜來著，如今碧水樓方學去，學得不算快了。

此事沈山不曉得便罷，既曉得，沒有不說一聲的理。

沈氏想了想，命人喚了何子衿過來，叫閨女也經一經事。何子衿聽沈山說了這事，當下問道：「就是與芙蓉樓在一條街，新開的碧水樓嗎？」

沈山道：「大姑娘也聽說了？」

何子衿道：「嗯，偶然聽了一耳朵，聽說氣派大得很，我沒真正見過，不知那是誰家的本錢？這般大的排場。」

沈山笑，「說來得嚇著大姑娘，那是皇上的小舅子的本錢。」

何子衿真被嚇一跳，「當今皇后難不成是咱們碧水縣人？」不能吧？碧水縣最顯赫的就是胡家了，倘有國之外戚，她便是個聾子也該早聽說了。

沈山笑了笑，「大姑娘不常出門，故而不知咱們縣的新鮮事。這也是咱們縣一戶財主，住縣城西邊，這家人姓趙，有個閨女聽說生得天仙一般，我是沒見過，也只是聽說罷了。」說著，壓低了聲音道：「後來這趙家不知尋了什麼門路，竟把閨女送宮裡去了，如今趙姑娘在宮裡做了娘娘，連州府總督家的公子也與趙公子有所來往。這碧水樓，就是趙家的本錢。」

何子衿瞪圓了眼睛，「還有這等事？」

沈山道：「初時我也不大信，可這碧水樓都開起來了，想是有幾分準的。」

何子衿不解，「皇上選妃，妃子不是都要經選秀入宮的嗎？可這些年並未有民間選秀的事呢。」皇室選妃自有章呈，大規模選妃，聽說只在太祖朝有一次，全國十三歲到十六歲的未婚少女們，派出宦官挑五千名，給路費去帝都，再層層淘汰，留出三百人，最後前十名入宮為妃，剩下的做了宮女。可如今是太宗皇帝當朝，自太宗皇帝登基以來就沒大規模的全國選過秀，這位趙娘娘怎麼進宮的啊？

沈山想何子衿畢竟年紀小，便與她細說：「所以說，趙家是尋了門路才把閨女送去的。先時無人聽聞，想是趙娘娘沒在宮裡熬出頭，如今趙娘娘熬出頭，趙家可不就顯擺起來了。」

何子衿方不再問選秀的事了，她道：「趙家有這麼硬的靠山，學就學吧，不用理會。咱家一則沒開著飯館，二則也不指望著那幾道菜掙錢，急的也不是咱家。」該是芙蓉樓才是。

沈山笑，「早知大姑娘是個有心胸的，只是我既知道，沒有不告訴大姑娘的理。」

何子衿道：「我也愛聽這些閒聞。」

沈山道：「上回有幸嘗了回大姑娘做的烤鴨，我家那口子還想我順道問問那鴨子容不容易做，要是容易做，她想跟大姑娘學著做，就在咱們鋪子裡賣了。」章嫂子現在打燒餅燉醬肘子，生意也不錯。他們夫妻都是勤快人，既忙得過來，是想多做些生意賺些銀錢的。

何子衿笑道：「這個啊，不急，現在哪裡還有鴨子？尋常鴨子烤出來不好吃，要特意養的才成。」她不懂填鴨的法子，不過是讓鴨子擱鴨籠裡不叫動，多餵糧食，鴨子才肥得快。

沈山道：「成，反正大姑娘有了主意，只管跟我說就是。」

何子衿今日聽了新聞，便愛刨根問底，「這事也稀奇，趙家莫不是有與胡家有什麼齟齬，不然好端端的開什麼碧水樓，又在一條街上？我聽說地方也離得近，怎麼跟打擂臺似的？倘趙家都能有結交總督府的本領，那發財的路子該多了去呀，開酒樓飯莊的，在咱們這小小碧水縣，這能賺多少錢呢？」

沈山一時也沒想這許多，倒叫何子衿給問住了。沈氏笑道：「妳阿山哥也不過是偶然聽別人念叨了一嘴，說來逗妳玩的，妳怎麼還追根刨底起來了？」

沈山道：「是大姑娘心細，要是大姑娘有興趣，我再細打聽打聽。」

何子衿笑，「好啊！」

待沈山走了，沈氏方道：「竟不知咱們縣裡還出了個娘娘。」皇帝娘娘啥的，往日裡都只得在戲臺上一見罷了，故而，沈氏頗覺稀奇。

「入宮有什麼好的，書上都說，一入宮門深似海。說是娘娘，畢竟不是皇后，說白了，也就是個妾。」何子衿悄與母親道：「這趙家，比陳姑祖父也強不到哪兒去。」

「咱家與他家又不相熟，聽個樂兒罷了。」沈氏雖覺得娘娘這等生物比較稀奇，但碧水樓偷學她閨女的手藝，她可記著呢。

何子衿只當聽了一耳朵八卦，她已經說好了明早與阿念和阿冽去爬山。

蔣三妞有些羨慕，道：「我這一應了繡坊的差使，也沒空一塊出門了。」因她做事俐落，算帳清楚且快，能者多勞，李大娘又多派了事交給蔣三妞管，自然工錢也是漲了的。蔣三妞生辰時，李大娘還包了個紅包給她，饒是何老娘與李大娘有些不能說的祕密，見著紅包也是樂不顛兒的，覺得李大娘也是有優點的。

蔣三妞這般能幹，每個月妥妥的二兩五錢銀子的工錢，在碧水縣不比尋常帳房差了，於是，給蔣三妞說親的越發多了，何老娘與沈氏沒事就是跟蔣三妞分析婆家好壞，只是，說親的雖多，想找個合適的委實不易。

話說回來，何老娘這人還有一樁脾氣，只要家裡孩子們有用，能掙錢，會過日子，她的臉色也是不差的。從蔣三妞這兒說，蔣三妞有了正經差使，一年能賺四五畝的良田，何老娘待蔣三妞也越發和氣，聽蔣三妞說不能一起出門爬山啥的，何老娘還特意開導她道：「妳是有正經事的人，才不跟他們一般瘋跑呢。」又叮囑蔣三妞：「妳妹妹也識字，帳也會算，要是你們繡坊再有了缺，先把妳妹妹薦上去。」她老人家也打算叫何子衿去賺穩當錢，中午包飯，過生辰還有紅包拿，當然，養花的事也不能耽擱。

何子衿道：「我們明天背著小竹簍去，我聽說山上有許多野桑椹，正好摘回來吃。」

何老娘笑，「就得這樣，這才是會過日子。」

第二日天一亮何子衿便起了，打趟健身拳，早飯也沒吃，收拾妥當就要出門去爬山。何老娘剛練完五禽戲，忙道：「在家吃了飯再去。不然空著肚子，哪裡爬得動山？」

何子衿把小竹簍給沈念背肩上，何洌拿來灌好的水囊，抿嘴笑，只是不說。

何老娘一看便知，道：「又跟我弄鬼！」
何子衿便與何老娘說了，「今天我們不在家吃，去趙羊頭家吃羊肉包子喝八珍湯。」
何老娘頓時整個人都不好了，攔阻道：「快別造孽了吧，那得多少錢？家裡啥沒有，在家吃了再走。」何子衿哪肯聽，何況沈念和何洌早慫著心氣叫子衿姊姊請客吃好吃的呢。
三人一溜煙兒跑了，何老娘跺腳直罵：「天生不存財的死丫頭片子！手裡有什麼都不能有錢，有錢她燒得慌！」
蔣三妞勸道：「妹妹還小呢，再者，又不是天天吃，偶爾吃一回罷了。」
何老娘眉毛都豎了起來，「還想天天吃？日子不用過了！」
蔣三妞再勸：「眼瞅就要端午了，再過三四個月，妹妹的花兒又能賣錢了。」
何老娘嘀咕：「那丫頭早說了，物以稀為貴，怕是難賣去年的高價。」
蔣三妞笑說：「姑祖母就放心吧，哪怕難賣去年的高價，也是個稀罕物兒。再者，咱家種的枸杞，除了自家吃的，枸杞也能賣出價兒來，還有枸杞苗枸杞芽都是出息。姑祖母莫急，妹妹是讀書人，心裡有丘壑的。」
蔣三妞原是想安慰何老娘的，怎知何老娘更鬱悶了，道：「有啥用，那是妳嬸子田裡的出息，又不是公中的。」枸杞當年種的時候，何老娘不大信服何子衿，沈氏便把自己的私房田產挪出兩畝來給何子衿種枸杞，如今收入頗多，何老娘又有些眼紅。
蔣三妞道：「我聽妹妹說，家裡花兒也多了，待今秋弄些扡插了種到田裡去。」
何老娘道：「花兒有啥用，又不能吃喝。」

蔣三妞道：「花兒怎麼不能吃了？拿玫瑰來說，花苞時烘乾了做花草茶，開花時也能做玫瑰鹵子。再者，上等胭脂都是要鮮花來做的。餘者再有別的，我就不知道了，可我想著，妹妹做事素有章法的。」

何老娘想了想，「那這次叫丫頭把花兒種家裡田地上去。」

蔣三妞一笑，正待說話，就見翠兒提著食盒進來，何老娘問：「這是什麼？」

翠兒道：「是大姑娘買的羊肉包子，叫店家送來的。大奶奶叫我把包子騰出來擱廚下，食盒還得還與店家，人家在外頭等著呢。」

何老娘開始撫胸順氣，一時又有炸油條的送了二斤油條八個馬蹄燒餅帶一罐熱騰騰的豆腐腦兒來，何老娘想退貨都不成，那敗家丫頭早把錢付了。於是，心肝肉疼了一早上的何老娘給吃撐了，午飯也沒吃，何恭道：「母親不適，兒子還是請張大夫來瞧瞧。」

早點還不知花了多少錢呢，何老娘哪裡還容兒子去花錢請大夫，她老人家揮手，「沒事，你去吧，叫你那敗家丫頭少亂花錢，我還死不了呢！別在我耳朵邊兒說話，煩得慌！」

何恭回了房，沈氏與他道：「我剛問嬤嬤，早上母親覺得那羊肉包子合口，多吃了兩個，想是這會兒還不餓，我叫嬤嬤拿了山楂消食丸給母親吃了，看晚上如何吧，倘晚上覺得好了便無妨。倘晚上還是沒胃口，就去請張大夫來瞧瞧。」撐著也不是小事啊！

「這也好。」何恭道：「母親既喜歡吃羊肉包子，隔三差五買些來就是。」

沈氏笑，「你可別這樣說，也就是子衿去買，子衿不怕她祖母絮叨。要是換個別人，你試試。」她倒不是捨不得買羊肉包子給婆婆，是受不了婆婆那張嘴。別做了好事，還賺來頓罵。再說，兒媳婦能與孫女一樣嗎？這東西是孫女買的，做祖母的絮叨幾日還得說孫女孝順。倘是兒媳婦自做主張花錢去買，那就是敗家了。

何恭道：「那以後我去買。」

「行！」沈氏表示了支持。

何恭又道：「丫頭這是在朝雲觀吃午飯了不成？」

「走的時候就說了，中午在外頭吃。」沈氏不自覺摸摸肚子，說閨女：「幸而是個丫頭，倘是個小子，不知怎麼淘氣呢。」

何恭看自家丫頭是千好萬好，「女孩兒家，還是活潑些討人喜歡。」

兩人說些話，一塊歇了午覺。

待得下午，卻是陳二奶奶過來說話。

何老娘剛舒坦了些，略說了幾句話就打發陳二奶奶到沈氏屋裡來了。

陳二奶奶剛知道沈氏有了身孕，先是一番恭喜，笑道：「如今家裡事忙，我不常過來，也不知弟妹竟有這樣的大喜事。」

沈氏道：「都這個年歲了，忽然又有了身子，我自個兒都有些不大好意思。」

「快別說這話，我生二妞她弟弟時不比妳年歲大？」陳二奶奶笑笑，嘴又一撇，道：「說來我們家裡大少奶奶也有了身子呢。」

沈氏哪裡會將陳志當回事兒，陳二奶奶一說，她聽聽罷了，「前些天淨忙著孩子們考書院的事兒了，也不知道這事，可是得跟阿志道喜了。」

天兒並不熱，陳二奶奶卻是煩躁得揮了幾下團扇，眉間鬱色難掩，道：「甭提這個，太太早說過來找姑媽說話呢，因我們家裡亂糟糟的，太太哪裡還有串門的心思。」接著，不必沈氏問，陳二奶奶便絮叨起來：「真真是書香門第出身的姑娘，規矩大得不得了。阿志屋裡的幾個大丫頭都給打發了，連帶著大妞，被她一頓劈頭蓋臉罵得險上了吊。」

罵陳大妞啥的，沈氏也是痛快的，只是她不好表現出來，還道：「這不能吧？」

翠兒端來茶，陳二奶奶接了，讚道：「好香的茶！」

「山上道長製的野茶，子衿得了兩罐。她不常吃茶，便給了她爹一罐，太太的屋裡放了一罐。」沈氏笑，「嫂子要是喜歡，剩下的只管拿去。」

「可別，這是子衿的孝心，我家裡也有茶吃呢。」說了一回茶，陳二奶奶繼續說陳家大少奶奶的事：「大妞也算是厲害的，那個脾氣，只有她氣人，沒有人氣她的，妳如今也算遇著剋星了。妳是不知道，妳把大妞罵得鼻子不是鼻子臉不是臉的。大家不是都說書香門第出身的閨秀溫柔和氣嗎？便是我這尋常小戶出身的，也沒有大少奶奶嘴裡的話厲害。」

陳二奶奶能說陳大少奶奶的不是，沈氏是不會說的，她道：「這也是一物降一物吧。」

陳二奶奶嘆口氣，「我只可惜阿志，怎麼命裡遇著母老虎呢？」

沈氏聽了陳二奶奶一番抱怨，陳二奶奶絮叨了半日，走的時候神色舒緩許多。

何恭自書房過來，道：「二表嫂怎麼了，我在書房關著門都能聽著她那滿肚子怨氣。」

沈氏笑說：「阿志的媳婦太厲害，怕是搶了她的風頭，她無人可訴，便來咱家抱怨一回，興許心裡能痛快些吧。」

「不必理這些事。」妻子有了身孕，何恭問：「可覺得累了，要不要去躺會兒？」

「光坐著了，哪裡就累了？」沈氏生得嫋娜些，其實平日頗注意保養，此次有了身孕，也只是口味上有些變化，餘者並無大礙。何況閨女漸大了，家裡的事有婆婆與閨女看著，沈氏更能安下心養胎，她道：「你拿那梅子來給我吃一個。」

何恭見著這梅子嘴裡便流酸水，遞了一顆給妻子擱嘴裡，道：「妳懷著阿冽時，也沒這樣喜酸。」沈氏道：「這回不知為何，只覺得酸的才有味兒。」

何恭笑，「我是怕妳不留神把牙給酸倒了。」

到傍晚時，何子衿幾個才背著一簍野桑椹，拎著四條巴掌大的小鯽魚回來。

何子衿換了衣裳方到何老娘屋裡說話，沈氏和何恭也過去了，就聽何子衿道：「我可是算長了見識，書院建得很是不錯，有上課的屋子，還有住宿的屋子，先生們的小院子，連帶燒水做飯的食堂，都弄得極是清爽。」

何老娘道：「你們還去書院了？」

何子衿接了余嬤嬤遞來的玫瑰花茶，道：「尋常人可不讓進，是道長帶我們進去的。中午就在朝雲觀吃的，摘了桑椹又釣了魚，就回來了。」

何老娘又問：「早上花了多少錢？」

何子衿哈哈笑，「就是祖母您那天給我的銀子啊！」

「不存財的死丫頭……」何老娘嘟嘟囔囔：「那天還說攢著呢，轉眼便花個精光，妳這樣的，以後可怎麼過得日子啊？」真是愁死了！

「我還不是看祖母喜歡吃羊肉包子才叫店家送來的，行啦，又不是天天吃，好不容易吃一回。我可是一片孝心。」何子衿見余嬤嬤端了洗好的桑椹進來，接來先捧到何老娘跟前獻一回殷勤，道：「嘗嘗這桑椹，酸甜酸甜的。」

何老娘拿了一個吃，還道：「以後可不能這般大手大腳地花錢了。」

何子衿笑，「您是不是又去翻我私房啦？」何老娘現在倒是每個月給蔣三妞二百錢自己收著，當然，這是因為蔣三妞工錢全都上交的緣故。何子衿自己頗有些小私房，何老娘氣她時不時亂用錢，一直打算沒收，偏生何子衿藏東西很有一手，何老娘以自己多年藏東西的經驗竟找不著，頗為鬱悶。何老娘哼哼唧唧道：「當我稀罕呢！」

何子衿嘿嘿奸笑，「我藏的地方，不要說祖母，神仙也找不著！」

何老娘暗道：這死丫頭，真是成了精！

一時翠兒接了蔣三妞回家，闔家一道吃了桑椹，剩下的何子衿也淘洗乾淨了，打算明天做成桑椹膏來著。倒是何老娘，中午淨餓了一頓，總算把早上的羊肉包子消化下去了，晚上也沒敢多吃，只喝了一碗米湯便罷。

何家一團和樂，陳家也沒啥不和樂的。陳二奶奶回家說了沈氏有孕的話，陳姑媽亦是歡喜，雙手合十直念佛，道：「真是蒼天保佑，倘能再得一子，家裡就越發興旺了。」又與陳二奶奶道：「把上好的燕窩備一些，明兒個我去瞧瞧妳姑媽。」

陳二奶奶笑，「左右我在家沒事，我陪著母親過去。」

陳姑媽道：「這也好。」

陳姑媽去尋何老娘說話，又是說沈氏有孕之喜，這正說到何老娘的心坎上，便將往日閒隙暫拋開了，「不要說咱們，子衿她娘也沒想到呢。」

「是啊，這樣一算，阿洌都八歲了。」陳姑媽笑嗔：「妹妹也真是的，有了喜事，也不打發人過去與我說一聲。要不是老二媳婦說，我還不知道呢。」

何老娘還真沒打算去跟陳家說，不過，她人不笨，偶爾也機靈得很，「早想與姊姊說，只是還沒到三個月。子衿她娘年歲大了，凡事小心些不為過，我就暫時沒往外說。」

陳姑媽笑說：「我帶了燕窩來，這東西滋補，每天燉了吃一碗，於大人於孩子都好。」

何老娘是沒錢買這貴東西，關係到寶貝孫子，她也不推辭，笑「又讓姊姊破費了。」

「哪裡的話，咱們家什麼都不缺，就是缺人，要是以後恭兒媳婦能多給咱們家生幾個小子，不要說每天一碗燕窩，就是每天一鍋，我也只有高興的。」陳姑媽實在是替娘家高興，四五代人都是單傳呢。陳姑媽不愧與何老娘是姑嫂，拉著何老娘的手嘆道：「當初咱們娘活著時，就說妹妹旺家。如今看來，咱們娘的話再不能錯的。要是弟弟還活著，看到如今，不知該多高興呢。」說著不禁滴下淚來。

何老娘嘆，「我早給阿恭他爹上了香，跟他說了家裡的事。」

陳姑媽拭淚道：「是啊，興許就是弟弟在九泉下保佑著阿恭。」

「他要有那本領，多活兩年比啥不好。」想到嫁個短命鬼，何老娘就鬱悶，死鬼自個兒去地府樂了，倒顯得她剋夫似的。

何老娘道：「我聽說阿志他媳婦也有了身子，按理該過去瞧瞧她，只是姊姊也知道我這家裡，子衿她娘不敢動彈，子衿又小，我一時半會兒的抽不開身。」

還因著當初陳大奶奶的事，何老娘自是不樂意去的。

「她一個小輩，過不過去的有什麼？」陳姑媽道：「我每每想到那敗家媳婦，心裡都覺得對不住妹妹。」

「算了，都過去了。」何老娘不想再說這些事，反正陳大奶奶都去念經了，何老娘難免也要問一句：「阿志這成親也有小半年了，他媳婦可好？」

陳姑媽道：「虧得娶了這麼個媳婦，阿志也聽她規勸，現今在家發奮念書呢。就是大妞，也不必我操心了，阿志媳婦就能收拾得住她。」

便是對陳志有些成見，何老娘仍是道：「有這麼個人管著，長房就不必姊姊操心了。」

「是啊！」陳姑媽對許冷梅是極其滿意的，許冷梅自成親就日日往陳姑媽面前立規矩，話雖不多，人卻懂禮，尤其陳志私下與許冷梅說過陳大奶奶的事，陳志的意思是，看許冷梅能不能在祖母面前替親娘求個情。許冷梅是這樣同陳志說的：「我一個孫媳婦的面子，再怎麼也比不上親孫子大。爺跟我說句實話，您可在祖母面前替母親求過情了？」

陳志自然是早為親娘求過情的，只是沒求到什麼情面。

見陳志點頭，許冷梅道：「爺別嫌我說話直，您常在外頭走動的人，什麼事不知道呢？您現今是秀才，情面自然是小的，倘哪天您考了舉人、進士，為官做宰的，到時情面自然就大了。您說一句話，家裡人自然要聽的。」

要說人心勢利的道理，陳志以往可能還真不明白，但自從他親娘被關，家裡換了陳二奶奶掌家，便是大房的份例並無剋扣，許多事情也不同了。親妹妹的親事尚無著落，二妞便已與胡家換了庚貼，擇吉日就要訂親了。這些事自己親身經歷了，方能有所感觸。

故此，許冷梅直言直語，陳志一時也沒說話，道：「那妳看顧著大妞些。」

許冷梅道：「不要說小姑子，就是禪院的事，你也不必擔心，有我呢。我雖不能為母親求情，可也不會讓下人苛待母親半點。」

陳志便去念書了。

許冷梅先穩住陳志，才抽出手來「教導」陳大妞，而且，許冷梅在「教導」陳大妞前也是跟陳志通過氣的，許冷梅道：「妹妹這樣，再不學個乖，婆家怎麼辦？這一耽誤可就是一輩子的事了。」倘家裡真拿著陳大妞當回事，便不會先定下陳二妞的親事了。陳家孫女不少，多陳大妞一個不多，少陳大妞一個不少的。

陳志唉聲嘆氣，「我也不是沒勸過她，奈何她就這麼一根筋，可怎生是好？」

許冷梅道：「我倒有個法子，就是擔心爺捨不得。」

「妳說便是了。」

「唱戲的還有黑臉白臉一說呢，妹妹覺不出爺的好，是因為爺一直待她這樣好。」許冷梅道：「不如我去唱個黑臉，待我把她得罪一回，爺再去哄她一哄，妹妹便能覺出爺的好了，如此她與許就能聽進些道理。」

陳志一時無言。

許冷梅道：「只怕爺誤會我。」

「我怎會誤會妳，我是擔心家裡別人挑妳的不是。」新婚燕爾，何況陳志是個多情人。

許冷梅暗嘆，道：「只要爺知我的心，咱們夫妻齊心把妹妹教導好了，我就是被人挑些不是怕什麼？我做嫂子的，說來年歲還比妹妹小一歲，妹妹一年大似一年，再耽擱下去，哪裡耽擱得起？」許冷梅想得很清楚，陳大妞這等小姑子，這樣的性情，連學個乖都不會，能嫁誰家去？可陳大妞不嫁，日日尋事生非，許冷梅也忍不了她幾日的。

許冷梅先與陳志打好招呼，又私下同陳姑媽提了一句，然後在某一次陳大妞又尋她不是時就爆發了，一罵陳大妞自己不爭氣，連個婆家都尋不著，沒人要的老姑娘；二罵陳大妞人見人厭鬼見鬼嫌，活著也是浪費米糧；三罵陳大妞就是個窩裡橫，沒能為。甭看許冷梅小陳大妞一歲，陳大妞刻薄，她刻薄起來比陳大妞加個更字。許冷梅直把陳大妞罵得要上吊，這是真有其事，並非陳二奶奶誇張。

陳大妞尋死覓活，許冷梅給她砒霜、匕首、白綾，讓丫鬟守著門，隨她去死。

結果，陳大妞硬是沒捨得死。

陳大妞就這麼被許冷梅降伏住，許冷梅先用暴力制住陳大妞，接著偶爾給她幾個好臉，陳大妞竟覺得嫂子是個好人了，陳志和陳姑媽一起念佛。

許冷梅還得教陳大妞收拾了性情，又求陳姑媽給陳大妞尋門妥當親事。

陳大妞眼紅陳二妞的親事，許冷梅說她：「沒錯，這的確原是妳的，可妳自己不爭氣，怪不得別人！」陳大妞也不敢言語，再一紅眼圈，許冷梅更十萬個看她不上，便道：「看這哭哭啼啼的德行，窩囊又沒用，妳能哭出個什麼來？」

陳大妞自認琴棋書畫都通，必要尋個好夫家，許冷梅道：「窯子裡的婊姐兒們琴棋書畫更好！」便不理會她了，只要陳大妞安安分分的不尋她麻煩，管她是嫁阿貓還是嫁阿狗。就是老在家裡一輩子，安分了，也不過是多口飯吃的事兒，陳家又不是養不起。

許冷梅自己過舒坦了，又有了身孕，一味保養身子，越發不管陳大妞的親事，只憑陳姑媽做主。陳大妞終於被冷酷的現實教了個乖，任家裡給定了豐寧縣一戶姓姜的人家。

姜家也是殷實人家，說來還是胡家三奶奶的娘家。不過，胡家三奶奶的親爹並不在豐寧縣，而是在帝都大理寺任職，老家是豐寧縣的。家族中有在帝都做官的大老爺，姜家的日子自然也是不差的。許冷梅再教陳大妞個乖：「我嫁過來日子短，現在又有了身子，妳的嫁妝定不是我來料理。妳多去往祖母跟前盡盡孝，家裡委屈不到妳。」

陳大妞老實地去了，陳姑媽自然對許冷梅另眼相待。

至於許冷梅，腦子不清楚的婆婆在禪院念佛出不來，惹人厭的小姑子馬上就要嫁人，丈夫雖然不算聰明，勝在肯聽話，她只需討得太婆婆陳姑媽的喜歡，日子便過得悠哉悠哉。

至於其他人的挑釁，譬如在她打發陳志屋裡的丫鬟時，陳二奶奶那話：「哎喲，侄媳婦現在畢竟不方便，我還以為侄媳婦要留下她們服侍阿志。侄媳婦可是書香人家，大家閨秀。」

許冷梅淡淡道：「哦，二嬸是要給屋裡丫頭開臉服侍二叔，還是想藉以教導我來教導二妹妹呢？」一句話便將陳二奶奶給幹掉了。

當然，許冷梅婚後戰鬥力驚人，在婆家都過得舒坦，更不必說回娘家時了……用長嫂史氏的話說，我們這做嫂子的，本也不值得姑奶奶正眼瞧一瞧。

其實，便是有一次何子衿伴著沈氏去醬菜鋪子，偶然遇著許冷梅，許冷梅只略說了兩句話，也沒正眼看她們，便帶著丫鬟走了。

何子衿道：「她怎麼這樣啊！」那是什麼眼神啊，輕視寫在臉上了，跟上次去寧家碰壁時遇著接待她的婆子那臉色，一模一樣的。

沈氏不以為然，「以往我隨妳爹去許家時她就這樣。說笨吧，她可不笨，只是眼裡太分得清高下了。比她家強的，便是笑臉迎人，略不如她家的，她就是個敷衍樣子。」

沈氏悄與何子衿道：「阿洛沒應這門親事，算是走了運。」

反正，許冷梅就是這樣的一個人。

……

沈念和何洌開學前，史太太帶著兒子閨女過來說話，她兒子史峰也考上書院了，與沈念一樣，都是乙班。先恭喜了沈氏再懷麟兒，史太太頗是讚了回沈念，道：「這麼小的孩子，比我家峰哥兒還小好幾歲呢，念書這般出眾。」這孩子，相貌生得也好。

沈念謙道：「我在乙班排名一般，遠不比阿峰哥，不過是運道好些罷了。」

沈氏道：「這考試啊，還真是得看幾分運道，我們族中七嬸子家的孫子，平日裡念書可是不錯。結果硬是沒考中。聽那孩子說，考試時太緊張，渾身冒冷汗，連考卷上的字都看不清，考出來就哭了。」

何洌笑道：「要說運道還是我最好，差一點就落榜了。」

沈氏嗔道：「還說呢。」

史太太也笑，「連我們老爺都說阿冽運道好。如今就要一起上學了，我帶阿峰過來，以後就是同窗了，彼此認識認識，以後也要彼此照應才好。」

史峰、沈念和何冽都應了。

史峰的性子倒不像其母這般愛說愛笑，是個斯文少年，年紀較何子衿大兩歲。

史太太與沈氏聊天，沈念和何冽請史峰去東廂說話，何子衿則請福姐兒去了她的屋子。福姐兒見是往後院走，笑問：「姊姊搬屋子了？」

何子衿點頭，「小時候住耳房，這會兒東西多了，就搬祖母這邊來了。」

何子衿在何老娘這裡占了兩間屋子，何老娘住的正房是三正兩耳的，何老娘自己住東邊那間正房，余嬤嬤在東耳房，何子衿住的便是西邊正房與西耳房。西耳房被她收拾成書房，還有她現在愛上了用蒲葦草編東西，這也是她的製作間。

小女孩間，無非說些衣裳首飾吃食的話，尤其福姐兒也愛做點心蜜餞，兩人在這上頭簡直是知音，故而，說起話來更是投機。

大人們的交談內容則另是一回事了，沈氏在跟史太太打聽買人的事兒：「去年我就有這個想頭兒了，我家裡人也夠使，只是如今孩子們都大了，我就想著買幾個老實的慢慢調理，以後孩子們總用得著。」

當年她出嫁時娘家條件很一般，為充門面，娘家給她買了個小丫鬟翠兒。如今日子越過越好，男孩子暫且不說，閨女以後成親嫁人，得有陪嫁丫頭才成。就是蔣三妞，沈氏也想給她買一個小丫鬟做陪嫁。蔣三妞現在是有事業的人了，有個丫鬟服侍，也好專心事業。

沈氏這樣一說，史太太笑道：「是這個理，不論是丫鬟還是小廝，妳要是不急，不要買年歲太大的，十來歲的就好，慢慢調理著，長大了忠心。咱們縣裡張牙婆是個實在人，我買人都是從她那兒買的，她那兒的人來歷清楚，買來也放心，不然這一行的貓膩太多，倘真買個拐來的騙來的，以後翻不出來還好，萬一翻出來，晦氣的事兒多著呢。」

沈氏笑，「虧得姊姊指點我，要不我斷不知這裡頭的事兒。」

「這有啥，妳問問別人一樣能知道。」史太太說起趣聞：「妳聽說趙家的事沒有？」

「我是聽說新開的碧水樓是他家的本錢。」沈氏道：「不是說他家出了個娘娘嗎？」

「是啊，也不知怎麼他家竟有這樣的造化，說是趙姑娘在宮裡是五品的才人了，咱們縣太爺才七品官兒哩。」史太太滿是羨慕，「妳說說，怎麼人家姑娘這般富貴命哩！」

沈氏附和一句：「這興許是人家的造化，該應著娘娘命呢。」

「是啊，興許趙家這祖墳埋得好，要不怎麼就冒了青煙呢？」史太太道。

沈氏道：「這種事仁者見仁，智者見智。這一進宮，別的不說，以後爹娘是見不著的。咱們都是有閨女的，要我說，當娘的人，哪怕再富貴也捨不得。」

史太太對這個是不知道的，問沈氏：「難不成入宮就不許爺娘老子去探望了？」

沈氏已被何子衿普及過後宮知識，這會兒正可拿出來與史太太說，沈氏道：「我聽子衿說過，後宮裡除了皇后，還有四妃，就是貴妃、德妃、淑妃、賢妃，這四位妃子娘娘都是正一品。接著是九嬪：昭儀、昭容、昭媛、修儀、修容、修媛、充儀、充容、充媛，這九位是正二品。婕妤有九個，是正三品。美人九人，正四品。才人九人，正五品。還有正六品的寶林二十七人，正七品的御女二十七人，正八品的采女二十七人。這是記名的娘娘們，那些不記名的宮女，更是海了去。」

史太太咋舌，「我的乖乖，原來皇帝老子這麼多娘娘啊！」

這樣一想，趙才人也不算多突出，上頭還有好幾十個比她官大的娘娘呢。

「是啊！」沈氏道：「更別提入宮看閨女的事兒，聽說除非是品級高的娘娘們才能宣召家人，進宮一趟的規矩更多得不得了。」

史太太驚嘆一回，又道：「子衿不愧是念過書的孩子，懂的可真不少，就是有見識。」

「她也不過是以前跟女先生學的。」沈氏頗慶幸當初閨女能去陳家念的那兩年書。

史太太自何家告辭後，越想越覺得何子衿出挑，準備端午時讓兒子帶些粽子過去走動一二。現在兩個孩子年紀都小，兒子也要專心課業，史太太打的是潛移默化的主意，總要讓小兒女先熟悉起來，以後彼此覺得合適再提這事比較好。

沈氏並不知史太太瞧中了她閨女，她在尋思著買小丫鬟的事，自要先同何老娘商量的，理由便是孩子都大了，身邊該有個貼身的來服侍。

何老娘心疼錢，「這會兒倒也不急，家裡人手夠使了。」

沈氏笑道：「我想著，年歲大的要貴些，不如先買兩個小丫鬟，十來歲的，一則便宜，二則可以讓她們姊妹帶在身邊學著調理，彼此主僕相處久了，情分也深些。」

何老娘很為難，便說：「眼瞅著阿念和阿冽就要上學，學費就要三十兩，書本筆墨也要預備，前兒又叫老福頭看著買了幾畝地，我這兒就五十兩，夏收前的家用都在裡頭了。」

沈氏笑，「母親放心，買人的事我來安排。」

何老娘便不多說什麼了，「那妳先墊上這一筆，等夏收後，我再把銀子給妳。」

沈氏道：「都是為了家裡，這錢就讓我出吧。只是買人時，得勞母親幫著掌眼了。」

何老娘笑呵呵的，「成！」這媳婦實在是越來越合心啦！

因端午事多，沈氏便將買人的事往後移了移，倒是馮家，又打發了個族人來碧水縣，好巧不巧的將何家隔壁的房子買了下來。何涵家自搬走後，這房子便空了。自何涵離家出走，聽說何念與軍中的生意也斷了，又重新做回雜貨鋪的小生意，倒不知他家要賣房子。

沈氏說：「倘知他家要賣房子，咱們家說什麼也得買下來。」她肚子裡這個雖還沒生，可怎麼都覺得跟懷何洌時感覺相仿，倘是個兒子，以後兩個兒子分家，房子也該提前預備。

何老娘道：「這也不急，好房子多的是。」

「也是。」沈氏笑，她也只是一說罷了。馮家是親家，住得近了，方便來往。

婆媳兩個坐廊下說著話，余嬤嬤、何子衿和翠兒三個坐在瓜架下的陰涼處包端午粽子。何家的粽子簡單，一樣鹹，一樣甜，一樣醬肉粽，一樣紅棗粽。

待包好了，親戚家都要送一送的，故而足拌了兩大盆的餡料。

夏風徐徐，瓜蔓藤葉簌簌作響。何子衿喜歡現在的生活，哪怕不是大富大貴，也是有房有地的小地主了。端午節可以跟家人一起包粽子，而不是去超市買幾個冷凍粽子應景。

先把送人的包出來，一份份分好，沈念和何洌兩個跑腿送去。朝雲觀路遠，就要由小福子跑一趟。賢姑太太、朝雲觀、薛先生、薛千針、李大娘和繡姐兒，各多兩小罐玫瑰醬。

何老娘瞧著粽子眼饞，先讓周婆子煮兩個嘗嘗。周婆子現在也講究了，知道甜鹹兩種粽子分兩個鍋煮。何老娘愛吃甜也愛吃肉，吃個醬肉粽再吃個紅棗粽，忍不住自誇道：「咱們家的醬肉和棗子，整個碧水縣也數得著的。我吃著這粽子，比集市上賣的味兒還好。」兒媳婦是開醬菜鋪子的，醬肉都是自家醃的，家裡的棗樹上百年了，結的棗子也是有名的甜。

粽子小，沈氏也一樣嘗了一個，「我吃著也不錯。」

何老娘又剝個醬肉粽，道：「就是這粽子包得忒小了些。」說何子衿：「定是妳的主意，包大些才實惠。」

何子衿道：「包那傻大個兒的粽子做什麼，吃一個就得撐著。包小些，多吃兩個也無妨，煮的時候還好熟。」

正說著話，史峰過來送粽子，何老娘招呼：「你也嘗嘗我家的粽子，剛煮出來的。」

何老娘實在熱情，史峰是最要面子的年紀，婉拒不過就吃了兩個，又讚味兒好。沈氏瞧著史峰也笑咪咪的，「家裡自己包的，不比外頭賣的講究，好在用料實惠。阿念和阿冽也去你家了，興許你們是錯開了路沒遇著。」又問史太太好。

史峰都答了，他節下也要跟著父兄走禮，略說幾句，便起身告辭了。

家裡丫頭們還沒著落，何老娘就格外留心年紀相仿的少年們，史峰斯斯文文的，家裡日子也好，何老娘瞧他頗順眼。何家中午便吃史家送來的芙蓉樓特賣的端午粽，沈氏叫翠兒送了四個給蔣三妞。主要是芙蓉樓的東西貴重講究，倘不是有人送，自家是捨不得買的。

何家給親戚朋友送粽子，自然也是有回禮的，或是瓜果，或是點心，或者也是粽子，故此，除了芙蓉樓的粽子，何家還吃到了碧水樓的粽子。

除了吃粽子，端午節那一日還要繫上長命縷，喝雄黃酒。縣裡雖然沒龍舟看，也有獅鼓隊。繡坊裡放假一日，何子衿和蔣三妞都打扮好，沈念和何洌也都換了新衫，準備去街上逛逛。何老娘尤其叮囑：「看好了子衿，外頭人多，小心拐子。」尤其何子衿以前有險被拐的經歷，但有這種熱鬧事兒，何老娘就很不放心，可也不能不叫丫頭們出門，唉……

何子衿道：「祖母就放心吧，我都這麼大了，哪裡還會被拐？」

沈氏道：「小心無大錯。」

沈念道：「祖母和姑姑只管放心，我肯定會牢牢跟著子衿姊姊的。」

蔣三妞亦笑，「我們不往人多的地方去，逛一圈就回來。」

何恭道：「小福子看著些。」若不是孩子們都大些，再不能放心這種熱鬧時候出門的。

一行人高高興興出門，不過小半個時辰便都回來了，何老娘忙問：「怎麼了？」

何洌嘴快，道：「外頭說皇后娘娘死了，鑼鼓不讓敲了，市集也驅散了，獅鼓隊都跑了，街上亂糟糟的，我們就回來了。」

家裡人被這消息嚇一跳，何老娘驚得兩眼都瞪圓了，「皇后娘娘死啦？」那表情那神態，不知道的還以為她老人家跟皇后娘娘有啥了不得的關係呢！其實何家祖上連進士都沒出過，跟達官顯貴沒半點緣法，她老人家只是想表達驚訝罷了。

何恭糾正：「皇后可不能說死，得說薨。」

何老娘道：「還不是一個意思？」

何恭道：「說死是大不敬。」

何老娘道：「薨，薨。」她老人家忽又異想天開，「你們說，皇后娘娘這一薨，趙家娘娘會不會給扶正做了皇后啊？」

何恭道：「娘，這是哪兒跟哪兒啊，根本不搭。這是皇帝家的事，跟咱們小老百姓沒啥關係，就是操心，也是趙家操心。」

「這倒是。」何老娘吧嗒一下嘴，嚥下了皇后娘娘死了的消息。

何恭是念書人，知道些禮制，道：「一會兒把新鮮衣裳都換一換，咱們這小縣其實不大講究。可既然知道，還是注意些。」

守制的事多是對有官有爵的人家而言，可端午都不讓慶祝了，看來是要官民一體守制。果然，街上有衙役念聖旨公告，一個月內不准嫁娶、鼓樂，喜慶的事兒一件都不許辦。

因皇后娘娘去逝，碧水書院的入學儀式也辦得低調許多。

沈念和何冽正式入學後，馮凝也帶著幾個小學生搬了過來，就住隔壁，方便得很。幾個孩子早上一起去書院，下午一起回家，彼此有伴不說，便是功課上也很能說到一處去。

倒是何家沒幾日就有一位胡姓少爺來訪，此人自稱胡文，只是就相貌看，渾身上下那一身五顏六色，沒有半點跟文字沾邊的氣質，胡文還努力文謅謅道：「端午那日，多虧貴府姑娘相救，不然小命危矣。今奉祖父之命，特來拜謝貴府姑娘救命之恩。」他話一落地，身後小廝機靈地上前，奉上禮物。

何老娘疑惑，「你弄錯了吧，我可沒聽我家丫頭說救過你。」

這小子怎麼長得不像好人啊？

「千真萬確，那日端午大集上，我被人群擠到地上去，幸而貴府姑娘扶我一把，不然非出事不可。」胡文言語懇切，但此人生得不大光明，這一懇切，更不像好人了。

何老娘吩咐余嬤嬤：「叫阿恭過來。」

何恭過來細問了一番，胡文一口咬定是何家姑娘救了他，所以過來感謝救命之恩。問明白胡文這事，何恭又去問了何子衿，何子衿實在想不起來，道：「那日集上亂得很，誰推誰一把，誰扶誰一把，這哪裡記得清呢？」

何恭出去同胡文道：「我剛問了小女，想胡公子是誤會了，不如再細查一二，莫錯認了才好。」不要說胡文這張不怎麼可靠的臉，倘真是有救命之恩，怎麼著也應該是胡家家長過來致謝，總不會叫胡文一個過來。如今胡文一人來了，哪怕再懇切，也是越看越可疑。

胡文一急，脫口便道：「就是你家在繡坊做事的姑娘，我再錯認不了的！」

有一句話沒說，他早偷偷去繡坊門口確認過才上門的。

饒是何恭素來好性子，臉也沉下來了，「你怎麼知道是我家在繡坊做事的姑娘？」

胡文結結巴巴地道：「我、我一直想找扶我一把的姑娘，打聽了好幾天，怕認錯，還去繡坊瞧了一回，真真正正是你家大姑娘，不是小的那個，您、您問小的，她當然不知道。」

這會兒，繡坊姑娘還沒下班回家哩，他是先來人家家長面前刷個印象分，只是，好像印像分沒刷好……胡文擔憂地偷瞄何恭一眼。何恭看他賊眉鼠眼的樣子，臉色更難看了。

後頭小廝都為他家主子牙疼，人家這可是正經秀才家，您老怎麼一下子把老底全都交代了？果不其然，何恭的臉徹底冷下來，淡然道：「這事我知道了，我家姑娘既對胡公子有相救之恩，東西胡公子帶回去，只要日後胡公子不要再隨便去打聽我家的事，就是報答她了。」說完就端起茶來，慢慢地呷一口。

胡文看人家端茶送客了，他臉皮再厚，又內心有些不可說的祕密，只得識趣道：「哦，那我先走了。」走出兩步又想起啥，回身對著何恭一揖，這才走了。

待蔣三妞傍晚回來，何老娘問蔣三妞是不是端午大集上救了個險被推倒的年輕人，蔣三妞還摸不著頭緒，道：「我就記得護緊了阿冽，別的沒注意啊。要是有人倒在我跟前或是擋了路，我肯定要推一把的。」

何老娘便同蔣三妞說了胡文的事：「……說是胡老爺的孫子，瞧著不像什麼正經人，還說去繡坊門口看過妳，妳記不記得？」

蔣三妞完全不知此事，道：「不知道，倒是前兩天有人在繡坊附近鬼鬼祟祟，被繡坊幹活的夥計攆跑了。」

何老娘道：「等明天我叫小福子送妳去繡坊，妳自己也注意著些。」

蔣三妞知道這事後著實留意了幾日，卻未再看到有人在繡坊附近鬼祟或什麼可疑的人，便暫且放下心來。倒是何子衿接了一單不小的生意，芙蓉樓想買她那烤鴨的祕方。

芙蓉樓的掌櫃找上了沈山，沈山過來同沈氏說的，但凡鋪子有什麼事，沈氏都會叫何子衿在一旁聽一聽。如今沈氏有孕，便是上個月的帳，也是何子衿對的，何況烤鴨這事還真得問問她閨女。

何子衿聽沈山說芙蓉樓想買烤鴨的祕方，倒是有些驚奇，道：「那烤鴨我做過不多幾隻，芙蓉樓如何會知道？」

沈山道：「大姑娘先時做的幾樣新鮮菜，不也照樣叫碧水樓學了去？人精有的是，大姑娘做過了，倘誰出去說一句半句的，被有心人聽到，也不算稀奇。」

何子衿想，這倒也是，不用別人，阿洌就有點臭顯擺，周嬤嬤更不用說，除非特意交代了，不然那張嘴跟漏勺沒什麼差別。何子衿思量片刻，道：「我那不過是鬧著玩，芙蓉樓的大掌櫃都不知道味道如何，難不成就敢花銀子買祕方？就是他現在想買，沒有合適的鴨子也烤不出，怕要辜負他一番美意了。」

沈山實在想勸一勸，畢竟這也是一筆不小的收入，但見何子衿直接把話說死了，沈山瞧沈氏，沈氏很有些意動，不過看閨女抿著嘴的模樣，沈氏問閨女：「怎麼了？」依閨女的財迷脾氣，斷不是有錢擺跟前不賺的理。

何子衿道：「只是覺得怪，再好的菜，起碼得嘗一嘗才能知好賴呢，芙蓉樓嘗都未嘗，就要買祕方，這不是很怪？」

沈氏微微皺眉，何子衿對沈山道：「咱們再等一等，反正不等著烤鴨錢買米下鍋。倘芙蓉樓是真心想買，必然還會有些說辭。倘就此罷了，那也無妨。」

沈山明白何子衿的意思了，她不是不想掙錢，只是性子謹慎，必要弄個明白才肯掙這個錢。沈山也是機靈人，立刻道：「我先把大姑娘的話傳過去，看看芙蓉樓的態度再說。」

「好。」何子衿點頭，問：「阿山哥，你知道胡家孫少爺胡文嗎？」

沈山在碧水縣日久，而且在外打理生意，消息比何家這在碧水縣的老住家都靈通。沈山道：「胡文啊，他是胡家大爺的庶三子，聽說五六年前給送回老家了。這位孫少爺是庶出，不怎麼能聽到他的消息。要說胡家最出息的是胡家三房長子胡元，這位少爺念書極出眾的，聽說這次在書院是乙班第一名，差一點就能進甲班了。」

何子衿點點頭，「知道了。」

待沈山走了，沈氏道：「難不成妳覺得是胡文使喚芙蓉樓的掌櫃買咱家的祕方？」

何子衿想了想，「他一個庶出的少爺，不像有這種本領。」

母女兩個都是沉得住氣的人，沈氏道：「無妨，再等等看。」

何子衿笑，「是。」

何子衿轉而去找他爹要了當時碧水書院的錄取榜單，循著榜單找到了胡文的名字。這位公子與何洌是同一班，都是丁班。當然，名次比何洌略強些，倒數第三。

簡直不用何子衿費事，胡文很快就跟何洌和馮炎建立了友誼，沒幾天就跟著兩人光明正大往何家來了。何老娘私下還說何洌：「你們怎麼跟這種人交朋友啊？」

何洌一無所知，道：「阿文哥挺好的，學裡有人尋我們的不是，阿文哥還護著我們。」

何老娘一聽就要炸，「啥？學裡誰欺負你啦？我明兒就找先生教訓那些小兔崽子！」

「已經沒事啦。」何洌道：「阿文哥就是功課不大好，人挺好的。」

何老娘鼓了鼓嘴，想到胡文在學裡照應她孫子就沒好再說胡文的不好，兼之這小子挺會做人，時不時帶些果子點心來孝敬她老人家。伸手不打笑臉人，哪怕何恭對胡文的觀感也不咋地，硬是不好攆人。再者，胡文這臉皮，你不攆他，他就能裝模作樣地在何家不走。

何老娘可不是一般的防備，不僅不讓何子衿往前院去，就是蔣三妞回來，也是直接進了後院不出來，防胡文好比防賊，把胡文鬱悶壞了。

不僅如此，何老娘還拿出當初對付陳志的手段，炸知了給胡文吃。胡文可不是陳志，他哼哼唧唧的啥都吃，也沒那一塵不染的潔癖。以前沒吃過炸知了，乍一嘗，還愛上了此等美味。蛇羹更不用說，知道何家愛吃蛇羹，還隔三差五弄條菜花蛇送來給何家添菜。當然，每當胡文送東西，他就更能找到賴著在何家蹭吃蹭喝的理由啦。

胡文對何家的手藝也是很讚賞的，他還道：「我家芙蓉樓的大掌櫃要買您家的烤鴨方子，您家怎麼不賣呢？」

因胡文總是過來賴著吃飯，何家現在就分男女兩桌了，男孩子們跟著何恭在前院，女孩子們連帶沈氏跟著何老娘在後院。胡文這樣一說，何恭也是知道此事的，他是個光明磊落的人，道：「那烤鴨不是尋常鴨子做的，現在一時半會兒做不成。再者，你家大掌櫃連嘗都沒嘗過，亦不知味道好壞，這麼應下，不是坑了你家嗎？」

胡文認真聽了，感嘆道：「何叔，您真是個實在人。」

「做人就得實在，做學問也一樣。」何恭道：「你把心思用在念書上，以後考個功名，不說封妻蔭子，起碼認真過活。小時候晃蕩別人說句淘氣，大了再這樣可不好。」

胡文想再說的話就沒說出口，他低下頭，悶不吭聲地吃起飯來。

胡文自認為是個很有審美又很有智慧的少年，他先厚著臉皮在何家扎下根，還總是跟何恭請教學問。雖然學問上仍然進展不大，但那刻苦的勁頭，何恭也得說一聲「用心」。

然後，胡文再跟祖父胡老爺，啊，現在是胡山長說娶媳婦的事兒。為了要迎合祖父的審美，胡文還換了身寶藍長衫，趁著祖父在家練字的時候，胡文捧著雞湯過去服侍。胡山長打量胡文一眼，便道：「無事不登三寶殿啊！」看這身穿戴就知有事。

胡文嘿嘿笑兩聲，連忙又改為溫雅含蓄淺笑，上前放下手裡的雞湯，道：「祖父您嘗嘗，剛燉出來的，道道地地的一品雞湯。」

這雞湯原有個典故，據說大鳳朝文忠公林永裳大人少時家貧，至帝都春闈時囊中羞澀，不得不支起鋪子賣雞湯換錢以備春闈。後來林大人發達了，他做的這雞湯也成了名菜，人稱一品雞湯。當官的都愛這湯，總覺得這湯吉利，喝了這湯，興許能沾一沾林大人的運道。

胡文特意弄碗一品雞湯過來孝敬祖父，這孝心很誠啊！

胡山長為官多年，原是個嚴厲的性子，當然，這是對兒子而言。大家講究抱孫不抱子，他老人家對孫子便格外溫和寬容了，尤其胡文沒在父母跟前，還有幾分小機靈，雖念書不大成，胡山長對這個孫子也特別關懷些。胡文又是個會順竿爬的，於是，在諸多孫子中，他雖不是最受寵愛器重的，在祖父面前卻能說得上話。

胡山長喝口雞湯，問：「你有什麼事？」

胡文頗有幾分少年羞澀，還不好意思說，臉上微紅，嘴裡還特俐落，道：「沒事沒事，我就是想著，祖父這些日子一直忙著書院的事，著實辛苦。我也不會別的，就叫廚下做了湯，給祖父補身子。」他是個有眼力的，轉而又去幫祖父研墨。

胡山長瞧他一眼，這可不像沒事，不過，孫子不說，他也不強求，待喝了兩口湯，便繼續練字了。胡文站在一旁瞧著，也不敢打擾，只是，他於文墨平平，看了會兒，也不知怎麼就睏了。不一時，胡山長就見胡文歪在榻上打起呼來。

胡山長只得將他挪平放榻上，又蓋上一床薄被。

胡文近日用功念書，實在勞累了，一覺睡到大傍晚，待他醒了，屋裡昏暗，祖父亦早不在書房了。胡文揉一揉眼睛，連忙坐起來，喊一聲：「誰在外頭？」

小廝立春忙進來，道：「少爺，您醒了。」

胡文掀開錦被下了榻，問：「我什麼時候睡著了？」

唉，怎麼就睡著了，該說的事還沒說呢！

立春上前服侍，一邊道：「奴才一直在外候著，也不知道，就是老爺出去時，吩咐奴才好生服侍少爺。」

胡文穿上鞋問：「祖父可問你什麼了？」

立春幫胡文拽一拽壓皺的衣衫，連忙道：「老爺問了，奴才半個字沒說。」他自幼跟在胡文身邊，也頗有幾分機靈忠心。

胡文點頭，順帶洗漱了一回。立春遞上巾帕，道：「爺，將是用晚飯的時辰了。」

胡文就起身去了祖父母那裡，家裡素來是各房自用飯，胡文不在父母跟前，便跟著祖父母用。老兩口正在說胡文的親事，胡山長道：「阿宣的親事定了，阿文年歲也到了，且他性子有些跳脫，早些定下親事，也好收一收性子。」

胡太太道：「我也是這樣想，阿文這脾性，最好是定一個穩重端莊的姑娘。」

胡老爺拈鬚而笑，「很是。」

兩人正說著，胡文就過來了。請了安後，胡太太笑，「我跟你祖父正商量著，你三哥的親事定了，接下來就是你了。」胡文是大房的庶三子，但在堂兄弟間，他排行第四。胡太太口裡的「你三哥」，說的是二房嫡長子胡宣。

胡文「啊」了一聲，連忙擺著手道：「我還不急，我還不急，先說五弟吧！」

「混帳話，你是做哥哥的，哪裡有錯開你這做兄長的，反去說你五弟的親事。」胡老爺笑斥一句，道：「你爹娘不在跟前，跟我與你祖母說一說，你喜歡什麼樣的，也叫我們心裡有個數。」剛下午孫子那支支吾吾的羞樣，很像是有些心事一般。胡老爺以為孫子是急媳婦了，當然，這樣猜也不算錯。

胡文心下琢磨著，這得趕緊跟祖父祖母說自個兒的事了，不然萬一胡亂給他定一個，到時哭都來不及。胡文便道：「醜得不行。」

胡太太一聽這孩子話就笑了，「嗯，要好看的。」

胡文又道：「倘光長個好樣，土了吧唧的也不成。」

胡太太笑，「嗯，還得會打扮的。」

胡文再道：「還得會過日子，講道理的。」

胡太太頷首，「這話在理。」

胡文道：「只要符合這幾條，就是家裡窮些也沒啥，我不挑家境，就看人品，反正男子漢大丈夫，誰還指望著媳婦的嫁妝過活？」

胡太太笑，「越發有出息了。」

胡文嘿嘿一樂，「我這也都是跟祖母學的。」

一時便到了晚飯時辰，胡文越發賣力服侍祖母，什麼幫祖母布菜，幫祖母盛湯啥的，把丫鬟們的差使都搶了。胡太太只當是要說親把孫子樂的，笑道：「行了行了，你自己吃吧。只管放心，我定給你說個妥妥的好媳婦。」

胡文憨憨一笑，用過晚飯還主動叫祖父檢查自己的功課，得了些指導，才回自己屋，琢磨著怎麼跟祖父母說他的心事。

胡太太這把年紀，就愛看著孫子孫女成家立業，尤其胡文挺會討人歡心。胡太太又憐他是個庶出，且父母不在跟前，依著祖父母過日子，故而格外要給孫子說門可靠的親事。便如胡文所說，得是個明理會過日子的姑娘才好。

胡太太這裡正盤算縣裡的姑娘或是親戚家的女孩兒們，胡文沒忍住就尋個機會先跟祖父說了。胡文當然是私下說的，他道：「那天端午大集，誰知趕上皇后娘娘薨逝，集上亂糟糟的，我險被推倒，多虧了一位姑娘相救。」其實人家蔣三妞就順手推了胡文一把，真沒胡文說的這種救命之恩啥的。這小子當時是看人家姑娘生得俊，方留了心。

胡老爺皺眉，「這事我怎不知？」

胡文故作老實，「說出來怕祖父擔憂，再說人家姑娘姓誰名誰，那會兒我也不知道。」

胡老爺有些不好的預感，「看來，這會兒你是打聽出這姑娘姓誰名誰了。」

「就是城北何秀才家的表侄女，姓蔣。我跟何秀才家的兒子是同窗，去過何家幾回。」

胡文道：「就是他家閨女很會種菊花的那個，去歲不是還送了祖父一盆綠菊嗎？」

「你不是瞧上人家何……不對，你說的是蔣姑娘。」胡老爺的臉色有些不好看。

「蔣姑娘人品端莊，我一直想尋她說話，她都不肯理我一理，而且，她也很能幹，現在在繡莊做管事。就是、就是家裡有點窮，不過，我覺得沒啥，以後我自不會讓妻兒餓著。」

胡文念叨了一堆，小心翼翼地去瞧他祖父，徵求他祖父的意見：「祖父，您覺得如何？」

胡山長感覺十分不如何，他啪一掌拍在桌案，怒斥道：「混帳東西！你祖母這就要為你說親，你倒敢去自己做主！」

胡文覺得冤死了，「我這不是跟祖父商量嗎？我是真瞧著蔣姑娘不錯才跟祖父說的。」

胡山長厲聲問：「是不是她指使你來與家裡說的？」

「我倒是想呢，人家理也不肯理我，我又要天天上學，也沒空去瞧她。就是去何家，她家姑娘都跟老太太在後院，不見外人，我去多少回，也見不著面，話都沒說過一句。」話到最後，胡文頗是懊惱。他也沒跟祖父說實話，何家防他像防賊，當然，現在好多了。主要是胡文刻苦用功，為自己爭取到了一些尊重。

聽了這話，胡山長的怒火消了些，想著這到底是秀才家裡，正經人家，不是那等沒規矩的人家。可胡山長看孫子這倒楣樣，仍是沒來由的火大，「你這一根筋的看上人家，人家到底怎麼個意思，你也不知道！」人家女孩子不見他孫子，這是人家女孩子自愛，理智上，胡山長也是非常理解的，但很微妙的，他又覺得孫子碰壁，有些不可言喻的鬱悶。

「我看中了，自然要請祖父母做主，難不成真去私相授受？又不是唱戲，蔣姑娘要真是那等人，我反倒不敬她了。」胡文道：「反正我就看中了她，祖父，要不，您去問問何家，我雖念書不大好，可也自問是個正經人，配得上人家姑娘。」

「孽障！」胡老爺也沒什麼新鮮詞，罵了兩聲道：「婚姻之事，哪個不是要細細打聽人品出身德行，才好定下。你只看她這幾眼，能知曉什麼？」

胡文悶不吭聲聽著，胡老爺嘆了幾回氣，終是道：「那何家我也略知道些，是正經人家。他家姑娘在咱們縣裡也算有些名聲。只是這位蔣姑娘我不清楚，先叫你祖母打聽一二再說。從今日起，不准你再去何家，好生念書方是正經。」

胡文只得應了。

胡老爺跟胡太太一說，胡太太道：「蔣姑娘啊，我倒是見過，相貌極是出挑。去歲與何姑娘來過咱家。何姑娘也是個出眾的丫頭，念過書，種的花也好，說話也叫人喜歡。」

胡老爺嘆，「那孽障瞧中的又不是何姑娘。」

倘是何姑娘與胡文結親，胡老爺是沒啥意見的。胡文是庶出，何姑娘比較會掙錢，何況又念過書識得字，論及自身，便是許多大戶人家的姑娘恐怕也比她不了，唯一差的就是個門第出身，胡老爺寧可給孫子結下一門實惠的親事。

說來，原本陳家那樁親事，胡老爺有意胡文的，奈何二兒子有意為二房長子胡宣與陳家結親，兒子這話都說出來了，胡宣較胡文也長一歲，說親事的確該先說胡宣，胡老爺便應了，但如果胡文相中的是何姑娘，便是費些周折，胡老爺也情願親自去給孫子求來這樁親事。不想孫子看中的是在何家寄住的表姑娘，胡老爺人老成精，什麼樣的姑娘才會在親戚家寄住，何況是何家這等小戶之家寄住的姑娘。

故而，一想到孫子這眼光，胡老爺頗是惱怒。

胡太太努力回憶有關蔣姑娘的記憶，實在是有些想不起來，「我只記得是個漂亮姑娘，話少些，人瞧著還穩重。要不，著人細打聽打聽？」

「也好。」

胡太太也聽了孫子說的救命之恩的事，心下覺得這姑娘起碼仁義。原想著，若打聽著還行，就請這蔣姑娘到家裡來坐坐，結果一打聽，沒爹沒娘，要緊的親族全沒了，故而才投奔到碧水縣何家。何家與蔣家是姻親之家，不遠不近的這麼個關係。

胡太太跟孫子說了：「這蔣姑娘啊，命硬，爹娘都沒啦。」

「我知道。」胡文道：「我命也不軟乎，我姨娘生我時就沒了。要是別個命太軟的，怕還壓不住我這命硬的呢。」

胡太太氣得給孫子兩下，哪裡有自個兒說自個兒命硬的？

胡文道：「蔣姑娘也就是出身上差些，別個哪裡差啊？她學繡花就能叫薛千針收為弟子，能在繡坊裡做帳房，認得字，算術也清楚，一個月二兩五錢銀子。這銀子自不入咱家的眼，可有本事掙到這錢的姑娘有幾個？我不看出身，就看中她這個人了。」

胡太太問：「難不成嫁到咱家還叫她去繡坊幹活？」

「我倒是沒啥，就怕祖母覺得丟面子。」胡文道：「先祖文襄公少時也曾採藥以籌讀書之資，總歸正經靠雙手掙錢，難不成家裡富貴了便覺得貧寒是羞恥？」

胡文甭看相貌平平，口才卻是一流，他跪在祖母面前認真道：「祖母也知道我是庶出，出身容貌才德樣樣出眾的好姑娘，我也配不上人家。我是真看中了蔣姑娘，她寄住在親戚家，怕也沒啥嫁妝，我以後更沒岳家可做助力。這個我都想清楚了，我敢娶，就不怕這個，只求祖母成全我這一片癡心。」

胡太太簡直愁死了，又與丈夫商量：「那渾小子是鐵了心啊！」

胡老爺想了想，道：「妳尋個時候叫蔣姑娘來家說說話，我再著人打聽一下。」

胡老爺一邊命人打聽蔣三妞本家，一邊又問了學裡何洌和沈念的功課如何。胡老爺心下委實不怎麼樂意，無他，蔣三妞家裡沒人了不說，可爹娘活著時那品行也不咋樣，再者，先時還有與陳志的流言，更被退過一次婚。

胡老爺一樣樣都與孫子分說了，胡文早有準備，他道：「她爹娘如何是她爹娘的事，與她有什麼相干？她自小是在何家長大的，只要她人品好就是了。再者，那些流言我早就打聽清楚了，完全子虛烏有。陳家倒是想娶蔣姑娘，蔣姑娘還不樂意來著。退親的事更是荒唐，硬說蔣姑娘八字剋婆婆，這得多刁鑽的人家才能辦出的事啊？虧得親退了，要不嫁過去遇著這麼個刁鑽婆婆也得愁死。您看，蔣姑娘先前好幾門親事都不大合適，我看就是等著我呢。」

胡老爺沒忍住給胡文一巴掌，「滾滾滾！」

「祖父，您這是應了吧？」

胡老爺隨口便是拖延之策，道：「總得問問你爹娘的意思。」

胡文道：「祖父別哄我了，您老定下來，爹娘怎會不同意？倒是您去問我爹娘，我爹又不知蔣姑娘的好處，一聽她這出身也不能願意。嫡母？嫡母又能說啥呢？」他要是跟著父親和嫡母過好日子，就不會想法子回來倚著祖父母過活了。

胡文十分傷感，「我自知念書不成，方想娶個合意的姑娘，以後兩人一條心過日子。您只覺得她出身不好，可真娶個大戶人家的庶女或是土財主家的閨女，到時面子有了，倘性情不合，或是人家覺我沒出息，後悔也就晚了。」說著，還掉了幾滴眼淚。

胡老爺被胡文歪纏得沒法子，「你自己覺得天合適地合適，何家呢？人家願不願意？」

胡文立刻道：「後兒個就是書院休息的日子，我陪著祖父去何家走一趟如何？您且親自問問，不就知道人家願不願意了。」

胡老爺嘆氣，「先讓你祖母請蔣姑娘來說說話再說，也叫你嬸子們看看。」

胡文抬袖子抹眼淚，是感動的，「我就知道祖父能明白我。」

「你可別這樣抬舉我，我十分之不能明白你。」胡老爺諷刺胡文一句，語重心長，「天下的姑娘家，相差能差多少，難道好人家就沒能幹的姑娘了？你非找這麼個無父無母的，相中的無非是人家姑娘好顏色。女人年輕時哪個顏色不好，倘年老色衰就是你後悔之時。」

胡文立刻道：「我也不能說我不喜歡蔣姑娘生得漂亮，可我也見過漂亮姑娘，沒一個如蔣姑娘這般叫我，叫我……」說著話，胡文那張不大俊俏的臉上還浮現兩團粉色，當下把胡老爺噁心得夠嗆。胡文感嘆，「我簡直沒法子對祖父形容那種感覺。蔣姑娘會年老色衰，我也會年老色衰啊，到時我們還是一對！」

胡少年對他的婚姻充滿憧憬與期待，還跟祖父解釋一句：「祖父，您是不知道，天下姑娘家啊，差的太多了。我能看中的就不是尋常能幹的姑娘，蔣姑娘這樣才貌雙全的好姑娘，給我遇上，可見我命裡不是沒造化。」

胡文把自己的單戀對象蔣姑娘簡直是讚成了一朵花兒，他還粉紅著兩團腮幫子，同祖父談心：「再說，誰不喜歡漂亮的人？祖父喜歡我，還不是因我俊俏來著。」

胡少年還是個很有自信的人哩。

可惜胡老爺硬是沒有胡少年的好審美，一聽這話，忍無可忍贈了少年一字：「呸！」

胡文如今應祖父的要求，不去何家蹭飯吃了。不過，他還是時時關注著小舅子何冽，還問小舅子：「如今祖父每天檢查課業，我也沒空過去，何叔可好？祖母嬸嬸可好？家裡姊妹可好？」不知道的還以為他與何家是通家之好呢。

何冽道：「都挺好的。」

胡文又讚何冽這衣裳：「冽弟這衣裳的針線，比我的還考究，這繡紋多好看啊！」

何冽翻個白眼，「阿文哥，你都誇幾十遭了。」

「誇幾十遭，正因這是難得的好針線。」

「那是，也不瞧瞧是誰做的。」何冽道：「我們家數三姊姊的針線好。阿念哥叫我姊給他做，我姊有一回給他做得一個袖子長一個袖子短，他也就那麼穿。不過現今我姊的針線也好了，阿念現在穿的就是我姊給他做的。」

胡文笑，「還是洌弟機靈。」

何洌道：「不過現在三姊姊太忙了，三姊姊白天沒空，我也不叫三姊姊做了，我姊說晚上做活對眼睛不好。」

「可不是嗎？」胡文轉日就送了些決明子給何洌，「我家有許多，煮水喝對眼睛好。」

何洌道：「我家有枸杞子的。」

胡文一時語塞，強塞給何洌，道：「這是我的心意。」然後轉身走了。

饒是何洌這素來粗心腸也覺得有些不對勁，只是他年紀小，一時也想不明白到底是哪裡不對勁，便與沈念說了。沈念琢磨半日，心道，胡文莫不是對他家子衿姊姊有意思？

聽到沈念心聲的老鬼翻個白眼。

沈念卻是琢磨上了，他將胡文總體分析了一下，中下品的相貌，不端莊的性情，讀書也沒啥靈性，還有亂七八糟的出身。沈念雖知道妾的意思，但他總覺得有妾的人家太亂了。隨便這樣一想，胡文也配不上他家子衿姊姊啊。

扳著手指尋思了一會兒，沈念對何洌道：「我看這姓胡的沒安好心。」

何洌忙問：「怎麼說？」

「你想想，哪有這不大熟的同窗送咱們家姊姊東西的？」沈念確定胡文是懷了鬼胎的，便道：「以後少理他，我來處置這決明子。」

沈念第二日就尋個機會將決明子還給了胡文，還道：「我家姊姊說了，男女授受不親，不敢收胡同學這東西，胡同學自己帶回去吧。」

胡文小受打擊，問：「你姊姊真這樣說的？」

「對。」沈念斬釘截鐵，「胡同學也是書香門第，男女有別，還請胡同學自重吧。」

這死小孩！

胡文只得收回決明子，笑道：「咱們往日還兄弟相稱呢，阿念怎麼突然與我生分了？」

沈念瞟胡文手裡的決明子一眼，淡淡道：「你行事不妥，我自然不敢與你深交。」

偷偷摸摸送他家姊姊東西，哼，是什麼意思？

胡文拉著沈念的手，笑呵呵地道：「哎喲，看念弟說的，生分，忒生分！就是聖人也有出錯的時候呢，是不是？前些天何叔可是沒少指點我的功課，我聽阿冽說的，你家姊妹晚上做活計有些費眼，便順手拿了些決明子來。你知道，哥哥我是個直率人，沒想太多是真的，瞧你，難道要跟哥哥絕交不成？」

沈念微微一笑，看向胡文的眼睛，「沒想太多就好。」

胡文乾笑兩聲，覺得念小舅子的防範之心太強了些，從小舅子這裡無從下手，他轉而自何老娘那裡突破。他是個機靈人，去何家時日長了，也稍稍了解胡老娘的性情，胡文便時不時買點心果子去孝敬何老娘。禮多人不怪，去的多了，何老娘還道：「初時覺得阿文不似個妥當人，這時日長了，又覺得小夥子還成。」

沈氏倒是覺出胡文像是為蔣三妞而來的，她只是不動聲色罷了。沈氏一沒點破胡文的小心思，二則閒了還愛同胡文說話。胡文也愛同沈氏表白一下自己，有一回見沈氏送了個中年婦人走，胡文笑問：「嬸嬸今日有客？」

沈氏道：「是啊，可不是一般的客。」

胡文道：「那是二般的客。」

沈氏一笑，不言語。

翠兒道：「怎麼，胡公子連媒人都不認得？」

胡文的臉險些白了，脫口道：「難不成嬸嬸要給妹妹說媒？」

「這話說得，丫頭們大了，自然得說人家的。」沈氏笑悠悠地坐在廊下竹椅中，道：「你是找你何叔問功課的吧？你何叔在書房，去吧。」

胡文哪裡還有做功課的心，他道：「我功課在學裡就做完了。」又跟沈氏打聽：「妹妹想說個什麼樣的人家，嬸嬸告訴我，我也好替妹妹留意。」

沈氏道：「我們小戶人家，只要是孩子人品可靠，家裡人明理就成。阿文，你認識的多是大戶，我家可般配不上。」

「怎會般配不上呢？這世上只有別人配不上妹妹的，哪有妹妹配不上別人的。」見翠兒捧來一小碟漬青梅，胡文立刻接了遞給沈氏。

「這裡頭的緣故啊，阿文你年紀小，不知道。」沈氏說著，拈一顆漬青梅含在嘴裡，慢慢道：「我們小戶人家的姑娘，沒見過什麼世面。你們大戶人家可不一樣，規矩大，講究的也多。自來婚姻重視門當戶對，不是沒有道理的。」

胡文笑說：「可世事也沒絕對，是不是？再說，我家也不算什麼大戶人家，在咱們碧水縣覺得是大戶，其實拿出去也就一土鱉。說句實在話，算是個讀書人家。至於規矩什麼的，嬸嬸看我，難道與你們有啥不一樣？」

「現在看著一樣，可又不一樣。」沈氏裝作好奇模樣道：「我聽說你們這些大戶出身的孩子，還沒成親屋裡就有通房，成了親還有好幾個妾，對不對？」

胡文面上微熱，道：「嬸嬸您可別誤會，我至今童男子一個，撒泡尿還是藥哩，哪裡來的通房啊？」胡文是個機靈人，趁機表白自己，「嬸嬸您瞧得起我，我也跟您實說，我娘就是我爹的姨娘，我在家不是嫡子，是庶出。我最知庶出的難處，別人如何我不知道，反正我以後是不會納小的，我也不想以後我有孩子像我這樣為難。」

沈氏倒不知胡文心裡有這樣的酸楚，連忙安慰他道：「你這樣明白就很好，什麼嫡庶的，反正我家來往只看人品。只要人品好，你還年輕，日子都是慢慢過的。」

「嬸嬸說的是。」胡文道：「我雖不才，自認為也算比上不足，比下也有餘。嬸嬸覺得我還成，那我就放心了。」

「你們男孩子，以後只要有本事，出身不算什麼。老話說的好，英雄不論出處。」沈氏輕嘆，「我呀，也不擔心你們。」

胡文順勢問：「看嬸嬸是擔心姊妹們？」

沈氏道：「可不是嗎？我自認我家丫頭不差什麼，琴棋書畫不敢說，可字也識得，帳也算得，針線女紅都好。只是有一樣，我家家境平平，家裡孩子們多，我們家丫頭的陪嫁，與尋常小戶算是豐厚了，可與大戶人家比，怕人家要挑眼的。我家丫頭這些年很是不容易，我也不想她去受那份辛苦。小戶之家雖貧寒些，只要衣食周全，日子痛快便好。」

胡文連忙道：「嬸嬸與我竟想到一處去了。我爹有四個兒子，我排第三，餘者三個兄弟都是嫡出，就我是庶出，這會兒依賴祖父的名聲別人稱我一聲少爺，給我些面子，說實在的，將來娶妻，我只怕也不能叫妻兒大富大貴。嬸子也知我們大戶人家事情多，有時結為婚姻，或是看門第或是看兩家合適便結親了。我因無納小之心，故而定要尋一個合心的姑娘不可，不然遇著個不合意的過一輩子，這也忒憋屈了。我這心事，祖父也是知道允准的。」他略吹了下牛，又道：「要說媳婦的嫁妝什麼，一個男人要靠女人嫁妝過日子，那算不得什麼男人，起碼我自認不是那樣的人。」

胡文滿是期待地望著沈氏，又問：「我與嬸嬸說的都是實話，嬸嬸看我還成不？」

沈氏笑了笑，「就怕你做不了自己的主。」

「我敢說，就能做主。」胡文極有男子漢氣概地把狠話撂下了，果然，沒幾日胡家姑娘就寫了帖子，請蔣三妞和何子衿過去賞花。

沈氏私下同何恭商量：「瞧著阿文還算實誠，把他家裡的事與我略說了說。現在彼此都沒說破，也不要與丫頭們說，只當女孩子們之間的走動。」

何恭道：「倒也罷了。」

蔣三妞不大願意去，她鋪子裡還有事呢，沈氏笑道：「我著翠兒去幫妳請了假，也就半日功夫，下午再去鋪子也一樣，去玩一玩吧。」

沈氏這樣說，蔣三妞只得應了。

兩人都換了新衣衫，其實都是由舊改新的，蔣三妞只改了大小，何子衿除了改大小外，將襦裙外加了一層半透明的細薄紗羅，裙子便有種朦朧的美感。

何老娘評價何子衿：「瞎臭美。」浪費料子！

小福子租了馬車，兩人去歲去過胡家一次，雖隔了半年，也還記得一些胡家諸人。胡太太依舊是個和氣人，胡二奶奶話很少，胡三奶奶歡快喜談笑，胡家姑媽眼中帶著打量，還有胡家四位姑娘和胡家表姑娘依舊親熱，彷彿她們本就是十分親密的朋友一般。

胡三奶奶笑道：「早就想著子衿呢，妳在家裡都在忙什麼，也不見妳出來。」

胡太太則喚了蔣三妞近前說話，胡姑媽先道：「聽說蔣姑娘在繡坊做事，今日她們姊妹冒昧相邀，沒耽擱蔣姑娘的差使吧？」

蔣三妞淡然道：「繡坊裡請了假。」

胡姑媽笑，「要是害蔣姑娘被扣工錢，可是她們姊妹的過錯了。」

蔣三妞看向胡姑媽，依舊淡淡的，「徐太太說笑了。」胡姑媽婆家姓徐。

胡太太嗔道：「阿平，妳這是哪裡的話？妳活這麼大，我也沒見妳掙一文錢，蔣姑娘小小年紀，既識得字，又會算帳，十分厲害。」胡太太說得懇切，笑著握住蔣三妞的手，「我年歲大了，就想找妳們年輕的小姑娘來說說話，繡坊的事還忙嗎？」

蔣三妞笑答：「做熟了是一樣的。」

「那就好。」胡太太瞅著蔣三妞身上的衣衫，「這衣裳是妳自己做的？可是好針線。」

蔣三妞坦然道：「原是姑媽小時候穿過的，我改了改，叫您見笑了。」

「一看就是個會過日子的。」胡太太倒不是看蔣三妞會改衣裳滿意，她是滿意蔣三妞的坦然，不是那等畏畏縮縮的性子，「我們祖上是自文襄公起家，那時一樣是貧寒之家，文襄公少時還去芙蓉山上採藥賣錢呢。雖如今日子好過些，也時時不敢忘先祖之德。」

接著胡太太又問了蔣三妞日常的事，中午還留了飯，胡太太道：「我聽說子衿長於廚藝，妳們的口味定是高的，也嘗嘗我家的菜如何。」

何子衿笑，「我那不過是在家鬧著玩罷了。」

胡三奶奶道：「妳這話就忒謙了，我可是聽說芙蓉樓掌櫃都想買妳烤鴨的方子，妳倒是婉拒了，這是為啥？」

何子衿拿出的是統一理由：「要說我不想掙那錢，那是假話。只是這烤鴨不同別個，要尋了合適的鴨子才能烤製。您家大掌櫃是看得起我這小打小鬧，可他尚未嘗過好賴，我貿然應下，怕是要坑了您家掌櫃呢。」

胡太太道：「憑妳這句話，他就挨不了坑。」

胡家倒沒那些吃飯叫媳婦站著服侍的規矩，不過胡二奶奶捧回箸，胡三奶奶布回菜，便可坐下一道用飯了。胡家是開飯莊的人家，這菜色自是不錯的。

用過飯，又說了會兒話，兩姊妹便告辭了。

胡太太也讓兩個兒媳婦與孫女們去歇息了，胡姑媽卻是沒走，她問：「娘，難不成您真叫阿文娶這麼個破落戶？」

「閉嘴！蔣姑娘不過是貧寒些，正經讀書識字的姑娘，哪裡就破落了？」胡太太也不知自己怎麼養出這麼個沒見識沒心腸的閨女來。她年輕時隨著丈夫宦遊各地，也見識過不少大事小情，情知這世上雖講究門第出身，可門第出身也代表不了一切。

胡姑媽將嘴一撇，「哪個大戶人家的姑娘會拋頭露面去做活計，更不必說給繡坊做帳房，平日裡什麼人不見。您要真給阿文說這位蔣姑娘，還不如舅舅家的阿燕呢。」

胡太太道：「阿文的事有我與妳父親，不必妳做主，妳少說些討人嫌的話。」

胡姑媽將帕子一甩，轉身走了。

晚間，胡太太與丈夫說起蔣三妞，評價很公允，道：「是個大方的姑娘，說話很清楚，看著是個明白人，性子剛強些。」

蔣三妞一稱她那傻閨女為徐太太，胡太太就知這位姑娘是個有脾氣的人。

胡老爺道：「要是瞧著品行還成，我去問一問何家的意思。」

主要是胡文天天用一副期待的小眼神對著他老人家，饒是胡老爺這輩子見過些風浪，也有些難以消受。孫子這麼每日眼巴巴的，熱炭團一樣的心，胡老爺也不是那不通情理的，既是孫子自己選的，以後過起日子也怪不得人。再者，這個孫子是有主見的，偏生胡文念書上沒什麼天分，胡老爺琢磨著，給他娶個會過日子的媳婦，以後打理庶務，日子也能過得。這位蔣姑娘好歹做過帳房，至少會算帳……

胡太太道：「我就擔心老大心裡埋怨咱們。」給孫子結這樣一門貧寒親事……

胡老爺冷哼，「他知道個屁！」

俗話說，守親守親，孩子對於老人，還是守在身邊的親近。在胡老爺看來，大兒子這父親做的簡直混帳透頂，胡文雖是庶出，課業上不大成，但品行不錯，人也機靈，好好調理未必沒有出路。可自從胡文五年前隨長兄回了一趟老家，胡文就沒再隨長兄回父母身邊，在祖父母身邊扎根了。胡老爺又不是傻子，好端端的孩子，倘不是在父母身邊不好過，如何會賴在祖父母這裡？想到這個，胡老爺就一肚子火。

壓一壓火氣，胡老爺道：「阿文不是那瞎要面子的孩子，端看裡子吧。倘若是個會過日子的，以後兩人齊心，也不怕日子過不好。」

伍之章　胡何議親消夙怨

有胡文像催命一樣催著，胡老爺極有效率，在蔣三妞還沒琢磨出胡家的用意時，胡老爺就找何恭提了這親事。何恭沒想到胡家這樣迅速，嚇了一跳。主要是胡文見何家總有媒人上門，怕蔣三妞被別人定下，便天天有空就圍著他祖父轉，恨不得晚上歇他祖父屋裡。

胡老爺實在是被催得無可奈何，妻子又說蔣姑娘人品不錯，雖父母過世，沒個娘家，可蔣姑娘在何家長大，想來何家便是她的娘家了，故而，胡老爺同何恭提及兩家的親事。

胡老爺道：「我那孫兒，想必賢侄你也知道，讀書雖比不上你家兩個孩子，也是個認真的人。聽他說，當初蔣姑娘救過他一命，說來失禮，阿文當初也不知蔣姑娘姓名，後來打聽出來，又擅自上門道謝。他就是這樣赤誠的孩子，怕我擔心，便未與我說當時的險狀，後來提及親事時方與我說了。」一句話便把當初胡文貿然上門致謝的事圓了過去，「我想著，這實在是天定的緣分，就想問一問賢侄你的意思，你看，我那孫兒可還成？」

何恭道：「這、這實在突然，我得回去商量一下。」

胡老爺笑道：「這是應該的。」

何恭為難，很老實地說：「我家門第，是高攀您了。」

「婚姻之事，結兩姓之好，說什麼高攀不高攀？我為兒孫擇媳，素來不看出身，端看人品。」胡老爺溫煦道：「賢侄莫多思，我那老妻也見過蔣姑娘，十分珍愛蔣姑娘的為人。」

何恭道：「三丫頭很不容易，我從未想過您會提及親事，待我與母親商議再回覆您。」

一聽這話，就知何恭是個老實人，胡老爺笑，「好。」

何恭回家一說，沈氏先笑，「阿文倒還不錯。」有胡老爺出面提親事，著實體面。

何恭道：「我只擔心大戶人家不好過日子。」

「難不成小戶人家日子就好過了？好不好過的，得看會不會過。」何老娘道：「阿文那孩子，初時瞧著似個滑頭，相處久了，倒也還實誠。咱們三丫頭也不是木頭，就是一樣，大戶人家妾啊啥的煩人，我是最看不上那些納小的東西。」

沈氏笑說：「我先前與阿文說話，聽他說，他以後是不會納小的。」

何老娘一樂，「這事有門兒！」再吩咐沈氏：「跟阿冽說，叫阿文過來一趟。」

沈氏應了，又道：「這事也得跟三丫頭說一聲，問一問三丫頭的意思。」雖是長輩做主，過日子的卻是孩子們，總得孩子們心裡歡喜，以後日子方好過。

「嗯。」何老娘心想，還是他們老何家風水好，三丫頭在她家也轉運啦！嘿嘿，胡家可是碧水縣最顯赫的人家，何老娘再有想像力，也沒想過蔣三妞會嫁到胡家去啊！

蔣三妞聽何老娘和沈氏說了胡家提親的事，異常驚訝，「這怎麼可能？」

胡家那樣的門第，怎麼可能看上她一個孤女？

何老娘道：「怎麼不可能？真真正正的，胡老爺找妳叔叔親口提的親事。就是常來咱家的阿文，那孩子相貌雖不大出眾，卻是個實誠孩子。聽妳嬸嬸說，以後也不會納小，這在大戶人家裡可不容易。」

雖是胡老爺親口提親，蔣三妞仍道：「他隨便結門親事，也比跟咱家結親實惠的多。」

沈氏笑，「傻孩子，這是妳的緣法呢。阿文跟阿冽是同窗，說來他念書上有些平庸，為人卻很不錯，是個擔得起事的。時常來咱家，妳多是待在內院，自是沒怎麼見過的。」

蔣三妞默然道：她還真見過胡文，每次她傍晚自繡坊回家，胡文就跟個傻瓜一樣的要瞧她幾眼，還會沒話找話說幾句「妹妹回來了」之類的話，只是蔣三妞沒怎麼理過他罷了。

蔣三妞想，胡文倒是活蹦亂跳，不像有什麼病症，想來是跟陳志一樣，莫不是瞧中她的相貌？蔣三妞見姑祖母和嬸嬸這樣歡喜，不好直接拒絕，道：「我想見胡公子一面，說幾句話，也看看彼此性情是否合適。」

沈氏道：「這也好。」

胡文聽說蔣三妞要見他，當下換了身耀眼錦衣，捯飭了個油光閃閃的髮型，瑞氣千條地去了何家。沈氏簡直被胡文晃得睜不開眼，心說這孩子是不是高興傻了，這是什麼扮相啊。不過人都來了，且親事還沒定呢，看胡文一副既羞且喜的樣子，沈氏也不好多說，便讓他去了丈夫書房，又命人叫了蔣三妞來，沈氏就坐外間喝茶。

沈念和何冽都知道胡家提親的事了，對於胡文想做他們姊夫的事，兩人委實覺得有些彆扭。何冽道：「看阿文哥這叫穿了啥啊？還不如穿學裡的衣裳呢。」

他們學裡有統一制服，做工相當不錯。

沈念道：「頭上得倒了半瓶子桂花油，還熏了香。」香飄半里地。

兩人在外頭念叨著評價胡文，裡頭胡文面對蔣三妞緊張得都結巴了，「妳、妳，我、我，妹妹，妳、妳還認得我吧？」好半天找回僵硬的舌頭，胡文終於說了句俐落話。

蔣三妞覺得好笑，道：「你坐吧。」

胡文立刻就往蔣三妞坐的榻上去了，蔣三妞臉一冷，他靈活的屁股一扭，坐榻邊的椅子上了，心裡敲著小鼓，手指往膝蓋的衣服上搓了搓，沒話找話，道：「好久沒見妹妹了。」

蔣三妞道：「我今年十六。」

胡文撓撓頭，「我知道，這不是覺得叫妹妹親切嗎？」胡少年今歲十五。

蔣三妞沒覺得叫妹妹就比叫姊姊親切了，儘管這小子頗好笑，她不想與胡文閒話，開門見山道：「我實想不明白你為什麼看中我，我家世寒微，你知道嗎？」

「我姨娘是胡家買來的丫頭，生我時難產死了。我爹在外頭做官，我在我爹那裡日子不大好過，後來長兄回老家向祖父賀壽，我跟著一塊回來。長兄走時，我裝病沒跟長兄走，就在祖父母身邊過日子了。」胡文道：「我就是想娶個合心意的姑娘好生過日子，妳家裡的事兒我都知道，我、我這種情況，以後是指望不上分家能分多少產業的。我根本沒想過娶什麼大戶人家的姑娘，我就是想娶個能幹會過日子不怕吃苦的。因為短時間內，我恐怕沒法給妳過大富大貴的日子。我一見妳就十分中意，後來打聽了妳一番，就、就更中意了。我聽嬸嬸說了，我以後也不會納妾蓄婢，我知道庶出的難處。我家裡就是這麼個不好不壞的樣子，妳別想太多。富戶的閨女，我要勉強娶也娶得來，那些姑娘無非比妳多一副好嫁妝，我難道要因一副好嫁妝便把自己賣了？我敢叫祖父來求親，就是考慮清楚了，妳、妳覺得我如何？」

蔣三妞素來理智過人，哪怕胡少年一雙滿是期待的小眼神直勾勾地望向她，她仍道：「我只擔心你現在不在乎，以後會在乎。」多少男人總將自己的無能推到女人身上。

胡文笑，「但凡富貴人家，都不是一開始就富貴的。妹妹本就不是纏在樹上的藤蔓，我只擔心到時萬一不合妹妹的心，被妳嫌棄呢。」

蔣三妞也笑，「你可真會說話。」

胡文拍拍胸脯，「我句句真心。何叔叔和何嬸嬸對妹妹很是疼愛，何嬸嬸早盤問過我了，不然我何以能到妹妹跟前訴說心事呢？妹妹放心，我雖不才，以後也不會叫妳受委屈。倘不是見了妹妹，我都不知世上有這樣天造地設之人。」

「快閉嘴吧。」真個羞死了，怎麼這樣叫人起雞皮疙瘩的話都能說出口呢？

胡文嘿嘿一笑，臉上也有些羞意，「我也不知為啥，一見妹妹，我這些心裡話就不由自主地往外跑了。」

蔣三妞在確定胡文的確沒什麼惡習之後，就對這樁親事點了頭。胡文不嫌她出身寒微，她自然不會嫌胡文庶出。有胡文催著，兩家合了八字，換了庚帖，又去算訂親的吉日。胡老爺著人給任上的長子送了信，告知長子胡文訂親的事。

沈念和何洌覺得暈乎乎的，怎麼一轉眼，五顏六色、香飄半里的胡同學就成了姊夫？

合過八字，看是上上大吉，胡家人很是歡喜。哪怕是只當安慰，也覺得新娘子雖有些命硬，但不剋婆家就成。接著，胡家請了媒人正式上門提親，何家笑咪咪地應下。

媒人是胡家的一位族親，娘家姓馮，馮氏將蔣三妞誇成一朵花兒，又很是捧了回何老娘與沈氏，馮氏道：「您家的姑娘，咱們闔縣都是數得著的。太太、奶奶實在會調理人，怎麼就把個姑娘調理得跟水蔥似的？我一見您家表姑娘就愛得不行，跟我家阿文實在再般配不過。兩個孩子就是那郎才女貌，天作之合。」

媒人提親後，便是納采。男方送上首飾綢緞，女方回以筆墨針線。

納采後的問名納吉相對簡單許多，不過走個形式，因早合過八字，再沒有不吉利的了，然後就是納徵，納徵便是送聘禮的意思。有胡文催著，何況家裡是有舊例的，這聘禮備得也快。胡家雖是碧水縣一等一的顯赫人家，奈何孫輩人口不少，聘禮於何家而言自是豐厚，但相較於陳家這等豪富，還是有一定差距的。當然，胡家的聘禮中多了風雅之物。

除了習俗約定之物，胡家的聘禮中聘金便有五百兩。

訂親的聘禮，男方送過來，女方也要還禮的，或是男方聘禮的一半，或是自備禮物。一家人商量之後，便將男方聘禮還了一半回去。當然，聘禮裡給女方的首飾是不用還一半的，可其他茶果糖米連帶聘金都還了一半。

茶果之類何老娘便不大心疼，她老人家心疼的是那二百五十兩銀子，奈何兒子媳婦紛紛勸她，自家雖不比胡家，也不好落下個貪財的名聲的。何老娘只得割肉般的點了頭，私與蔣三妞絮叨：「妳叔妳嬸啊，都是傻要面子。有這二百五十兩，能給妳置辦許多嫁妝的。」

蔣三妞勸道：「姑祖母，用餘下的錢也能置辦一副不錯的嫁妝。」

蔣三妞以前根本沒想過自己能用好幾百兩來置辦嫁妝。即便如今有了銀子，蔣三妞也不是何老娘的性情。倒不是蔣三妞就清高不愛財，實在是蔣三妞覺得，自家雖不是富戶，可這女方的回禮也不好叫胡家小瞧。倘真將五百兩銀子留下，胡家即便不說什麼，心裡想什麼就不知道的。何況陳二妞定的是胡家三少爺，定會比她出門早。她的嫁妝，哪怕五百兩都用盡了，想來也是沒法子與陳二妞的嫁妝相比的。既如此，倒不如就老老實實別貪這銀子，也能給胡家留個好印象。再者，蔣三妞自幼就能自己做活掙錢，二百五十兩在她眼裡也是不得了的一筆巨款，可她不信她以後就掙不到這些錢了。故而，蔣三妞也認同表叔表嬸的做法。

便是有蔣三妞的安慰，何老娘也是嘆了一整天的氣，之所以只嘆一整天，是因為第二日胡文悄悄把銀子拿回何家，他與何老娘道：「本就是給妹妹的，別個兄弟下聘一樣有這銀子，您老退回去做什麼，給妹妹的還不就是給我的，叫妹妹瞧著置辦些喜歡的東西吧。」

何老娘當下喜笑顏開，與沈氏道：「咱們阿文一看就會過日子。」當下命余嬤嬤把銀子收了，又與胡文道：「我是想著給三丫頭置辦些田畝，以後你們過日子也有個出息。可別小看田地，發不了大財，細水長流呢。」

胡文笑嘻嘻地奉承何老娘：「還是姑祖母有見識。」其實何家把聘金退回了一半也不是沒好處，起碼他祖母便說：「真是一家實誠人。」起碼不是那等見錢眼開的，過後還是將這錢給了孫子，胡太太道：「他家把聘金退回一半，可見知禮。蔣姑娘家裡不大富裕，這是咱實話實說。自來用男方聘金置辦嫁妝也是常事，你把這錢悄悄送給她去，叫她拿著置辦嫁妝，到時體體面面地出嫁才好。」

胡文便又給何家送回來了。

不得不說，胡文此舉深合何老娘之心意，何老娘當時就叫留飯，還狠讚了幾句胡文的髮型啊衣著啊之類的，硬將胡少年讚得小小羞澀了一回。

過了定禮，胡家去朝雲觀卜算了成親的吉日。因胡文年方十五，還正在上學，便將成親的日子定在了來年的臘月十二。胡家要預備胡文成親的院子，何家也得開始籌辦蔣三妞的嫁妝。有胡家給的這五百兩，何家也鬆了一口氣。

嫁妝說來就是一個瑣碎，尤其大戶人家那叫一個講究，不只有家具這樣的大件，連帶著胭脂水粉之類的小樣都要預備齊全。為著這個，何老娘還帶著沈氏去了一趟陳家請教。如今蔣三妞有了更好的姻緣，何老娘頗覺揚眉吐氣。

陳姑媽聽說蔣三妞定了胡家，極是喜悅，「這與咱們二妞可不又是姊妹又是妯娌了。」

陳二奶奶忙扶了何老娘坐下，笑道：「舅媽有事，著人過來說一聲，我過去就是，還勞您跟弟妹這大老遠過來。」

何老娘道：「妳貴人事忙，哪裡抽得開身？」

「舅媽這是在打趣我了。」陳二奶奶親捧了回茶，笑著打聽：「三丫頭這事舅媽可是瞞得一絲不露，我要是早知道，一早兒過去跟舅媽賀喜了。」

「先時還沒定下來，怎好往外說？如今定下來了，又得來請教姊姊。」何老娘笑，「胡家是大戶人家，三丫頭出嫁，怎麼著也要盡我所能給那孩子備份嫁妝。我聽說大戶人家講究很多，這嫁妝還得姊姊指點我一二。」

陳姑媽道：「這沒什麼難的。」又與陳二奶奶道：「把二妞的嫁妝單子拿來給妳舅媽和妳弟妹看看。」

何老娘不識字，主要是沈氏在看。沈氏邊看邊細說給何老娘聽。何老娘聽得咋舌，開頭先是家具，床是男方預備，但榻椅桌凳都要女方來，陳家是一水的花梨木共七十二件，接著是首飾，金的銀的瑪瑙的翡翠的嵌寶石鑲珍珠的，簪釵步環，成套的首飾都在這裡頭了。首飾後就是布匹衣料，各種妝花的宮緞的湖綢的緙絲的，還有直接做的衣履鞋襪成衣數套，而布匹後則是古董字畫擺設。陳家是暴發戶，這個要少些。再有就是瑣碎之物，胭脂水粉、藥材杯盤、臉盆恭桶、筆墨紙硯等等，最後是鋪面四個田地二十頃。

何老娘直念佛，「我的老天爺，二妞三輩子的吃喝都有了。」

陳二奶奶笑道：「閨女一輩子就這一遭，母親也疼她，額外添了許多。」

陳二奶奶是個熱情人，道：「反正家裡也在給二妞置辦嫁妝，舅媽若有什麼不方便的，直接說了來，我一道置辦了就是。」她閨女嫁的是二房嫡長子，蔣三妞嫁的是長房庶三子，當然，論出身是沒得比。不過她閨女與蔣三妞也算姊妹了，一塊嫁入胡家做孫媳婦，屆時能互相扶持總是好的。

何老娘道：「我就是砸了骨髓油也置辦不起二妞這樣豐厚的妝奩，跟妳們打聽一回這嫁妝的種類就是了，反正各盡各的心力。胡親家也知道我家的境況，盡力置辦便是了。」

陳姑媽知道弟妹的性情，道：「老話說的好，好男不吃分家飯，好女不穿嫁時衣。日子好賴，全憑自己過。我看三丫頭是個能幹的，那胡家公子有眼光。」

何老娘笑咪咪的，「還成，阿文是個實誠人。」

看了一回陳二妞的嫁妝單子，何老娘與沈氏便想告辭。陳姑媽苦留用飯，婆媳兩個只得留下。用過飯，沈氏有身孕，便由丫鬟服侍著收拾出來的房間歇息了。

老姑嫂兩個說些話，陳姑媽道：「三丫頭有了好姻緣，我也能放心了。」

何老娘極是舒心，「想是命裡註定的，先時說了那些親事也沒成。」

「是啊！」陳姑媽道：「三丫頭啊，是個有後福的。」胡家公子雖是庶出，可在碧水縣靠著胡家的招牌，不怕沒飯吃。蔣三妞一嫁過去就是少奶奶，便是多少小財主家的姑娘怕也沒她這運道，可不是個有福的嗎？

蔣三妞有了好婆家，何老娘心情大好，與大姑姊絮絮叨叨說了許久的話。她家日子雖不比陳家富庶，可何老娘還是極有信心的。蔣三妞有了好姻緣，自家丫頭片子更有本領，將來自然也不會差的。阿冽和阿念在書院念書，她兒子隨許舉人念書考了秀才功名，孫子現在是跟著進士先生們念書，據何老娘推測，以後起碼也得是舉人老爺級別的。到了曾孫，興許就能掙個進士老爺的功名回來。想一想，真是爽死了。

何老娘與沈氏在陳家走了一遭，也見識了嫁到大戶人家的嫁妝要如何預備。他家自無法與陳家相比，但瑣瑣碎碎的，能預備多少是多少吧。

小戶人家沒忒多講究，沈氏便帶著蔣三妞和何子衿在身邊，叫她們經些事，沈氏道：「我去打聽了，大戶人家的家具用料都講究，紅木、雞翅木、花梨木都是用這些貴重木料。」

蔣三妞道：「我聽說那些木材貴得很，倒不如用松木，松木也不是錯的木料。」

沈氏笑，「我也是這樣想。木料什麼的，用貴重的自然是好，可一下子將錢占起來，並不划算。倒不如退一步，松木打出來也是很不錯的家具了。咱們留下些活錢置幾畝田地，再者，衣裳料子也要備一些。」

何子衿道：「衣裳料子不如去州府買，品樣多不說，比縣裡的好料子也貴不了多少。」

沈氏道：「這話是。」

蔣三妞還在繡坊繼續做事，按蔣三妞的意思，明年出嫁前再辭工。

這一進七月，天便涼爽了，何家迎來了一位意料之外的客人。

何忻和李氏親自陪著芙蓉坊的東家李五爺與李五奶奶過來的，沈氏正在帶著何子衿跟何老娘擬蔣三妞的嫁妝單子，聽到翠兒回稟，便叫請李五爺去書房，再請李五奶奶過來說話。

李氏介紹道：「這是芙蓉坊的東家奶奶。」

沈氏想了一會兒才想到去歲李氏提過芙蓉坊的事兒，李五奶奶笑說：「我姓江。」

沈氏忙道：「江奶奶請坐。」

江氏生得頗是俊秀，衣裳首飾恰到好處，整個人一照面便有一種叫人形容不出的氣質。江氏頗是客氣，還向何老娘問了好，看向何子衿：「這就是您家大姑娘吧？久聞大名。」

何子衿起身見禮，「去歲在鬥菊會上見到您家那盆鳳凰振羽，頗是不凡。」

接了余嬤嬤奉上的茶，江氏一雙杏眼光華璀璨，「那我的來意想必大姑娘也知道了。」

何子衿坐得很穩，「菊花要八月底九月才開，您來得早了。」

江氏笑道：「怕來晚了，叫人捷足先登。」

何子衿也笑，「您太客氣了。」

江氏與其丈夫李五爺親自過來，無非是想代購何子衿的綠菊。這件事，李氏去歲便同何子衿提過了，何子衿沒想到芙蓉坊的人會親自來碧水縣。

江氏與何子衿私下談的生意，「倘大姑娘的花兒能在鬥菊會奪得名次，競價多少，我們芙蓉坊分文不取。便是落於前十開外，芙蓉坊也可代為買賣，只要一成的抽頭。」

這條件十分優厚，何子衿道：「您這般厚待於我？」

江氏見這樣的條件說出來，何子衿都未動聲色，不由嘆一聲好定力了。

江氏道：「大姑娘不知我們這裡頭的門道，除非是您這樣不喜自己揚名的，我們才有合作的可能。而名聲對我們商家的重要，不必我說大姑娘也是知道的。」去歲便託何忻家與這何秀才家提過此事，芙蓉坊自然把何恭家的境況摸得一清二楚。

江氏說的沒錯，何子衿是求財並非求名，這年頭太出名不是什麼好事。

何子衿道：「我希望貴商號能對我以及我家保密。」

江氏想了想，道：「要說絕對的保密恐怕做不到，畢竟去歲大姑娘出的風頭，倘若有心人要查，肯定能查得到。如果我們合作，哪怕在芙蓉坊內部也不會多洩露大姑娘的事，畢竟我也怕您被其他商家更優厚的條件拐跑不是？」說著，江氏先笑了。

何子衿道：「我還是最相信族伯的眼光。」

「我家與何老爺是幾十年的交情了，這一點請大姑娘放心，倘不是確有誠意，也不會貿然開口請何老爺做中人。」江氏問：「大姑娘今年養了幾盆綠菊？」

何子衿道：「能拿去鬥菊會的只有四盆，兩盆送去鬥菊會，兩盆算是備用。餘者，我家裡會留兩盆走人情，其他不會再往外流出。」

江氏一聽便知道何子衿深諳「物以稀為貴」的道理，不由笑道：「鬥菊會備用的那兩盆，不如也由我們芙蓉坊代為買賣吧？」

「也好。」何子衿只圖省事。

江氏道：「與大姑娘合作就是爽快。」

何子衿年紀雖不大，貴在腦子清楚，不是那種唧唧歪歪的人。

何子衿笑，「興許是我與您投緣。」她要的是悶頭有肉吃，芙蓉坊把她的想法摸透了，何況條件優厚，她實在沒有拒絕的理由。

江氏也覺得何子衿對脾氣，主要是何子衿年歲不大，卻是個能做主的人，她道：「我家裡也有女兒，待大姑娘去了州府，我介紹妳們認識。」江氏與其丈夫帶了不少禮物來，芙蓉坊非但經營鮮花，還是州府鼎鼎大名的胭脂鋪子，故而特意帶了幾樣非常不錯的胭脂水粉。

芙蓉坊一行人告辭後，隔壁馮家過來拜訪，馮凝的妻子周氏說了幾句客套話方問：「伯母家同江氏還認得？」

何老娘笑，「妳說的是江奶奶吧？」倘不是何子衿說了芙蓉坊的事要保密，何老娘得跟周氏炫耀一番，她家丫頭的花兒還沒開呢，就有商家上門兒啦！

「要不是今兒家裡下人說瞧著眼熟，我也不敢過來。」周氏嘆，「聽說她又嫁了好人家，她的事我不知道便罷了，既知道，不論如何也要給伯母弟妹提個醒兒。」

不要說何老娘，便是沈氏也禁不住看向周氏。

何子衿端來茶果照應了一回周氏，也坐在何老娘身旁聽著，周氏道：「說來她是我們縣的人，家裡窮得很，奈何她生得俊，極有手段，嫁到我們族中一戶秀才人家。只是不想，剛嫁了五六年，馮秀才便因病過世了。她膝下只有一個閨女，按理怎麼著也該給丈夫守節才是。不想，出孝一年便又有了好人家，真不知她是何等手段，收拾收拾嫁州府去了。自己嫁人便罷了，硬帶著我們馮家的姑娘嫁去了大戶，當時因她這事鬧得闔族不安。」

「這年頭可找誰說理呢？」周氏道：「她那先夫家原也可以過活，雖不是富戶，衣食總不愁，何況還有高堂在呢。她帶著丫頭一改嫁，可憐她婆婆一人守著個空家，日子還有什麼過頭，不得已去了閨女家過活。」

「她就是這樣的人，咱們是實在親戚，我既知道她的事，沒有不來說一聲的理。」周氏也是出於好心才告知。

何老娘感慨，「看著挺俊的小媳婦，原來是二婚啊！」

周氏道：「非但模樣俊，她這手段尋常人也沒有。」

沈氏道：「嫂子跟我們一說，我們心裡也有了底。」

周氏又說了些江氏在芙蓉縣的事，孩子們放學回家方起身告辭。待送走周氏，何子衿與何老娘沈氏道：「原來江奶奶就是以前在李大娘繡坊裡做管事的江管事，就是因她成親，李大娘調人去州府接手她以前管的那攤事，帳房有了空缺，三姊姊方被李大娘提拔去做帳房。」

何老娘擺擺手，「管她呢，咱們自家有錢掙就成。」她家與江太太不過是生意往來，哪裡管得住人家幾婚。何老娘是個實在人，只要能得了實惠，江太太又是不她家裡人，她對江太太的道德沒啥要求。何況江奶奶是再嫁而已，又不是殺人放火的罪過。

江氏與李大娘交情很是不錯，當天便在李大娘家裡歇的。

蔣三妞回家還道：「我見著江管事了。」

何老娘道：「如今得叫李奶奶，人家又不在你們繡坊幹活了。」

蔣三妞頗是訝異，「姑祖母也認得江管事？」

何老娘頗有些牛氣哄哄的，「她剛從咱們家走沒多會兒。」

何子衿實在受不了何老娘這得瑟勁兒，便與蔣三妞說了江管事來家裡的事兒。

蔣三妞笑道：「這可真是難得的緣法。江管事嫁人，我才做了帳房，現在妹妹這花兒，又是叫芙蓉坊代賣。」接了余嬤嬤端來的茶，她坐下又道：「江管事與李大娘也交好呢，她今兒就住李大娘家。」

何老娘聽到這話，不禁嘀咕一句：「你們李大娘啊，三山五岳沒她不熟的。」

何子衿與蔣三妞相視一笑。

周氏晚上也跟丈夫說了江氏的事，馮凝皺眉道：「好端端的，芙蓉坊來親家做什麼？」

周氏不解，「芙蓉坊？」

「就是江氏再嫁的人家，州府有名的大商號。」馮凝略多說一句。

不論江氏再嫁是誰家，反正周氏是很瞧不上江氏的，她道：「這誰知道，我也是聽小喜子說瞧見江氏了，方過去與何伯母說了一聲。江氏那品行，可得留意些呢。」

馮凝極有判斷力，道：「親家妳還不知道，再簡單不過的人家，芙蓉坊這興許是有什麼事才過來的。要說交情，兩家先前不大可能有交情。」

「那你說芙蓉坊過來做什麼的？」

「芙蓉坊最大的生意就是鮮花脂粉。」馮凝一想便通透，「興許是為著子衿丫頭的綠菊來的，再過兩個月就是鬥菊會了。」因何子衿在鬥菊會上出了名，馮凝就想到了鬥菊會。

周氏尋思，「難不成芙蓉坊來買花兒？可子衿丫頭自己不去鬥菊會嗎？」

「誰知道。雖是親家，這種事咱們還是少管，只作不知便罷了。」

周氏嘆，「是這個理。」

陳姑丈亦是個最靈通不過的，他家既沒人在繡坊做事，也不是何老娘的鄰居，但芙蓉坊來碧水縣的事，他很快就聽說了。陳姑丈沒直接跟老妻打聽芙蓉坊的事，他道：「聽說三丫頭定了胡家，與咱們二妞以後就是妯娌。他舅媽家這幾年日子也不差了，只是與胡家比，難免還是有些不足。」

陳姑丈說得頗是委婉，誰能料得蔣三妞這般有本事，與胡家做了親。胡文雖是庶出，胡家卻是正經的書香門第，官宦之家。陳姑丈與老妻道：「三丫頭來這幾年，他舅媽也是當親孫女看待的。三丫頭又是個明理的，要是他舅媽預備嫁妝時有什麼不湊手的地方，妳瞧著添補些，這是咱們家的心意。」

陳姑丈繼續感嘆：「我時時想到年輕時在外奔波，倘若沒岳父與弟弟的幫扶，如何能有咱們家今日呢？咱們與他舅媽家再親近不過，先前老大媳婦糊塗，我十分覺得對不住他舅媽，如今恰有咱們能幫上忙的，我做姊夫的出面不好，妳做姊姊的很該出面幫襯。」

陳姑媽道：「這還用你說？我都想好了，三丫頭添妝時，我斷不能委屈這丫頭。」自家長孫能明白過來，還多虧了蔣三妞。

陳姑丈笑，「這就好。反正要給二妞置辦嫁妝，略添些，三丫頭的也有了。」

陳姑媽想了想，「二妞她娘已經提過了，我那弟妹不是這樣的脾氣。阿恭他們日子也過得的，怎會叫親戚們幫著置辦三丫頭的嫁妝，這成什麼了？」

添妝是一回事，幫著置嫁妝就是另外一回事了。

陳姑丈也明白這理，道：「那到時添妝便多添些。」

說完蔣三妞的嫁妝，陳姑丈方道：「我彷彿聽說州府的芙蓉坊來買子衿丫頭的花兒？」

陳姑媽問了一回芙蓉坊是個什麼來歷後，才道：「要是價錢合適，這有何妨，倒省得子衿總往州府跑。」

陳姑丈道：「真是婦人見識，就是一樣能賺錢，也省了事，但這偌大的好名聲，可不是叫芙蓉坊給賺去了嗎？」

陳姑媽不愧是何老娘的大姑姊，她覺得沒啥，「只要有錢賺，有名聲怎麼了？」說著看向老賊，「你不是說瞧著子衿丫頭不錯嗎？我也看她好，她如今名聲就不小了，倘是再大些，咱們阿遠怕就要配她不上。」

陳姑丈一時沒想到這兒，聽老妻一提，道：「這也是。」反正話已開了頭，又道：「妳再瞧見他舅媽，問一問芙蓉坊的事，關鍵是，別叫人給糊弄了。」

陳姑丈總有法子達成目的。

說到何子衿，陳姑丈還挺想這丫頭，去歲還一起在茶樓喝過茶呢。不同於何子衿對陳姑丈的觀感，陳姑丈對何子衿十分喜歡。當然，只是長輩對晚輩的喜歡。陳姑丈乾脆不要從陳姑媽這裡拐著彎兒找何老娘打聽了，依何老娘的智慧，多半也說不出個啥。

陳姑丈道：「我叫人在州府買了些時興的料子，過兩天就能送來了。妳著人請三丫頭和子衿過來挑些去做衣裳吧。還有大妞那孩子，她以前雖糊塗些，如今也明白過來了，嫁妝不好跟二妞比，二妞畢竟嫁的是胡家，可也不要委屈了大妞。」

「這話是。」想到如今似是明白過來的陳大妞，陳姑媽也不由嘆口氣。

自從蔣三妞定了一門好親事，陳何兩家的關係也較先前緩和許多。陳姑媽命人請蔣三妞和何子衿過去玩，蔣三妞有繡坊的事要做不能耽擱，再加上蔣三妞自從陳志的事後便未再踏入陳家門檻，她是不去的。何子衿也不大想去，她跟陳大妞不對盤，跟陳二妞倒能說上話，只是陳家還有個許冷梅，那目下無塵的樣子，想想就發愁，誰願意去找晦氣啊……

何老娘道：「妳三姊姊是有正經事，妳在家又沒事，過去玩半日吧。」

沈氏亦道：「去吧，妳姑祖母請妳呢。二妞明年就出嫁了，妳去瞧瞧她，也是妳們姊妹相親的意思。」親戚之間，不能老死不相往來。

何子衿想著實不好駁陳姑媽的面子，只得應了下來。

何老娘瞧了一回沈氏微微顯懷的肚子，笑咪咪地道：「先時江奶奶送的東西，裡頭還有些個胭脂水粉，這個東西放久了不好，丫頭年紀小用不著，妳拿去使吧。」她年紀大了，不用這個了。將能久放的收起來，胭脂水粉便給沈氏吧。

何老娘忽然如此大方，沈氏頗是受寵若驚。

何子衿聽了道：「我現在倒用不著胭脂，只是那綢緞料子，祖母不打算給我兩匹做衣裳？怎麼說江奶奶也是看我面子送的東西，您這一下子都收起來，可不道地。」

「不存財的丫頭，我收起來以後也是給妳穿。」何老娘想著，這再過兩個月就又有賣花的銀子了，於是，勉強大方了一回，「那一會兒給妳挑一匹料子，足夠妳做衣裳了吧。」

何子衿不過隨口打趣，不想竟要了匹料子出來，實在是意外之喜。何子衿笑道：「三姊姊也正是該打扮的時候，好事成雙，給就給兩匹嘛，我跟三姊姊一人一匹。」

何老娘又絮叨了回不存財的丫頭，還是應了兩匹料子的事兒。

沈氏嗔道：「母親就是太嬌慣這丫頭了！」

何老娘鬱悶，「嗯，我每次『嬌慣』完了妳才說話。」馬後炮！

婆媳多年，沈氏也敢與婆婆說笑幾句了，笑著道：「是啊，每次都被母親和子衿的祖孫之情給感動得說不出話來呢。」

何老娘道：「子衿這張嘴呀，就是像妳。」

第二日，何子衿用過早飯就帶著余嬤嬤去了陳家。翠兒與小福子成親有大半年了，也有了身子，這些個出門的差使，沈氏便不叫她幹了，讓她在家做些輕省的活計。

到了陳姑媽屋裡，一屋子的花團錦繡，除了長房的人，餘者伯母嬸嬸姊妹們來得很是齊全。因老兩口早就有些別個心意，陳姑媽見著何子衿很是開心，待何子衿請了安，說了蔣三妞要去繡坊不能來的事。陳姑媽叫她在身邊坐，親暱地握著何子衿的小手，瞅著她直笑，「小時候還常跟妳祖母過來呢，如今大了，倒不愛來了。」

這丫頭，小時候就生得白嫩，如今漸大些了，眉眼越發出眾。

何子衿笑咪咪地道：「我娘常念叨我，說我大了要少出門，在家多做針線。」

陳姑媽道：「沒事，我這兒妳儘管來，妳姊妹們都念叨妳呢。」因陳大妞有前科，陳姑媽沒叫她過來，還讓許冷梅看著陳大妞些，甭再一衝動過來得罪人。陳二妞、陳三妞、陳四妞和陳五妞都在陳姑媽這裡，陳二妞素來機靈，接過祖母的話道：「是啊，咱們都好久沒見了，妹妹在家忙什麼呢？」

「沒別的事兒，做針線罷了。」何子衿笑，「我做了些玫瑰醬，帶來給姊妹們嘗嘗。」

陳家沒有陳大奶奶和陳大妞母女，氣氛祥和友好。陳二奶奶笑，「妳姑祖父自外頭買了些好料子來，最是適合妳們這個年紀的女孩兒打扮，特意交代了叫妳和三丫頭來挑一些拿回去做衣裳。三丫頭有事，妳一會兒替她挑一些。」

想到陳姑丈那老狐狸，何子衿一派笑面虎的模樣，神態口吻懇切又真誠，「姑祖父總是這樣慈愛，有什麼都想著我們，實在令我受寵若驚。」

陳姑丈自覺待何子衿也不賴，知道何子衿今天過來，用過許飯，陳姑丈特意命人請了何子衿到內書房，與她說了回芙蓉坊的事，陳姑丈再三道：「妳雖省事得了銀子，可惜偌大名聲被芙蓉坊賺走了。」他總覺得太過可惜。

何子衿沒料到陳姑丈特意同自己說芙蓉坊的事，「我又不是男人，要偌大名聲無用。」

陳姑丈常在州府往來，又是經年生意人，消息靈通勝何子衿百倍，他道：「妳以為芙蓉坊為何找妳買花？去歲妳那兩盆花是總督大人送給了青城山的薛大人，聽說薛大人十分喜歡，今年妳那花兒在鬥菊會定會有一席之地的。芙蓉坊覺得自家的花兒比不過妳的，方想藉此賺一賺聲名。妳平白將名聲讓給他家，實在是他家占了天大便宜。」

「薛大人？」何子衿沒將重點停留在芙蓉坊上，她頗是奇怪，「在州府，最大的官就是總督了。這位薛大人倒是聽說極有學問，只是他畢竟是致仕的官員，怎麼還有這麼大的面子叫總督去給他送禮？」其他人不給總督送倒罷了。

陳姑丈想，他果然沒看錯何子衿，這丫頭小小年紀就知道總督是什麼官了，他家老妻這會兒還分不清總督和巡撫哪個大哪個小呢。哎呀，真是出息呀。

陳姑丈暗讚自己眼力好，喝口茶道：「薛大人的事知道的人不少，不過多數人是只知其一不知其二了。說來薛大人的學問自然是非常好的，聽說以前還做過皇帝的先生，後來薛大人辭官回家做學問，就住在青城山，現在身上還有一品大學士的虛銜。陛下對薛大人很看重，至今時有東西下賜，總督大人與他是舊識，走禮也不奇怪了。」

說到這個，陳姑丈道：「妳那花兒可得給姑祖父留兩盆啊！」去歲他想買，說得晚了沒買著，今年何子衿這花兒還要火一把，便想提前預定，何子衿直接道：「都訂出去了。」

何子衿道：「攏共四盆，都給了芙蓉坊。」

陳姑丈不信，「難不成妳一年只種四盆花兒？」

何子衿正色道：「說來綠菊好養，只是極品綠菊艱難，我一年能養出四盆來算是不錯了。您老人家不信，只管出去打聽打聽。」

陳姑丈呵呵笑，「這個妳是內行，妳說什麼，我信什麼。」

「可別，我是糊弄您呢，您可千萬別信，您一信，還不得上了我的鬼當。」明明說著諷刺的話，何子衿卻是個笑模樣。她眼睛彎彎，露出兩顆虎牙，帶著一種孩子的天真俏皮，陳姑丈硬是生不起氣來，道：「信，我是真的信。妳看，妳這丫頭又想多了吧？」

何子衿笑咪咪的，「您說，咱們這親戚裡，除了您老人家，也就我是個愛想多的。」

陳姑丈又被她哄樂，「反正芙蓉坊的事妳多留些心吧，倘有難處，來與我說。」

何子衿心中一動，問：「可是章家與寧家有什麼不睦？」

陳姑丈暗讚何子衿機靈，這樣機靈的孩子，又是他看好的孫媳婦，陳姑丈樂得指點何子衿一二，「章家與寧家都是州府有名望的人家，如今還聯姻，寧家五奶奶就是章家女出身。我是覺得妳這花兒賣得好，凡事有了名聲，能做的事就太多了。妳既真的無意，便也罷了。」

待何子衿告辭時，除了陳姑媽給的料子，陳姑丈特意給了何子衿幾匹妝花織金綢，一臉慈愛道：「妳們小姑娘家，正是該打扮的時候。」

陳家這般，何子衿倒沒多想，她覺得是因先前陳大奶奶的事把何家得罪慘了，如今蔣三妞得了門好親事，兩家關係緩和許多，陳家示示好，其實也是做給何老娘看的。

陳姑媽道：「已經備好了車，叫妳表哥送妳回去。」東西都給何子衿放車上了。

何子衿看陳行和陳遠都是一身學院制服，便道：「二表哥和三表哥這是剛放學吧，豈不是太勞累三表哥了？姑祖母只管放心，有嬤嬤跟著，還有車夫，是一樣的。」

陳遠與沈念是同一個班，笑道：「沒啥勞累的，正好我去找阿念和阿燦一塊做功課，不然一人在家怪沒勁兒的。」

陳行就想給他一腳，道：「我不是人？」

「二哥你是甲班，功課跟我們不一樣。」陳遠道。

陳行笑著叮囑陳遠一句：「路上小心些。」

陳遠送何子衿回家，路上正遇著沈念。陳遠與車夫一樣坐外頭車板上，叫車夫勒住了拉著的青騾，陳遠下車問：「阿念，你做什麼去？」

沈念剛說一句：「子衿姊姊去你家了，我來接她。」何子衿已從裡頭打開車門，笑嘻嘻地道：「阿念，上來。」

沈念沒動，跟余嬤嬤打過招呼道：「姊姊，妳下來，家裡寫字的紙不多了，我還得要去買紙，咱們一起去吧。」

何子衿便要下車，陳遠道：「等一等，放車凳。」身為表兄，他也是很知道照顧表妹的。不待陳遠放下車凳，沈念伸手一扶，何子衿往他手上一撐，就俐落地跳了下來。

陳遠：何表妹好身手……

沈念道：「三表哥，你先去我家吧，阿燦哥念你好幾遭了。」

陳遠不過十四，還沒那些個少年心思，只是身為兄長難免多想些，問：「你們上車，拐個彎兒送你們去筆墨鋪子豈不方便？」

「買了紙還得去醬菜鋪子。」沈念笑，「三表哥就放心吧，這麼光天化日，我們一會兒就回來的。阿燦念叨你好半日了，你趕緊去吧。」

陳遠道：「行，路上把子衿看好啊！」何子衿被拐子拐過，但凡出門大家便很擔憂。

沈念笑，「丟了我也不能把子衿姊姊丟了呀！」

「那不是，你丟了照樣得找，都別丟。」陳遠哈哈一笑，上車先走了。

待陳遠一走，沈念就高高興興地拉著他家子衿姊姊逛筆墨鋪子去啦。待買了些寫字的紙張，又去醬菜鋪子拿了燒餅和肘子肉方回家。

何家熱鬧得緊，馮家四兄弟再加上陳遠還有阿冽，見何子衿和沈念回來紛紛打招呼。因與馮陳兩家都是親戚，稱呼起來都是兄弟姊妹，何子衿說了幾句話方回屋換衣裳。

沈念去後頭將燒餅擺在盤子裡端過來，大家去井邊洗了手，吃燒餅，說些學裡的事。

何老娘在內院藤瓜架子底下與沈氏坐著說話也聽得到前院孩子們的聲音，「這家裡就得熱鬧才好。」又與周婆子道：「光吃燒餅怪乾的，給孩子們做個湯才好。」吃完好寫功課。

周婆子笑，「太太莫急，番茄蛋湯這就好。」

她也被何子衿訓練出來了，何子衿向來是吃飯必有湯的人。

何老娘便不再說什麼，何子衿換了衣裳過去與何老娘和沈氏一塊坐在瓜架下的籐椅裡歇涼，何老娘問：「怎麼還買燒羊肉了？」沈念端進去的時候，她老人家就聞著味兒了。

何子衿倒了盞茶，喝了半盞，「經過趙羊頭鋪子時見到剛出鍋的燜羊肉，實在是香得很，就買了些，正好晚上加菜。」

何老娘便沒多說，想了想，「嗯，妳娘喜歡吃羊肉。」媳婦懷著孫子呢，何老娘於吃食上再精細，這會兒也大方了。不是給媳婦吃，主要是給媳婦肚子裡的孫子吃。

沈氏抿嘴一笑，問起閨女在陳家的事來，何子衿大致說了，道：「姑祖母得了些好料子，給了我和三姊姊幾匹做衣裳。因東西多，就叫三表哥送我回家來，路上正遇著阿念，我就同阿念一起去筆墨鋪子買了些紙張，讓三表哥先回家來了。」

沈氏笑，「阿念聽說妳去了妳姑祖母家，特意去接妳的。」

何老娘道：「他小時候就跟子衿最好，這孩子大了也有良心。」

何子衿另說一事：「我聽阿念說，書院外的鋪面建得也差不多了，我早與朝雲道長說好，付了訂金的，明兒想去瞧瞧。」

「那妳明天下午早些回來，我跟牙婆子說了給妳們姊妹買兩個小丫鬟使，明天傍晚她帶人過來。」沈氏轉而與何老娘商量：「三丫頭身邊得有兩個丫鬟才相宜，我想著一個大些的，十四五歲，懂些事，會服侍人的。一個小些的十來歲，可慢慢調理。子衿身邊暫定一個，就買個十來歲的小丫鬟就成。」

要是嫁尋常人家，一個丫鬟就行，胡家這樣的大戶，是得兩個的。

何老娘點頭，「成。」

何子衿道：「不如買個小廝給阿念。」阿念跟阿冽不同，以後這家是阿冽的，買不買人，阿冽不會缺了人使。阿念則不同，待阿念大了，自立門戶，總得有個忠心的下人才成。

沈氏心裡早有盤算，道：「阿念這個還不急，他如今才十歲，買個大的怕他不好降伏，買個七八歲的也忒小了些，不頂事。待過兩年，阿念大些，心性更穩，也照樣買個十來歲的，起碼懂些事，知道服侍人了，讓阿念調理兩年，也能抵些用處。」

說了一回買人的事，沈氏道：「明早讓小福子陪妳去山上吧。」

何子衿道：「早上我跟阿念他們一起走就成了，他們去學裡，我去觀裡，兩個地方離得不遠。到下午，我再跟阿念他們一塊回來就是了。」

何子衿去朝雲觀，為路上方便，早上特意換了身寶藍色的男子裝束，頭髮綁成與沈念他們一樣的髮髻，插著沈念送的桃木簪，那俊俏的模樣啊，簡直都沒法兒說。用何老娘的話說就是：「哎喲，比妳祖父年輕時還俊俏！」在何老娘眼裡，世上第一俊就是自家老頭啦。

馮炎找何冽上學時見了何子衿，不禁道：「子衿姊，妳這樣打扮，比阿念哥還俊呢。」

馮熠和馮煊兄弟倆也瞧了何子衿一眼，嗯，是挺俊的。

沈念替子衿姊姊背著小竹簍，自己書包放竹簍裡，聽到這話，心說，這不是廢話嗎？他家子衿姊姊是第一俊，他是第二俊。沈念內心深處悶騷一把，面無表情道：「行了，時辰也差不多了，咱們這就走吧。」走讀生都要起大早趕路去書院。

馮燦問：「妹妹這是要一塊去上學嗎？」

何子衿道：「我去朝雲觀，正好與你們同路。」

馮炎道：「阿念哥，我書包能不能放你背簍裡？」

何冽回道：「你別做夢了，沒見我都自己背著嗎？」

阿念哥只肯給他姊背，用阿念哥的話說，女孩子要多照顧著些，男孩子嘛，當自強啊。

沈念根本不理這倆貨，逕自與子衿姊姊說話：「一入秋，早上就涼快了，這會兒去山上正好。下午姊姊只管等著，我放了學去接妳。」

路上沈念不忘對他子衿姊姊說一說周遭的風景，畢竟他家子衿姊姊出門的時日少。及至到了芙蓉山，沈念也是先送子衿姊姊去朝雲觀，自己才去書院。

朝雲道長道：「今日來得早。」

何子衿笑，「我跟阿念他們一起來的。」從竹簍裡拿出兩小罐山楂醬來，如今但凡酸的東西都是她娘的最愛，這山楂醬她娘嘗了一口就喜歡得不得了，只是孕婦不能多食山楂，何子衿給朝雲道長帶了兩罐來。話說，朝雲道長一把年紀，平日裡仙風道骨的模樣，其實私下很有些甜食點心的小愛好。

何子衿道：「前兒剛做的山楂醬，給道長嘗嘗。」

做為回禮，朝雲道長教何子衿下棋。

何子衿對下棋沒啥興趣，用她的話說：「太費腦子。」

朝雲道長笑，「妳小時候不是還特意跟女先生學過琴棋書畫？」

「那是在姑祖母家附學，自然是先生教什麼我學什麼了。教我們的先生也說了，琴棋書畫就是個熏陶，不必太過認真。」何子衿道：「我對廚藝比較感興趣。」

朝雲道長道：「妳這興趣倒是實在。」

當然，他也得了不少實惠，何子衿這丫頭點心做得極是可口。

「史書雜學我也愛。」在仙風道骨面前，何子衿努力想把自己的形象樹立得高端些。

朝雲道長笑說：「小丫頭還挺愛面子的。」

何子衿死不承認，「不是愛面子，我這可是實話實說。」一副特誠懇模樣。

朝雲道長煮了壺茶，甭看何子衿特有煙火氣息的一個人，她對於火候極有把握，接過朝雲道長煮茶的差使，將一壺山茶煮得芳香四溢。

朝雲道長讚了聲好，道：「還是有幾分靈氣的。」

「水好，茶好，當然，煮茶的人更好，茶自然煮得不壞。」

大言不慚逗得朝雲道長一樂，何子衿倒了兩盞茶，雙手奉予道長一盞。

何子衿天生就是個有長輩緣法的，在朝雲道長這兒待了一日，還借到了本書看，不是啥高深莫測的書，是本美食的手寫冊子，何子衿看得津津有味，只可惜朝雲道長不外借，何子衿約好第二日拿了筆墨來抄。

這位寫美食書卷的人實在是大大的有見識，自筆墨間就能看出去過許多地方，江南海北的美食沒有不知道的，連帶著各地地理風俗亦是信手拈來，妙趣橫生，只觀文字，就知是位極有見識的人物。

何子衿同朝雲道長感嘆，「可惜生不逢時，倘我是個男子，也得如此方不負此生。」

朝雲道長笑，「不知子衿還有此志向。」

何子衿挑眉，「那是！」前世是個土包子都收門票的年代還樂意各處瞧一瞧呢，何況如今山青水秀，藍天白雲。

兩人正說著話，沈念在門口喊了聲：「子衿姊姊。」

「哎呀，這就放學了。」瞅一瞅，早就要夕陽西下了。何子衿將書冊一合，起身同朝雲道長告辭，又說好明日過來的事兒。

沈念把書包放到子衿姊姊的背簍裡自己背上，禮貌地同朝雲道長告辭。

兩人一塊下山，遙看山路上有人騎馬縱行，路上小學生紛紛躲避，何子衿眼神不賴，看得出騎馬的人也穿著墨藍色的學生制服，不禁道：「學裡還有人騎馬？」

倒不是說騎馬怎麼著，實在是馬匹在這個年代是貴重牲口，人們多以騾、驢代步。如陳姑丈和何忻、胡家，或是縣太爺家，都是有馬的。但即便胡家，也從不讓兒孫騎馬上學，胡老爺堅持「苦其心志，勞其體膚」的教育方式，胡文兄弟上學都是走路。陳家也騎得起馬，不過，陳姑丈結了胡家的親，於是，陳姑丈努力將教育方式與胡家看齊，騎得起馬，也不叫孫子騎，一樣是走路上學。

沈念心中厭惡，「是趙家人。」

何子衿一時想不起來，沈念道：「就是說他家出了個娘娘的趙財主家。」

何子衿微點頭，原來是他家啊！

何子衿回家，水還沒喝一口，張牙婆就帶著一排大小丫頭來了。沈念與何洌長這麼大，還是頭一遭見買人的事，也跟過來看，沈氏打發他們：「去繡坊叫你們三姊姊回來。」

兩人應聲去了，沈氏請張牙婆在院裡坐下，道：「張嫂子且等一等，您也知道，我是給兩個丫頭買身邊服侍的，也得叫她們看一看才好。」

這樣的機會對何家是不多的，沈氏想著叫孩子們也長一長見識。

張牙婆笑道：「這是應當的。」余嬤嬤捧了茶來，張牙婆起身接了，「可不敢勞煩。」又與何老娘問了好，口稱嬸子。其實大家都是碧水縣的老住家了，張牙婆幹這一行，說來不是很體面，實惠卻是極實惠的，家裡也是有丫鬟小子服侍的人家。只是說起門第，到底不比何家，何恭中了秀才，外頭門口石墩兒上便能刻個書箱，以示讀書人家。

何子衿換了衣裳出來，張牙婆讚道：「早就聽說您家兩位姑娘是闔縣都數得著的出挑，這是您家大姑娘吧？」

何子衿見張牙婆四十來歲的模樣，插三兩根金釵，衣裳也是綢子裁的，便知張牙婆這販賣人口的生活很不錯，笑著喚一聲：「張大娘好。」

張牙婆笑呵呵的，「好，大姑娘也好。」又問何子衿幾歲了，今年可還要去鬥菊會啥的。瞧著何子衿小小年紀就是個小美人模樣，張牙婆暗嘆，怪道先前少時險被拐子拐了。

蔣三妞與沈念、何洌回來得很快，只是身邊還跟著胡文。兩家自從過了定禮，胡文自覺有了正經名分，便時不時去繡坊瞧一瞧蔣三妞。他為人活絡，沒幾日便與繡坊的人熟了，旁人見了倒有些無傷大雅的玩笑。

蔣三妞與張牙婆打過招呼，張牙婆笑著拍何老娘馬屁：「別處不敢說，在咱們碧水縣，我也算有些見識的人了。嬸子實在不凡，把兩位姑娘調理得這般出挑。」

何老娘心裡受用，嘴上假假謙道：「出挑什麼呀，小門小戶的丫頭罷了。」

張牙婆與胡文也是認得的，笑道：「四公子，可是許久不見啦。」

胡文笑嘻嘻的，「我就是聽說張大娘在，才趕緊過來跟您問好的。」

依胡文的出身，這般客氣自然令張牙婆受用，於是，把何老娘拍得飄飄欲仙的張牙婆，轉眼被胡文哄了個通身舒暢。張牙婆自知胡文是拿話哄她，可她這把年紀，有胡文這樣出身的年輕後生肯拿話哄她也足夠她老人家開心了。

張牙婆拿帕子掩唇，咯咯笑道：「四公子這話，可是喜死我這老婆子了。上回我去向您家老太太請安，還說呢，四公子越發周全了。」又誇胡何兩家結親實在是天作之合、郎才女貌啥的。如今兩家已正式換過庚帖，過了定禮，親事是板上釘釘的了，故而可以說得。張牙婆並不拿兩人打趣，卻暗想蔣三妞頗有手段，這還沒成親，胡四少爺就跟前擦後來何家獻殷勤。

大家又說了會兒話，張牙婆便喚了那一排大小女孩們過來給何家挑。這些女孩子單薄細瘦，粗布衣裳穿在身上空蕩蕩的，臉面手腳都很乾淨，頭髮也梳得整齊，除了兩個眉眼有些水秀的，都是既說不上好看也說不上難看的尋常模樣。

何子衿和蔣三妞要挑丫鬟，胡文說了一聲，去了書房找何恭請教功課。何冽與沈念是頭一遭見買人的事兒，覺得稀奇，便未與胡文一道。

何冽還是個急性子，兩個姊姊尚未挑人，他先忍不住問：「姊，妳覺得哪個好？」

何子衿其實覺得都差不多，她問這些女孩子：「妳們在家可會燒飯？可會針線？」

張牙婆笑了，「我的大姑娘，她們又不是千金小姐，哪個不會燒飯、縫補呢？」

何子衿道：「大娘莫急，聽她們說。」一個人的脾氣性情，自話語中總能瞧出些來。

這些女孩子你瞅瞅我，我瞅瞅你，還是打頭的那個十四五歲的女孩子斯斯文文道：「在家跟母親學過廚事，連帶針線也會些，做衣裳也會，只是繡工尋常。」

第二個女孩子眉眼不及第一位，性子卻爽利，道：「在家時都是我做飯，打掃屋裡屋外，我沒學過繡花，簡單的衣裳會縫。」

第三個年紀較這前兩位略小些，十二三歲的樣子，年紀雖小，眉眼卻是幾個女孩子裡最好的，輕聲道：「我會做糕點。」

第四個就更小了，八九歲的模樣，怯生生的，還沒說話臉先紅了，聲音發顫道：「燒火、做飯、洗衣裳、打豬草、餵豬放羊、補衣裳、盤扣子、補襪子、帶孩子。」

第五個女孩子面皮有些黑，道：「我燒飯針線不大在行，在家時都在種地。」

第六個女孩子道：「我會燒飯、補衣裳、種菜、養蠶。」

碧水縣是小地方，張牙婆即便做人口買賣的，手頭上也不可能總有許多孩子買賣，何家打算買一大兩小三個丫鬟，張婆子便帶了六個來給何家挑選。

聽這幾個女孩子說完，何子衿與蔣三妞對望一眼，蔣三妞道：「伸出手來。」一個人幹什麼營生的，從手上就能看出大半。

兩人問過又看過，何子衿道：「三姊姊，妳先挑。」

蔣三妞笑，「還是妹妹先來。」

沈氏道：「就別推讓了，妳們性子不同，挑的人肯定也不同，三丫頭先來。」

蔣三妞自幼就在何家，早當是自己家了，聽沈氏這樣說，她便不再推讓，問了第二個女孩子與第五個女孩子的名字，張牙婆笑，「一個叫二喜，一個叫五喜。」

蔣三妞相中了這兩個，何子衿則指了指第四個怯生生的女孩子，說道：「那她就叫四喜了。」一別稱丸子嘛！

張牙婆道：「大姑娘真是聰明，可不就叫四喜嗎？這是我取的俗名，兩位姑娘都是有見識念過書的才女，喜歡什麼名字，另給她們取便是。」

接著算錢就是張牙婆同沈氏的事了，一大兩小，張牙婆要了十八兩，她道：「大的十兩，小的每人五兩，妹妹是頭一回做我這兒的生意，咱們取個彩頭，就十八兩吧。」

沈氏道：「這豈不是叫嫂子虧了？」

張牙婆是個爽快人，笑道：「虧是不會虧的，我這雙眼睛再不會看錯的，您家興旺在後頭呢，我這也是結個善緣。妹妹知道我是個實在人，以後多照顧我生意就是了。」

「承嫂子吉言，少不了要有麻煩嫂子的地方。」沈氏令翠兒去秤銀子來，余嬤嬤便領了三個喜兒下去收拾安置。

張牙婆道：「廣元那邊遭了災，春時先是大旱，夏又大澇，可不比咱們這兒風調雨順，她們幾個都是廣元那邊的丫頭，如今雖是賣身為奴，可能吃頓飽飯，未嘗不是福氣。」

賣身的孩子哪個沒些悲苦事，張牙婆是司空見慣了，說了幾句喜兒們的來歷，將幾人的賣身契給了何老娘，道：「這個時辰衙門不辦事了，待明天沈妹妹打發人去衙門，把她們過戶到您家才好。」天色不早，張牙婆起身告辭。何老娘和沈氏客氣留飯，張牙婆笑著婉拒，沈氏起身送了張牙婆出門。

張牙婆是個愛談笑的性子，瞧著沈氏的肚子道：「看妳這肚子尖尖的，必是個男胎。」

沈氏肚子已有些顯懷，好在她是個靈巧人，並不笨重。何子衿是習慣性照顧孕婦，與蔣三妞一左一右扶了沈氏，沈氏笑，「兒子閨女的倒不打緊，孩子平安健康就好。」

這是心裡話，閨女兒子她一樣疼。只是婆家人脈單薄，沈氏還是盼著添個兒子的。不過沈氏自己雖盼兒子，到底不是送子娘娘，兒女多是天意，沈氏也不肯把話說死。

「這話是。」又問沈氏可請好了產婆。

沈氏道：「已經跟我們族裡的仙嬸子說好了，當年子衿姊弟都是請仙嬸子幫忙。」

張牙婆點頭讚道：「仙嬸子的手藝在咱們縣裡也是數得著的，她娘就是接生的好手，她們這也算祖傳的本領了。」

兩人從內院到門口這幾步路又說了許多話，張牙婆便說傍晚風涼勸沈氏回去，沈氏十分不肯，瞧著張牙婆走遠方帶著孩子們回去了。

大家轉去何老娘屋裡，胡文素來不把自己當外人，也同何恭一塊去了。

何洌此方對他姊道：「姊，我看第三個丫頭最好看，妳怎麼沒選那個好看的？」

何子衿道：「第一位姑娘與第三位姑娘以前家境肯定不差，咱家買人是為了做活，自然要選能幹活的。」

何洌深覺驚奇，「哪家買丫頭不是為了幹活啊？」還有人家買丫鬟不是為了幹活的？他家裡自祖母、母親到姊姊都要做活的，更不用說丫鬟婆子了。

胡文一笑，對何洌道：「這也不一樣，有些人家就喜歡斯文的，通詩書的，模樣好的，這樣的丫鬟去了也不用幹重活兒，調理一番，日後端茶倒水什麼的，就是幹活了。」

「這算什麼活兒啊？這哪裡是做奴婢，分明就是去享福了啊！」何洌感嘆一回，問：「阿文哥，難不成你家有這樣的丫鬟？」

「這樣的丫鬟也不多，說是端茶倒水，也是要服侍主子的，只是粗活不用她們幹罷了。

幹粗活的有粗使丫鬟，這些做主子身邊活計的，就是貼身丫鬟，自然是嬌貴些的。」解釋的同時，胡文不忘表白：「我身邊一個丫鬟都沒有，都是小廝，我不愛使丫頭，覺得嬌氣。」

何冽不明所以，還一徑道：「那是阿文哥你家的丫鬟太嬌貴了，你才覺得嬌氣。他家翠兒姊姊半點也不嬌氣。」

胡文笑，「興許是這樣。」

何老娘和沈氏都笑了。何恭於內心深處亦覺得胡文念書不大成，品行還是很不錯的。老鬼都與沈念感嘆：「怪道胡小子能娶上好媳婦呢！」

胡文年紀不大，卻極會洞察人心，最曉得丈母娘家愛聽啥。

沈念與老鬼道：「阿文哥身邊的確沒丫鬟服侍。」他去胡家時早留意過啦，雖然三姊姊在他心裡不若子衿姊姊的地位，但他也是很關心三姊姊的終身大事。

老鬼道：「倘能始終如一，的確是一樁好姻緣。」

余嬤嬤帶著重新收拾過的三個喜兒過來行禮，何老娘點頭，很有老太太氣派道：「以後二喜和五喜就在三丫頭身邊服侍，四喜在子衿身邊，各去見見妳們姑娘。」

二喜、五喜和四喜分別與蔣三妞、何子衿見了禮，余嬤嬤再教她們認了認何恭、沈念及何冽和胡文。沈氏笑，「妳們各人的丫鬟自己取個名兒，明日我著小福子去衙門辦過戶。」

何老娘自覺是秀才之母，亦道：「這喜字是有些俗氣。」說著，她老人家還一臉的躍躍欲試，蔣三妞便順水推舟哄何老娘開心，「姑祖母最有見識，不如姑祖母幫我們取吧。」

何老娘當仁不讓，「可是有幾個好名兒，吉利得不得了。」咳一聲，何老娘彎著兩隻小細眼道：「我看，不如就叫愛金、愛銀、愛錢吧。這名兒好，大吉大利……」

何老娘話音還沒落，何子衿一口茶噴地上，哈哈大笑，「那還不如就叫喜兒呢！」說著還嗆了幾聲，沈念忙幫他子衿姊姊撫背順氣，沈氏等人俱忍俊不禁。

何老娘微怒，說何子衿：「沒見識的丫頭片子，難不成世上還有比這更好的名字？」話說當初她是準備給閨女取名叫愛金的，短命鬼的死老頭子硬說名兒不好，給閨女取了大名叫何敬，讓何老娘遺憾多年。後來沈氏生了何子衿，那會兒婆媳關係不好，愛金的名字何老娘沒捨得給丫頭片子用，原是想讓丫頭片子叫長孫來著，兒子說不好，硬取了子衿這名兒。如今是誠心給兩個丫頭的丫鬟取名字，何老娘方把珍藏多年的好名兒拿了出來。

誰知這沒見識的丫頭片子道：「反正四喜絕不叫愛錢，說出去顯得我多愛財。四喜就叫四喜吧，這名字多好，人生四喜，久旱逢甘霖，他鄉遇故知，洞房花燭夜，金榜題名時。」

沈念道：「丫鬟叫四喜也不大好。」洞房花燭、金榜題名什麼的，不適合女孩子。

何老娘點頭，「還是我家阿念有水準，不愧是念書的人。」

何子衿想了想，「那就叫丸子吧，四喜丸子，一道好菜。」

何老娘道：「能給丫鬟取這名兒，一聽就知道妳這做主子的是個嘴饞的。」

何子衿嘻嘻笑，「我不嫌。」

蔣三妞雖樂意哄姑祖母開心，可「愛金、愛銀」這名兒實在叫不出口，她遂趁機道：「那二喜和五喜便叫豌豆、小麥吧，多樸實啊！」

「得，一堆吃的。」何老娘覺不出有啥樸實的，又不是災年，幹嘛取一堆吃的名兒啊。

撇撇嘴，十分覺得自家兩個丫頭沒見識。

沈氏順勢笑道：「說到吃的，翠兒去叫廚下添兩個好菜，晚上留阿文用飯。」

胡文道：「姑祖母和嬸嬸總是這樣疼我，叫我來了還想再來。」

何老娘悶悶的，「你儘管來，反正咱家別個沒有，吃的管夠。看你姊妹們取了這好名兒，虧得是念過書識過字的人。」

何家買了三個丫鬟，人口一下子就顯得多了，好在房屋寬敞，蔣三妞住著西廂，西廂三間，蔣三妞住靠北的一間，中間做了個小廳，靠南的一間放些雜物，如今收拾一二，便給豌豆和小麥來住。何子衿則與何老娘住隔間，何老娘是住正房東屋，東耳房給了余嬤嬤，何子衿住的是正房西屋，西耳房收拾成了書房和手工編織房間，丸子來了就同余嬤嬤一屋。

余嬤嬤跟三個丫鬟說了些家裡的規矩，再有就是好生服侍姑娘，有眼力多幹活的話。這三人剛來何家，只一身衣裳，余嬤嬤又各給她們找了身換洗衣裳，叫她們自己收著。

晚上何恭聽沈氏說三個丫鬟花了十八兩，道：「這張牙婆倒是個實在人。」

「除了豌豆年歲大些能做活，丸子和小麥都才九歲，模樣亦不出挑，她這價錢還算是公道。」倘挑那模樣斯文俊俏的幾個，怕就不是這個價了。沈氏道：「咱家兩個丫頭都是有心人，咱家倒不是買不起那好模樣的使喚，只是還是那句話，買丫鬟是為了幹活。那模樣好，或是斯斯文文的，怕是心氣高，在咱們小家小戶的，也不相宜。阿冽就知道一個好看，幸而不是叫他挑。」沈氏決定，便是以後買丫鬟，也不能叫男人們挑，眼光不成。

何恭笑，「阿冽還小呢。」

「這麼小就知道好看難看了。」沈氏也覺得好笑。

何恭忽道：「三丫頭這親事定了，要我說，還是尋個時候同李大娘說一聲。三丫頭嫁妝需預備，別的好說，家具採買咱們看著辦就成，針線可得三丫頭自己來的。再者，總不能成親後還出去做帳房吧，親家也不是這樣的門第家風。」何恭自己就不是那種喜歡妻子拋頭露面做事的人，「咱們自己先把事情安排好，倘這話從親家嘴裡說出來，就不大好了。」

「李大娘前兒過來跟母親商量了，讓三丫頭做到年底再歇，她也好調派其他人手。」沈氏道：「我已與阿文說過了。」

何恭點頭，「有個章呈便好。」

沈氏笑說：「前些年康姐兒她娘給了我一匹上好的大紅料子，叫我給子衿做衣裳。那料子好得不得了，忻族兄是做錦緞生意的人，聽康姐兒她娘說還是貢品呢。我沒捨得給子衿用，這些年再沒見過這樣的好東西了，乾脆兩個丫頭一人一半，做了嫁衣穿吧。」

何恭自然說好，挽了沈氏的手笑，「妳這一說，我就想起咱們子衿來。子衿現在雖還小，以後說親定也要同三丫頭這樣就說在咱們縣，離得近，來往也方便。倘要說到遠處，再好的人家我也不能應允的。」

「是這個理。」沈氏道：「你說，我總覺得好似昨兒個還是子衿小時候呢，怎地一轉眼，孩子就大了？她小時候我天天盼著她趕緊長大，這會兒大了，又盼著她長得慢些才好。」

夫妻二人說些兒女話，夜深便歇了。

蔣三妞和何子衿都有了自己的丫鬟，只是蔣三妞每天要去繡坊做帳房管事，一時不便帶在身邊，便令年紀大些的豌豆每日隨她去繡坊，晚上再去繡坊接她回家，餘時便叫豌豆和小麥兩個在家由余嬤嬤分派著做活，丸子則被何子衿給了沈氏使喚，道：「丸子在家帶過孩子，娘您生產的日子跟翠姊姊差不多，到時叫丸子在娘您這裡搭把手。」丸子年歲小些，到這個世道，何子衿也不管什麼童工不童工了，就是她自己也是自小學著做針線幹活的。

沈氏笑，「這也好。」翠兒身子漸沉，沈氏也不大使喚她了。丸子雖小，沈氏想著先替閨女瞧一瞧丸子的品行，把一把關才好。

買好了丫鬟，何子衿去朝雲道長那裡抄了幾日書，轉眼便是中元節了。因沈素不在家，沈氏想著娘家那邊的祖先，雖能託族人代為祭拜，只怕族人不夠盡心，便同何恭說了。

何恭道：「妳備些供香，我帶著小福子去祭一祭，也看看先人墳塋可好，倘若該有收拾之處，我一道辦了。」

何恭又與何老娘說一聲，何老娘想了想，嘆道：「這也有理，阿素在外頭做官，他也沒個親兄弟，近些的叔伯也沒幾個，你就去瞧瞧吧。」說來沈氏家裡也是人丁單薄，何老娘與沈氏道：「著緊的把香燭紙線預備好，再備些供香，叫阿冽他爹十三過去祭一祭。」十五是正日子，必要祭自家祖宗的，而且，中元節上墳祭祖，早上兩天無妨，晚了就不好了。

沈氏忙道：「我都叫小福子置辦齊全了，連帶咱自家用的一併齊備了。」

中元節是上墳祭奠的日子，便是學裡也放了兩日假。

待何恭去沈家墳上祭了一回，就到了祭自家祖宗的時候。

中元節何家是要吃餃子的，倒不是碧水縣風俗如此，主要是據說早死的何祖父活著時最愛這一口，故而，中元節家裡都會帶些餃子到墳上祭拜，讓地下的祖父嘗嘗家裡的吃食。

女人們在家包餃子，何老娘瞧著時辰差不多，便讓周婆子先煮一鍋，叫何恭與阿冽並小福子先吃。因要趕著去上墳，他們吃得早。何老娘在廊下兀自摩挲著買回來的紙錢元寶，絮叨著道：「給死老頭子多燒些錢，缺什麼只管拿銀子買去。」

沈氏在一旁將成疊的紙錢拈開，何子衿與蔣三妞揀了一碗餃子及幾樣乾果鮮果裝在了食盒，這是要拿去做供香的，何子衿道：「地府裡肯定多是有錢人。」紙錢鋪子裡花樣也多，除了紙錢元寶，還有各式地府通用的幽冥銀票、幽冥地契之類，做得跟真的一樣。何家尋常過日子節儉，這上頭素來大方的，買了許多燒給祖宗花用。

何老娘糾正：「是有錢鬼。」

何老娘又道：「那也得有人給燒錢才有錢呢，像那沒人給燒錢的，到了地下也是窮鬼。」說著話，又招呼何恭：「一會兒跟你爹說，叫他保佑你媳婦再生個小子！」又同何冽道：「多給你祖父磕幾個頭，跟你祖父念叨念叨，你想要個小弟弟。」

何恭和何冽父子頓時壓力倍增。

何子衿吐槽：「祖父又不是送子觀音。」

何老娘斥道：「妳知道啥？沒見識的丫頭片子！咱家運道好，是妳祖父在地下保佑！」

沈念怕老鬼饞得慌，問他：「你要不要也燒些香燭吃？」

老鬼：其實說鬼吃香燭之類的，都是謬論啊！

過了中元節，該上學的上學，該上山的上山，何子衿繼續去朝雲道長那裡抄書。朝雲道長看她用鵝毛筆寫字效率頗高，頗有興致地問了兩句。

何子衿素有眼力，今日便帶了一套送給朝雲道長。

朝雲道長拿在手裡把玩，道：「這筆也有趣。」

何子衿道：「寫字快。」

朝雲道長點頭，「這倒是。」回憶了一下何子衿握筆的姿勢，學了一回，覺得不大方便，問：「妳自己做的？」

「嗯。」山中秋色正好，桌上有個葦編的淺底簍子，裡面是十幾個新摘的蓮蓬，邊上是青瓷盞，圓滾滾半盞新剝的蓮篷，何子衿笑道：「來時路上見芙蓉寺的小沙彌在摘蓮蓬。」

朝雲道長將鵝毛筆收起來，「正是芙蓉大和尚所贈。」又問：「這筆是怎麼做的？」

何子衿順手拿了個蓮蓬來剝，將鵝毛筆的做法與朝雲道長說了。

朝雲道長道：「這也新奇，竟有人會想著用鵝毛做筆。」

「大千世界，無奇不有。」何子衿嘗了幾顆蓮子，讚道：「這種清新的味道，只有新剝的蓮子才有。」

「中午可做一羹。」朝雲道長倒了盞茶給何子衿，何子衿忙雙手接了，呷一口，五官苦得皺成一團。朝雲道長展顏一笑，臉上說不出的促狹，「蓮芯茶，清心火，平肝火。」

何子衿忙忙去尋清水，想著沖一沖嘴裡的苦味。朝雲道長指指另一紫砂壺，何子衿連灌三盞香片，才覺嘴裡不苦了，道：「我又沒上火。」上火的是朝雲道長好不好？中元節最忙碌的莫過於宗教場所，朝雲觀是三鄉五里的名觀，朝雲道長忙得嘴角起了兩個大燎泡，實在有損其仙風道骨的儀容。

「新鮮的蓮芯，不嘗嘗多可惜。」朝雲道長又恢復長輩的端肅面容，一副再可靠不過的樣子，問何子衿：「今天要抄哪本書？」

何子衿道：「西園雜記。」

朝雲道長笑，「妳倒是偏愛雜記。」

見朝雲道長看向她，何子衿便道：「雜記有意思，經書那種東西……」當然，這個年代說經書，並不是指和尚念的經，而是一些儒家經典著作，科舉考的就是這個。

何子衿道：「經書枯燥得不得了，我懷疑哪裡會有正常人喜歡，就是我爹這樣準備考功名的，也不過是為了考功名才看。我爹也喜歡看雜記，偶爾看些史書。史書又不用深讀，隨便看看便是了。至於詩詞歌賦一類，我又不會作詩填詞。雜記卻不同，看雜記，才能看出意趣來。這年頭想出名的即便著書立說，也是往經史一類走，再有財大氣粗的，自己印些自己的詩集也不是沒有，但寫雜記則或是情之所至，或是鍾愛於此，或是隨筆所錄偶然成書，所以我說看雜記才能看出意思來。即便書裡只寫一株花一棵草，卻也寫得明白，這花這草好在哪兒，叫人看得明白。不似那些大部頭，公說公有理，婆說婆有理，枯燥不必提，便是一本孔聖人的論語，上千年來多少人來註釋，恐怕當初孔聖人成書時，也沒這許多意思。」

朝雲道長拊掌笑道：「真真是不得了，妳這乳臭未乾的小丫頭就敢妄評經史，連孔聖人都敢在嘴裡說上一說。」上下打量何子衿一眼，頗覺稀奇，「妳哪兒來的這麼些狂妄啊？」

何子衿不解，「這算什麼狂妄，我心裡所想，就此一說罷了。」又覺朝雲道長在打趣她，笑道：「我這也是跟著師傅久了，心直口快。再者，咱們上的是三清神仙的香，堂堂道家的門下，說一說孔聖人可怎麼了？」

朝雲道長微微一笑，不理何子衿狡言巧語，將手一揮，道：「妳自己去找書來抄吧。」

何子衿有鵝毛筆這等利器，抄書頗有效率，不過，她時有不解，倘朝雲道長在身邊，便要頓筆請教的，譬如，何子衿今日抄的雖是雜記，但雜記內容頗廣，且涉美食，不禁問：「這書上說西蠻那邊專有一種蘑菇，是長在草原上的，香得不得了，隔著十層布袋都能聞到那香味兒。師傅，這是真的嗎？」

「是真的。」朝雲道長答。

「難不成比咱們這兒的松蘑還香？」要說蘑菇，何子衿最喜歡的就是山上的松林裡的松蘑，這種天然的，純綠色的，松樹林裡長出的蘑菇，尤其是跟小母雞一起燉的時候，那濃濃的香味兒喲，何子衿剛一想，口水便有氾濫的跡象。

「松蘑每年都能吃幾遭，這種西蠻的蘑菇沒見過，不好分個高下，而且，這麼好吃的東西，肯定死貴死貴的。」何子衿感嘆。

朝雲道長拈一顆碟子裡的嫩蓮子，放在嘴裡細細咀嚼，輕聲道：「自前朝起，便與西蠻時有戰事，貿易往來時斷時續，這種好東西也不多見了。除非是西寧關附近的邊城，因與西蠻離得近，興許有得吃。」

「書上說，北邊還有一種榛蘑，就是長在榛子樹下的，咱們這兒也有榛子樹，我怎麼沒見過榛蘑呢？」

朝雲道長道：「橘生淮南則為橘，生於淮北則為枳。地氣不一樣，長出的東西自然也不一樣。榛蘑這東西，遼東那裡倒是常見。說來樣子不大好看，味兒卻是極好的。」

「可惜可惜，據說榛蘑與蒲瓜同炒，是難得的美味呢。」

「倘是與蒲瓜同炒，必要新鮮的榛蘑才好，乾的多適用於做燉菜之類。」

何子衿絮絮叨叨說著美食，光東南西北的蘑菇就有十數種，可見這本《西園雜記》的作者當真是一位見多識廣的美食家，何子衿又是個對燒菜有心得的，於是抄幾行字就要同朝雲道長討論一番，以致於天未及晌午，肚子便咕咕叫。

朝雲道長問：「餓啦？」

何子衿前生今世一把年紀，心性不能不說不豁達了，可偶爾又十分要面子，哪怕肚子咕咕叫了，她仍裝得沒事人一樣，「不餓不餓。」

朝雲道長含笑頷首，聲音裡都透出優雅來，「嗯，既不餓，那就且再等等。黃雞正肥，我這裡又有些榛蘑，不如燒一道榛蘑燉雞，只是時間要久些。」

其實做道榛蘑燉雞也用不了太久的時間，奈何朝雲道長是個臭講究，一定要小火來燉。這麼燉啊燉的，直待一個時辰飯才好。小道士來說飯好時，何子衿都快餓暈了，寫字都無甚氣力，朝雲道長方施施然帶著她去用飯。

何子衿肚子早跟打鼓似的叫了一百二十遍了，十分不要面子地吃了兩碗飯方罷。朝雲道長慢條斯理喝著一碗青菜湯，道：「只可惜這雞有些過肥，倘是剛長成三個月的小公雞，才最是鮮嫩，與這榛蘑一道燉了才好吃。」

「這就挺好的。」何子衿填飽肚子，也有閒心說話了，盛一碗青菜湯愜意地慢慢喝著，逕自道：「自來十全九美，知足常樂嘛。」這雞其實也不老，頂多是半年的公雞，雞肉燉得軟而不爛，且有榛蘑入味，鮮香得不得了。

朝雲道長看何子衿用過兩碗飯又喝了兩碗湯，讚嘆：「這般好食量，子衿真是奇人。」

相處熟了，何子衿便知道朝雲道長的一些性情，譬如平日生活臭講究，有話不直說。明明就是說她吃的多嘛……不過，何子衿能在朝雲道長這裡常來常往，那也不是凡人，她大言不慚道：「我每天爬山過來，早上走這老遠的路，這就叫吃的多了？當真是少見多怪。奇人算不上，有雅量倒是真的。」

朝雲道長一樂，「腹中能擂鼓，自是有雅量的。」

何子衿：怪道這死老道出家呢，憑這一張臭嘴，神仙都忍不得，能找著媳婦才有鬼呢！找不著媳婦，與其打光棍，倒不如混神棍！

何子衿腹誹了朝雲道長一回，方平了「擂鼓」的氣，厚著臉皮嘻嘻笑，「好說好說。」

何子衿覺得，朝雲道長言語雖有些刻薄，本身學識人品實在極富吸引力，譬如，何子衿與朝雲道長相熟後，實在喜歡與朝雲道長說話聊天，外加請教些學問。

當然不是啥正經學問，一般都是吃吃喝喝的事兒，以致於去朝雲觀時間不長，何子衿廚藝便頗具進境，簡直一日千里，便是朝雲道長都讚嘆何子衿在廚藝上的天分極高。何冽時常回家跟他姊說，他中午飯菜常叫同窗垂涎羨慕，總之十分會拍他姊馬屁，把他姊拍高興了，偶爾可以點餐啥的。

倒是沈念肚子裡念叨，覺得朝雲道長再老一些就好了。老鬼聽到沈念的心聲很是無語，說他：「你家子衿姊姊不過乳臭未乾的小丫頭，你這想的也忒多了。」

朝雲道長於老鬼有恩，老鬼對於朝雲道長還是相當維護的。

「再過三年，子衿姊姊就能說親了。」沈念每想至此便萬分惆悵，偏生還有老鬼跟著長吁短嘆，落井下石：「是啊，等以後子衿成親生子，可就沒空給你做這些好吃的了。」

於是，沈念更惆悵了。

老鬼再接再厲：「也不會對你噓寒問暖啦！」

沈念惆悵得不得了，仍道：「子衿姊姊不是這樣的人，她就是成親也肯定對我好。」

「你就別做夢了，到時人家顧自家相公自家兒子都顧不過來，還有空理你？」老鬼信誓旦旦，一副過來人的口吻，「甭說你了，就是阿冽，她也沒空理了。你沒聽說過，嫁出去的姑娘潑出去的水。再說，嫁到別人家，上有公婆，中有小姑子小叔子，還要服侍丈夫照看兒女，便是三頭六臂，也分不出這個心。」

沈念惆悵得都不想同老鬼說話了，老鬼嘆之又嘆，沈念沒好氣說他：「嘆個沒完，有啥好嘆的？我都沒嘆，你嘆個啥？」

老鬼善解人意，「我是為你嘆呢。」

沈念不領情，「我缺你嘆嗎？」被老鬼嘆得，整個人心情更不好了。

何子衿看沈念好幾日沒精神，還以為他有啥心事呢。沈念也不好意思說他想到子衿姊姊以後成親會冷落他啥的，便悶悶地說是學裡功課重。教育小能手何子衿很耐心地開導了沈念一番，倒是何冽嘴快道：「哪兒啊，阿念哥想參加學裡的蹴鞠隊，落選啦，才沒精神的。」

何子衿驚奇地問：「你們學裡還有蹴鞠隊？」

何冽咬著塊栗粉糕道：「當然有啦，我還入選了呢！」說著一臉自豪，又道：「阿念哥他們班裡都是高個子，阿念哥太矮了，就沒選上。」

沈念沒好氣，「好似你多高似的。」沈念在同齡人中真不算矮的，他只是功課好，考入了乙班，乙班裡阿念是年紀最小的，排第二小的都十五了，比阿念大三歲，所以，阿念再怎麼同齡中的高個子，在班裡一比還是頭一排的小矮個。

看沈念臭臉，何冽嘿嘿直樂，「我是沒阿念哥你高啦，可在我們班裡，我就是高的啦。」何冽還添了一句：「阿文哥是最高的，不過，他不樂意玩這個，本來想喊阿文哥當我們丁班蹴鞠隊的隊長來著，阿文哥沒幹。」

何子衿笑咪咪地瞧著沈念，沈念反駁一句：「我才不是為這個呢！」

何子衿依舊笑著瞧他，沈念再低聲嘟囔一回，就聽他家子衿姊姊哄小孩子口氣道：「好啦好啦，我知道阿念不是為這個鬱悶。」還摸一下他的頭，問：「栗粉糕好不好吃？」

沈念悶悶地點頭。

何子衿道：「新栗子剛下來，味道正好。明早殺隻雞，做栗子炒雞。」

何冽跟他姊商量：「做栗子燉雞吧，我喜歡吃燉的。」

何子衿道：「那就得晚上了。」

聽何洌興致勃勃地跟子衿姊姊商量著明天吃香噴噴的栗子燉雞，沈念越發惆悵了，待幾年子衿姊姊嫁人，這栗子燉雞也不知還能不能吃得上了。

沈念有了些小小少年的煩惱，惆悵了幾日，便越發抓緊與子衿姊姊相處的時間，時常有空就跟在子衿姊姊身邊。尤其何洌自從加入蹴鞠隊，放學常要跟同窗練蹴鞠，沈念要等他一道回家，倘這日子衿姊姊也去了朝雲觀，沈念便先去接子衿姊姊。一來二去的，再加上老鬼時常跟他絮叨朝雲道長如何如何大好人的話，沈念與朝雲道長便也有了幾分熟稔。

沈念性子偏於安靜，不同於何子衿偏愛活潑些的雜記，沈念對琴棋書畫這類才子必修課倒是來者不拒。朝雲道長閒時想教何子衿下棋，何子衿對這種算來算去的東西完全沒有半點興趣，沈念則是一點就通。朝雲道長頗是詫異，想著沈念外家祖上可沒這等靈秀，這份聰明倒真是肖似生父了。

何子衿私下同朝雲道長說沈念的事，「阿念沒選上班裡的蹴鞠隊，這幾天正失落呢。」

朝雲道長笑道：「就是那種一群人圍著個皮球踢來踢去的事啊？那有什麼意思，我看阿念的性子不像喜歡蹴鞠的。」

「喜不喜歡是一回事，有沒有被選上是另一回事。」何子衿道：「阿念自小好強，您不知道，自從落選蹴鞠隊，阿念如今每頓多吃半碗飯，他這是憋著要快些長個子呢。」

朝雲道長哈哈大笑。

其實現在犯這種二百五毛病的不只沈念一個，譬如何洌，不僅飯量增了，更是要求晚上要加餐吃夜宵，他理直氣壯地道：「睡前總是餓，半夜還會餓醒。昨夜我餓得喝了半壺茶水，早上拉了兩回，害我險些上學遲到。」

何老娘對寶貝孫子向來是有求必應的，何況是吃飯的事，家裡日子一年好過一年，更不能叫寶貝乖孫餓著，一聽何洌這話便點了頭，同沈氏道：「孩子們正是長身子的時候，近些日子阿念飯量也長了不少，總不能讓孩子們餓著睡覺，叫周婆子晚上再預備些什麼才好。」

沈氏道：「不拘什麼，也不用弄什麼花樣，晚飯多做些留出兩碗來溫在灶上，待他們餓了便找周婆子要來吃，也不費事。以前相公晚上念書，也是這樣。」

何老娘笑，「這也好。」想了想，又對沈氏道：「以後叫周婆子多買些雞蛋回來，早上給阿念和阿洌一人煮一個，雞蛋養人。」

何子衿笑了笑，何老娘生怕自家丫頭片子有意見，一咬後槽牙，忍著肉疼道：「丫頭，妳要吃不？」再一狠心，「妳要吃也給妳煮一個。」真是十里八鄉也沒自家丫頭片子這麼會較真的，但凡人家，且不是大富大貴的，有什麼好東西當然是要先緊著男孩子們的。雞蛋可不是便宜貨，一顆大錢一個呢，而且是給家裡男孩子們念書補充營養，何老娘自己都不打算吃。別個人想吃何老娘也不能答應，就是自家丫頭這裡，何老娘得諮詢一下意見，不然這丫頭片子怕要挑理，說她重男輕女啥的。

何子衿笑道：「我不愛吃煮雞蛋。」

何老娘雙手合十，謝天謝地，「阿彌陀佛。」省下了。

何子衿一樂，道：「一顆雞蛋撐死也就一個大錢，一年三百六十天，我不吃也就省下三百多錢，祖母不如多買些，就是家裡人人都吃，也不是吃不起。」

何老娘聽得心肝疼，「快快閉嘴，日子還過不過了！三百錢不多，也能買上兩匹上好的絲棉料子了。人不大，口氣能大得嚇死人，一看就是個不過日子的！」

以前何老娘這話到這兒也就止了，如今想著孩子們年歲漸大，該受些勤儉持家的教育，尤其男孩子們悶頭搏功名便罷，女孩子可不一樣。以後成親嫁人自過日子，家計還不都是女人張羅，何老娘便又接著道：「這過日子全靠一個省字。看看咱們後鄰你們柱子叔家，以前他家老爺子年輕時，祖上傳下五百畝上等田地啊，就是沒修來個好婆娘，就是白氏那婆子。光長了個好排面有什麼用，一張饞嘴，見雞吃雞，見鴨吃鴨，這世上沒她不吃的東西，上輩子定是饞死的。她嫁來時家裡五百畝上等田，到你們柱子叔成親時只剩三百畝了。那二百畝就是給那張饞嘴吃沒了，自己吃不算，還教導得兒孫一個個好吃懶做。那回給阿念買地，買的可不就是他家的田，不知以後還能剩下幾畝。年輕時那會兒，天天都要穿綢的，這會兒只得穿棉了，她如今倒還是想穿綢的，哪裡還穿得起。」

何老娘主要是想教育一下自家丫頭片子，結果自家丫頭片子還是那笑吟吟的模樣，也不知有沒有聽到心裡去。倒是寶貝乖孫阿洌聽得十分不是滋味，很懂事地說：「祖母，還是別買雞蛋了吧，就是咱家飯菜也挺好的。」

何老娘將手一揮，十足豪邁，「別的事節儉，念書的事可不能瞎節儉。吃得好了，肚子飽了，才能念得書去。放心吧，當年你爹念書時也是一樣的。再說，我可不是那等不會過日子的人，想當初我嫁給你祖父時，你祖父可憐兮兮的兩百多畝田，沒成親時還跟我說自家三百畝田，後來才知道那死鬼吹牛扯謊。咱家多少田地？你爹娘成親時咱家就五百畝田了，兩百多畝中等田是你那死鬼祖父祖上傳下來的，剩下的兩百多畝可都是我攢下的，還是上等田。就這樣，也沒耽擱了你爹念書。」說到過日子，何老娘可是十足的自信加自豪，何況還有寶貝乖孫真心實誠地讚嘆：「祖母，你好厲害啊！」

何洌那純真誠摯的眼神，直接讓何老娘的自信心又膨脹了數倍，簡直是想謙虛都謙虛不起來，眼睛彎成一條線，嘴巴咧到後腦杓，「還好還好啦！」

何子衿也跟著拍何老娘馬屁：「祖母這就叫會過日子了。」雖是為了哄何老娘高興，也是實話。何老娘不是有什麼大見識的人，何家祖上也沒什麼大產業，就是這麼個有些小田產的人家。家裡男人死得早，兒子念書娶媳婦，閨女嫁人攢嫁妝，何老娘還能給家裡攢下這幾百畝地，真是會過日子了。

何老娘頭一揚，眉眼間說不出的得意，「沒什麼大本事，就得精打細算。」又說起阿洌和阿念：「家裡雖節儉，節儉不到你們嘴上。你們知道家裡節儉，把書念好，就是對得起這每天一顆雞蛋了。」

二人皆起身垂手應了。

沈氏和蔣三妞笑咪咪地聽著，一時又與周婆子說了以後晚飯多做些，預留出兩碗給阿洌和阿念做夜宵的事。這事並不麻煩，無非是留個溫灶罷了。

周婆子應完又道：「眼瞅著就是中秋，中秋要備下哪些肉菜，奶奶先想著，中秋前後東西緊，我提前說給肉鋪子，他就能給咱留著。」

沈氏道：「無非就那幾樣，雞鴨去莊子上抓幾隻回來就有了，倒是羊肉豬肉買些，有大魚要一條上好的。菜咱們院子裡的就吃不完，不用買了。要是有賣牛肉的，妳瞧著買二斤。」她家丫頭愛吃，只是尋常牛肉不大有。隨意殺牛是犯法的，唯有意外死或老死的牛才能殺了賣，只是到了節下，倒常有些牛是「意外死」。

何子衿不忘叮囑一句：「周嬤嬤，可別買病牛或是忒老的牛肉。」

何老娘道：「哪兒就有這麼正巧的嫩牛肉給妳吃？」

「吃就吃好的，要不寧可不吃了。」何子衿這種挑嘴，常令何老娘撇嘴，當然，也時常為何老娘省下不少錢。沈氏一笑，又道：「還該去飄香居訂些月餅。」

何老娘道：「家裡哪裡用吃飄香居的月餅，貴死個人。」剛定了一天兩顆雞蛋的事，何老娘決定以後禁了糕點，把雞蛋的錢省出來。

「倒不是為自家吃，大節下的，許先生家裡不好不去走動，還有姑媽家、胡親家、馮親家和賢姑太太、李大娘、薛師傅，不必重禮，也要走動的。」沈氏道：「別個東西我預備的差不多了，就是這月餅，現買新做的才好。」

就是自家醬菜鋪子，沈山越發得力，大過節的，沈氏也得發些東西叫沈山夫妻過節呢。

何老娘此方想起來，笑道：「妳不說我倒忘了。」

沈氏道：「還沒到走中秋禮的時候，我也就還沒跟母親商量。」

何老娘大手一揮，「妳看著辦吧。」

何子衿道：「娘，多備一份，，我送去給朝雲道長。」

沈氏笑，「給我提了醒兒，是該備一份。」閨女時常去人家觀裡看書，便是尋常先生一個月還得好幾兩束脩，人家道長一分錢不收，免費給書看，還時常讓閨女蹭頓午飯。看朝雲道長的脾氣，要是談錢就生分了，沈氏想著中秋禮是得好生備一備方不失禮。

中秋節的熱鬧自不消說，學裡也放了三日假，何家上下亦換了新衫，早上祭過祖宗，中午便將祭祖的雞鴨魚肉上了桌，這也是風俗，祭祖的飯菜向來是往祖宗跟前擺一擺便由家人吃掉的，一則是避免浪費，二則也是沾沾祖宗福氣的意思了。

剛用過午飯，碧水縣便傳來了一個驚天動地的大消息，趙財主家那位進宮服侍皇帝的娘娘，給皇帝生了兒子，皇帝著人賞賜趙家，過幾日皇差就要到了。來碧水縣給趙家傳話的是總督府派來的差役，再據流傳出來的小道消息，這回趙家可真要發達啦！

陸之章◆摘取桂冠掙銀錢

因趙財主家進宮的趙娘娘生皇子之事，整個碧水縣的中秋節都有了談資，大家出門時甭管跟趙家有沒有關係的，都要裝模作樣說一句「早前看娘娘就是一臉富貴相」，吃月餅時再說一句「哎喲，可是不得了，那是皇子呢」，喝茶時又再來一句「看人家趙財主，誰能料得竟是國丈的命哩」。

反正碧水縣的百姓現在最大的話題就是：碧水縣出了個趙國丈，趙國丈生了趙娘娘，趙娘娘給皇帝老爺生了個皇子。

因為出了個皇帝家的小老婆，整個碧水縣與有榮焉，聽說縣太爺都給趙國丈家送了兩包月餅。以前中秋可都是別人送月餅給縣太爺的，而且，眼瞅著還有皇帝老爺的賞賜就要到了，總而言之，用一句話總結，趙家身為皇子的外家，皇帝的老丈人家，可真是不得了啦！

就是何老娘也私下同何子衿嘀咕過趙家的好運道，何老娘還表達了對此事的不理解：「那趙財主長得就跟根柴禾棍似的，一雙老鼠眼，兩撇狗油鬍，也不知哪來的大福氣。」

嘿，竟成國丈啦！這老天爺，真是跟誰說理去呢！

何子衿哪裡見過趙財主，笑道：「誰知道，人家有福氣也是人家的事，管他呢！」

何老娘想管也管不來，她老人家主要是羨慕罷了。

中秋剛過三天，皇帝的使者帶著給趙家的賞賜到了。呵，這回的熱鬧更大了。碧水縣提前清理街面，整理縣容，以及迎接皇帝賞賜的偌大排場。

據說縣太爺還請了碧水縣當地比較有臉面的仕紳，屆時坐陪皇差天使。這些事都是李氏過來說話時聽李氏說的，無他，何忻也受到了縣太爺的邀請。陳姑丈身為本地富戶，且經常捐銀子修橋鋪路，亦是陪客之一。便是如今做了書院山長的胡大人，在縣太爺親自上門相請後，也勉為其難應了下來。

蔣三妞亦覺得稀奇，同胡文道：「比戲文上的排場還大，不知來的是幾品的官老爺。」

胡文小聲道：「不過宣旨行賞，哪裡會有官老爺？我祖父說，多半就是來個大太監。」

「太監？」蔣三妞瞪大美眸，太監這種存在還只是在戲文上見過，那也是戲子假扮的，一聽說是太監來，蔣三妞都不知該說什麼好了。

胡文道：「祖父本不想出面，無奈縣太爺親自上門，不好駁了縣太爺的面子。」

蔣三妞興致大減，「桂圓師姊還約我去瞧熱鬧，說十八欽差就到了，這還瞧什麼呀？」

胡文立刻道：「妳跟李桂圓也就在外頭看看，那麼些人挨挨擠擠的，多半也看不到啥。我帶妳去芙蓉樓上頭的包間裡，那兒正對著咱們碧水縣的正街，欽差一準兒這麼走。」

蔣三妞想著就瞧一太監，有啥好看的，興致缺缺地搖頭，「不去了，為這麼點事兒，也不值得跟大管事請假。」還得扣銀子呢！

「去吧去吧，難得的事兒，也開開眼界。」胡文多伶俐的人，笑道：「不如妳去問問姑祖母和何表妹，她們定也想去的。我安排好，咱們一道去。」

蔣三妞問：「你不用上學了？」中秋的假期也就三天，是從八月十四到八月十六，八月十八可是上學的日子。

胡文道：「妳也知道，我念書平平，這把年紀還跟阿冽一個班。我跟祖父說過了，再上這一年，明年咱們成親，我就不上了，跟著二叔學些外務，以後好過日子。」

蔣三妞有些羞意，依舊道：「就是不上學，也是明年的事了。這離過年也沒幾個月，善始善終才好。欽差有什麼好看的，每年唱年戲都要看好幾遭。」不就是太監嗎？

「這如何一樣，戲臺上就是做個樣子，真正的欽差，便是跟隨欽差的侍衛穿的衣甲都格外鮮亮，還有旗、牌、傘、扇，後頭的儀仗，那氣派就甭提了！」胡文說得眉飛色舞，活靈活現，蔣三妞不禁問：「難不成你見過？」

「那是自然，我以前跟著父母在常州時，瞧過好幾遭呢。」胡文口才一流，又把蔣三妞說動了心。他先把芙蓉樓的包間安排好，主動去問了何老娘要不要去瞧熱鬧，尤其沈氏這懷了身孕的，便是想看，也不敢出去與人擠著看的。

胡文這提議，倒真是正對了何老娘與沈氏的心，就是何子衿這自認為一生兩世很見過些世面的，也挺想去瞧個熱鬧。沈念和何冽要念書，就沒法子了。

沈氏雖想去，想想還是與胡文說道：「這熱鬧看不看有什麼打緊，你念書要緊。就是明年不念了，今年也得正正經經地念完，不然你祖父是山長，你一言一行的，別人看著你祖父的面子自會客氣三分，可這人啊，心裡怎麼想誰人知道呢？這世間有君子便有小人，君子不必多說，可那起小人，你便是樣樣都好，他們還巴不得挑個錯兒出來，無事生非捏造些個事端。你倘有半點不是，叫人瞧見，怕就要說到胡山長身上。為看個熱鬧，實在不值得。」

再者，沈氏也是為著蔣三妞的聲名著想，這事雖是胡文自己提的，可畢竟是為了討蔣三妞開心，若叫個多嘴的一說，倒是蔣三妞引逗著胡文蹺課什麼的。倘若婆家多了心，蔣三妞過門豈不難過？

胡文較何冽與沈念年長，可在沈氏面前還是毛頭小子一個。他素來機靈，只是沒想到這許多罷了。他從來是想著，反正祖父是山長，學裡對他客氣些是應當的，再說他本就沒想著考功名啥的，蹺課一兩日也無妨。蔣三妞說，他還沒放在心上，叫沈氏這一說，胡文便搔搔頭道：「那我就不去了，只是我地方都安排好了，色色都預備下了，那就三妹妹與嬸嬸、姑祖母、妹妹一塊去看個熱鬧吧。」

沈氏望向何老娘，何老娘笑道：「有勞阿文啦。」

胡文有些不好意思，「哪裡敢當有勞二字，我想事到底不如嬸嬸、姑祖母周全。」

他是個聰明人，前後再一琢磨，也就徹底明白了。

沈氏笑咪咪的，「你到我這個年紀，就不會說這話了。」

何老娘素來不會委婉的，直接道：「你才多大，什麼周全不周全的？我見過的小子裡，你是聰明的。」主要是這孩子沒個親娘，人家正房太太有自己的親生兒子，哪裡會用心教導胡文？光有個爹有屁用，胡文真不算笨的，只是念書上不大成，可念書這種事，不是一時半會兒能見效的。胡文年歲又不大，用心過日子，以後斷不會愁飯吃的。

胡文嘻嘻笑，「要不，姑祖母也不能相中我不是？」逗得何老娘一樂。

胡文回家還跟祖父母報備了這事，著意道：「本來我說一塊去的，何家嬸嬸說耽擱功課不大好，怕學裡人說的不好聽，我就不去了。」

胡太太頷首，「念書人家就是知禮。」

孫子對蔣三妞熱心，胡太太是知道的。孩子們彼此脾性相投，胡太太也樂意看到，畢竟以後是孩子們自己過日子。她並不是那等古怪的老太太，視媳婦如大敵啥的，傻不傻。只是若孫子為著蔣三妞請假曠課，胡太太即便不說，心裡也是不大舒服的。便是定了明年不再念書，可如今畢竟還在念著書，眼下聽孫子這樣一說，胡太太才算放下心來，起碼看下來，何家為人正派，知道規勸著孫子往正道上走，而不是引逗孫子貪玩。

胡文特意表白了一回，胡太太還能不知他那點小心思，當笑話似的同丈夫說了。

胡老爺笑道：「阿文這性子是活泛了些，少了定性。何家雖門第不顯，可真能娶個穩重能規勸著阿文的媳婦，也算不錯。」

胡太太道：「我也這樣說。只要對阿文好，阿文再親近他家些，我也是樂意的。做人還有近朱者赤近墨者黑的道理呢，我聽說他家兩位小公子念書都不錯。」

他們老兩口是親祖父母，可底下孫子孫女多了，便是憐惜胡文一些，年歲精力在這兒管著，能看護的時間有限。先時想給胡文說一門殷實的媳婦，未嘗沒有想從這上頭讓胡文以後多個倚恃的意思。只是，陰差陽錯，胡文相中了蔣三妞。胡太太拗不過孫子，可以往未嘗沒有不大願意的想頭。如今瞧著，何家雖家境平常，好在是明理人家，這個時候就知道規勸孫子，倒也不錯。

說到念書的事，這是胡老爺的本行，胡老爺微笑道：「是不錯。何家大奶奶的兄弟沈翰林就是正經科舉晉身的，學識好，為人也好。他家在書院念書的，何冽年紀還小，倒是沈念，資質出眾，若能沉下心念幾年書，以後前程未可知。」

胡家是讀書人家，說到底是喜歡讀書人家的。胡太太又一聽何家孩子讀書不賴，不禁又問道：「比咱家小五如何？」這說的是胡家最會念書的孫子。

胡老爺道：「文無第一，說這個做什麼？我只盼著他們都用功念書，以後才有出息。」

胡文為岳家刷了回好感值，轉眼便到了趙家迎接皇帝賞賜的日子。

何家一家人用過早飯便去了芙蓉樓，等著看這碧水縣從未有過的大熱鬧。

不止何家，一大早的，碧水縣百姓便早早起床在街上等了，其他村縣聞信趕來看熱鬧的人也不少。這芙蓉縣的正街，那青石板給沖洗得都能照出人影了。街道兩旁也沒平日間那些亂擺亂放違章小攤販啥的，乾淨肅整自不必提，且有縣裡的衙役在街上站在街道兩旁做維持秩序之用，怕看熱鬧的人太多，驚了天使的駕。

沒錯，這年頭管傳聖旨的天子使者簡稱天使。

芙蓉樓顯然早得了胡文的吩咐，何家人一來便上了茶點，還留了個小夥計在門外站著聽候吩咐，頗是殷勤周到。何老娘嗑了幾粒鹹瓜子，絮叨著：「也不知天使長什麼樣？」

何子衿道：「一個鼻子兩隻眼，尋常人樣唄，難不成還能長出兩隻翅膀來？」

何老娘立刻板了臉，道：「不許胡說！那可是天使，叫別人聽見，得說妳沒規矩了，虧妳還是念過書的人呢！」說著又往窗外望了一回。

何子衿見何老娘一臉慎重的模樣，笑道：「祖母就不用急了，上午必到的。」

「這妳又知道了。」

何子衿道：「我跟著朝雲道長學了點神機妙算的本事，您要不信，咱們打賭如何？」

蔣三妞忍笑，遞了茶給何老娘。

何老娘飲了兩口，想著這芙蓉樓的茶果然比自家的香許多，隨口道：「賭啥？」

「賭銀子唄，要是天使上午來，祖母輸我一兩銀子，下午到，我輸您一兩銀子。」

「一兩銀子？」何老娘險些嗆到，瞪何子衿一眼，「我不賭！妳要是嫌私房多，就交我收著，省得妳燒得慌。」那模樣，很有沒收何子衿私房的意思。

何子衿笑吟吟地說：「我不嫌私房多，就是祖母再給我二十兩，我也不嫌多啊！」

二十兩？難不成這丫頭有這許多私房？何老娘眼珠往何子衿那張笑臉上一轉便移開了。何子衿湊過去問：「祖母，您是不是在算我有多少私房？您猜，有沒有二十兩？」

何老娘氣笑了，拍她一記，「死丫頭，真個成精了！就是有錢，也不要花，銀子是用來攢的，知道不？這才是持家的道理。」想這丫頭藏錢的本事，何老娘早便有心替丫頭片子「保管」私房錢，只是她實在找不到何子衿把私房錢藏在哪個老鼠洞，實在恨得人牙癢癢。

欽差果然上午就到了，可惜排場不甚威風……當然，比起平時縣太爺出行是威風些，但怎麼說呢，比何子衿想像中的差遠了。

倒是何老娘伸長脖子站在窗前，雙手合十念了幾聲佛，直說趙家好運道。

何子衿悄悄同蔣三妞道：「還不如總督大人的排場呢。」

蔣三妞點頭。去歲她與何子衿去州府，州府貴人多，她們在街上遇到過總督出行，那排場比今天氣派多了。

何子衿與蔣三妞嘀咕了幾句，待欽差走了，熱鬧過了，何家人便也回了家。

看了熱鬧，何子衿隔日去朝雲觀，朝雲道長還道：「原以為妳昨日會過來的。」

「縣裡有這大熱鬧，我怎麼也要長一回見識。」何子衿問：「師傅沒去看？」

朝雲道長倒茶的手一頓，問：「什麼熱鬧這般稀罕？」

「師傅沒聽說？」何子衿倒覺得稀罕了，就算住在山上，可趙家的事傳了這些日子，山上便是消息不甚靈通，也應該聽說了啊。

何子衿道：「就是趙家娘娘生了皇子，皇上派欽差來趙家行賞的事，師傅難道不知？」

朝雲道長穩穩地倒了一盞茶，恍然笑道：「我當是什麼事。趙家前兒打發人往我這兒送了一百兩銀子，打算給祖上做道場。這事我知道，只是這算什麼稀罕熱鬧？」

何子衿道：「這還不算稀罕？我還沒見過欽差呢。前兒個欽差來咱們縣裡，阿文哥幫我們在芙蓉樓上訂了包間，我們一家都去瞧了。可惜不甚氣派，還不如總督大人出行。」

朝雲道長淡然道：「宮裡便有賞賜，也不過是派個內官，算哪門子欽差？總督是從二品高官，自然非內官可比。」

何子衿嘆道：「早知這樣，我就不去瞧了。」

朝雲道長慢慢喝茶，何子衿道：「倒是皇帝賞的東西，可都是極好的東西。」

朝雲道長是真覺得稀奇了，問：「難不成妳見到了？」

何子衿眼睛亮亮的，「當然見了，趙家擺在堂屋給鄉親們開眼，我和三姊姊陪著祖母一塊過去看的，有衣裳料子、金玉器物，一看就是好東西！」

朝雲道長徐徐呷了口茶，「千里迢迢地賞賜過來，自然是好東西。」

何子衿小聲道：「好雖好，就是不大實惠。」

「既是好東西，怎麼還不實惠？」

「有什麼用啊，料子還能做了衣裳穿，那些金啊玉的，雖是值錢，又不能拿去賣，不過當個擺設，我聽說賣御賜之物是犯法的。」何子衿讀過東穆律，頗有些法律意識，她悄悄地說道：「要我說，還不如多給些金銀實在。」

朝雲道長被何子衿逗得一樂，搖頭道：「真是傻丫頭，明面上多少有什麼要緊？」

何子衿也明白朝雲道長的意思，先時縣裡傳言趙家娘娘在宮裡不過是個五品才人，趙家便能開個碧水樓與胡家的芙蓉樓一爭高下，如今趙娘娘生了皇子，宮裡賞這麼些好東西，趙家氣焰怕是要更盛了。

何子衿感嘆，「這還真是一人得道，雞犬升天。」

朝雲道長笑問：「怎麼，羨慕了？」

「嘖，我會羨慕這個？」何子衿將嘴一撇，「師傅有所不知，趙家行事可不似別家那樣有禮數，我看到過他家公子放學時騎快馬，路上那麼多小學生，一點都不擔心會撞到人，由微處便可知這家人可不是謹慎人。以前都說他家閨女在宮裡做了娘娘，還說他家大爺跟總督府的公子有交情……以後還不知如何呢。」

朝雲道長不以為然，「不過是生了個皇子，那位趙娘娘如今在宮裡是何品階？」

「以前是才人，昨日我聽說升成美人了。」

「美人也不過正四品，後宮一抓一大把，比她品階高的不知凡幾，有何值得忌憚？」

何子衿道：「先前我也覺得沒啥，可生了皇子就不一樣啊，要是皇帝不重視，怎麼會千里迢迢來趙家行賞？」
朝雲道長垂眸，淡淡說道：「重視的是皇子罷了。」
「那還不是一樣？」何子衿道：「子以母貴，母以子貴，書上不都這麼說嗎？」
朝雲道長笑道：「嗯，唬一唬像妳這樣的小丫頭是足夠了。」
何子衿瞧朝雲道長一眼，「師傅，您別不信。其實我都覺得奇怪，聽說皇帝家規矩大得不得了，可就一個美人娘娘，說是正四品吧，像師傅說的，宮裡比她高的多的是。要按咱們民間的說法，除了皇后，管他什麼貴妃美人的，都是妾，是小老婆。要是換了尋常百姓家，這般給妾室做臉，就是打正房的臉，早打架不知打了多少遭了。」
當初陳姑丈那把年紀，弄了個外室，陳姑媽知道後還跟陳姑丈打了許多天架，那會兒陳姑丈多鬼迷心竅啊，結果那外室還不是叫陳姑媽給收拾了。當然，百姓是不能與皇室相提並論。不過，何子衿也覺得挺稀罕的，她道：「皇帝家的事我是不懂，可百姓家，小老婆生了兒子專門去通知小老婆娘家的事，也得是得寵的小老婆才成啊，所以我推斷，這位美人娘娘恐怕是真的得寵。倘是不怎麼入皇帝眼的娘娘，生就生唄，誰還會賞賜皇子母家？」
朝雲道長覺得好笑，「妳這麼關心趙家做什麼？」
何子衿道：「現在咱們全縣百姓都關心他家，隨便說說唄，難得有這新鮮事兒。」
朝雲道長一笑，不再理她。
碧水縣轟轟烈烈迎接了一回天使，全縣百姓都長了大見識，縣太爺還特意將此事在縣誌上記了一筆，連帶著趙家及趙家娘娘一併載入縣誌，光輝千年。

這回趙家的事兒，可是把全縣百姓羨慕得不輕，最明顯的是芙蓉寺和朝雲觀香火很是旺了一陣子，皆是不少中老年婦女帶著自家女孩兒去廟裡觀裡求籤打卦，想著看看自家閨女是不是也跟人趙家娘娘一樣是個娘娘命。連何老娘都不能倖免，想拉著何子衿去算一卦。

何子衿道：「要是命好，算不算都是命好。倘是命不好，算一卦就能變成好命了？」

何恭也勸老娘不要聽風就是雨，「是啊，娘，您就別去了，做娘娘體面是體面，可娘您想著，趙家娘娘生了皇子，趙家都見不著閨女跟外孫，心裡得多難受啊！」他對子女頗寵愛，又是個讀書人，史書總是讀過的，說句心裡話，他沒覺得進宮是多好的事。

何老娘自有主張，認為距離不是問題，「你姊姊生了阿翼，我也好幾年才見著呢。」

何恭道：「那是娘您年歲大了，我不忍您路上勞累，故此是我去的。可您看趙家，他家人能進宮裡去嗎？」

何子衿道：「說不定一輩子也見不著。」

何老娘很是想得開，「知道娘娘在宮裡享福，心裡也能放得下。」

何子衿立刻對何老娘講了個故事，陰惻惻地道：「您當宮裡都是福氣？那是還沒遇著晦氣呢。不遇著還好，遇著就是要命的事兒。」

何老娘雖嚮往富貴，到底惜命，被何子衿一嚇，撫著胸口道：「我的娘，這麼危險？」

何子衿冷笑兩聲，「這叫什麼危險，漢時呂后把與她作對的戚夫人挖眼挖鼻砍手砍腳扔廁所稱作人彘，唐時武則天把蕭淑妃砍手砍腳泡酒甕裡活活泡死。」

受此驚嚇，自此何老娘再沒提過娘娘二字。

何老娘覺得娘娘命太危險了，一個不慎就得被人剁手腳。她一個鄉下老婆子，財迷些是真的，卻受不了這個。還是讓丫頭片子老老實實在家養花吧，賺的銀子不少，以後就近尋個婆家，有娘家做靠山，再怎麼也能平平安安的，不用剁手剁腳。

從娘娘陰影裡走出來的何老娘，重新打起精神催著何子衿用心養菊花，眼瞅著重陽就在眼前了，芙蓉坊還派了花匠過來看何子衿今年這花兒養得如何。待到八月底，家裡便開始商量何子衿去州府的事。

這次蔣三妞有繡坊的差使，抽不開身，沈氏胎相平穩，且產期在臘月，如今還早，沈氏與丈夫商量著：「家裡也沒什麼事，節下走禮什麼的，姊姊一家、阿素一家離得遠，是再去不得的，其他親戚都住得近。如今阿念和阿冽也大了，家裡又有小福子，讓他們兩個小子送一送也無妨的，都不是外處，再沒人挑這個理，不然子衿一個人，又這麼老遠去州府，雖有沈山夫妻兩個，我也不能放心。你與她一塊去，也省得母親和我惦念了。」

何恭也是這個意思，「我也這樣想，丫頭還小呢，我同她去，心裡才能放得下。」夫妻兩個商量個大概，又與何老娘說了此事，何老娘倒沒什麼意見，只是道：「還是跟康姐兒她娘說一聲，窮家富路，州府有個相熟的人，倘有什麼事，總歸方便。」

沈氏笑道：「母親說的是，我前兒就跟康姐兒她娘說了，咱們本就不是外人，去歲就是住他家別院，康姐兒她娘說都安排好了，這回也只管過去，色色都是齊備的。」

何子衿道：「也好。江奶奶說給安排了住的地方，我想著，還是住李大娘家的別院，一來去歲住過，二來咱們是同族，總比打擾江奶奶好。」

「康姐兒家裡倒沒什麼，只是這次要跟芙蓉坊打交道，該帶些東西給江奶奶，有來有往的才好。」何老娘摳雖摳些，人情上頭也知道，跟沈氏商量：「可備些什麼好呢？飄香居的點心好，拿到州府怕是不新鮮了。」

沈氏道：「這個我也料著了，辦重陽禮時一併預備了些山貨。去歲寧家還託人送了重陽禮來，這次相公去州府，正好走動一二。」

何恭點頭，不去州府便罷，既去了，便該過去拜訪。

大家商量了一通，總算沒什麼錯漏了，何老娘最後重中之重地叮囑何子衿道：「我先跟妳說啊，這次賣花的銀子一分不許花，都給我帶回來，知道不？」

怕何子衿不聽話，何老娘哄她道：「帶回來都給妳買田地。」

何子衿勉勉強強道：「儘量少花點兒。」

何老娘險些頭髮都豎起來，連聲道：「不能花！妳想想，五兩銀子一畝田！」何老娘伸出一個巴掌五根手指，「一畝田一年至少能出產五百錢，我的傻妞，妳不是最會算帳的，只要這麼一算，哪裡還捨得去花錢？」

何子衿搪塞何老娘：「到時再說吧。」

何老娘哪裡能放心，對兒子道：「你給我瞧好了這丫頭，屆時得了銀子你收著，別叫這敗家丫頭瞧見。」

何恭笑，「娘就放心吧。」

何子衿先將帶到州府的花兒選好，臨去州府前抱了兩盆綠菊去朝雲觀，笑嘻嘻地道：

「後兒個我就去州府了，重陽前怕沒空過來，這兩盆花給師傅留著重陽節賞玩。」

朝雲道長觀賞一二，讚嘆道：「這可值老多錢了，妳先拿去賣錢吧。」

「有幾盆是要帶去州府賣錢的，這個是孝敬師傅的，正對時令，我自己養的，又沒要成本。」要不何子衿也不能這樣大方呀。

朝雲道長一笑，感慨道：「怪道世人都喜歡一窩又一窩地養孩子，這有兒孫孝順的感覺就是不一樣啊！」

何子衿唇角抽抽，誰家孩子論窩算啊？

就憑這個形容詞，可見朝雲道長打光棍不是沒道理的。

除了送給朝雲道長的兩盆綠菊，何子衿當然不忘孝敬他爹兩盆，何子衿道：「去年光顧著送別人，最後咱們自家反沒了這菊花。這兩盆不賣，爹您留著看。」他爹是文人，平日裡就愛個小風雅啥的。閨女孝敬，何恭也笑咪咪地收了，因要去州府，還特意叫沈氏幫他照看花兒。沈氏笑說：「知道了，忒個囉嗦。」又道：「早去早回，辦完事就回來，等你們過節。」

何恭捏捏妻子的手，「妳也注意身子，別勞累了。」

何家將去州府的事安排妥當，就要起程，陳大郎來何家，笑道：「算著子衿今年也要去州府的，表弟都安排好了嗎？」

何恭道：「今年我帶子衿過去，不然她年歲還小，我著實不放心。」

陳大郎道：「表弟說的是，我正說呢，眼瞅著九月節，我也要陪父親去州府走動。表弟不如一塊同行，車馬什麼的，咱們家裡都有，且家裡車馬也比外頭的舒適。咱們州府有宅院，一應吃住，豈不比外面方便？」

何恭忙道：「有勞表兄記掛，我已與忻族兄說好了，後兒個跟著忻族兄的商隊走，也有個伴兒，都是一樣的。」

陳大郎笑，「去歲是我不知道子衿去州府，不然咱們是姑表至親，哪裡有要侄女去打擾忻老爺的道理？」呷口茶，陳大郎繼續道：「後來父親母親知道侄女去州府的事，可是對我好一通抱怨。表弟也忒見外了，去歲是忻老爺舉薦子衿去的花會，忻老爺穿針引線，麻煩他一遭便罷了。如今我既知曉，哪裡還能叫表弟與侄女再麻煩忻老爺？我知你們是同族，只是族親再好難道還能親過咱們姑表親？我都安排好了，表弟倘不肯，就是當我是外人了？」

何家單傳了好幾輩子，真正血緣近的族人十分有限，何忻這裡不過因兩家交好罷了。論血親，真不算親近。

近年來，陳何兩家發生了許多事，且事多因陳家而起，陳家父子頗有些彌補之意，故而陳大郎親自走這一趟邀何家父女同行。何恭本就是不善言辭之人，何況陳大郎說得懇切，他們表兄弟自幼一道長大，陳大郎親自過來相邀，何恭不好拒絕便應了。

陳大郎亦是喜悅，陳何兩家是姑舅至親，自來沒有半點不好，只是去歲被那敗家婆娘鬧騰得方冷下來。如今能和緩一二，再好不過。

何恭少不得親去何忻那裡說了一回，何忻知人甚深，便是不知陳何兩家之事，猜也能猜出些的，何忻笑道：「這也無妨，何老爺是你嫡親姑丈，他老人家畢竟是長輩，你怎好相拒？我州府的宅子裡有好酒，屆時到了，咱們好生喝一杯。」

何恭道：「少不得要打擾族兄。」

陳家的安排的確周全，完全不需何家費半點心，直接東西準備好，帶上人就是了。馬車亦是寬敞溫暖，在九月深秋裡，比車行租賃的馬車強上百倍，其間富貴豪奢，怕是何忻家也是比不上的。何恭握一握閨女的手，問道：「冷不冷？」坐馬車舒服歸舒服，只是天冷，坐車裡不動彈，是極容易冷的。

何子衿的手暖暖的，道：「不冷。」四下打量這車廂內部，比普通馬車要寬大一些，嚴實不說，自外看木料也不是尋常的松柏榆楊一類，車廂內包了錦緞，鋪了毛毯，設了矮榻，另有一紅漆食盒，打開來一層是零嘴四樣，一層是茶具一套，倘不是何家父女婉辭，陳家說不得還要派個丫頭在車上服侍。何子衿由衷道：「姑祖母家這車造得可真好。」

「是啊！」何恭把軟枕遞給閨女一個，「靠著舒服些，得走兩天呢！」展開錦被一起蓋在膝上。何子衿拉過食盒取出零食，開始跟何恭說自己的計畫，到哪吃飯，到哪遊玩，又到哪購物，絮絮叨叨說了大半日。

何恭這溺愛孩子的親爹，只知道「嗯嗯嗯」，完全將臨行前老娘的叮嚀忘到腦後。甭看何恭在家不大管事，出門在外，還挺會照顧人，因路途遠，夜裡趕不得路，便要投宿，如陳家這樣的大財主，自不必去住客棧，別院早預備了妥當。何恭還要看看他閨女屋裡被褥是否暖和，有沒有備好夜裡喝的茶水。

何子衿大為驚訝，「爹，您還挺細心的呀！」在家裡可都是她娘這樣關心她爹來著。

果不其然，何恭微笑，「跟妳娘學的。」血親之間，似乎就有這種天然的感情。何恭天生一副不操心的性子，這輩子除了念書，就是在娶媳婦時操了點心，但是出門在外，哪怕知道閨女向來不必人操心的，還是會不由自主地操心。

看了回閨女的寢居，何恭道：「我就在隔壁。」叫閨女安心，自己方去睡了。

別院休息一夜，第二日晨起趕路，堪堪中午時便到了州府，只是車隊被阻正源街，何子衿推開車窗，向外看去，張圓了漂亮的嘴巴，喉嚨裡無意識發出了一個聲音：「天！」

何子衿見過天使排場，見過總督儀仗，在這個古老的年代，她自認已是很有見識的人，如今遠處這一行浩蕩儀仗，這種氣派威嚴，倘非親見，絕不會明白其震撼。

何恭也向外看去，不解道：「難不成是御駕親臨？」

何子衿也以為是皇帝出巡，黃傘黃旗儀陣侍衛車馬，浩浩蕩蕩足走了小半個時辰。待這皇家儀仗走遠，陳家一行回到別院已是午後。陳姑丈面上有倦色，精神卻好，他出身商賈，規矩上並不嚴謹，何況何子衿年歲尚小，又是他心裡認定的孫媳婦，便一同去了正廳，笑呵呵道：「今天咱們也算開了眼界。」

何恭問：「姑丈，可是陛下駕臨咱們府城？」

陳姑丈到底消息靈通，笑道：「不是，是蜀王就藩。」

第二日，何子衿便讓沈山去芙蓉坊李家遞了帖子。其實帖子啥的還是來前何子衿跟她爹兩人在家新製的，在碧水縣小地方不大講究這個，州府則不同，處處透著大地方的規矩。不先遞帖子便直接上門，會讓人覺得有失禮數。

父女兩個本就是小地方來的土鱉，於禮數上更加重視，以免被人小瞧了去。待李家給了回音，父女倆商量後，次日去李家拜訪。

李五爺招待何恭去了書房，江氏挽著何子衿的手，笑看何子衿道：「這才多少日子沒見，又長高了。」問：「我算著妳也該到了，什麼時候到的？」

何子衿道：「前兒中午到的，因風塵未掃，不好過來打擾。」

江氏引何子衿去了自己院裡，命丫鬟道：「跟先生說，今天有客到，暫停一日功課吧，請姑娘們過來見見客人。」

進屋落坐，何子衿先送上禮單，道：「重陽佳節，這是來前我娘預備的。一些山貨，並不貴重，是我們的心意。」

江氏令身邊的丫鬟接了，笑道：「妳母親實在太客氣了。說來我小時候也常去山裡，春天去摘野菜，天氣再暖些就有野果了，到了秋冬，起大早去拾野栗子山柿子。」

何子衿接著道：「雨後還有蘑菇木耳，河裡摸些螺獅也能做道菜了。」

江氏眼中露出一絲回味，「是啊，以前覺得辛苦，現下想想，也別有趣味。」丫鬟捧來果子點心，還有一盞熱騰騰的奶子，江氏笑道：「妳年紀還小，這天兒也冷，別喝茶了，喝牛乳吧。」

何子衿笑，「還勞您特意預備。」

「倒不是特意預備，聽說喝牛乳，孩子會長得白皙，我這把年歲再想白是難了，就常給她們姊妹喝一些。」江氏是個俊秀人，只是膚色帶著微微的蜜色，與那些養尊處優的夫人太太還是有些許不同的。

何子衿喝一口牛奶，沒什麼腥膻味兒，倒帶著淡淡的桂香，味道頗是不錯。她道：「鬥菊會上，各種菊花爭奇鬥豔，說不上哪個好看哪個就不好看了。花同此理，人亦同此理。」

儘管知何子衿有意恭維，江氏仍是不禁微笑，她自不會覺得比世人差，不然當初也不敢二嫁。江氏道：「我聽阿植說，妳今年的花也養得很好。」

阿植是江氏曾派去碧水縣看花兒的花匠，很是有些見地。

何子衿一口一口喝著牛乳，江氏繼續道：「只是，我聽說今年也有幾家養出了綠菊。」

何子衿不疾不徐地問：「您見過他們的花了嗎？」

江氏道：「那倒沒有，都藏得緊。」

「菊花很容易扡插成活，去歲賣出去四盆，我送出四盆，如今別家也有綠菊，這事很正常。」何子衿道：「我早就想到此處。」

何子衿年紀還小，嘴巴很甜，會恭維人，是個滑頭，不過，談及正事卻有一種穩重的氣質，她此話一出，江氏心放下一半，「妳心裡有譜，我就放心了。」

何子衿放下瓷盞，笑說：「您儘管安心，一盆綠菊與一盆墨菊想要分出高下很難，畢竟各花入各眼，但如若是兩盆綠菊擺在一處，則容易的多，是不是？」

江氏道：「幸而當初託忻大哥代芙蓉坊引薦妳我相識。」

何子衿道：「能結識您，方令我眼界開闊。」

兩人正說著話，兩個女孩結伴而來，一個年歲長些個頭與何子衿相仿，另一個則小些，五六歲的模樣，眉間與江氏有些彷彿。江氏招呼兩個女孩子到跟前，親自介紹：「這就是我與妳們提過的何家……我們大姊兒也是十二歲，妳們同年呢。」

李姑娘眉目精緻，笑意溫柔，令人一見便生出好感，「我是三月初三的生辰。」

何子衿道：「那我大妹妹一個月，我是二月二出生。」

江氏不禁道：「妳們兩個，一個生在龍抬頭，一個是上巳節，都是節慶日子，這也是天生的緣分了。」

兩人亦覺得湊巧，不由相視一笑。江氏的女兒江贏年歲就小些了，還是個團子樣，偏喜歡奶聲奶氣裝大人，很是有趣。

初來拜訪，何子衿原是想說些話便告辭的，江氏必要留飯，於是父女兩個在李家用了午飯方告辭。李姑娘笑道：「這幾天姊姊定要忙的，待過了鬥菊會，我去找姊姊玩，咱們一塊逛一逛府城。」

「那可好。」何子衿與李姑娘說著話，外頭沈山媳婦章氏進來說何恭在外頭等了，何子衿再次辭過江氏，江氏命丫鬟送了何子衿出去。

何恭身上微帶了些酒氣，何子衿問：「爹，您喝酒了？」

何恭笑，「略喝了兩杯，沒多喝。」

何恭又問：「中午吃得可好？」

「挺好的，沒喝酒。」何子衿湊近問：「喝的什麼酒？菊花酒嗎？」

何恭平日裡飲酒並不多，他很實誠地道：「其實我也不知道，跟咱家的酒差不多。」

何子衿素來想起一件是一件，說到酒，她就道：「爹，等弟弟生了，明年咱們釀些酒，埋在地下藏起來。過他個十幾二十年，等弟弟成親時再挖出來喝，多有意思。」

飲酒是風雅之事，釀酒啥的，何恭倒不反對，現今家裡日子好過，無非是多用些米糧。

何恭倒了盞茶呷一口，問：「妳會釀？」他可不會。

何子衿道：「這不難。酒不會釀壞，壞了就是酸了變成醋，放個十幾年也是陳醋。」

何恭險些笑噴了茶，「妳就別活寶了。」

何子衿追問：「爹，您聽到沒啊？」

「聽到聽到了。」何恭素來好脾氣，「釀吧釀吧，反正都是喝的。」

回到陳家別院，何子衿命丫鬟去廚下煮些醒酒湯來，何恭連說不用，還是被何子衿催著灌下兩盞醒酒湯，床上歇著去了。何恭不忘道：「妳也去歇一歇。」

何子衿應了，給老爹在床前矮几上放了盞溫水才回了自己房間。

章氏道：「我家那口子去寧家送帖子，寧家給了回信，請大爺和姑娘明日過去說話。」

何子衿道：「這也好，勞山大哥跟管事提前說一聲，明天咱們要用車。」

章氏笑道：「我家那口子已是說了。」

何子衿道：「今天也沒什麼事了，嫂子去歇一歇吧。」

章氏又說了幾句話，見何子衿屋裡的丫鬟服侍得還算周全，方下去了。

何家父女住陳家別院，陳大郎自是消息靈通，晚上問何恭：「表弟明日要去寧家嗎？」

何恭笑道：「是啊，等鬥菊會結束，我就帶子衿回家，不然家裡老的老小的小，還真不放心。就想著，該走動的親戚朋友，先去走動。」
陳大郎道：「那正好，咱們同行，我與父親也是想著明日過去的。」
何恭自然應好，倒是何子衿第二日聽聞要與陳家去寧家，挑挑眉毛，沒說什麼。
何子衿不是頭一遭來寧家，與李家比，寧家除了富貴氣派些，其實也沒啥。這次寧家著實客氣，完全是接待親戚的意思，沒有半點怠慢。何子衿是女孩子，由婆子接進內宅。
何子衿是第一次見寧太太，寧太太坐在一張百子千孫的長軟榻上，按理年紀應與陳姑媽相仿，瞧著卻像比陳姑媽年輕十歲，氣韻保養頗佳，自眉眼到膚色再到打扮，都能看出什麼才是真正的富貴之家。寧太太下首坐著兩位年輕婦人，一位妃色長裙，一位藏青衣衫……
何子衿略略一掃，心下便有了分明，妃色長裙的自是寧家五奶奶，另一位便是陳芳了。陳芳嫁到寧家便開始守寡，如今重陽臨近，又有長輩在堂，不好穿得太素，可若太花哨便有違她的身分。
何子衿先向寧太太請了安，又與寧五奶奶和寧六奶奶陳芳見禮。寧五奶奶笑挽著何子衿的手，笑咪咪地上下打量她一回，道：「哎喲，這丫頭可真是生得好相貌！」
何子衿微微欠身，「您過獎了。」
寧太太笑，「是個好丫頭。」一伸手讓何子衿坐自己身邊了。她老人家活了這把年紀，見過的女孩子多了去，甚至她依稀還記得十來年前沈氏陪陳姑媽來寧家時的情形。那會兒她就覺得沈氏雖是鄉下出身，有些土氣，卻生得好眉眼，是個伶俐人。如今看何子衿，比沈氏那時又有不同，不論禮數還是舉止，都很有些樣子了。難得的是，初次拜訪也大大方方，沒有半點小家子氣。這要是來的是與寧家門第相仿的姑娘，寧太太倒不奇怪，何家的家世她也略知道些，不過小戶之家，難得把閨女教養得這般大方。

寧太太握住何子衿的手，軟軟滑滑，可見是沒幹過粗活的，問：「妳姑祖母沒來？」

何子衿隨口道：「家裡大表姊就要出閣了，姑祖母很是捨不得她，這次就沒有過來。我來前，姑祖母說讓我替她向您問好。」

寧太太道：「好好，妳姑祖母可好？妳祖母可好？」

「家裡都好，只是我們住在鄉下，行動不便，不能常來府城看望您。如今節下，我來前祖母備了些山貨叫我帶來，不值什麼，請您嘗個野趣兒吧。」何子衿奉上禮單。

寧太太命人接了，笑道：「勞妳祖母想著了。」又問何子衿家裡幾個弟妹，知道何家的孩子都在書院念書，寧太太道：「小孩子家，是該多念些書。朝廷廣施仁政，如今縣裡也有了書院，多讀書便能明理。」

「您說的是。」

寧五奶奶忽然道：「太太，上次跟咱們阿傑一塊來家裡的，姓何的後生，叫何洛的，不就是弟妹娘家那地方的人嗎?說來都姓何，跟子衿是不是同族?」

何子衿道：「五奶奶說的是洛哥哥吧？洛哥哥去青城山求學，難不成您家公子也在那裡念書？」何洛求學的地方還是沈素衣錦還鄉時推薦給他的，極有名氣的先生，姓薛，住青城山。當初是馮姊夫推薦給沈素，沈素取得功名還鄉時推薦給了何洛。何洛中了秀才，在家盤桓幾個月便去了青城山念書，極少回家。

寧五奶奶笑著道：「我就說哪裡有這麼巧，一個地方，一個姓，多是同族的。看，我一提子衿就知道。」

陳芳看向何子衿，眉眼淡淡的，柔聲道：「他們小一輩的孩子，我就大多不認得了。」

寧太太道：「不是一輩人，妳又嫁來咱家十來年，哪裡就認得了？倒是子衿，跟阿洛年歲相仿，且是同族兄妹，想是少時常見的。」一聽這稱呼就知道是極熟的。

「我跟洛哥哥自小一塊長大，後來大些才不在一處玩了。」何子衿道：「如今洛哥哥在青城山求學，見的就更少了。」

說到讀書的事，大家共同的話題還真不少，譬如，說到青城山求學，寧家也有孩子在青城山就讀，再說到青城山的大儒薛先生，何子衿又有話說：「我舅舅曾受過薛先生的指點。」接著再來一句：「說來還是我姑丈讓我舅舅去薛先生門下求學的。」還有譬如：「我在姑祖母家附學時的女先生也是姓薛，我還說呢，我家裡人都跟姓薛的先生有緣。」間接表明自己也是受過教育的小小少女。

反正這麼一通話扯下來，寧太太與寧五奶奶都覺得：哎喲，這何家雖是小戶人家，可家風族風都是不錯的。何子衿她爹雖然至今只是個秀才，可也是正經功名啊。何家孩子都在念書，連何子衿這麼個丫頭都識得字，有教養，又懂規矩。就是族裡也有何洛這樣會讀書的少年，何家還有幾門不錯的親戚。婆媳兩個都是書香門第出身，越發覺得何家還是可來往的拐著八道彎的親戚。

這麼東拉西扯的，何子衿中午在寧家用了一頓午飯，臨行前寧太太道：「我家裡的幾個丫頭受邀去了總督府，不然妳們定是投緣的。」

何子衿笑，「明年我還過來向您請安，不怕見不著。」

大家又說笑幾句，寧太太命丫鬟婆子好生送了何子衿出去。

拜訪過李家寧家，接下來何子衿就安心在陳家別院裡侍弄花草了。鬥菊會去歲參加過一次，也算有些經驗。這次何子衿還額外搭配了花盆，花盆是特別燒的，朝雲道長給設計的樣式，朝雲道長說是古樸雅致，這四字都占全了，可見他這花盆好到什麼地步。何子衿沒看出啥古樸雅致來，不過，她也承認，比大街上十文錢一個的要好些。

待到了鬥菊會的日子，芙蓉坊派了車馬來接了花過去。因何子衿是上一屆的前三甲，這次不用參加預選賽，直接進最後一天的決賽。有芙蓉坊出面，何子衿便不必拋頭露面了，父女兩個早盤算好去街上逛逛。

何子衿早計畫好了，買哪些東西，在哪兒吃飯，在哪兒遊玩，她天天爬山的腳力，自己倒是逛得樂呵，險把老爹走斷腿。何恭見閨女興致頗高，也想陪閨女逛一逛這府城，咬牙強撐，逛到傍晚天黑，回到別院腿都不會動了。下車都是沈山扶著的，何子衿扶著她爹另一手臂，小沒良心地道：「爹，您就是太缺少鍛煉。您可才剛三十，走一天路就撐不住了。」

章氏笑道：「我都覺得腳瘦，大爺是念書的，當然不一樣，倒是姑娘好腳力。」

何子衿得意地挑眉，「爬山練的。」

剛下車，便有管事滿面喜色過來報喜：「表姑娘，您這回鬥菊會可是拔得了頭籌！哎呀，了不起了不起，連王爺都誇您花兒養得好！」接著拍了一通馬屁。

何恭和何子衿俱是歡喜，何子衿問：「芙蓉坊的管事來過了嗎？」

別院管事連忙道：「芙蓉坊的李管事一直等著姑娘。」

何恭對閨女道：「先去見見李管事吧。」

何子衿對別院管事道：「讓李管事進來說話。」

何子衿扶著她爹回房，李管事很快就到了，剛要行禮，何子衿便道：「您可別這樣客氣，坐吧，今天辛苦了。」

李管事坐下，喜不自禁，「姑娘這花兒養得好，我倒情願年年這樣辛苦一回。」雙手將懷裡的紅木匣子奉上，道：「奶奶說節下姑娘或有花用，這裡是一百兩現銀，剩下的九百兩都已存入錢莊兌成銀票，方便姑娘攜帶。」

「你們奶奶總是這般周全。」何子衿看章氏一眼，章氏上前收了。

何子衿又問：「如何就賣出這般高價，也忒是誇張了些。」

李管事道：「說來也是天緣巧合，小王爺代蜀王就藩，這次鬥菊會，總督大人邀小王爺同往，小王爺見了咱們這花兒，說了一句，這樣碧綠的菊花還是頭一遭見，直接點了頭名。小王爺這樣讚譽，自有人力捧。」

說不得就是有人買了孝敬這位小王爺的，何子衿內心深處添了一句，問李管事：「我們來的那天正看到王駕進城，原來是小王爺，不是蜀王嗎？」

李管事道：「起初我也以為是王爺，今兒個有幸在鬥菊會上遠遠瞧一眼，原來是小王爺。後來打聽了才知曉，王爺在帝都還有事，便先打發小王爺過來了。」見何子衿似是對這個有興趣，李管事便多說了兩句：「這位小王爺才七八歲，年歲不大，已能替王爺鎮守藩地了。」

何子衿笑，「看來咱們這次是託了小王爺的福。」

「是。」李管事道：「奶奶說明兒個設酒給姑娘慶賀，必要請姑娘過去熱鬧才好。」

何子衿想了想，笑說：「你看我這年歲，也不像會喝酒的。再者，我不過是養了兩盆花罷了，這次說來多是運道旺的緣故。我與你們芙蓉坊的合作，咱們彼此清楚就好。我要這名聲無用，讓世人都知道芙蓉坊就是了。要是你們奶奶擺酒，著人往我這裡送一席好菜就是，倒是參加鬥菊會，裡裡外外都賴李管事打理，說句勞苦功高不為過。」

李管事忙道：「我不過是給姑娘打打雜罷了，用心是本分。」

何子衿笑，「如今皆大歡喜，咱們都沒白忙這一場。」

李管事亦是舒心，「是啊！」

「天晚了，李管事用過飯沒？」

「剛用過了。」李管事起身，「姑娘自外頭回來還未歇上一歇，我倒擾姑娘這許久。」

何子衿道：「我自己也惦記著，說不上擾與不擾。」對章氏道：「取二十兩銀子。」伸手遞給李管事，不待李管事推辭便道：「今天去鬥菊會的夥計們，你看著給他們分一分吧，別叫他們白忙了。既是喜事，吃個喜兒。」

李管事一揖，「我代他們謝大爺和姑娘賞。」方雙手接了。

李管事又道：「我聽說姑娘是想著鬥菊會後便回家去的，姑娘可定了日子？到時我必要來送一送姑娘。」

何子衿跟她爹商量：「爹，咱們是明日走，還是後日動身？」

何恭道：「明日緊迫了些，多留一天，後日吧。」

李管事起身告辭，沈山親自送了他出去。

何子衿這會兒才捧起錢匣子，打開來拿出三十兩，對章氏道：「章嫂子，二十兩妳跟山大哥收著，十兩銀子打發給院裡服侍的丫頭婆子。」

章氏先去瞧何恭，何恭笑呵呵道：「子衿給你們，你們就收著吧，咱們這一趟總算沒有白出來。」何恭並不是奢侈大手筆的人，不過，他也明白人情世故，連李管事都賞了，自然沒有虧著自己人的道理。何況花兒賣了大價錢，便是多賞些，他也不大心疼。

章氏謝了又謝，道：「那明兒換些個散碎銀子才好。」李管事帶來的一匣現銀都是五銀一錠的銀錠，齊整得很，花用卻是不便的。

何子衿道：「沒事，這不急。咱們逛了這一整日，嫂子也去用飯吧，一會兒不用過來，早些歇了，明兒咱們再出去逛半日。」

章氏連聲應是，「我叫廚下送熱水過來，大爺燙一燙腳去去乏。」眉開眼笑地退下了。

父女兩個先把銀票收起來，何恭出門前沈氏就給他在裡衣上縫了暗袋，銀匣子也放枕頭邊。安置好銀子，何子衿偷笑出聲，何恭亦笑道：「賺了銀子高興成這樣？」

何子衿一副竊喜的模樣，悄悄同她爹道：「我原想著，去歲這花兒出現過一回，這回也就不新鮮了，能賣個三百兩銀子就燒高香了，誰曉得得了這許多銀子。還有兩盆在芙蓉坊寄賣呢，爹，咱們這回可真是發了！」何子衿兩眼放光。

何恭還不是聖人，其實便是聖人，也不會視金錢如糞土。閨女辛苦養了一年的花兒賣了好價錢，他自然也高興。看何子衿那古靈精怪又財迷的模樣，頗是覺得好笑，忍不住摸摸她的頭，說道：「運道好。」

「嗯！」何子衿重重點頭，「蜀王府就是咱們家的福星啊！」

定了回家的日子，何子衿又拉著她爹逛了一日府城後，就準備回家的事了。寧李兩家皆備了重陽禮相贈，江氏還特意過來跟何子衿商定了明年鬥菊會之事，最後著李管事送何子衿一行人到城外方罷。

此次鬥菊會何子衿收穫頗豐，陳大郎私下都與父親道：「子衿這養花的本事實在驚人。」天下多少花匠，許多人一輩子怕也掙不到這些銀子。

陳姑丈笑拈鬍鬚，「我看這孩子就生得好，家裡父母兄弟齊全，是個有福氣的。」

陳大郎自己也瞧著何子衿不賴，先不說他與何恭是嫡親的表兄弟，何子衿自身素質在這兒擺著，除了會養花，又生得眉眼水靈。這可不是一般的水靈，何子衿小時候就因模樣太出挑險被人販子拐了去。小小年紀頗會辦事，同芙蓉坊合作也辦得俐落。在陳家別院住的這幾日，何子衿發了財，別院裡服侍她的僕婢都得了賞，可見不是那些小鼻子小眼睛的脾氣。更兼自幼就會賺錢，日子更是不愁的。陳大郎心中一動，道：「爹，咱家與舅媽家再親近不過，子衿我瞧著也好，姑舅做親，也是親上加親的好事。」

陳姑丈笑，「現下子衿年歲還小，不好跟你舅媽表弟提及，你心裡有數就是。」

見父親已想到提親的事，陳大郎便知父親早有此意，不禁也笑了。他家裡家大業大，子侄頗多，何子衿這樣出挑的姑娘，即便不是親戚，也是想給子侄求來做媳婦的。至於何家是否樂意之事，陳家父子頗是自信，根本沒往何家可能不樂意的方面想。

話說何家一行，眼瞅重陽將至，且何子衿又揣回大把銀子，跟隨的人也都有臉面，個個歸心似箭，想著早些回家過節。

何老娘也惦記得不行，自從去歲何子衿在鬥菊會上出了大風頭，便成了碧水縣名人。碧水縣雖不是啥繁華之地，往日消息亦不甚靈通，但也有幾戶人家在州府做生意。由於何子衿在碧水縣頗具知名度，便有人自發留意鬥菊會的事兒。幾乎是鬥菊會第二日，何老娘就知道自家丫頭又賺了大錢的消息。何老娘歡喜得失眠半宿不說，沈念則是自鬥菊會後就天天跟何老娘念叨：「子衿姊姊快回來了吧？也不知道子衿姊姊是不是瘦了？」

何老娘道：「瘦是瘦不了，那丫頭出門就是吃香的喝辣的。」去歲何子衿還在什麼青雲居吃過三兩銀子的席面，何老娘過後很久方知這等喪心病狂之事，心疼至今，生怕何子衿這回又在外頭吃三兩銀子一席的席面。辛辛苦苦養一年的花兒，可不要人還沒回來，便把賣花的銀子給吃去大半。

沈念很心疼他家子衿姊姊大冷天出遠門，道：「子衿姊姊說外頭東西乍一吃好吃，吃久了沒家裡的飯菜有味道。這幾天還尤其冷，也不知子衿姊姊和姑丈的衣裳帶足了沒？」

沈氏含笑道：「放心吧，都帶了冬天的夾衣斗篷，手爐走前我也給他們包上了，帶足了竹炭，再不會冷的。」

沈念是個細心的人，道：「要不，叫周嬤嬤先備兩樣姑丈姊姊愛吃的菜？」

何洌點頭幫腔：「買個肘子燉上吧。」

沈氏笑，「肘子是你愛吃的。」她閨女愛吃魚，丈夫倒是不挑。

何老娘對孫子是百依百順，見孫子想吃，且即將有大筆銀子入帳，何老娘心情大好，立刻道：「不就是肘子嗎？咱們家又不是吃不起，叫周婆子買一對來，明兒燉一個咱們吃。我算著這兩天也就該回來了，另一個等他們父女回來再吃。」

沈氏道：「買一個吃就好，再買兩尾活魚養著，養兩日沒了土腥味，他們也回來了。」

何老娘如今不大管這些瑣事了，聽沈氏這樣說，魚總比肘子便宜，「這也好。」

過一時，蔣三妞自繡坊回家，豌豆手裡還提著一兜螃蟹。

蔣三妞笑道：「轉眼就是重陽，這是繡坊發的。」

何老娘道：「哎喲，這可真是太陽從西邊出來，妳李大娘怎地這般大方了？」

蔣三妞笑，其實人家李大娘從來不摳門，便是蔣三妞做繡娘時，逢年過節也有東西發，只是比不得現在發的東西好罷了。

蔣三妞並不辯駁，「這東西放一夜，明兒個就瘦了，倒不如晚上蒸來吃。」

何老娘不喜歡吃螃蟹，覺得太瑣碎，念叨一回：「丫頭片子也不快點回來，她倒喜歡吃這硬殼的東西。」

沈氏也愛這一口，只是如今有身孕，不敢吃。何洌瞧著螃蟹嘆氣，「要是姊姊在，叫姊姊剔了蟹肉蒸包子才好。」何洌嫌蟹肉難剔，亦不大吃這個。

唯蔣三妞和沈念默默一笑，這兩位都有一流的吃蟹技巧。

螃蟹還沒蒸好，就聽外頭小麥歡喜高呼：「大爺和大姑娘回來啦！」

何老娘剛起身要出去迎接，何恭已帶著何子衿進屋來。何老娘的歡喜就甭提了，只是還沒等她老人家表達對兒孫的牽掛，沈念和何冽已腿快跑上前，沈念拉著他家子衿姊姊的手，十分心疼，「姊姊果然瘦了。」

何老娘翻個白眼，一屁股坐了回去，先瞧過兒子，又細看她家丫頭片子，嘟囔道：「就你眼神好，哪裡瘦了，跟走前一個樣。」

何恭和何子衿父女兩個向何老娘請了安，沈氏與蔣三妞也過來了，沈氏仔細打量著丈夫女兒，拉了女兒到跟前，看閨女笑嘻嘻的樣子，也放下心來，「剛剛還念叨你們呢，這可真是說曹操曹操到了。」

余嬤嬤捧上茶，何恭接了一盞，何子衿也渴了，笑飲了半盞，道：「這會兒天短，趕不了多少路天就黑了。我跟爹爹昨天一大早就往回趕，還走了兩天。」

蔣三妞見何老娘眼神一直往何子衿這兒瞟，笑道：「姑祖母可是惦記妹妹，剛還說買肘子回來給妹妹預備著呢。」

何老娘咳一聲，移開眼，「我那是買回來給我乖孫吃的，哪個想丫頭片子？」養了一家子話癆，個個都爭著跟她家丫頭片子說話，難道就不知道讓她老人家一個先嗎？何老娘頗為有一屋子沒眼力的兒孫煩惱。

沈氏對閨女以笑示意，蔣三妞拉何子衿坐到何老娘身邊，何子衿摟著何老娘就啾啾親了兩下，「祖母，您不想我，我可想您了。」

何老娘連忙擦臉，嘴咧成個瓢，還道：「哎呀，真是瘋了，越大越不像話！」摸摸她家丫頭片子的小手，再摸摸小臉，笑咪咪地問：「臉有些涼，是不是冷了？餓不餓？今天妳三姊姊繡坊裡發了螃蟹，我叫廚房蒸上了，妳不是最愛吃那東西嗎？」真有口福，一回來就趕個正著。何老娘很是關懷了自家丫頭片子一會兒，剛想問問鬥菊會上的收成，就聽何冽道：「阿文哥，你什麼時候來的？」

胡文鬱悶，「我跟何叔和表妹一塊進來的，難不成你現在才看到我？」怪道這半日沒人理他，只他家三妹妹送了他幾個安撫的小眼神。想他胡公子素來也是頗具光芒的人，怎知今日竟自發隱形了。

何冽哈哈大笑，「沒注意沒注意！」跳過去給胡文倒茶，胡文笑著攔了他，「阿冽不忙，我不渴。我是在外頭看見何叔和表妹坐著的馬車，知道他們回來，過來一道蹭飯的。」

何老娘今日歡喜，對余嬤嬤道：「咱家那好酒燙上一壺。」

胡文跟何恭打聽：「何叔這一路還順利吧？我在外頭聽說這回是芙蓉坊得了頭籌。芙蓉坊可不就是來找過表妹的大商家嗎？聽說王爺都誇表妹這花兒養得好呢。」

何恭笑，「不是王爺，是小王爺，聽說是代蜀王就藩，我也沒見著。不過，我們到州府那日，正趕上小王爺就藩，那儀仗氣派得很。」

何子衿嘴快地說：「比上次天使來咱們縣裡氣派多了。」

何老娘深覺不可思議，「比那個還氣派？」哎呀，那得是多氣派，想像不出來啦！

大家就開始懂不懂地說起小王爺來。

一時，何恭和何子衿各回房去洗漱，沈氏與何恭回了主院，何子衿去自己屋，沈念也跟了去，跟他家子衿姊姊說話：「等過兩年我陪子衿姊姊去州府，妳一走，我很不放心。」

何子衿看她屋裡收拾得頗是乾淨，幾盆菊花開得也好，便隨口道：「有什麼不放心的，又不是出遠門。」

沈念道：「就是不放心唄。」他也說不上有什麼不放心，不過就是覺得自己陪子衿姊姊更好，話說這個結論也不知沈念是如何得出來的。

丸子送來溫水，何子衿洗過手臉，誇丸子：「屋子收拾得好，花兒也沒忘替我照顧。」

丸子笑，「屋子是我收拾的，花兒都是念少爺在打理。」

何子衿摸摸沈念的頭，沈念有些不樂意地拉下他家子衿姊姊的手道：「牽手就行了。」摸頭什麼的，好像在對著小孩子。想了想，沈念道：「摸臉也成。」

老鬼都要替沈念臉紅了，這是上趕著要人家姑娘占他便宜嗎？

何子衿笑咪咪地摸摸沈念的臉，感嘆道：「越來越俊啦！」

沈念很認真地道：「子衿姊姊才叫俊呢。」

在他心裡，他家子衿姊姊是第一俊，他勉強算第二俊。

何子衿笑，「這叫弟弟眼裡出西施嗎？」

沈念想到這話原句，不禁羞窘。哎呀，子衿姊姊不會是看上我了吧？要是子衿姊姊真看上我了，可怎麼辦呀？子衿姊姊對我這麼好，她要是看上我，我要不要從了她呀？

沈念胡思亂想地煩惱著，一拉子衿姊姊的手，「該去吃飯了。」

何家人口少，亦不似大戶人家規矩繁瑣，吃飯素來是團團坐一桌的。今朝何恭和何子衿回家，又有胡文上門，不必吩咐周婆子也多燒了幾樣好菜，算是接風洗塵酒。

因是吃螃蟹，何子衿也喝了兩盞黃酒。她酒量不錯，只是有個毛病，一喝酒就犯睏，待用過晚飯，胡文起身告辭，何子衿就開始打呵欠。

沈氏道：「趕了兩天路也累了，先去睡吧。」

何老娘很是惦記鬥菊會上的收成，早想問的，只是先前礙於胡文在旁不好問，如今見丫頭片子都睏得眼睛發直，兒子面上亦有倦色，便打發各人自去歇了，心下自我安慰，反正銀子又不會長腿跑掉。

沈念走前又去瞧了他家子衿姊姊一回，囉哩囉嗦吩咐丸子備好夜裡喝的水才走了。

何老娘琢磨著置地的事，後半夜才迷迷糊糊睡去，第二日天還沒亮就精神奕奕地起了，何子衿反是起得有些遲。何老娘暗道，這丫頭不會是不想交銀子吧？

何子衿交銀子交得頗俐落，不過，按去歲規矩，只給了何老娘一半，另一半給她娘。何老娘倒也沒說啥，歡歡喜喜點過銀票後道：「放心吧，我著人打聽好了，都是上等好田，地契也寫妳的名兒。」省得丫頭亂花。

何子衿倒不擔心這個，只是在去她爹書房瞧綠菊時，險把銀票再搶回來。她孝敬她爹的兩盆綠菊竟然不見了，換了兩盆紅燦燦的墨荷。何子衿一問才知道，鬥菊會後有人來家裡買菊花，出價太高，何老娘趁父女兩個不在家，沈氏又不好與她爭執這個，何老娘便做主把兩盆綠菊給賣了。

何子衿找何老娘說理：「我是特意孝敬我爹的！」

何老娘道：「咱們家裡花兒有的是，妳有孝心就是了，妳爹不挑這個。我倒是覺得紅的花好，多喜慶啊！」

何恭素來好脾氣，擔心祖孫兩個起爭執，笑呵呵地道：「是啊，一樣的。」

何子衿哼哼兩聲，氣鼓鼓的。何老娘道：「我這也是沒法子，趙財主非要買，說要孝敬宮裡娘娘的，妳說，咱家敢不賣嗎？」

何子衿道：「您聽他瞎吹牛，咱家到帝都路上得走一個月，他現在買了花兒，能重陽前送到？難不成叫他家娘娘重陽後再賞菊花？」

「唉，這麼較真幹嘛，有這冤大頭想買就叫他買唄。這東西不當吃不當喝的，賣了換銀子，還能多給妳置幾畝地。」何老娘還有些後悔何子衿送朝雲道長那兩盆綠菊呢，早知道這花兒今年更值錢，斷不能讓丫頭片子拿這金貴玩意兒送人的。

銀票到手，何老娘也就不理何子衿了，反正花兒她都賣了，愛氣就氣唄，何老娘轉身同沈氏商量起置地的事兒來。

何子衿一回家，家裡便熱鬧了。因是節下，重陽節禮什麼的，沈念和何冽已經利用課餘時間送的差不多了，何恭既回來了，還得去走動一下親戚族人家。何子衿就在家裡發一發各人的禮物，何老娘繼去歲的兩個大金鐲後，得了一對鵲登梅的金釵。

何老娘一見金子就有些控制不住地兩眼放光，金簪她是有的，不過就是一圓頭簪，無甚花樣，自比不得何子衿買的這對精巧。何老娘笑呵呵地責怪：「又亂花錢，叫妳爹跟妳去是去錯了，我看他也管不了妳，下回我跟妳去！」卻是愛不釋手地看了好幾遍，「這鵲登梅的樣式，以前見賣花樣子的賣過，金釵我還是頭一回見。」何家說來也是小富之家，何老娘銀首飾是有幾樣的，金的就有限了，如今瞧著實在歡喜又心疼，道：「這得頂好幾畝田了吧？」

何子衿道：「您偷著賣我爹的花兒，得多少畝地？」

「不過日子的丫頭，那還不是給妳置的？」何老娘有一樣好處，她是個分明的人，何子衿賺的銀子，置的是就是何子衿的。老太太歡歡喜喜把金釵收了，對何子衿道：「以後別往回買衣裳料子了，家裡有衣裳穿，買那些也是放著。有了銀子，不如多置幾畝地。」

也不知怎麼這般臭美，只要出門定要買許多料子回來。當然，料子都是好料子，何老娘自己瞧著也喜歡，只是她老人家捨不得。

何子衿想，這老太太對土地得有多深的感情啊。其實，在這年頭置地也是不錯的投資，何子衿笑道：「衣料又放不壞，祖母嫌料子多，我正打算做個十身八身呢。」

何老娘一聽險些炸了，瞪大眼睛，捂著心口道：「妳乾脆啃了我的骨頭算了，十身八身？日子還過不過了？」

何子衿道：「要不，咱倆先一人做一身新的？」

「等年下再做。」何老娘早有計劃，她自認不是那種摳門人，這些年日子越發好，過年啥的，做件新衣倒不是不可以。

何子衿笑嘻嘻的，「祖母不做，我做兩身。」

何老娘立刻道：「美不死妳，誰說我不做的？」

「那咱倆一人一身。」何子衿說著就把這事定了，又跟沈氏道：「娘，您跟三姊姊也裁身新的，不然別人得說祖母光顧著自己穿新衣，只給媳婦穿舊的。」瞅著何老娘道：「萬一叫人以為祖母您刻薄娘家侄孫女也不好，是不是？」

何子衿上前，將一對金燦燦的嶄新金釵給何老娘插頭上，余嬤嬤立刻奉上靶鏡。何老娘瞧著鏡子，哪裡還氣得起來，笑罵：「哪天閒了，我非撕了妳這張嘴。」

沈氏笑，「這一回來就瘋瘋癲癲的。」

何老娘對著鏡子臭美了一回，道：「算了算了，一人一身新的，反正入冬也沒什麼事，做做針線也好。」

沈氏道：「我倒不用做，這麼大著肚子，穿以前的衣裳就成。」

何老娘很滿意沈氏的懂事，做媳婦的可不就得這樣，吃在後幹在前，更不能鬧吃鬧穿，得知道節儉，才是過日子的好手。不過，因先前何子衿說她「光顧著自己穿新衣，只給媳婦穿舊的」，何老娘很大方地道：「現在不做，料子也給妳，等生了再做也一樣。」

沈氏笑應一聲是，奉承何老娘：「我出門見後鄰柱兒嫂子，春夏秋冬就是那身靛藍衣裳，都洗得發白了。母親總給我好料子，我存著，以後給子衿攢著。」

何老娘被沈氏拍馬屁拍得舒暢，又聽沈氏說要存著料子給她家丫頭片子，何老娘滿意至極，心下舒泰地誇沈氏：「這才是咱家的家風。」又嘆氣，指著何子衿道：「也不知這丫頭像誰，成日間大手大腳的。」

沈氏笑，「她自小跟著母親，自是像母親的。就如同母親有了好東西總是給我，這丫頭手裡有了銀子就要給家裡置些東西。」

何老娘被沈氏這迷魂湯灌得只會咧著嘴笑了，尤其現在何子衿在碧水縣很有些名聲，也算小有出息，何老娘嘴上不說，心裡是很得意的，早認定丫頭片子是像自己才這般能幹。如今能得到丫頭片子娘的承認，自是再好不過。

祖孫三個又擬定了重陽的菜單，何子衿道：「怎麼學裡還沒放假呢？」

沈氏道：「今天再上一天就放假了，重陽又不是什麼大節，放三天也夠了。」

學費要那些銀子，要沈氏說，一天都不放才夠本呢。

何老娘接過余嬤嬤送上的茶，直接說出了沈氏的心聲：「一年三十兩的束脩，虧得咱家祖上還有些田產，不然尋常人家哪裡上得起？這學裡也是，放什麼假，放一天咱們就白交一天的銀子。要我說，一天都不用放。」

何子衿：……

要不說何老娘沈氏這對婆媳，說來還真有些婆媳緣法哩。

何子衿回來後的第三天，重陽節的正日子，陳姑丈與陳大郎才回了碧水縣。所以說，當財主也不容易啊，大過節的也不得歇。

陳姑丈洗漱後略略同陳姑媽說了些寧家的事，陳姑媽道：「這回我沒去，倒是恭兒知道我惦記著，過來跟我說咱們阿囡都好，子衿還見著阿囡了。」

陳姑丈笑，「這倒是，節下事多，我去了也沒空見一見阿囡。」

大節下的，陳姑媽心裡一嘆，沒再多說。她每次見著何子衿和何冽姊弟都會想到自己的閨女。倘不是這老狗貪圖富貴，閨女如今也兒女成群了。

何家一大家子團團圍坐，自進了九月，何老娘這屋裡的盆栽擺設就換成了菊花，此時屋裡花香飯菜香混合，何老娘笑呵呵看著兒子給自己斟酒，「你爹以前就說螃蟹性寒，吃螃蟹就是得喝些黃酒才好。」

沈念給他家子衿姊姊倒了一盞，何子衿笑著逗他：「阿念，來，咱倆先乾一杯。」

沈念來了精神，知道他家子衿姊姊酒量不咋地，體貼地舉杯，「我乾了，姊姊隨意。」

何冽在一旁叫道：「哎呀，我們還沒喝呢，你倆倒先喝起來了！」

何老娘笑道：「阿冽也喝點，這酒不醉人。」

何冽鬧著跟沈念乾了一個，大家就開始吃螃蟹了。唯沈氏不敢吃，夾了一片酸菜魚，很覺開胃。何子衿道：「娘，您現在還是愛吃酸嗎？」

沈氏道：「這也沒準兒，昨兒妳燒的紅燜羊肉，我吃著也好。」

何老娘道：「多吃酸的好。」

何子衿道：「酸兒辣女，這酸菜魚又酸又辣，娘您愛吃酸菜魚，說不定是龍鳳胎。」

這話何老娘愛聽，何老娘笨笨地扳開個蟹殼，顧不得吃螃蟹，連聲道：「說的對說的對，咱家就不嫌孩子多。」她老人家當然是盼孫子啦，不過已經有了長孫，何老娘盼孫子的心情就不那麼迫切了。何況，事實證明，她養孫女一樣養得很好，所以，要是兒媳婦再給她生個孫女，她也不嫌棄啦。當然，龍鳳胎最好。

蔣三妞剔出一碟蟹黃蟹肉給何老娘，何老娘認真覺得，生個孫女是不賴。

因為蔣三妞明年就要出嫁，往時都是沈氏坐何老娘右下首，這次就讓蔣三妞坐的。蔣三妞是極會照顧人，這次螃蟹宴後，何老娘都說：「以前你們說螃蟹好吃，我也沒覺得好吃在哪兒，就一硬殼子，還怪貴的，不如秤二斤羊肉划算，這回才覺出滋味來。」

何恭道：「娘喜歡，明兒個再買。」

何老娘想了想，又覺得太奢靡。

何恭笑，「螃蟹是節氣東西，也就吃這幾天，說來不比羊肉貴。」

兒子這樣說了，何老娘道：「也成。」她老人家還很有想法的，「買幾個蒸了吃，剩下的叫丫頭做蟹黃包子，也好吃。叫阿冽和阿念上學帶幾個，方便帶。」

何子衿笑，「等過幾天做一回醬螃蟹，配米飯最好。」

「螃蟹還能醬了吃？」何老娘就知道蒸一蒸蘸薑醋，還有，蒸蟹黃包也不賴。

何子衿道：「當然能啦，咱們家秋油做得好，醬起來才好吃。還有人喜歡吃醉蟹，我覺得醬螃蟹最好，很下飯。」

何老娘覺得她家丫頭上輩子興許真是天上廚子投的胎。

中午吃過螃蟹，晚上還有水果。

這個季節便是有水果，也多是自家窖藏的蘋果梨子桔子之類易於保存的水果了。何家這回吃的卻不凡，一樣是葡萄，一樣是西瓜。

葡萄和西瓜並不算稀罕的水果，不過重陽就不多見了。這兩樣水果是寧家給的，何老娘原還捨不得吃，何子衿勸她說：「這東西得是用特別的法子才能存到這會兒，咱家又沒那些法子，現在不吃，過幾天就壞了，豈不糟蹋？」

何老娘這才同意吃了。

何子衿還從州府買了兩筐柚子回來，何老娘對柚子並不陌生，問何子衿：「大老遠的，買這做什麼？吃起來總帶著酸頭兒，不像桔子，沒人種這個。」何老娘對柚子沒啥興趣，聽何子衿說並不貴，這才沒念叨。

何子衿愛吃柚子，沈氏覺得味兒也不賴，母女兩個一頓就能吃一個。何子衿來了興致，還能做柚子茶。何老娘倒不是多喜歡柚子茶，她主要是覺得這種吃法好，不浪費。

何老娘再三感嘆：「丫頭片子也知道持家啦！」

連皮一塊吃，這錢花得真值。

過了重陽節，何子衿早上跟著沈念和何冽去山上，兩個男孩子上學，何子衿去道觀。

何子衿一到朝雲觀，連觀裡的小道士都是歡喜又歡迎，先接了何子衿身上的小背簍，方笑道：「師傅念叨師妹好幾日，算著師妹就該過來了，我帶師妹過去。」因為何子衿常來朝雲觀，她又自發喊朝雲道長為師傅，於是，雖沒拜師，觀裡的小道士便自發叫她師妹了。

何子衿道：「哎呀，師傅這能掐會算的本領越發精進了。」

小道士一樂，悄悄同何子衿道：「今早山下送來鮮藕。」

何子衿笑說：「聞道師兄，你就是我的知音啊！」這位小道士法名聞道，年歲不大，為人機靈，很是能幹，觀裡出出入入的雜事都歸他管，算是朝雲觀的總管。何子衿來的時候，他還喜歡客串知客，跟何子衿關係不賴。

聞道眉眼彎彎，笑咪咪地同何子衿說話，直到朝雲道長院門，目送何子衿進去，方轉身去幹別的事，引得其他師兄弟很不滿，尤其知客聞法，狠剜聞道一眼，「我才是觀裡的知客！你要喜歡做知客，以後這活兒歸你幹！」

聞道笑，「那倒不必，我招待何家師妹就好，其餘人還歸你。」

聞法被他這無恥的說辭噎個好歹，難道他不想招待何家師妹嗎？成天一觀的中青老年男道士，能有這麼個小師妹隔三差五過來，難道他不想多跟小師妹說幾句話嗎？這死聞道，這麼無恥的話竟然能說出口，擱他，他就說不出口，於是，總是被聞道搶差使。

何家師妹多好啊，人和氣不說，還生得這般漂亮，許多女孩子只有這其中一樣優點，難得何家師妹既漂亮又和氣。

他倒不是對何子衿有啥想法，只是愛美之心人皆有之，誰不願多看兩眼漂亮小師妹啊？聞法再次於內心深處惡狠狠地問候了聞道的父母及祖宗若干人。

何子衿十來天沒來朝雲觀，朝雲道長見她來挺開心，調侃一句：「喲，何財主來啦！」

何子衿將手裡的瓷罐放下，裝模作樣地抱拳一揖，假假謙道：「好說，神君客氣！」

朝雲道長喊她財主，她就叫朝雲道長神君，引得朝雲道長一樂。

何子衿過去坐下，見自己送的兩盆綠菊在花几上開得正歡，心中大慰，「我也送了我爹兩盆，結果我跟我爹去州府，祖母就把花兒偷著賣了。」

朝雲道長大笑，「令祖母是個實誠人。」

何子衿也只是嘴上抱怨兩句，沒覺得怎麼著。花兒她年年養，之所以控制數量不過是想物以稀為貴，何老娘賣的價錢不低，她又多了百多畝地。

朝雲道長這屋子很暖和，何子衿四下瞅瞅，沒看見炭盆，問：「師傅，您生火了嗎？」

「嗯，山上冷得早些。」

何子衿道：「我沒看見炭盆啊！」

朝雲道長道：「是地龍。」

何子衿瞬間覺得她家道長師傅高大上起來，地龍這種東西，就是上輩子她也是只聞其名的，到底是個什麼一直沒弄清，此時何子衿連忙請教：「地龍是啥？」

朝雲道長道：「跟火炕差不多。」

何子衿道：「差很多好不好，我家裡也有炕，燒炕也暖和，就是屋裡有些煙火味兒，您這屋沒煙火味兒，也乾淨。」

朝雲道長笑，「當初改建可是花了大價錢。」

「倒是適合師傅您，您不是容易咳嗽嗎？」何子衿指了指桌上的瓷罐，道：「這是我做的柚子茶，冬天喝最好。柚子有潤津止咳的功效，師傅您放著喝。」

朝雲道長道：「碧水縣我沒見過有賣柚子的，想是從州府帶回來的。」

「嗯，我也是頭一遭見呢。去年我在州府沒多逛，也沒見著柚子，這回見著了，我買了兩筐，可惜也沒幾個，想多買又怕存不住。」

朝雲道長眉心微動，喚聞空送些熱水進來，沖了兩盞柚子茶，淺嘗一口方道：「妳頭一遭見就會用來做茶了？」

何子衿一時無語，朝雲道長笑問：「妳是看了我那本茶飲集嗎？」

何子衿真沒看過什麼茶飲集，她會做柚子茶，是因為上輩子就會做呀。何子衿並沒有張口應下自己看過什麼茶飲集，只是端起雪白瓷盞來喝茶，定一定心神道：「不是啊，是我以前看的書上的記錄。」老傢伙用不用得著這麼敏銳？

朝雲道長並未追根究柢，慢條斯理道：「柚子要存放，在外皮上塗一層薄蠟就可以。」

何子衿眼睛一亮，是啊，上輩子她做柚子茶，就是因為柚子皮上有蠟層，還要用鹽先洗洗呢。何子衿兩隻眼睛盯著朝雲道長瞧個沒完，朝雲道長問她：「怎麼了？」

「師傅真是學識廣博。」何子衿問：「那像葡萄、西瓜，有沒有好的保存方法？」

房間裡瀰漫著柚子特有的清香，朝雲道長聲音舒緩：「凡是鮮果存放，無非是倉窖密封。倉窖的話，北面多是挖地窖，南面蓋倉庫。密封多是沙泥蠟封，還有，存放的地方要冷些，但也不能太冷，大部分脫不了這些法子。」

何子衿點頭，朝雲道長的確是很有學識，啥都懂一些。

朝雲道長笑問：「這次鬥菊會可熱鬧？」

「有芙蓉坊安排，我沒去鬥菊會。」何子衿眉飛色舞地說：「不過這回是真的看了一回大熱鬧。」接著把說了八百遍的蜀王家小王爺就藩的事又同朝雲道長說了一遍，何子衿再三道：「去年我跟三姊姊見總督出行就以為夠氣派了，哎呀，跟藩王沒得比。」

朝雲道長笑，「這是自然，真個大驚小怪。」

何子衿強調：「得親眼見才能明白那氣派。」

朝雲道長看不上這個，笑她：「看這沒出息的樣兒，這不過是藩王儀仗，要是哪天去帝都見著聖駕，妳還不得厥過去啊？」

「我就說說那氣派，哪裡就厥過去了？」何子衿頗是不服氣，義正辭嚴，「這就跟人們愛逛廟會一個理，誰不稀罕個熱鬧呢？我就不信要是皇上出來沒人看，肯定看的人更多。不要說我這樣的凡夫俗子愛看，劉邦不是也愛看？」

朝雲道長險些笑噴。

朝雲道長為什麼喜歡何子衿來啊，因為這丫頭說話有意思，特別能逗人開心。朝雲道長住這山上道觀，本就人煙稀少，雖有人來打卦問卜，也有一觀大小道士，可沒一個像何子衿這樣說話有趣，尤其清靜久了，有個人來說說話挺好的。

中午吃了涼拌鮮藕，何子衿下午抄了會兒書，傍晚沈念來接她時，朝雲道長又送她兩根嫩藕，讓她帶回去給家裡嘗嘗。沈念把自己書包放到背簍裡一塊背起來，拉著他家子衿姊姊的手與朝雲道長告辭。

待兩人走了，聞道道：「阿念小小年紀就這樣可靠，每次都是他來接何家師妹。」

朝雲道長淡淡一笑，論及殷勤妥貼，實乃父子一脈相承。

何子衿跟著沈念下山，還有些擔心，一直問：「沉不沉？」

「這麼點東西，有什麼沉的？」沈念很有男孩子漢氣概，累也得咬牙撐著。

何子衿道：「你正長個子呢，別壓得不長了。」

沈念鬱悶，「昨兒剛誇我腿長，妳變得可真快。」

他很矮嗎？比子衿姊姊小兩歲，也矮不了多少吧？

何子衿偷笑，「我昨天是說你身材比例好，腿長，穿衣裳好看。」

沈念唇角微翹，「等過兩年，我就比妳高了。」

兩人說著話，就到了學裡。這年頭下午只上一個時辰的課便可放學，但由於何冽光榮加入了班裡蹴鞠隊，今天輪到丁班練蹴鞠，何子衿和沈念待他練完蹴鞠才一起回家。

何子衿還是在書院建好後第一次來，何家是碧水縣的老住家，何子衿在碧水縣長大，書院裡認識的人也有幾個，像馮煊和馮熠也在等同在蹴鞠隊的馮炎。

馮煊見著何子衿忙打招呼：「何家妹妹，妳來了。」

何子衿笑，「是。阿冽和阿炎得踢到什麼時候？」說著瞧一眼球場，當即大開眼界。這球場與前世可是大有不同，關鍵是球門，就一個球門，其形式是這樣的，球場中央豎立兩根高三丈的球杆，上部的球門直徑約一尺。球門是在半空的，而且就是個直徑約一尺的小門。

何子衿當即便道：「這球門好小啊，怎麼踢得進去？」

馮煊笑，「妹妹說的是風流眼吧？」

靠，原來人家球門不叫球門，叫風流眼。好在何子衿臉皮夠厚，點頭道：「是啊，這麼難踢。」哎喲，看她弟弟跑得多帶勁啊！

馮煊道：「丁班年紀都小，是踢得不大行，多練練就好。」

沈念道：「煊弟，我帶姊姊去師娘那裡說話，阿冽他們練完，你來叫我們一聲。」

馮煊道：「也好。」

何子衿對蹴鞠運動也沒什麼興趣，看了一會兒就跟沈念走了，還問：「阿念，你在哪兒上課，帶我去瞧瞧。」

沈念立刻帶他家子衿姊姊去教室，沈念由於個子矮功課好，正在頭排中間。一個教室二十來號人，桌椅收拾得整齊乾淨，還有幾個學生在教室裡用功，何子衿沒好多看，忙同沈念去雷先生那裡。何子衿不用問也知道雷先生是教沈念功課的先生，沈念道：「雷先生講四書，對我很照顧，師娘也在這兒，還有個小師妹。書院裡男孩子多，省得他們唐突了姊姊，姊姊到師娘那裡坐一坐，我正好也要跟先生請教功課。」

何子衿笑，「也好。」

書院裡自有諸位先生住宿之所，小小一所青磚黛瓦三合院，山中不缺花木，這院子也收拾得極為整齊。何子衿有天生的外交才能，何況她在碧水縣也算小小名人一個，進了屋，先欠身行禮，雷太太忙拉何子衿起身，笑道：「早聽過姑娘的名聲，真是聞名不如見面，怪道能養出那樣好的花兒來，人也這般鍾靈毓秀。」

何子衿謙虛道：「師娘過獎，我也不過是運道好些，養花弄草，玩笑罷了。家父常說世間百行百業，唯傳道授業，方是功德大道。」又道：「我小名子衿，師娘叫我名字就是。」見雷太太身邊一個與沈念年紀相仿的小姑娘，遂笑問：「這是師妹吧？」

雷姑娘笑喚一聲：「何姊姊。」

何子衿讚道：「怪道人家都說書香門第，一見妹妹這氣度，我才明白這四字含義。」

何子衿把雷家上下讚了個遍，好話誰不愛聽，雷先生都笑，「跟沈師娘師妹說說話吧，晚上在家裡用飯。」這年頭師生關係是極親近的，何況沈念這種功課一流的好學生。他能把子衿姊姊帶來，就說明跟雷先生關係不差。

何子衿道：「先生賜飯，不敢相辭，只是一會兒我們還得下山，怕回去晚了令父母牽掛。今天我來認認門，以後少不得常來打擾先生和師娘。」

雷先生一笑，不再勉強，叫了沈念去書房說功課。

何子衿與雷太太和雷姑娘說話，何子衿把背簍裡的一段藕送給雷太太，笑說：「藕不比別的，現挖現吃才有滋味。這是早上挖的，也還新鮮，一點吃食，師娘要與我客氣，就是把我當外人了。」

雷太太命家裡小丫鬟接了，又吩咐丫鬟擺了茶果。說到藕，雷家母女才知道何子衿是去道觀抄書，傍晚與弟弟們一塊下山回家。

何子衿道：「以前家裡長輩常去朝雲觀燒香，與道長師傅極熟。我小時候在姑祖母家附學念過兩年書，略識得幾個字，有空便去朝雲觀看書。」

雷家書香之家，說來雷姑娘也沒專門跟女先生上過學，不過，字總是認得的，雷太太亦是道：「咱們女人雖不必像男人那樣讀書考功名，認一認字總是好的。」

雷姑娘便問：「姊姊看的都是什麼書？」

……

待馮家兄弟連同何冽過來找何子衿及沈念，何子衿才看到馮燦與沈念一起自雷先生的書房出來，何子衿笑著打招呼：「阿燦哥也在？」

馮燦笑，「在書房就聽到妳的笑聲。」

何子衿道：「那就說明你不夠專心，我專心的時候，不要說笑聲，打雷也聽不見。」

馮燦哈哈笑，「估計妳那會兒是在睡覺。」何子衿有個出名的事兒，有一回打雷，那真是驚天動地一大雷，全縣人民給雷震醒了九成九，沒醒的大概只有何子衿一個。何老娘都說，睡著後真是神鬼不知。

何子衿白他一眼，雷太太笑，「阿燦你年長，要讓著子衿些。」

因天時不早，略說幾句話，一行人便告辭了。

何家晚上喝了回蓮藕排骨湯，自從沈念和何冽晚上要加一餐夜宵，何老娘心疼孫子，於是，這晚飯越發豐盛了。

重陽節後，何子衿基本就沒什麼事了，故而時常去朝雲觀。這一日，何子衿正在抄書，朝雲道長閒來無事在一旁指點何子衿書法，用朝雲道長的話說：「爛得叫人看不下去。」

何子衿鵝毛筆寫字很不錯，毛筆就不大行了。何子衿原也不想用毛筆，她嫌速度慢，還浪費紙張。朝雲道長身家豐厚，最見不得這種小鼻子小眼睛，便贊助何子衿筆墨，讓她抄書時練一練毛筆字。

聞道匆匆進來，朝雲道長問：「什麼事？」

聞道雙手奉上一個紅漆四角包金拜匣，朝雲道長接過拜匣打開來，裡面是一封信與一條錦帕包著些什麼。朝雲道長只看一眼便臉色大變，他並沒有取出拜匣裡的東西，反是將拜匣緩緩合上，輕聲問：「送拜匣的人在哪兒？」

聞道恭謹答道：「就在門外相候。」

朝雲道長想說什麼，張張嘴，卻是什麼都說不出來，良久方道：「子衿，妳先回吧。」

何子衿不敢多問，更不敢多說，筆墨都沒收拾，起身就走。走到門口，她終是不放心，想勸朝雲道長一句，扶門回首時，卻見朝雲道長面無表情的臉上，一雙眼睛隱有淚光。

朝雲道長給何子衿的印象一向是：嘿，這大叔挺隨和挺灑脫的。忽然之間見朝雲道長眼有淚光，神色悲慟，何子衿不禁黯然。

何子衿是個熱心腸的人，倘是見別人這般模樣，她也要勸一勸的，何況朝雲道長教她良多。她是想勸，可轉念一想，我除了知道他是朝雲觀的觀主，餘者竟一無所知。我甚至連他多大年紀都不知道，何子衿是真的不知道。朝雲道長瞧著年歲不小，肯定比她爹大，髮絲已染霜色，氣質雍容，風度極佳，頗具神棍氣象。

我知道的這些，人人都知道。

我要如何勸他？

我對他一無所知。

何子衿默默嘆口氣，終是沒說什麼，轉身離開。

何子衿剛出朝雲道長的院子，聞道亦隨之出來，並沒有與何子衿多言，而是快步去了客院。何子衿想，今日道長事多，還是趕緊走吧。她快走兩步，不想，正與那客院出來的一行人走了個正對。

何子衿沒想到打頭的竟是個女人，她倒不是特意要看人家，只是正對走來，那一行人正在她視野範圍之內。何子衿也知道盯著別人看不是禮貌的事情，可是，驚鴻一瞥，這女人已然令人難以移開視線。我們說一個人貌美，往往會有恰當的形容詞，什麼杏臉桃腮之類，但面前這女人的美貌，只讓何子衿想到四個字：驚為天人。

有人說，女人往往不容易欣賞女人，那只能說該女人的美貌還沒美到讓同性都認同的地步。如果是真正的美，不論女人還是男人，恐怕花草蟲魚，萬物生靈，都會承認。

這女人的美並不婀娜柔弱，她雙肩筆直，步伐平穩，下巴微斂，目光沉靜，隱現威儀。何子衿兩輩子第一次見如此出眾的人物，當即被驚豔得目瞪口呆。人家大概也是第一次見何子衿這種鄉下小土包，步子一緩，視線落在何子衿的臉上。

其實那只是一個瞬間，何子衿竟覺得喉嚨發乾，不禁抿了抿唇。

錯肩而過。

何子衿自幼鍛煉出一副好腳力，下山回家也已是午飯後，沈氏見她這時辰回來，忍不住問道：「怎麼這會兒回來了？」

何子衿已自驚心動魄中回神，道：「朝雲師傅有客人，我就先回來了。」

沈氏忙問：「吃飯沒？」

「沒呢。」外面風涼，吹得臉上緊繃，何子衿搓搓臉，問：「娘，您睡午覺？」

沈氏一邊吩咐丸子去找周婆子給閨女弄吃的，一邊道：「這會兒天短，晌午睡了，晚上又睡不著，倒不如晌午不睡，倒是一夜好眠。」

小麥端來溫水，何子衿洗把臉，坐在母親身側。

沈氏瞧著閨女，笑道：「怎麼失魂落魄的？」

何子衿就跟親娘說了：「我見著一人，娘，您就不知道有多好看。」

沈氏好笑，「多好看？難不成比我閨女還好看？」

何子衿瞪大眼睛，認真道：「我這輩子見過的最好看的人，難以形容。天啊，要不是親眼看到，我都不能信世間竟有這樣的美人。」

沈氏摸摸閨女的臉，「說得這般邪乎。哪家的閨女，我怎麼不知道咱們碧水縣有這樣的美人？」沈氏嫁來碧水縣多年，雖不是愛走街串巷的性子，可認識的人也不少。

「不是咱們縣的，要是咱們縣的，我能不認得嗎？是找朝雲師傅的。」何子衿道：「娘，朝雲師傅不是咱們這裡的人嗎？我一直沒見過他有家人。」

「朝雲道長當然不是咱們這裡的人，妳沒覺得他口音不一樣？現在好多了，我小時候跟妳舅舅去朝雲觀，他說話口音更怪，聽說是帝都的口音。」沈氏問：「道長家來人了嗎？」

「朝雲師傅有家人？」

「誰沒家人啊？」沈氏親娘沈太太是通透的，沈氏小時候常跟母親去朝雲觀燒香，對朝雲道長並不陌生，沈氏道：「聽說朝雲道長很有錢，他一來就買下芙蓉山半個山頭。那道觀原是破敗的，他出錢翻新，就是上山那條路，也是他出錢修的。那會兒我還不記事，這些事也是聽妳外祖母說的。許多人都說朝雲道長是大家出身，反正我也說不大出來，不過，他那言談舉止，同尋常人的確不大一樣。」沈氏又補充一句：「妳不是說他很有學問嗎？」
「是啊！」何子衿點頭。沈氏想了想，又道：「妳姑祖父也有錢，我瞧著，他那有錢與人家道長的有錢不大一樣。」
何子衿道：「姑祖父他爹又沒錢，朝雲師傅這個，一看祖上就得是個富戶啊！」普通富戶都可能不夠那檔次，你見哪家富戶能有那許多藏書的？而且都不是市面上能見到的書。要是市面上常見，何子衿就不用每天上山去抄書了。
何子衿想，我朝雲師傅很可能是個落魄貴族啥的。
沈氏道：「既然道長有家人來，這兩天妳就別去山上了。」
何子衿「嗯」一聲，又道：「娘，您是沒見那位夫人，就是寧太太都沒法與她比。」
沈氏笑，「寧太太那把年紀，哪還美得起來？」不要說沈氏已多年未見過寧太太，就是當年見時，寧太太還不算年老，也並不是多麼美貌。
何子衿倒了盞茶暖手，「我是說養尊處優的夫人總有些貴氣，寧太太就是個大宅門裡養尊處優的太太，那位夫人一看則是個能做主的人。娘，您還記得芙蓉坊的江奶奶不？」
「自然記得。」
「江奶奶也是個能做主的人，卻又遠不及這位夫人。」
沈氏聽得腦袋發懵，笑嗔：「亂七八糟，叫妳這麼說，真是天上神仙了。」
「神仙也不過如此啊！」何子衿感嘆一聲，忽而福至心靈，「啊」了一聲，怔然良久，卻沒再說什麼。

何子衿已經明白，為什麼她覺得那人氣度如此與眾不同。她認識的女人裡，沒一個與她相同。的確，那人的氣度不是尋常女人能有的。這個女人，竟給她一種手握權力的感覺。

這種權力，不是男人賦予的女人管理內宅的雞零狗碎的權力。

這種權力，或者就是權力本身。

丸子端來熱湯麵，沈氏道：「別嘀嘀咕咕的了，趕緊吃飯。」

何子衿見湯麵上臥著兩個雞蛋，撒著碧綠蔥花，不禁一笑。

想著朝雲道長這兩天定是忙的，恰第二日秋雨濛濛，何子衿便沒去朝雲觀。不想這雨一下便是三天兩夜，待何子衿再去朝雲觀，已是第四日清晨。

雨已經停了，山中猶是水霧漫漫。花草樹木沾染著晶瑩朝露，水氣氤氳處，彷彿仙境。

朝雲觀的黑漆大門半掩，何子衿一露面，聞道就瞧見她了，笑咪咪地上前招呼：「小師妹來啦。」低頭見何子衿穿著木屐，關切問：「這一下好幾天雨，路上不大好走吧？」這種木屐當然不是人字拖那種，而是一種木底鞋。木頭做鞋底，面兒是藤草編就，比正常尺寸大一號，套在繡鞋外頭穿，或是下雨穿，或是雨後道路不好走，套一雙木底子鞋，省得髒了繡鞋。

何子衿是發散性思維，那日見著一驚心動魄大美女，回家把朝雲道長腦補出一落魄貴族形象，以為朝雲觀得發生點啥驚心動魄的大事呢。結果人家一如從前，何子衿也只好一如從前了，笑道：「還成，不算難走，師傅在嗎？」

「在，昨兒還念叨妳呢。」聞道說著話，引何子衿去了朝雲道長的院裡。

朝雲道長站於廊下，何子衿受寵若驚，打趣道：「怎敢勞師傅親迎？」

朝雲道長輕咳幾聲，「少自作多情，難得雨停，我不過在外站一站。」

「難得有女孩子自作多情，師傅還不順嘴捧一捧，沒風度。」雖然她喜歡腦補，不過道長沒事是最好的，何子衿又道：「您又咳嗽了？外頭冷，莫要受寒，還是回屋裡去吧。」

朝雲道長精神不錯，「來來來，上次沒寫幾個字就叫人打擾了。」

想那一日美女到來，朝雲道長直接熱淚盈眶，今朝一見，還是那副老神棍模樣。何子衿覺得，可能是自己腦補過度了，看朝雲道長這神色這模樣，可不像有事的樣子。抄了半日書，中午與朝雲道長用過午飯，朝雲道長帶她去看芙蓉書院附近的鋪面。

「重陽前就建好了，我算了日子，九月十八上上大吉，可辦地契交割。」朝雲道長指給何子衿看，「先前妳挑的鋪子地界不好，換這處給妳，一樣兩間鋪面，離書院更近，妳做什麼生意，人家肯定先到妳這裡來，這是必經之地。」

何子衿深深震驚，「免費給我換？」

朝雲道長不以為然，「當初妳跟我說開工前預售，結果只賣出妳一家，反正都沒人要，就給妳一處好的唄。」

何子衿瞪圓一雙桃花眼，「您不是說生意好得不得了，早賣光了嗎？」

朝雲道長眉眼含笑，「我可沒說都賣光，我也沒承認過生意不錯，都是妳問我，我說『尚可尚可』。」何子衿當下被噎了個好歹。嘖，當初您那表情，您那老神棍德行，明明就是暗示我房地產做得很不錯。

何子衿半點也不同情朝雲道長，「既然都沒人買，您蓋這一大片房子做什麼？」古代一般沒預售，人家產權終身制，大家更習慣自己買地皮自己建房子。何子衿興沖沖地給朝雲道長出了個賣商品房的主意，結果只有自己做了冤大頭。天可憐見，從她自己出銀子買鋪面，就得知道她當時是真心實意給朝雲道長出主意的。

朝雲道長笑說：「我是覺得妳出的主意不錯才蓋的，而且，這裡地段不錯，建書院是我免費送給縣裡的地皮，這一處只賣地皮沒多少錢，蓋成商鋪利潤更高，這是事實。」

何子衿提醒他：「結果就我一人買，剩下這麼多鋪面賣不出去，得虧不少吧？」

「所以免費給妳換個地段更好的鋪子。妳花了錢，肯定想賺回來吧，妳想個法子做些生意，要是妳幹紅火了，人人知道這兒有財可發，我這商鋪不就能賣出去了嗎？」朝雲道長邏輯十分清楚，何子衿兩輩子的人都無語了。她更加深深意識到了：智商的高低，其實與所處的年代沒有任何相干。你以為古人不聰明，哼哼，那是人家心裡自有盤算。

不過，能免費換個好地段的鋪子，何子衿也很高興。她開門看了看裡頭，鋪子剛建好，又下了好幾日雨，有些潮濕。這倒沒啥，等天氣轉好，找幾個人糊一糊紙，刷個大白，再弄些舊家具擺上，不管是出租還是找人來做些小生意都不錯。

只是，照現在看，怕是沒人會租。

何子衿思量片刻，道：「師傅蓋這些房子賣不出去，我受師傅教導這些日子，理當要為師傅分憂……」她話才開個頭，朝雲道長已經被她酸得受不住，連聲道：「有話直說！」

何子衿眉眼彎彎，「我是說，我可以多買幾間鋪面。」

柒之章 ◆ 帝師講學驚鄉里

何子衿是個敢想敢做的性子，主要是這兩年她經濟狀況不錯。不過，即便這樣，傍晚從朝雲觀回家，仍是跟她娘念叨大半個時辰，沈氏才拿錢給她買鋪子，並且極其擔心，「到時萬一賣不出去，妳哭都找不著地兒。」

「放心吧，以後發了財，到時讓您數銀票數到手抽筋。」何子衿數數銀票揣懷裡，花言巧語哄她娘。沈氏道：「待天晴了，先把鋪子收拾出來才好。」

「得請兩個手藝好的匠人糊紙刷大白，家具倒是好說，去收舊家具的地方挑便是。」

沈氏道：「刷大白還不簡單，我叫阿山給妳找幾個人，有個三五日就能料理清楚。倒是妳這鋪子能做什麼生意，心裡有數沒？」

「民以食為天，離著書院近，可以賣吃的，像是肉包子、燒餅、火燒，什麼都成。」何子衿道：「反正現在手裡鋪面多，再開一間，文房四寶、書籍紙張都能賣。」

沈氏道：「書院裡就那些小學生，便是生意怕也有限。」

「只要做起幾家生意來，別人見有錢可賺，我手裡的鋪面自然有銷路。」何子衿道：「再說，書院也不可能總是這麼些人，娘想一想，太祖皇帝立國未久便過身，太宗皇帝繼位後也不過二十幾年，咱們這個國家剛剛開始。正常來說，如果國家安定，起碼得有一二百年的太平日子。國家安寧，民生就能發展，百姓有錢，誰不願意讓家裡孩子上學，考功名，光宗耀祖，所以，以後念書的人會越來越多，書院還會擴大規模，學生也會增加。當然，這種靠自然規律的比較慢，但我們可以想想法子，設個講壇，請博學的先生過來講講學問。或者，書院之間也可以交流。學生或者老師，多交流便能有容乃大，閉門造車最終不過把自己悶死，反正想一想增加書院人氣的法子，人多了，生意自然好做。」

沈氏聽得目瞪口呆，不禁摸摸閨女額頭，確認閨女沒發燒後問：「妳又不是書院的山長，還能管到書院的事兒？」妳這口氣大得，好像書院是咱家開的似的。

何子衿笑，「阿文哥不是山長的孫子嗎？這又不是壞事，我先跟阿文哥商量。」

沈氏微微放心，閨女到底還是有所準備的。當然，剩下的事沈氏是不會參與的，她是長輩，什麼話倘她與胡文說，胡文再難也會應下，這就沒意思了。

這件事，何子衿是同胡文和蔣三妞一塊商量的，胡文想了想，道：「這法子倒不賴，廟裡高僧還要時不時露面給信徒講一回法。有空我給祖父提個醒兒，咱們州府有學問的人不少，倘能來書院講學，對學生也有好處。」

何子衿道：「阿文哥就說你想出來的就行了，不用提我。」

胡文搔頭，「這怎麼好意思？」其實心裡挺好意思的，他一直琢磨著畢業後的營生呢，靠山吃山，靠水吃水，祖父還在，祖父又挺疼他，他不會幹什麼辱沒家門的事兒，不過，他也不介意靠家門生財。這件事不是明面的利益，好處全在無形之中。

何子衿笑，「阿文哥就不要客氣了。」

胡文道：「那我就不外道了啊？」又與何子衿道：「妳的鋪子離書院近，以後有什麼事，只管跟我說。」

「這是自然。」

胡文問：「朝雲道長手裡還有鋪面不？」

於是，何子衿又幫朝雲道長賣出去兩處鋪面。朝雲道長很欣慰地決定，下回蓋房子，還找何子衿做買家。

何子衿為了把鋪面賣出去，簡直是不遺餘力想法子，甚至間接地繁榮了碧水縣的文教事業。其實何子衿生意做得還不錯，大生意輪不到她，何況在書院旁，也沒什麼大生意好做，無非是做些學生的小生意。鋪面裝修好後，何子衿先開一家速食店，就如同她說的，包子饅頭燒餅啥的。當然，她的包子不是普通的包子，而是湯汁濃郁的雞汁大湯包；饅頭也不是普通饅頭，而是摻了牛奶的奶香饅頭；燒餅則是章家祖傳的手藝，但裡頭裹的是她娘聞名碧水縣的沈氏醬肉。

何子衿雇了沈山媳婦的娘家兄弟章小六夫妻做這小買賣。甭看買賣小，何子衿原是這樣跟章小六夫妻商量的：「你們每人每個月一兩銀子，旱澇保收。要是你們願意租這鋪子，每個月租金二兩。」開始小夫妻兩個擔心生意不好做賠錢，幹了兩個月後就決定每個月給何子衿二兩租金租鋪子自己做生意了。

書院食堂早點生意頗受影響，承包食堂的是胡家本家一遠親，不姓胡，姓方，單名一個宏字。方宏不是自己經營，他也不過是雇兩個廚子在食堂幹活罷了。不過收入減少，方宏難免查一查何子衿的背景。其實不必查，何子衿是碧水縣名人，一盆花賣好幾百兩，許多人羨慕得要生要死。方宏那叫一個鬱悶，心說，妳缺錢每年多養兩盆花就有了，跟咱們爭這辛苦錢做什麼？鬱悶一回，他還不敢得罪何子衿，倒不是何子衿有名，主要是他知道何家與胡家是姻親。他能承包書院食堂，走的就是胡家的關係。何子衿算是胡文的小姨子，他倒不介意得罪胡文，他主要是不想得罪胡文這個胡山長孫子的身分。

方宏又不能去得罪何子衿，好在章小六夫妻主攻速食類，方宏也只得預設了章小六夫妻的存在。方宏鬱悶了一回，然後很快發現自己鬱悶不過來了。有章小六夫妻這樣的速食店，馬上便有人盤了鋪子開正經飯館，搶午餐生意了。

此時，何子衿已經在準備開第二家店了，上一家店為廣大學生提供了物質食糧，這一次她準備的是精神食糧。如同她與沈氏說的，離著學校近，文房四寶的鋪子總要有一個。

這回請的掌櫃很不一般，乃是離家出走的江仁同學。

江仁是沈舅舅大舅子家的獨生子，何子衿的青梅竹馬。這位同學在老家長水村還是沈父沈老秀才給啟蒙的，後來沈老秀才隨著自己的翰林兒子沈素舉家遷往帝都，蒙學就換人教。這都不是重點，重點是某天晚上，江仁獨自一人來何家拜訪。問他啥，他還裝沒事人一樣，硬說自己是來看望子衿妹妹的，把沈念氣得，心道，我家子衿姊姊缺你來看啊？看你這倒楣樣兒，不會是偷跑出來的吧？

沈念只是心裡想一想，何洌卻是心直口快，直接問了：「阿仁哥，你嘴還腫著呢，不會是挨揍離家出走吧？」

江仁那嘴硬得跟革命烈士投胎一般，矢口否認，絕無此事。

沈氏無奈，道：「別說這個了，先去洗把臉，我叫廚下給你下碗麵。」

要知道，江仁離家出走是有原因的。江仁吃飽喝足後也不嘴硬了，說道：「我爹非要我考縣學書院，天天逼我念書，我背又背不下來，寫字寫得手疼，天天挨揍。我想出來找份工，哪怕先當個小夥計，也學樣本事，以後總有一口飯吃。」

反正吧，待江家夫妻找來時，江仁經過殊死戰鬥，拿出九頭牛拉不回去的精神……然後夫妻兩個就怎麼來怎麼回去了。江仁在何家暫時住了下來，準備找工學本事，正趕上何子衿開書鋪子，得找個認識字的做夥計，江仁立刻毛遂自薦。

江仁其實是個合適的人選，他識字，而且對工資沒要求。按江仁的話說，管飯就成。管飯多容易，他與章小六夫妻店是對門，過去吃飯就是。

不同於章小六的夫妻店，何子衿這書店開起來，那生意豈是慘澹二字了得。現在學生課程單一，無非四書五經，教材千年不變的，許多學生的書都不用買，祖上傳下來的，還是古籍哩。筆墨紙硯啥的，更是買了得用一段時間。不像包子，今天吃了消化兩個時辰便能又餓了。用江仁的話說：「每天賺的錢不夠付我飯錢。」只是，他吃飯章小六夫妻是不收錢的。

江仁的意思是，基本上賺不到錢，沒生意。

何子衿倒是不急，她眼巴巴等到十一月，終於等到一個絕好的機會。經胡山長胡文祖孫厚臉皮六顧茅廬殷勤相請，舉國聞名的大儒，隱居青城山的薛大儒要來芙蓉書院講學啦！

在全縣人民都在談論薛大儒的時候，何老娘都要愁死了。

自從知道何子衿一口氣買了五個鋪子後，老太太沒按捺住，不顧六十的高齡，硬是爬山去看了一回自家丫頭片子的鋪面。不看不要緊，這一看，老太太被打擊得險些厥過去。

「荒山野嶺沒個人煙，能做啥生意啊？」這是何老娘的原話，何老娘簡直是一韻三嘆，心疼銀子心疼得臉色都變了，與兒子抱怨：「買鋪面哪裡不能買，難道縣城裡沒鋪面賣，非得跑山上去買那荒郊野嶺？這傻妞兒，那種地界哪裡會有什麼生意，全是拿白花花的銀子打水漂。」涉及到大筆銀錢，何老娘連兒子面子也不給了，一塊數落：「你也是做爹的人了，你說，哪能要怎麼著就怎麼著，你也不管管，還真拿銀子給那丫頭！賠啦，賠死啦！」

其實何恭才是真正冤枉，他也是過後才知道老婆拿銀子給閨女買鋪子的事。當然，他就是知道多半也拒絕不了。何恭勸老娘：「不是書院外頭嗎？哪是荒山野嶺？臨書院近，就是賣些包子點心，也多少能賺些回來，您就別擔心了。」他閨女不是都開了一間早點鋪嗎？

「我能不擔心？你知不知道那是多少銀子？」一想到那些銀子，何老娘便是撓心撓肝。

何恭道：「反正已經花了，擔心有什麼用，我看子衿挺高興的。」他閨女每日精神百倍，高昂著小腦袋，神采奕奕，昨天跟他說，爹我這鋪子咋樣咋樣，今天又跟他說，我那鋪子咋樣咋樣，甭提多招人喜歡啦。

「擔心有什麼用？這次買已經買了，怕也沒地兒退去。你就得告訴她，以後再不能這樣亂花錢！」何老娘跟兒子發威。何恭心說，您怎麼不去說，您不是也發愁惹我閨女嗎？不過他身為孝子，還是很體貼老娘的，何恭給老娘倒盞溫茶，何老娘哼一聲，拒絕不喝，結果見兒子一直舉著，只得再哼一聲，接了過去，繼續罵：「這沒臉沒皮的樣兒，跟你爹一樣！」

何恭笑道：「我是爹親生的，當然像了。」想了想，只得繼續勸母親放寬心，「娘，您看咱們家裡，您是沒打理過生意的，我也對做生意的事不大明白。說來家裡還稍微懂些生意門道的，除了子衿她娘，就是子衿了。我想著，她們在這上頭肯定比咱們母子更有經驗是不是？您想想，子衿又不傻，她買那鋪子肯定有她的道理。這才剛買下來裝修收拾，是好是歹等等再說，您別急著給孩子潑冷水。您要實在不放心，我陪您去芙蓉寺算一卦，上回您不是跟我說子衿命裡很有財運嗎？」何恭試圖用宗教來安慰老娘。

何老娘卻是不吃這一套，涉及真金白銀，就是佛祖也不能安撫她那顆擔憂的心靈。

當然，這些是何子衿剛買鋪子時候的事了。

待何子衿把那早點鋪子租給章小六夫妻，每個月穩穩當當能拿到二兩銀子的租金時，何老娘此方略略安慰，私下對何子衿道：「倘若有人買妳手裡的鋪面，不賺錢也甩出去。」

何子衿放一狂話：「不翻番兒，我才不出手呢。」

何老娘嚇一跳，「有人肯買妳就樂去吧，還翻番兒，做夢呢！」

「沒做夢，我說夢話呢。」何子衿早挨過何老娘的嘮叨，後來把何子衿嘮叨急了，拿以後賺錢不交給她置地相威脅，何老娘這才好了些。

何老娘看丫頭片子是吃了秤砣，再說也無用，好在她早給丫頭片子置下地了，就是這幾處鋪子賠了，以後也不愁一副好嫁妝。何老娘說正事：「阿山那個兄弟叫阿水的來了縣裡，我託阿水給阿仁他爹帶了話，說了阿仁在妳鋪子裡幫襯的事。」

何子衿一拍腦門，「哎喲，這倒是，祖母您不說我都想不起來！」

何老娘斜眼看她，「妳能想個啥？」又問自家丫頭片子，「妳給阿仁開多少工錢？」

何子衿道：「書鋪子清淡著呢，一個月一兩吧。」

何老娘敲她腦門，悄聲道：「妳是不是傻啊，清淡還一個月一兩？」

何子衿道：「阿仁哥倒是說不要錢，管飯就成，我真沒那厚臉皮不給，暫定的，他還沒支過工錢呢，不過是在鋪子裡放些散碎銀子幾吊銅板預備著找錢。」

何老娘道：「阿仁這孩子也真是的，妳說，好好的學不上，唉……」又嘆氣，覺得現在的小孩兒簡直個個不知所謂不服管束。

何子衿笑，「嘆什麼氣呀，發財的機會就在眼前了。」

何老娘立刻來了精神，準備洗耳恭聽，誰曉得這死丫頭片子竟吊人胃口，話說一半不說了，把何老娘給憋壞了。

何子衿見她爹過來，問：「爹，薛先生來咱們縣書院講學的事，您知道不？」

何恭滿面歡喜，坐下烤烤火，「自然知道，縣太爺都很是榮幸。」

何子衿給他爹倒了盞熱茶，道：「不枉胡山長去了六趟。」

何老娘聽得迷糊，「啥人啊，這麼大的派頭，能叫胡老爺去請六遭，不是諸葛亮人家劉皇叔才去了三回嗎？這人難道比諸葛亮還派頭足？」

何恭潤一潤喉，笑道：「娘，這怎麼好比呢？」

「是啊，胡山長也不是劉皇叔啊！」何子衿道：「我爹以前還去過青城山請教薛先生指點功課，祖母，您這就不記得了？」

何老娘想了想，「是不是同阿素一道去拜訪先生的那回？」

何恭笑，「娘好記性，就是那次，還是姊夫指點我們去青城山的，不然真不知薛先生有這麼大的學問。聽說他年輕時做過帝師，後來才去了青城山隱居。先生學識淵博，智深似海，更是一代時文大家。」

何老娘不懂學問，但聽到「帝師」兩字就來了精神，問：「這麼說，這位先生還教導過皇帝老子了？」

何恭笑，「是。」

「哎呀，那肯定比許先生更有學問！」何老娘一拍大腿，感嘆道：「怪道人家都說州府是大地方，連先生都這麼厲害！」

老太太主要是覺得能跟皇帝挨邊的人比較厲害，至於薛先生是不是有學問，肯定啊，沒學問能教得了皇帝嗎？何老娘就是有這麼樸實而準確的判斷力，於是，在接下來的日子裡，兒孫們說起薛先生時，她老人家也便跟著聽上幾耳朵。

薛大儒當然夠厲害，人亦極有學問，只是何老娘就不明白了，她家丫頭片子弄這麼多薛大儒的書幹嘛。何子衿送了她爹一整套薛大儒的著作集，古往今來，有學問的人誰不喜歡著書立說呢？薛大儒也不能免俗啊！薛大儒就要來講學了，碧水縣全縣的宣傳不說，連帶臨邊上幾個縣也都宣傳到了。胡山長請了一些閒賦在家的故交好友們來芙蓉書院，另外許多哪怕沒被邀請，如何恭這樣敬仰薛大儒的讀書人亦都不請自到，往碧水縣而來。

故而，薛大儒還未到，碧水縣先熱鬧起來。

何子衿琢磨著，這薛大儒的粉絲還真是不少。

何子衿把買的薛大儒著作集全都搬到了書店，並且早早將宣傳牌子打出來，啥「薛大儒心血巨著」、「潛心六十載之佳作」，反正弄了好幾塊大牌子豎在門口廣作宣傳，以致於薛大儒的人還沒到，何子衿這書店生意就先紅火了起來。

及至薛大儒到芙蓉書院那一日，她爹、她弟和她家阿念均是早早起床，梳洗整齊，一個個神色肅穆，鄭重至極。何子衿、沈氏和蔣三妞彼此交換個眼色，紛紛偷笑，獨獨何老娘不覺，嘟囔道：「大早上的，怎麼就拉著個臉啊，晚上沒睡好嗎？」

何子衿笑，「祖母，今天我爹他們要去書院聽薛大儒講學了。」

何老娘點頭，「哦，要去見先生啊？見先生更得喜慶些，哪裡有拉著臉去的？」

何恭理理袖口，扶老娘在餐桌的上首之位坐下，笑道：「娘，哪裡有拉著臉啊？」又招呼大家道：「都坐吧，快些吃，吃了趕緊上山。」後兩句是對阿念和阿冽說的。

何老娘倒不急，夾了個包子道：「急啥啊，大儒先生也得吃飯呀！你們去得老早，人家飯還沒吃，不也是乾等著？」

「那也得早些去，顯得恭敬。」何恭堅持。

何冽和沈念趕緊喝粥，沈念百忙之中還問：「子衿姊姊，妳今天還去山上不？」

「我去看看薛大儒長啥模樣。」這種日子，書院等閒是進不去的，哪怕如何恭，也是胡文安排了位置才能進去聽薛大儒講學，何子衿這種女流之輩是想都甭想了。

江仁道：「肯定是一把鬍子的老頭兒樣兒，有學問的人都一個模樣。」

何恭笑斥：「胡說八道。」

看江仁慢吞吞地喝粥，沈念道：「阿仁哥，你也快些吃，不然一會兒趕不急。」

江仁道：「我跟子衿妹妹又不急，我們鋪子晚些開門也沒事啊！」

什麼叫「我們鋪子」，明明是我家子衿姊姊的鋪子！沈念看這傢伙還想單獨跟他家子衿姊姊去山上，頓覺不爽，用調羹攪著碗裡的米粥，抿了抿唇，道：「今天去山上的人肯定多，咱們早些出門，路上不擠，是吧，子衿姊姊？」

何子衿也不喜歡人擠人地爬山，遂點頭，「嗯，早點出門，路上清靜。」

江仁倒是無所謂，「好吧。」

一行人急匆匆吃過早飯，再去喊了馮家四兄弟，由何恭帶隊往山上去。何子衿這愛看熱鬧的，在書鋪子裡等了大半日也沒見著傳說中的薛大儒，及至日頭初升，便聽說薛大儒先生昨晚就住芙蓉書院，這會兒已經開始講學了……

何子衿天還沒亮就起床吃早飯，步行爬山到芙蓉書院外的自家書鋪子裡，吹著十一月的小寒風瑟瑟發抖等了半天，就為了看薛大儒一眼，結果……臉都凍木了，也沒見著。

何子衿揉著雙頰，晦氣哄哄地去朝雲觀烤火。

朝雲道長有些意外，挑眉道：「聽說妳站路邊等著迎接薛巨儒的大駕來著，怎麼還有空來我這小小道觀？」

靠，這話酸得，吃餃子都不用沾醋了！

何子衿這才知道朝雲道長原來還是個小心眼，她搓搓手，自己倒了杯暖茶，不就是想去圍觀薛大儒嗎？師傅竟然不痛快了。何子衿自己也沒咋痛快，她這凍得腳都僵了，也沒見著薛大儒，心裡是再不想見那老頭啦。暖一暖手，何子衿道：「不就是一個老頭嗎？有什麼好看的？要是跟人家大儒請教學問這是沒得說，我真奇怪，有些明明大字不識一個，圍在路邊看什麼稀罕呢？唉，真不明白那些人是怎麼想的。」

朝雲道長心下好笑，繼續逗她：「這麼說妳沒站在路邊等？」

「誤會，都是誤會！」何子衿是死活不承認的，她喝口茶，懇切地道：「我站在路邊是這幾天書鋪生意紅火，怕阿仁哥一個人忙不過來，跟著阿仁哥忙了一陣，不想竟叫師傅誤會了我。這天下之人，有才無貌，有貌無才，才貌雙全者又有德行不佳，才貌德三者俱全者，少之又少，萬中無一，不料卻僥倖能讓我遇著。我既得師傅您的指點，還用站路邊看誰？我就不信，世間還有比師傅您更出眾的人。」

朝雲道長笑，「幸而妳是個女孩兒，倘是男兒，他日為官，必是花言巧語的佞臣。」

何子衿忍不住翻白眼，不滿地道：「我讚師傅才貌雙全，師傅說我是佞臣，天地良心，難不成我是讚錯了？」

朝雲道長又是一樂，說了句孔夫子的名言：「唯女子與小人難養也。」

何子衿暗暗嘆息：今天這老頭是變著法兒找我麻煩，看來是真的醋了。

何子衿以一種追星的心理想看看這個年代的大儒長啥樣，結果費了牛勁也沒見著，還叫朝雲道長醋了一回。待何子衿把朝雲道長哄好，又在朝雲觀用過午飯，師徒倆看了會兒書，就到了沈念來接他家子衿姊姊的時辰。沈念今日與往日大有不同，那叫一個喜上眉梢，臉上的喜色是掩都掩不住。

何子衿嘖嘖兩聲，問：「阿念，你撿著錢啦？」這麼歡喜。

沈念只是抿嘴笑，握著子衿姊姊的手，同朝雲道長告別。直出了朝雲觀，路上少人時，沈念才同子衿姊姊道：「薛先生真有學問，除了給像姑丈他們有功名的講學，還特意抽了時間給我們講了一課……」說著，沈念如玉般的臉頰竟然微微泛紅，很有些羞澀的樣子，「我、我還問了先生一個問題。」

何子衿心裡都有些酸了，還是裝出一臉好奇地問：「那薛先生稱讚你啦？」

「也、也不算吧。」沈念撓了下頭，接著跟他家子衿姊姊絮叨了一路的薛先生如何，要不是知道沈念就聽薛大儒講了一堂課，還真得以為這小子跟人家薛大儒有多深的交情。

何子衿酸溜溜的，「你這麼喜歡薛大儒，不如拜他為師？」

沈念道：「人家怎麼可能收我呢？」

「自來烈女怕纏郎，男人也差不多這樣，你死皮賴臉就跟著他磨上一兩年，心誠則靈。你又有這樣好的資質，我就不信那老頭不肯。」何子衿快酸死了，以前阿念可都是子衿姊姊這個，子衿姊姊那個的，怎麼聽個老神棍忽悠了一節課，就見異思遷了呢？

沈念想了想，認真說道：「那也不成，我不想離開子衿姊姊。」

何子衿抿嘴一樂，「等明天我做奶黃包給你吃啊！」

自從章小六夫妻開始做奶香饅頭，何家就有了牛奶供應，只是這不是奶牛產的奶，而是黃牛奶，煮熟後味道也還好，所以何家現在老少中青都是早上一人一碗奶。

何老娘還說：「斷奶許多年，越活越回去，又重新開始喝奶了。」

家裡有了牛奶後，何子衿時常做些零食，什麼雙皮奶、奶黃包，太複雜的她也不會。沈念最喜歡吃奶黃包，聽子衿姊姊這樣說，很高興地彎起眼睛，沈念這才想起問：「子衿姊姊，妳見著薛先生沒？」

真是哪壺不開提哪壺！老鬼暗想，他今世怕要打光棍了。

何子衿道：「我才不喜歡看老頭子，那有什麼好看的，就是有空閒，我還多看我家阿念幾眼呢，我家阿念多俊俏。」

一聽他家子衿姊姊這等讚譽，沈念竟有些受不住，一路頂著個大紅臉回家了，心裡暗暗覺得，子衿姊姊說話，怎麼叫我心裡又酸又軟又歡喜呢？哎呀，這是怎麼啦？

以致於何冽見著沈念都奇怪，問他姊：「阿念哥這是怎麼了？怪怪的。」

沈念接回自己的書包，嘴角一個勁兒上翹，還死不承認，「哪兒怪了？」書包斜挎在前，裡頭還有子衿姊姊書鋪子賺的銀子，可是得收好了。

何子衿這才問：「咱爹呢？」

何冽道：「早回去了，聽說晚上胡山長家裡有文會。」

何子衿一聽就來了精神，道：「天色不早了，咱們趕緊下山吧。」

剛一回到家，何子衿立刻叫沈念和何冽換了乾淨衣裳，飯也不叫吃了，對他倆道：「你們去阿文哥家看看。」

何冽還迷糊著，「去幹啥？」人家文會去的都是大人們啊！

理由何子衿都找好了，「我這裡有一套薛先生文集，你們帶去替我送給阿文哥吧。」

何冽年紀小，人也實誠，道：「今天阿文哥肯定很忙。」

蔣三妞已經看明白了，笑道：「咱們又不是外人，你們只管去。書不比別的，一定要親自交給他。」胡山長家開文會，肯定有那位薛大儒，而且，既是文會，來人就不會少，何況相陪薛大儒的，肯定也是附近的名士，叫弟弟們過去開開眼界，沒啥不好。

沈念隱隱有些明白，接過書就拉著何冽去了。

何子衿與蔣三妞相視一笑。何老娘瞅著孫子走了，有些著急地與何子衿道：「送書叫小福子去就成了，這眼瞅著就吃飯了。」

沈氏扶著肚子換個坐姿，何子衿解釋給老太太聽：「就是特意叫他們去的。您沒聽說嗎？胡山長家有文會來著，那文會去的都是有名的先生，讓他們過去長長見識有什麼不好？」

何老娘對文會啥的極是敬畏，道：「人家又沒請他們去，再說，阿冽和阿念還小呢。」去了能跟人家說書道文嗎？

「祖母只管放心，這有什麼請不請的，又不是讓他們去做什麼。他們現在學問還淺，便是去了，不過是開開眼界，受些熏陶罷了。」何子衿笑道。

何老娘還是頭一遭知道可以這樣厚臉皮蹭文會的，何子衿笑笑，沒有說啥。何家不愁吃喝，也能供起子孫念書，但想往上走就不大容易，她爹囿於資質，這些年依舊是個秀才，恐怕科舉上有限。再看阿念和阿冽，阿念天資不錯，且有老鬼上輩子的驗證，想來日後不愁前程。阿冽的起點起碼比她爹好，又有阿念教著，以後應該走得比她爹遠。再加上家裡還有兩門好親戚，沈家是親舅舅家，馮家是親姑媽家，這都是實誠親戚，倘她家說出提攜的話來，不論舅舅家還是姑媽家，至少會給這個面子。可是，親戚家也是一樣，人家肯提攜，你自家孩子也得能提得起來才行。

何家門第出身擺這兒，這是沒法子的，讓孩子們小時候就學著尋找機會並不是壞事。何況，何子衿素來不認為鑽營是什麼不好的詞彙。這世間什麼人不鑽營，那滿滿一文會的人，難道都是來對談學問的不成？

文會什麼的事，哪怕何子衿說了，何老娘依舊似懂非懂，不過，反正兒子孫子都去了，而且她老人家私下認為，她家丫頭片子也是念過書的人，丫頭片子的話應該是很有見識的。

倒是沈氏暗想，怪道人人都喜與高門大戶結親。她倒不是那等勢利性子，更不似陳姑丈能為了鹽引賣閨女，可是蔣三妞與胡文這親事一定，與胡家成了正經親戚，就有這許多看不到的好處，委實令人心生感慨。

此刻心生感慨的不止是沈氏，還有胡文。

胡文多機靈的人啊，他一見阿念和阿冽就明白了，便收了書，笑咪咪地對他倆道：「今天正好有文會，你倆也別回了，留在家裡吃晚飯。阿寧在那邊，我帶你們過去。」文會已經開始了，胡文要安排晚上酒席的事，便將兩位小舅子交給胡寧。胡寧是胡山長的愛孫，與阿念是同班同學，又是親戚，平日關係就不錯，且胡寧也是收過何子衿送的薛大儒文集的，便將他們帶去了舉行文會的暖房。

胡文心說，我家小姨子這心真是靈得沒法說啊。胡文自己幹得也極是賣力，這次請了薛大儒來芙蓉書院，多賴他與祖父的臉皮厚度。薛大儒來了，非但芙蓉書院的名聲立起來了，祖父還請了附近不少名士，來芙蓉書院以文會友。胡文已經提前退學了，他就跟在祖父身邊跑個腿兒，一心一意替祖父辦這些事，無形之中開闊了眼界不說，也結交了許多人脈。

這些都源於小姨子的一個提議。

胡文想，還是我這老婆娶得好啊，還沒娶到手呢，就這般旺夫。親爹嫡母靠不住，親娘早死，祖父母年邁，至於叔伯，親爹都指望不上，哪裡還敢希冀叔伯，以後能與自己同甘共苦的就是媳婦。自己這媳婦娶得好，何家是厚道人家，小姨子聰明，小舅子們年紀都小，好好處著，以後得給兒子攢下幾門不錯的親戚才好。

胡文這腦袋發散得，一下子發散到兒子身上去了。

有管事過來相詢，胡文忙過去支應了。

各有各的忙活，胡家在忙文會，何家今日男人們不在，女人們用過飯說會兒話便各自散了。何子衿回自己屋數今天賣書賺的銀子，人生得意便忘形，她不過是拿著錢袋裡掂了兩掂裡頭銀子的分量，因裡頭都是碎銀子，就嘩啦啦兩下，結果隔著一間堂屋的何老娘聽見了，何老娘提著嗓門兒問：「什麼響動？」

何子衿鬼精鬼精的，揚聲道：「沒啥！」

何老娘笑罵：「少弄鬼，給我進來！」她老人家都聽出來了，那是銀子響。

何子衿先把銀子藏好才去了何老娘屋裡。

何老娘同余嬤嬤正坐炕頭盤著腿剝花生，何子衿剛一進去，何老娘當頭便問：「哪來的這些銀子，妳娘又給妳錢了？」

何子衿真是服了，脫了鞋跟何老娘一塊坐炕上去，把腳放褥子裡暖著，讚嘆道：「祖母，您這真是順風耳啊！」

何老娘有些不滿，「怎麼又給妳銀子？」怪道丫頭片子這般敗家，原來是有個敗家娘的原因。這麼一推測，何老娘對沈氏也不大滿意了。

何子衿拈了兩粒花生米擱嘴裡慢慢嚼著，道：「是我書鋪子賺的，放書鋪子裡不大安全，阿仁哥讓我帶回來，他留下些散碎銀子找零就夠了。」

「咦，竟真的賺錢啦？」不是前兒還說沒生意的嗎？

「這您老人家就不懂了吧。」何子衿搓搓手道：「您得看這書怎麼賣。平日裡要指著書院裡的小學生隔三差五買一本，那肯定慘澹啊。這不是薛大儒來講學嗎？您不知道薛大儒有多大的名聲，簡直就是讀書人心裡的聖人。他一來，周圍好幾個縣的讀書人都不請自到，過來聽他講學。這麼多崇拜薛大儒的人來了，我專賣薛大儒的書，生意怎麼著都差不了。」

何老娘歡喜得咧開嘴，摸摸自家丫頭片子的大頭，「這倒真是，沒白念那些書，的確很靈光。」又十分關切地問：「賺了多少銀子？」

「也還成吧，沒多少。」

「到底多少？」

何子衿磨蹭著，「這做買賣，銀子都在貨裡壓著，看著賺錢，其實見不著什麼銀子。」

何老娘被這丫頭吊胃口吊得火大，「老娘問妳賺多少，又不是要妳的錢，快說！」

何子衿嬉笑地拍拍胸脯，「這樣啊，那我就放心啦。拋去成本，總共二十多兩。」

何老娘瞪大雙眼，都不能信，「這麼多？」

「還好還好。」何子衿裝模作樣假謙虛，「這是趕上行情了。」其實主要原因是，這年頭書真是奢侈品。在碧水縣小小縣城，何家這樣三進的宅子也不過百十兩紋銀，可是一本書就要三四百錢了，薛大儒又是個愛著書立說的，他一套全集的價碼，那委實不低。

所以，能讀得起書的人，一般都是小有家資的。

小有家資的人，才是買書的人。

要是形容哪家藏書萬卷，那可不只說他家書香門第，很大程度上也是說他家有錢啊。萬卷書，得多少銀子啊？

何老娘真是欣慰，看來廟裡的高僧說的不錯，她家這丫頭的確是有些財運的。何老娘想到那嘩啦啦的銀子響聲，還是有些心動，便自認委婉地問：「真不用我替妳置地？」

何子衿相當堅決，「不用，我這都是流水資金，以後進貨也得要錢。」

何老娘有些遺憾，還是不放心地叮囑一句：「可得把銀子收好了！」

「我放錢的本事，您老人家還有什麼不放心的？」

對於這個，何老娘倒是很放心，覺得家裡就是進了賊也找不著。

何老娘一邊腹誹丫頭片子太會藏錢，一邊拉著自家丫頭的小肥手看，笑咪咪地道：「一看這肥手，就知道是有財運的。」

何子衿：……

祖孫兩個嘀嘀咕咕說著話，如同吃了興奮劑的何恭、何洌和沈念三人回來了。就聽了一場薛大儒的講座，參加了一次薛大儒的文會，三人回來後說話就變成了這樣：「薛先生說啥啥啥，薛先生又說啥啥啥，薛先生再說了啥啥啥。」把何老娘煩得，全都攆回去睡覺後跟何子衿叨咕：「怪道妳那書好賣，怎麼一遇著姓薛的，就跟失心瘋似的。」

何子衿笑，「等薛大儒一走就好了。」

第二日，何子衿起早做了好幾籠奶黃包。家裡人多，做吃食極有成就感。何況，何子衿還要四下打發。家裡丫鬟多，不愁跑腿的。馮家送些，賢姑太太、李大娘、薛千針，還有依舊在陳家執教的薛先生，另外何洛這一直在青城山求學，這次薛大儒來碧水縣講學，何洛也跟著回來了。何子衿與何洛自小一塊長大，後來何洛一意求學，這才漸漸少在一處玩了，也給何洛送一份。還有史家福姐兒……

何老娘見丫頭片子三下五除二的把東西打發去一半，伸脖子往籠屜看看，剩下的還夠自家人吃嗎？何子衿又收拾出一份，與沈念道：「這個等到了山上給雷姑娘。」

何老娘問：「雷姑娘是哪個？」

「教阿念的先生姓雷，雷姑娘是雷先生的女兒。」

何老娘感嘆，「三山五岳，沒妳不認識的人啊！」

於是，何子衿做了一大早上的奶黃包，自家人吃一頓就沒了。

何子衿笑，「就剛蒸出來時好吃，祖母什麼時候想吃，我再做就好。」

何老娘很心疼，「我再不想吃這個了。」老天爺啊，打發出去那許多，這可都是上上好的白麵做的，裡頭又是奶又是糖又是油，得多少銀子啊？自家人吃還好，何老娘不心疼，偏生有個不會過日子的死丫頭總往外送，她這輩子都不想吃奶黃包了。

其實何子衿還想給朝雲道長送些，奈何朝雲道長挑嘴厲害，非新鮮的東西不吃。啥都要新出鍋的，嘗上一口，還要挑一大堆毛病，龜毛得厲害。以前不大熟的時候，何子衿還給他送去玫瑰醬啥的，後來知道這傢伙對果醬一類不大碰，她就省事了。

用過早飯，何子衿沒同沈念他們一起去山上，而是在家做針線。她娘產期在臘月，何子衿打算做些玩具給即將出世的弟弟或妹妹。

何老娘便有些急地催她：「妳不去鋪子裡瞧瞧？」

「去幹啥啊，怪冷的。」朝雲道長那裡很暖和，但不適合做針線。何子衿從炕上，炕燒得暖暖的，下面還燒著炭盆，炭盆裡的是上等竹炭，味兒不大，上面熱哄哄的烤著秋天曬乾的小芋頭，房間裡有股淡淡的栗粉香。

何老娘拿著個火箸幫丫頭片子翻烤小芋頭，「妳不是說生意好，阿仁忙不過來嗎？」

何子衿道：「小六哥給阿仁哥找了個幫手，他大哥家的大侄兒叫百歲，今年十歲，學過千字文，字是認得的，人也機靈，我讓他去給阿仁哥幫忙，每天二十個錢，包飯。」

何老娘急道：「家裡這好些人呢，叫丸子她們誰去不成，那什麼還有小福子呢。」

「這兩天我爹也忙，小福子自然要跟著我爹的。」何子衿道：「丸子她們都是女孩子，也不識字。沒事兒，等薛大儒一走，書鋪子也就不忙了。」

何子衿做針線那叫一個迅速，不大會兒就做了三樣，小兔子小貓小狗，洗過再套上棉絮就好。何老娘撇嘴，「這也叫玩意兒，還不如做個老虎枕呢。」

「有沒有欣賞眼光？您瞧瞧，多好看。」何子衿朝何老娘面前晃晃。

何老娘真沒欣賞出哪兒好看來，好在丫頭用的都是零碎布頭，也不算太浪費。何子衿接著又找好料子做身小娃娃衣裳，何老娘還怪挑的，問：「也不繡個花兒啥的？」

何子衿道：「小奶娃子家，繡什麼花，繡了花兒他也不會看。」

何老娘那叫一個不滿，敲一下火箸道：「妳小時候穿的衣裳，小裙子小褂子上繡的那叫一個精緻。沒良心的丫頭，當初妳娘怎麼疼妳，妳就得怎麼疼妳兄弟才好！」

何子衿瞧小芋頭，問：「熟了沒？」

火箸戳一下，何老娘道：「軟了。」

何子衿拿長筷一個個夾到木盒子裡，余嬤嬤端來香茶，於是，何子衿針線也不做了，三人一起喝茶吃烤芋頭。

何子衿道：「甭看今年芋頭小，甜是真甜。」

何老娘掰開一個，「這倒是。」

三人正吃烤芋頭，何洛來了。沈氏他們住的是前院，何洛來了先過去問安，沈氏便陪他一道過來。何老娘高興地招呼道：「阿洛來了正好，嚐嚐小芋頭，剛烤出來的，香得很。」

何洛跟何老娘問了好，見何子衿一身桃紅小襖，長髮鬆鬆地編個麻花垂在胸前，額前瀏海蓬鬆，兩彎秀眉，一雙笑眼。何洛笑，「子衿妹妹，妳越發俊俏了。」

見著何洛，何子衿也頗是驚喜，「洛哥哥也長高好多。」

何老娘和沈氏也覺得何洛出息了，模樣不必說，打小就是個相貌端正的，如今身上更有一種說不出的氣韻，何老娘道：「不愧是跟著大儒念書的人，不一樣啦。」

沈氏笑，「是，穩重雅致，大人了。」

何洛道：「哪裡有五奶奶和嬸子說的這樣好？」

何老娘、沈氏難免問何洛些在青城山上的事，何洛有問必答，以前身上那種讀書少年身上的微微隔閡已消失不見。何子衿自己也是教育小能手一個，想著這薛大儒是很會調理人，看把何洛調理得接地氣多啦。

何子衿請何洛去看她的花。

何老娘和沈氏並不介意，同族兄妹，又是自小一起長大，早就關係好，婆媳兩個叫周婆子多整治兩個菜，中午留何洛吃飯。

冬天沒別的花，除了梅花就是水仙了。何子衿屋裡的花尤其多，何洛笑，「去歲重陽，先生得了兩盆綠菊，就是妹妹種的吧？」其實何子衿養綠菊是早就有之的，就是以前養得不如現在的好，那會兒何子衿還送過他綠菊呢。

何子衿道：「是啊，現在我這花兒可值錢了。我聽說那兩盆花是有人在鬥菊會上買下孝敬給了總督大人，難不成總督大人又轉贈給薛大儒？」

何洛看著何子衿窗前一盆盛開的紅梅，「是啊，要不是回家聽祖母說，我還不知道那是妳種出的花兒，先生都誇妳好本領。」

何子衿道：「洛哥哥，你怎麼拜薛先生為師了？當初我舅舅他們上門求教，不過是得一二指點罷了。」

何洛道：「不值一提，薛先生並未收我入門下。其實每日上門請教學問的不知凡幾，薛先生也不吝賜教，只是從不收徒。我也只是住在青城山一處道觀，離薛先生的居處不遠，故而請教學問方便些。」

何子衿道：「那我怎麼聽寧家五奶奶說，你跟寧家一位公子還是同窗呢？」

何洛笑，「寧家在青城山有別館，我去請教學問，遇到過寧公子幾次。我在青城山也快兩年了，久而久之，也就熟了。因我們都在青城山，就開玩笑說是青城同窗。」

「難怪難怪。」何子衿問：「山上冷不冷，你衣裳被褥炭火什麼的可得帶足了。夏天山上蚊子多，在窗下多種些驅蚊草。」

何洛含笑聽了，方道：「昨兒我去書院見著書院旁一處書鋪，還打出招牌來說什麼『薛大儒瀝血巨著』、『六十載風雨鑄就帝師大道』什麼的，把先生笑個好歹，說妳生財有道。」

「過獎啦，我是借薛大儒的光討個生活，他老人家沒生氣就好。」

何洛笑問：「妳怎麼樣？是不是光顧著發財了，還有沒有念書？我在先生那裡見有許多不錯的書，抄了來給妳，放嬸嬸那裡了。」

說到這個，何子衿道：「我常去朝雲觀看書，朝雲道長學識也很淵博，他那裡各式各樣的書都有，做菜的做點心的做醬的，我娘做的醬還給改良了一下，果然好吃許多。」

何洛笑道：「這個學學倒不錯，只要別學道家那些個神神道道就成。」

何洛中午就在何家用飯，這時節雞鴨魚肉不缺，新鮮蔬菜很稀罕，席間有一道素炒小青菜，是何子衿拿花盆種出來的，還有一碗番茄蛋湯，何洛大為驚奇，道：「難不成這會兒也能種出番茄來？」

何子衿道：「是秋天做了番茄醬，密封好了存放起來，這會兒拿出來做蛋湯。」

「極好極好。」

吃了午飯，何子衿送何洛兩罐番茄醬，何洛走前問一句：「聽說三姑娘訂親了？」

何子衿道：「是阿文哥，你見過了吧？」

「胡公子很好。」

「求而不得最好。」

何洛笑嘆，「或許吧。」拍拍何子衿的頭，「小丫頭，說這樣的話叫我傷心，我可是妳洛哥哥。」

「這會兒能傷心一二，將來臨老回憶，也是很好的記憶。」

「老氣橫秋。」何洛擺擺手，回家去了。

薛大儒來了又走，不過五天，這五天是碧水縣熱鬧非常的五天，連縣太爺都處在一種奇異的亢奮中，時不時在街上來來走走：不是歡迎來客，便是送走朋友。

薛大儒離開的時候，何洛也一起回了青城山。雖然何洛說薛大儒並未收他入門下，不過觀其舉止，顯然是極親近的。何族長也在送別薛大儒的隊伍中，神情驕傲滿足又有些難捨。何恭也去了，可惜位置靠後，不過依然覺得榮幸。這位大儒先時便指點過他的文章，雖然秋闈落第，但那是他自己的原因，這位大儒學識淵博，品行高尚，令人高山仰止。

何恭回家後又念叨了三天薛大儒的不凡，念書的勁頭兒那叫一個昂揚，沈氏暗想，雖然丈夫每天絮叨薛大儒讓她心煩，如今看來薛大儒也不是沒好處。何子衿把做好的玩具拿來給她娘過目，沈氏一看，「不是做了三個嗎？」怎麼就拿來了兩個？

何子衿道：「兔子我留著自己玩。」

沈氏瞧著手裡的一個棉花狗和一個棉花貓，笑道：「都大姑娘了，還跟小孩兒似的。」做這樣可樂的東西！

何子衿摸摸她娘的肚子，「娘，您覺得怎麼樣？」她娘的產期就在臘月，眼瞅就快了。

沈氏道：「不覺得如何。」都生兩個了，她的心態很不錯。

何子衿又問：「娘，您有沒有做什麼胎夢？」

「這種夢得生之前才做吧？」沈氏覺得好笑，摸摸閨女的頭，有事交代：「二妞的好日子就快到了，咱們也得備幾樣添妝的東西。」

何子衿道：「不是臘月的日子嗎？」陳二妞嫁的是胡家二房長子，婚期定在年底。

「眼瞅著就到了。」沈氏道：「我不一定趕不趕得及，就是趕得及也不敢去。」萬一在人家那裡生就不好了，「妳也大了，跟妳祖母商量著，先把添妝的東西預備出來。二妞嫁人，咱家定然得去。我去不了，妳陪著妳祖母，還有妳爹、阿念和阿冽都去。」

「一眨眼的功夫，二妞姊就要嫁人了。」何子衿感慨一回時光如梭，忽然道：「對了，先時我記得大妞姊定的是九月出閣。九月我一直忙忙叨叨，倒把這事忘了，怎麼也沒聽到姑祖母家張羅？」陳大妞親事定得比陳二妞晚，但姊妹有先後，出閣的日子定得比陳二妞早。何子衿自己事忙，她家與陳家走動不比先時多了，便一時沒留意這事。

沈氏是清楚的，嘆口氣，「別提了，大妞這孩子也是命苦，原本進了九月妳姑祖母家就張羅著呢。眼瞅著就是上花轎的日子，姜家姑爺給送了喪信來，姜家老太太過世了，這還怎麼辦喜事，只得暫將事擱下，待以後姜家出了孝另投好日子吧。」說是這樣說，沈氏自己也不大喜歡陳大妞的性子，可一個女孩子，將出閣時發生這種事，總叫人憐惜。陳大妞親事耽擱了，陳二妞的不能耽擱，照樣是臘月的日子。

何子衿只得說一句：「這也是沒法子的事。」陳大妞的親事，難處在後頭。這年頭祖父母過世，孫輩守孝一年，兒輩守孝卻是要三年。倘待姜姑爺出孝便辦親事，婆家二老尚在孝中，誓必不能大辦。依陳大妞的性子，嫁得不如陳二妞已是委屈，親事排場再打折扣，心下怎能痛快？要是等三年，陳大妞那會兒都二十二了。

何子衿想了想，道：「給二妞姊添妝，比著大妞姊就好。對了，大妞姊既然沒嫁，娘您先前沒給大妞姊預備添妝的東西嗎？拿出來先使是一樣的。」

沈氏無奈，「大妞是沒嫁成，可重陽前添妝已添過了，就是妳跟妳爹在州府的那幾日，備的東西都拿去添妝了。添妝的單子就在咱家的帳本上記著呢，一會兒妳拿去瞧瞧，比照著備一份兒。二妞雖嫁得比妳大妞姊要好，咱們添妝也不能勢利，一樣就成。這轉眼就到臘月，也得開始預備年禮，咱家親戚不多，也有幾家要走動的，妳心裡先有個數。」

沈氏身子不便，打算暫叫閨女接手，也鍛煉一下。

這個倒沒什麼問題，何子衿都應了，「娘，您就放心吧。我看還是先備份禮給仙奶奶，您這產期快到了，叫仙奶奶別外處去，到時找不著人可不好。」仙奶奶是接生婆，也是同族，他們姊弟兩個都是這位仙奶奶給接生的，手法出眾，頗有名氣。

沈氏笑，「這也好。不用貴重了，拿兩條醬肉，鋪子裡再買兩包點心就成了。」

何子衿都記下，說會兒話就去安排午飯。其實一日三餐啥的，只要何子衿在家，都是她來安排。主要是這丫頭對吃比較執著，誰也拗不過她去。

這會兒天短，家裡沒人午歇，待用過午飯，何子衿便去跟何老娘商量陳二妞的添妝禮。何老娘記性頗是不錯，不用看帳本也知道：「大妞那時候是添了六匹緞子，二妞也照著這個來就行，緞子我這裡還有。」

何子衿道：「要不要先找出來？」

「給大妞預備添妝的時候，我已經叫妳嬤嬤一起挑了，放到櫃子上層了。」想了想，「拿出來晾晾也好。」拈個蜜餞擱嘴裡慢慢嚼了，何老娘嘆口氣，「幸而如今咱家日子好過了，不然添妝禮都添不起。這年頭，人們添妝越來越貴重了，妳姑媽成親時，妳姑祖母也不過添了四匹緞子，還不如咱家這個花樣好呢。」

何子衿笑，「那會兒姑祖母家也不富裕，再說，這種事都是有來有往的。」

「有來有往？」何老娘瞥自家丫頭片子一眼，哼一聲，「傻丫頭，咱家就妳跟妳三姊，妳姑祖母家女孩兒現在就六個，妳五表嬸肚子裡又有了，還不知是男是女呢。唉，不論是男是女，都得隨禮。」這樣一算，真是虧大了！哪怕是大姑子家，何老娘也心痛得很。

何子衿笑，「我娘這不眼瞅也要生了嗎？等我娘生了，咱們家大做滿月和百日，爭取把禮往回收一收唄。」

何老娘一副孺子可教也的讚許小眼神，拍著大腿樂，「是這個理！」

祖孫兩個商量著，就到了陳二妞添妝的日子。

陳家添妝的日子定在臘月初一，一大早，何家就收拾妥當了。蔣三妞是不去的，自從陳大奶奶事件之後，蔣三妞就沒登過陳家的門。不過，蔣三妞也沒去繡坊，因沈氏產期臨近去不得陳家。何家與陳家是姑舅家，這樣的日子，除了沈氏這實在去不了的，何家人都去，連沈念都去。故此，蔣三妞有些不放心，請了假在家裡陪著沈氏。

其他人都換了新衣，何老娘也是一身簇新綢衣，頭上插兩支金釵，腕上戴著一對金鐲，耳上掛金環，手上戴金戒，那通身的富貴就甭提了。難得的是，臉上還塗了淡淡的胭脂，何老娘有些羞澀有些抱怨又有些小歡喜，「都是這丫頭，非給我抹這個。」

何子衿笑嘻嘻地挽著何老娘的手臂，「這可怎麼了，多好看啊！祖母又不老，就得上一點淡妝更顯氣派！」

沈念長年守著他家子衿姊姊，慣會說話的，道：「祖母這樣一打扮，年輕五歲。」

何冽點頭，「祖母好看。」

何老娘無奈地表示，「罷了罷了，現在洗也來不及啦，走吧。」嘴巴咧到後腦杓。

何老娘這一身去了陳家，也是人人誇。

陳姑媽亦極是歡喜，挽了何老娘的手說話，又把何子衿、沈念、何冽一通誇。何恭是嫡親的娘家侄兒，進來向陳姑媽請安問好，因不斷有女眷過來，略說了幾句話便帶著沈念和何冽出去了。沈念和何冽年歲漸大，不好多留內宅。

陳姑媽瞧著何子衿是越發喜歡，「這丫頭真是會長，她爹娘哪兒好她隨哪兒。」

何老娘的瞇瞇眼笑彎成一線，「還算齊整。」當初她不大樂意沈氏，如今方覺得，給兒子娶個漂亮媳婦不是沒好處。瞧瞧，孫輩都好看。

何子衿道：「今天誰也比不過二妞姊。我好久沒見二妞姊了，我去瞧瞧二妞姊。」

陳姑媽笑，「好久不來，妳也不說來。」

何子衿道：「上有老祖母，下有老母，抽不開身呢。」

陳姑媽被她逗笑，「我可是聽說妳這些天光忙著賺銀子發財啦。」

這消息是她三孫子陳遠說的，表叔家的子衿妹妹在書院外左一家鋪子右一家鋪子，生意好得不得了。何子衿這點小錢小生意的，自不在陳家人眼裡，陳姑媽也只是說笑罷了。

何子衿謙虛，「過獎過獎。」看吧，親戚就是這樣，哪怕有什麼不愉快之事，真能一刀兩斷的能有幾家？湊合著來往唄。說到底，還是親戚。

何子衿陪陳姑媽說笑幾句，與陳家其他幾位奶奶打過招呼，屋裡已有眼生的太太奶奶們打聽她了。無他，何子衿生得好啊。那雪白的皮膚，天天爬山都曬不黑。那飛揚的桃花眼，彷彿天生帶著三分若有若無的笑意，還有高鼻粉唇鵝蛋臉，美貌是有目共睹的。

生得好還會打扮。何子衿從來不滿頭珠翠，頂多就帶一兩樣珠釵，她也沒有太華貴的衣裳，當然，她也絕不是荊釵布裙，但這粉紅的襖，茜紅的裙，在她身上怎麼就這般與眾不同哩？真是個不錯的姑娘。

屋裡不認識何子衿的都這樣想，再一打聽，哦，原來這就是那菊花姑娘啊！哎呀，這就更不錯啦！生得美貌，還會賺銀子！

這裡就得說一句，陳家家大業大，但這添妝來的多是親戚，陳家的親戚，亦多是商賈之家。其實倘真是書香官宦之家，不一定會欣賞何子衿這種種花賣銀子的舉動，商賈卻不同，他們最實際最直接，非但未覺不妥，反頗是欣賞：會賺錢有什麼不好？會賺錢才有飯吃！

於是，何子衿被叫著又認識了幾位太太奶奶方去了陳二妞的閨房。

陳家姊妹都在陳二妞的閨房，許冷梅和陳大妞也在。許冷梅有些發福了，她月份比沈氏要小一些，肚子卻明顯比沈氏的大，臉上胭脂淡掃，微微笑著。倒是陳大妞，相比於富貴滿身，且喜且羞的陳二妞，陳大妞有些憔悴。

姊妹姑嫂的打過招呼，何子衿先向陳二妞道喜。陳二妞請何子衿坐了，命丫鬟上茶，方笑道：「許久沒見表妹了，倒是常聽見表妹的名聲，表妹可好？」

這才多少日子沒見，陳二妞咋變得這般文謅謅啦？

何子衿頗有些不適應，倒沒表現出來，「都好都好，二表姊可好？」既然她從子衿妹妹到了表妹，她也不好再叫陳二妞為二妞姊了，自然是叫表姊更鄭重些。

「成日在家裡，能有什麼不好？」陳二妞又問：「表妹在家忙什麼呢？」

丫鬟捧上茶來，何子衿接了茶，道：「無非是看看書，寫寫字，做做針線。」

陳二妞端莊著一張臉，「是啊，咱們女孩子還是要以女紅針線為要。」

何子衿就低頭喝茶了。

今日添妝禮，陳家也是有宴席的，宴席很不錯，何子衿還被安排與陳二妞同席。她覺得陳二妞整個人都不一樣了，從頭到腳透出一股端莊穩重，連吃飯都莊重得不得了。

待下午何家告辭，回家後何子衿同沈氏說起這添妝禮來，道：「挺熱鬧的，姑祖母家親戚族人多，來的人不少。」一時，何恭叫了沈念和何冽去書房看書，何子衿方與沈氏及蔣三妞說道：「我的天，二妞姊現在大變樣啦！以前都叫我名字或是子衿妹妹，今天我去，客客氣氣地喊我表妹，把我給嚇得，沒好叫她二妞姊，改喊表姊了。」

沈氏聽著好笑，道：「這是怎麼回事？」

「不知道，太可怕了，端莊得不得了！她以前都說，有丫鬟婆子，做什麼針線啊？今天竟跟我說女孩子要以針線女紅為要。」何子衿搖頭，「真不知誰給她出的餿主意，她要這樣，婚後怎麼跟胡三公子相處呢？」

沈氏笑斥：「這叫什麼話，難不成端莊不好？女孩子就得端莊穩重才討人喜歡。」

何子衿嘖一聲，「二妞姊這明顯是端莊太過，娘，您是沒瞧見她那端著的勁兒，我看，遠不如以前自在。」

沈氏素來善解人意，「女孩子成親，沒有不緊張的，二妞興許是太緊張了。」

何子衿不置可否，就那端著的範兒，絕不是緊張能緊張出來的，不知練了多少日子。

過了陳二妞的添妝禮，何家就進入了沈氏產期的備戰中，何老娘把多時不念的佛珠找出來套到手腕上，每天一炷清香，念念有詞。何子衿也不去山上了，就怕她娘忽然生產。祖孫兩個還每天早上交流心得：「晚上做胎夢沒？」好像生孩子的是她倆似的。

沈念和何洌也在想著什麼時候傍晚放學，家裡就多了個小弟弟或是小妹妹。

結果，沈氏的肚子硬是沒動靜，把一家人急壞了。

蔣三妞道：「要不，去廟裡拜拜？」

何老娘既想去又擔心，「就怕咱們去了廟裡拜菩薩，妳嬸子在家裡就要生了。」

家裡沒人可不成啊！

反正，在一家人翹首以待地盼著沈氏生產的時候，陳二妞出閣的日子到了。前一天晚上就商量好，何老娘不去，她在家守著，哪怕媳婦不生，卻也就這幾日了。若只有蔣三妞一個人在家，哪怕家裡有丫鬟婆子也不成。蔣三妞還是姑娘家，沒經過這樣的事，家裡得留個能頂事的，而這人何老娘認為非自己莫屬。

何老娘捏著佛珠對兒子道：「當初你們成親，我拿著你們的八字去合，高僧就說是天作之合，旺夫旺家旺子，可見是準的。咱們家缺啥啊，不是大富之家，卻也不愁吃喝。這些年沒大福氣，但都平平安安的。唉，就是缺孩子啊。咱家不比那等閒一屋子孩子的人家，你媳婦就這幾天了，生產是大事，斷不能離了人。這事你們男人幫不上忙，我留在家裡就成，明兒個你帶孩子們去你姑媽家吃喜酒，咱家一個都不去不好。」

何恭也擔心妻子，隨著妻子產期逼近，他書也看不下去了，他道：「要不，讓孩子們去熱鬧一日便罷？嫁孫女又不是娶孫媳婦。」一般嫁女兒的排場遠小於娶媳婦，也就陳家豪富，想擺闊而已。可胡家同樣是碧水縣名門，總不會讓陳家搶了風頭。

何老娘道：「只讓孩子們去不妥。」你媳婦還沒生呢，你就這麼離不開，叫人家笑話。

沈氏也勸丈夫道：「你就去吧，我沒事兒。有母親在家，我很安心。」

老娘和老婆都這樣說，何恭只得應下。沈氏吩咐孩子們提前找出新衣，她也給丈夫預備妥當了，結果，一家老小都沒去成。

第二日一大早，何恭還沒帶孩子們出門，沈氏就發動了。產房是早預備好的，何老娘趕緊吩咐：「小福子去找阿仙來！」何恭則扶著沈氏去產房。

何子衿連忙讓周婆子去燒水，何老娘道：「煮上十個雞蛋。」雞蛋好熟，何老娘先叫沈氏吃幾個。生產是體力活兒，沒力氣不行。各屋的炭盆也搬到了產房，再挪幾盆炭到沈氏的臥室去。仙太太來得很快，她比何老娘小不了幾歲，懂些粗略的醫道，接生上是把好手，尤其近兩年何子衿出名後，仙太太很會宣傳自己，別人一提何子衿，她就說：「哎喲，那丫頭還是我給接生的，她娘生她時日子就好，二月初一晚上發動，我一看，這眼瞅著就是子時，過了子時，可不正是二月二龍抬頭嗎？大旺的日子啊！我就跟何家媳婦說再忍一忍，這一忍就忍過了子時。妳瞧瞧，人家那丫頭運道旺不旺？闔縣裡沒幾個比得上的吧？」仙太太把功勞都歸在自己頭上，反正她這一自我推銷，就由碧水縣的產婆搖身一變成了碧水縣的名產婆。

仙太太的確有經驗，她把何子衿、蔣三妞攆到何老娘的屋裡去，不叫她們靠近，後來說是擔心嚇著女孩子，怕她們以後會怕生孩子。

仙太太看看沈氏的肚子，沈氏勉強算熟手，道：「還一陣一陣地疼，得等一會兒。」

仙太太道：「這不急，慢慢來。」又跟何老娘聊天：「咱們闔縣再沒有比嫂子您家媳婦會生的，瞧瞧這日子，陳財主嫁孫女，胡老爺娶孫媳婦，不用算都知道是上等日子。這孩子生下來，肯定是個有福氣的。」

何老娘樂呵呵地忘了謙虛，「天意呀，都是天意！」

仙太太笑，「要不說您老有福呢？」

何恭帶著沈念和何冽在外頭等著，焦急得頻頻問：「生了沒？」把仙太太笑得說道：「我說阿恭，你就別急了，又不是你生。」

何恭心道，生的人不急，等的人急啊，他都恨不得自己親自上陣了。

其實沈氏這胎生得不算慢，沈氏有經驗，又有仙太太在旁提醒沈氏怎麼呼吸怎麼用力。從開始陣痛，到生出來，不過兩個多時辰。

仙太太剪斷臍帶，將孩子裹好遞給何老娘，「喜得貴子！」就俐落地幫產婦收拾起來。

何老娘歡喜得險些厥過去，何恭聽到孩子的哭聲立刻奔進來，先去看媳婦。沈氏聽到是兒子也極是歡喜，她倒是不缺兒子了，可夫家缺啊。四五代單傳，能再得一子，再好不過。

何恭握著妻子的手說了幾句貼心話，沈氏臉色疲憊中透著喜悅，問：「孩子呢？」她生孩子去了半條命，這會兒也想看看呀！

何恭轉頭找兒子，道：「母親正給擦洗呢！」

何老娘把寶貝孫子洗乾淨，用小被子包好才抱過來。

何老娘笑得合不攏嘴，道：「你們看，多俊俏的小後生啊！」

仙太太幫沈氏收拾好，清洗了接生用具，因產房就在沈氏臥室隔壁，中間僅隔一道門，見沈氏氣色還好，待她略躺躺，便扶她回臥室坐月子，畢竟產房血腥味太重。

臥室早布置好了，水仙盛開，芳香盈溢，溫暖如春，仙太太幫沈氏蓋好被子，笑道：「我掂量著有六斤多。」個頭不大，也不算小了。

何老娘道：「我這媳婦是個苗條人，我家丫頭、小子生下的時候都不大。」

何子衿和蔣三妞聽到孩子哭聲都過來了，在外頭問能不能進去。

何老娘喊道：「生了個小弟弟！行了，都去吧，別進來，三天後再看！」

何洌道：「白等半天……」原來不叫看呀！

何子衿決定做代表進去瞧瞧，順便給她娘送月子餐。一碗熱騰騰的雞絲粥，她早叫周婆子做好了，熬了兩個時辰，入口即化。

沈氏除了臉有些白，其他還好，見著吃的也有食欲，何恭扶起妻子喝粥。

何子衿去瞧小娃娃，看了一眼就道：「不如阿洌小時候好看。」

何老娘有孫萬事足，笑斥：「都沒妳好看！」

仙太太笑道：「子衿不知，孩子生下來醜不算醜，妳兄弟這眉眼，一看就是個俊的。」

何子衿細看，驚叫一聲，「媽呀，怎麼是兩道白眉？」難不成她弟天生是白眉大俠？

沈氏險些噴了粥，眾人皆笑道：「小孩子生下來大多沒眉毛，過兩天就長出來了。」

原來人家不是白眉，而是人家的眉還禿著。

何子衿看了回小娃娃，出去與蔣三妞幾個道：「醜得不行，比阿洌差遠了！」

何老娘在裡頭忍無可忍，吼了一嗓子道：「我們俊哥兒比你們都好看！」

她老人家一急，孫子的小名都取好了，就叫俊哥兒。

何子衿幾人都笑了，又打發下人去親戚家報喜。仙太太辭了出來，何子衿已經準備好紅包，仙太太一入手便樂得見牙不見眼，又說了無數好話奉承何老娘。

「嫂子呀，我接生過這麼多孩子，就沒幾個比得上您家這哥兒。俊俏不說，人也聰明，在娘胎裡就會挑日子了，專選大吉大利的日子生。要是換別人家，倒也想，奈何生不出來。再說那孩子的腦門兒多飽滿，那眼睛多有靈性，那手那腳天生帶著大福氣。嫂子啊，您的福氣來啦！您看看，咱們阿恭是闔族皆知的大孝子，咱們子衿種的花兒更不用說。咱們阿冽這麼小就在書院念書，咱們阿念也是個念書胚子，還有咱們三姑娘命裡就旺，明年我得來您家吃喜酒了。再說嫂子您挑的媳婦更沒得說，過日子又旺子孫，誰不羨慕您呢？嫂子您說說，咱們族裡還有誰比得上您？嫂子啊，您的福氣在後頭啊！」

何老娘得了二孫子，本就歡喜得不得了，再被仙太太這張嘴一吹，何老娘直接笑成了個瓢，那嘴咧得都快合不起來了。

待仙太太離開，何老娘立刻喊了兒孫：「給祖宗上香去！告訴祖宗咱家轉運了，阿冽有弟弟啦！」她在心裡給沈氏記了一大功，又風風火火招呼周婆子去買些魚肉回來給兒媳婦坐月子。接著喊余嬤嬤去門外繫紅布條，告訴別人家裡有產婦，有身孕者或孝期內者切勿上門。

沈念默默尋思，許多人家珍視自己的孩子，他只是運道不好，沒遇到這樣的父母，但是能與子衿姊姊一起長大，他的運道也不算太壞。

何子衿拉拉沈念的手，「吃飯啦吃飯啦，我快餓扁了！三姊姊，妳餓不？」

蔣三妞笑道：「我也餓了。」

何恭給祖宗燒過香就去守著老婆了，何子衿將午飯單子送去給老爹，其他人則跟著何老娘在她屋裡用午飯。

傍晚的時候，穿著一身絳紅衣裳的陳姑媽坐車過來了。今天陳二妞出閣，孫女嫁得好人家，陳姑媽自是高興。先時沒見何家一家人來吃喜酒，她就料著了，後來何家打發下人去報喜，陳姑媽更是喜得不得了，娘家人丁終於興旺起來。

陳姑媽一高興，家中宴席一散，衣裳都來不及換就坐車來何家。陳二奶奶剛嫁了閨女，心情悲喜交加，又要收拾家裡，故此，服侍陳姑媽過來的是陳三奶奶。

何老娘迎大姑姊一塊在炕上坐了，眼睛笑成一線天，「子衿她娘算著就是這幾天的日子，昨兒還說我就不去了，讓阿恭帶孩子們去吃喜酒。沒想到早上還沒出門，子衿她娘就覺得不好，便趕緊把阿仙找來了。」

余嬤嬤擺了蜜餞，端來茶水，陳姑媽卻顧不得喝茶，哪怕知道沈氏生了兒子，這會兒依舊喜得拉著何老娘的手道：「大喜呀！妹妹以後到了地下見著祖宗，妳就是咱家的大功臣！」別人家生孩子都是水到渠成，再簡單不過的事，就她娘家生男丁艱難。自祖上開始，四五代單傳，如今見著第二個男丁，陳姑媽想想就為侄子高興，道：「咱家終於要轉運啦！」

何老娘雙手合十，「要是能再生一個，哪怕是丫頭也不嫌多。」

陳姑媽笑說：「這話很是。」又問什麼時候生的。

何老娘道：「就晌午那會兒，午時剛過。」

陳三奶奶笑，「日子好，時辰也好，這孩子會生。」

何老娘和陳姑媽這對老姑嫂越發歡喜，何老娘人逢喜事精神爽，念叨了一回自家乖孫，便問起陳二妞的喜事。陳姑媽笑得悵然，「熱鬧得很，孫女婿也是個斯文人，只是想到養了十幾年的孩子，就這麼嫁了出去，我這心裡實在捨不得。」

何老娘勸道：「妳妳也不用愁，胡家本就是知禮人家，何況咱們一個縣住著，妳什麼時候想二妞了，她抬抬腳就能回家來。」

「做人媳婦怎麼一樣？」有陳芳之事，陳姑媽這輩子都不能圓滿。只是，她心裡傷感，卻是不會說出來的。眼瞅著娘家興旺了，陳姑媽很為弟妹高興。

何老娘也是有閨女的人，道：「是啊，要不我就喜歡孫子呢？孫子以後是給咱往家裡娶來人。妳說孫女有什麼用，到末了是別人家的人。像阿敬，自出嫁後，我見的次數一巴掌數得過來。那死鬼也是，不知怎麼給阿敬定了這門親事。」說到閨女，何老娘就想念得不得了。

陳姑媽為自己的弟弟分辯道：「誰不說阿敬這親事好？誥命夫人的命，比咱們都強。」

何老娘嘆一聲，「以後我家子衿說親，不管什麼誥命不誥命的，就得是碧水縣的才好。我啥都不圖，就圖離得近。」

陳姑媽贊同，「是這個理。孩子呀，還就得咱們自己看著才放心。」又道：「子衿這個，可是得好生挑挑，知根知底的人家最好。」

「只要在碧水縣，都能打聽出來。」何老娘很有信心，「再說丫頭還小，倒是不急。」

陳三奶奶笑道：「再過個兩三年，子衿到了歲數，舅媽家就得換個鐵門檻了，不然還不得被媒婆給踏平了。」

何老娘嘿嘿直樂，「三郎媳婦也會打趣我這老婆子了。」

陳姑媽很想先跟何老娘透個口風，或是兩家先有個默契啥的，只是當年兒女之事傷彼此甚深，有了教訓，她不敢再大包大攬。

陳姑媽終是歡喜的，畢竟不管怎麼說，娘家興旺是再好不過的事。與何老娘樂呵一陣，天色不早，陳姑媽帶著陳三奶奶起身告辭。洗三時正趕上陳二妞回門，怕是不能過來，陳姑媽道：「我那裡早備了給孩子的好東西，等六天時我再過來。」

何老娘笑應了，一路送大姑姊出門。

何老娘是個心直口快的性子，人卻不笨的，大姑姊三番兩次暗示她家丫頭片子的親事，何老娘也覺出了些大姑姊的意思。自陳大奶奶被關小佛堂，兩家關係便不如以往了，若是以往，何老娘一聽就得樂意，這會兒卻是猶豫。

何老娘倒不是覺得自家丫頭配不上陳家，陳家雖有錢，她家丫頭還有種花的手藝呢。而且，她家丫頭生得好，眉眼水靈，絕對是他們碧水縣一等一的美人。別說女人美貌不重要，美貌不重要的話，當初她兒子能著魔似的非沈氏不娶？當然，自從沈素中進士，她對沈氏就沒啥意見了。現下沈氏生了第二個兒子，她已私下認定兒子與沈氏就是天定的緣分。

何老娘琢磨著陳家的幾個孫輩，陳志已經成親，陳行年歲大她家丫頭太多，陳行是長房所出，給丫頭尋陳大奶奶這麼個婆婆，後半輩子甭想舒坦。再下面是陳遠……

思量半晌，何老娘決定再等等看，孩子們還小，得看脾氣性情是否合適。最重要的是，到時得問問孩子們的意見，她可不想發生當年兒子那檔事了。

何老娘得了二孫子，何恭得了次子，何子衿有了二弟，何冽升一級，成了哥哥。

何家闔家歡喜，連何子衿每天藉著給她娘坐月子做大魚大肉，何老娘都沒說啥。反之，何老娘得意洋洋，洗三禮時把親戚族人都請來，族長夫人劉太太也賞光過來吃了洗三酒。席面擺了兩桌，劉太太還讚道：「早聽說妹妹家飯食好，今日才知名不虛傳。」

在碧水縣的老太太裡，劉太太算是比較有見識的，一年會吃上幾回芙蓉樓的席面。何恭家這席面，不能跟芙蓉樓比講究，但在家宴中也是一等一的。雖也是雞鴨魚肉那套，可這手藝不一樣，該軟的軟，該辣的辣，入口滋味極佳。何家掌勺的周婆子，不過是鄉下把式，對於肉就只會祖傳的兩種做法，一種是燉，一種是切片炒，現在可不得了，紅燒、糖醋、白切和水煮，不同部位還有不同部位的吃法。

周婆子一躍成為小有名氣的廚娘，當然，這是有原因的。眾所周知，她的手藝是何子衿調教出來的。至於何子衿是跟誰學的，人家看書自學的。

何老娘聽到劉太太稱讚她家席面，笑道：「是丫頭看著安排的，這些事都歸她管，嫂子覺得好就多吃些。」蔣三妞親事定了，何老娘現在的主要任務是宣傳她家丫頭片子的能幹，以期能為丫頭片子尋個好人家。

劉太太在何氏族中是出了名的賢良，與何老娘的關係不錯，怎會不知何老娘的意思？再者，何子衿與何洛是打小的交情，劉太太也喜歡聰明能幹的女孩子，遂笑問：「難不成都是子衿張羅著辦的？哎喲，這孩子這麼小就這般能幹！」

聽劉太太這般說，何老娘更是歡喜，「她就喜歡灶上的事。我們三丫頭是針線上頭好，子衿是愛做點心燒菜啥的。她既然喜歡，廚房的事兒就叫她管著了。她天生愛管事，她娘月子裡吃啥她都要操心，問過平安堂的張大夫後，成天不是煲這個湯便是熬那個粥，什麼天麻、當歸和黃芪、黨參、杜仲，我也不懂，隨她去搗鼓。我啊，只管帶孫子啦！」

劉太太笑說：「這才是妹妹妳的福氣呢！」

何老娘道：「福氣不福氣的不要緊，孩子們平平安安的，咱們就高興。」說著又幫劉太太斟了一杯酒，「嫂子嘗嘗我家的酒，天冷，喝酒暖和暖和。」

今日來的都是親戚族人，其中就有何忻之妻李氏，李氏看何老娘今日之神采，委實要感嘆，想當初沈氏生了閨女，何老娘那麼嫌棄，誰能料到會有今日呢？

李氏笑著說道：「嬸子說到我心裡去了，平安就是福氣。」

馮凝之妻周氏也在座，跟劉太太的兒媳孫氏打聽：「這眼瞅就要過年了，您家公子從山上回來沒？」這問的是何洛。

說到長子，孫氏笑彎了眼，「他走前說得臘月二十五、二十六才回得來。」

周氏道：「哎喲，山裡可冷了，得給孩子帶足衣裳才好！」

孫氏笑，「是啊！」接著說起兒女事來。

許舉人的妻子許太太也在座，時不時去瞧另一桌的女孩子們，那桌由何子衿和蔣三妞看著招待。繡坊已經放假，蔣三妞是放假兼辭職，李大娘包了個紅包給她，蔣三妞照舊將紅包交給何老娘，何老娘高興了一晚，還跟蔣三妞說：「妳小兄弟就是旺，剛一出生，就給妳旺了財運！」聽得何子衿直翻白眼。

赴宴的女孩子不少，劉太太帶了兩個孫女，李氏帶了康姐兒，許太太帶了小孫子和小孫女，另有蔣三妞及何子衿姊妹，一張桌子坐得滿滿的。

許太太對何老娘道：「二妞出閣妳沒過去，那天熱鬧得不得了。三丫頭的好日子，你們兩家定了沒？」

何老娘笑道：「定了。我想多留三丫頭一年，定了明年臘月。」

許太太道：「錯眼不見，子衿也是大姑娘了。」

有人打聽她家丫頭，何老娘心裡還是很得意的，她老人家這回只是想宣傳一下自家丫頭不僅僅會種花了，丫頭還小，暫不想提親事，便道：「大什麼？還是小丫頭呢！」不想多談這事，轉移話題道：「聽說冷梅也快生了，她是頭一胎，可得多留意，產婆可請好了？」

說起閨女，許太太的話就來了：「算著是正月的日子，這還沒到呢，我就天天吃不好睡不香地擔心。其實親家那裡什麼不是周全的，我不過是操心慣了。」

何老娘抿口黃酒，「妳是做親娘的，這是難免的。」

過了洗三禮，眼瞅著就要過年了。

今年年下趕上沈氏坐月子，何老娘得了二孫子，就什麼禮都不挑了。她甚至大包大攬，對沈氏道：「有我跟三丫頭、子衿在，家裡的事不用妳操心，年禮啥的，我帶她們置辦，妳把俊哥兒看好就行了。」

何老娘大包大攬不算，還給何子衿、蔣三妞一人分了一匹好料子，又置了些兔皮，叫她們自己做新衣裳穿。何子衿被何老娘的大方嚇一跳，心說老太太這是怎麼了，得了個孫子高興懵了嗎？這會兒給我好料子，會不會哪天回過神來再後悔要回去啊？

為了避免這種可能，何子衿先把衣裳裁出來，但凡有空就縫上兩針。

她與蔣三妞幫著準備年禮及過年要用的東西，還殺年豬做醬肉、臘腸、臘肉等等。何冽與沈念則由何恭帶著去族人親戚家送年禮。家裡添丁進口，何恭見誰都笑呵呵的。

洗三禮趕上陳二妞三朝回門，直到俊哥兒出生六天，陳姑媽才帶著陳二奶奶和陳三奶奶過來看俊哥兒，很是讚了一回，還大手筆送了一套小孩子的長命鎖及金手鐲，還有些綿軟的衣料，就去同何老娘說話了，陳三奶奶過去相陪。

陳家幾位奶奶，陳二奶奶與沈氏的關係最好，留下來同沈氏說話，陳二奶奶笑道：「這孩子真俊，生得眉眼像妳。」誰說娶好看的媳婦沒用，像沈氏，就因生得好，可是把老何家子嗣的顏值硬生生提高了至少兩個檔次。孩子個個精神，叫人瞧著就喜歡。

孩子在睡，沈氏放低聲音說：「阿冽小時候就這樣。唉，被這臭小子鬧騰得，二妞出閣也沒去成，我聽說熱鬧得緊。」

說到這個，陳二奶奶喜上眉梢，「咱們家還好，畢竟是女方，只擺了一日酒，倒是親家，足足熱鬧了三天，賀喜的人多得數不過來。」

「咱們碧水縣若胡家說是第二，誰家敢認第一？」沈氏道：「胡家是名門，多少年都是讀書做官的人家，二妞嫁過去，後半輩子是不必愁的，嫂子盡可放心了。」

胡家是有根基的世宦之家，所以，哪怕胡文是庶子，拿出誠意求娶蔣三妞，何家也是很樂意的。沈氏又問：「二妞回門時，嫂子瞧著可好？」

明年蔣三妞就要出嫁，雖說二妞嫁的是二房，蔣三妞嫁的是長房的胡文，但一家人的家風如何，只憑道聽塗說能有多少可信，還是要看親身體驗。

陳二奶奶面上淨是喜色，「胡家是寬厚的人家，妹妹儘管放心。先前我聽說大戶人家規矩大，二妞是新媳婦，我也很是擔心。等她回門時我問她，她說她家老太太疼媳婦，二奶奶每天過去陪著說說話，倒不用立什麼規矩，就是用飯也是各房用各房的。這年下，聽說胡家長房大少爺夫妻回來了，在準備明年秋闈。」

沈氏道：「這就好。嫂子說，這是不是再讓人料想不到的緣法，我們三丫頭跟二妞居然還有做妯娌的緣分。」

「是啊，早前我就說三丫頭是個有福的。」陳二奶奶笑著，心中卻想，蔣三妞嫁的不過是庶出，人家長房有兩個嫡子，哪怕蔣三妞嫁的是長房，終究比不上她家閨女。只是，一個好漢三個幫，以後畢竟是妯娌，提前搞好關係沒什麼不好。

陳二奶奶忽然悄悄道：「弟妹不知道吧，我們老太太正給大哥相看二房呢！」

這事沈氏倒不驚訝，當初陳大奶奶做的事夠夠蠢，沈氏道：「姑媽不是早有此意嗎？」

「這也是。」陳二奶奶不好形容心裡的感覺，她與陳大奶奶做妯娌多年，兩人之間還有些個摩擦，陳大奶奶一倒，她接過管家的權柄，不是不得意，但婆婆給長房相看姨娘，她就不大好受了。讓何子衿來說的話，陳二奶奶這是兔死狐悲之感。

陳家與何家有一點相似之處，那就是陳姑媽與何老娘都是極厭惡妾室之人，故此，當年陳姑丈置外室時，陳姑媽險些氣瘋，最後鬧到州府閨女面前，把外室給除了。何老娘呢？當初多不喜歡沈氏啊，尤其沈氏生了何子衿，肚皮四五年沒動靜，何老娘盼孫子盼得兩眼冒綠光，也從未說過給兒子納妾的話。無奈陳大奶奶忒不像話，這才讓陳姑媽忍無可忍。

沈氏安慰道：「依姑媽的脾氣，就是給表兄納小，也是尋正經人家穩重老實的姑娘。」

陳二奶奶嘆，「大嫂這樣，大哥身邊的確也得有個服侍的人。」

說起這個，氣氛沉悶，正巧史太太攜閨女福姐兒來了。福姐兒看過小娃娃就去找何子衿說話，史太太則是先讚了孩子，笑與沈氏道：「前兒就聽到仙嫂子在外頭說妳家這哥兒生得好模樣，這非得親見我才能信，果然乖巧又白嫩俊俏。」

沈氏笑說：「這兩天才好看些。剛下生來時，子衿張嘴就說怎麼這麼醜。」

史太太道：「子衿天天照鏡子，看慣了自己，自是覺得世上沒有其他美人。這孩子生得跟阿冽更像些，確實是不及子衿，子衿的眼睛更大更有神采。」

「嫂子可別讚她，不然她就更樂得找不著北了。」

史太太直笑，又問可取名了。

沈氏道：「小名兒叫俊哥兒，大名單字一個冰，叫做何冰。」

「這名字好，何冰，冰清玉潔。」史太太沒啥學識，沈氏彎著眼睛笑。

史太太性子頗熱情，她丈夫是縣裡的司戶大人，與陳二奶奶自是認得的，這會兒又說起胡陳兩家的親事來，「前兒去胡老爺家吃喜酒，您家姑娘著實出眾，生得好模樣。」

這話就是客氣了，但史太太接下來一句話絕對是肺腑之言：「哎喲，還有您家這嫁妝，我的天，說是十里紅妝也不為過，把胡老爺家的屋子都塞得滿滿的。我看啊，十年之內，沒人能比得過妳家啦！」

陳二奶奶掩嘴笑說：「妳過獎了。」

大家說著話，史太太又道：「妳們聽說沒，咱們縣裡可出了件大事。」

沈氏道：「我又不能出門。」看向陳二奶奶，陳二奶奶道：「我這些天都在忙我家二妞出閣的事，也沒留意。」能有什麼大事啊？

史太太感嘆，「趙國舅家啊，手眼通天，他家又往宮裡送了美人，而且，這次送的人還不一般。」自從上次皇帝賞了趙家不少東西，趙財主便自詡為趙國舅。

史太太眼睛裡淨是閃亮亮的八卦光芒，話說得眉飛色舞：「趙國舅家這輩是不用愁了，他姊姊嫁到芙蓉縣林家，親自找了他，挑了最出眾的孫女，讓趙國舅給送到宮裡做娘娘。」

陳二奶奶咋舌，「這趙家怎這麼大的門路啊？」

沈氏倒是說：「輩分不對吧？前頭趙娘娘是趙國舅的親閨女，這個林姑娘可是要叫趙國舅舅爺的，兩個娘娘差一輩呢，也能跟著伺候皇上？」

「所以才說稀奇。」史太太道：「不過聽我家老爺說，唐時楊貴妃還是唐玄宗的兒媳婦，武皇帝更是服侍了父子兩人。」皇帝家的閒話不好多說，史太太繼續說趙國舅家的閒話：「更叫人驚訝的是，這位林姑娘先前可是訂了親的，為了叫孫女進宮做娘娘，趙國舅的姊姊硬逼著兒子去給孫女退親。聽說這會兒林姑娘已經進宮，成林娘娘了。」

這件事碧水縣的百姓覺得稀奇，無非就是史太太說的兩樣：兩位娘娘，一個做姑姑，一個做侄女，進宮服侍同一個男人了。另外就是林姑娘是訂過親的，退了親也要去做娘娘。這麼一來，眾人都被趙國舅家手眼通天的本領給震憾了。

起初碧水縣的百姓都覺得，老趙家出一位娘娘就是十八輩子的造化，沒想到人家的本事遠超乎大家的想像，竟然送了第二位姑娘進宮做了娘娘。
除了震憾，大夥兒還羨慕嫉妒恨。
當然，另有一種既非羨慕亦非嫉妒更非恨的，那就是被退親的馮家。
馮家覺得這是莫大的恥辱。
事情傳開後，周氏過來說閒話：「也不知族裡是不是風水哪兒不好，出了這等晦氣事。當初訂親時，林家樂得屁顛屁顛的，一見有高枝，立馬攀那高枝去。這等淫婦，我就不信皇帝老爺能喜歡！」是的，被退親的就是馮家，雖說不是馮凝這房，也是同族親人。
馮家人因此事，面上灰灰的，直到回芙蓉縣時猶是如此。
沈氏說：「這林家忒沒信義了。」
何老娘道：「管這些事做什麼？好在被退親的不是妳姊姊那房，幸而也不是阿凝這房。」她老人家早算過了，她家丫頭片子沒有做娘娘的運道，她關心的另有其事，問自家丫頭：「新衣裳做好沒？過年得穿啊！」
「快做好了，急什麼呀？」老太太這是怎麼了？以前她要做新衣，就像是要她老人家的命，這會兒倒主動催促。不會是見到人家去做娘娘，她老人家心動了吧？看著又不像。
「抓緊點，到時過年來親戚穿新衣裳，要打扮得漂漂亮亮的才好。」何老娘早想好了，丫頭沒做娘娘的命，也得找個好婆家。這會兒就有人明裡暗裡打聽她家丫頭的親事，丫頭就更得好生打扮。這可是關鍵時刻，哪怕花費些個也是值得的。
何老娘做好了宣傳她家丫頭片子的計畫，甚至大年三十的晚上把自己的大金鐲子拿了出來，對丫頭片子道：「明兒妳戴這個，顯氣派！」說完又特意提醒道：「這只是暫時借給妳一天，可是要還的啊！」

何子衿這會兒已經猜度出老太太的用意，心裡覺得好笑，伸出細細的手腕來，「我一戴就掉，說不好什麼時候就丟了呢！」

一聽這個丟字，何老娘迅速又把金鐲揣懷裡，「這倒也是。」

何子衿笑說：「祖母就放心吧，先前我不是有一匣子鎏金的首飾嗎？尋出一對來戴就是，跟金的是一樣的。」

這倒是給何老娘提了個醒兒，鄭重叮嚀：「很是，明兒個好生打扮，許多人要來拜年。妳娘還在坐月子，妳三姊姊是有親事的人了，就得妳跟我招待親戚，妳可得爭氣啊！」

於是，大年初一，何老娘待客就是這樣的。

「來，嘗嘗這花生糖。哎喲，好吃吧，我家丫頭自己做的！」

「吃塊綠豆糕。哈哈，這不是買的，我家丫頭做著玩，弄了好些個呢！」

「妳說這茶啊，這叫柚子茶，外頭沒得賣，是我家丫頭從書上學來的。以前我也有沒喝過，這味兒很清香是吧？」

「我這臥兔兒啊，我家丫頭做的！我還說別繡花，這麼麻煩，她非要繡！她針線一般，跟她三姊姊學的，有時薛師傅也指點她一二！」

「我家丫頭文靜，平日除了去為家裡祈福拜三清神仙，不怎麼出門。她就愛在家裡陪著我說說話，做做針線，看看書啥的。」

……

面對何老娘狂風暴雨般的宣傳攻勢，何子衿只想再給自己臉上貼一層臉皮。

這個年，何子衿就在老太太的吹捧中度過了。

何子衿跟她娘說：「我現在走路都是用飄的了。」以前她不覺得自己有這麼多優點，被老太太一說，她忽然覺得自己的優點很多。於是，很沒氣質地沾沾自喜啦。

何老娘過來看她二孫子，實話實說道：「那是說給外人聽的，妳可別當真啊！」

無語一陣，何子衿厚著臉皮道：「我是個實在人，祖母說啥我信啥，我都當真的。」

沈氏笑咪咪地聽著祖孫二人鬥嘴。

何老娘實在歡喜，得了二孫子，把大半輩子的心願都放下了，覺得就是現在閉眼，到了地下，她也是老何家一等一的功臣。何老娘瞧著二孫子就高興，連連讚道：「怎麼就生得這般俊呢？這孩子非但會生，也天生會長，以後長大比他爺爺都俊。」

對於何老娘，這就是極致的誇獎了。

據說何祖父相貌中等，不過老夫妻倆情分好，在何老娘眼裡，當然沒有比丈夫更出眾的男人。何子衿拿出早問過一千八百回的問題給老太太捧場：「真的？祖父真有這麼俊？」

「沒見識的丫頭片子！」何老娘撇嘴，做出個鄙視丫頭片子的表情，摸摸二孫子柔嫩的小臉兒道：「妳祖父當年可是人見人誇，個子比妳爹還要高半頭，我在集市上扯了藍布，做身長袍給妳祖父一穿，那精神頭兒就甭提了。以前族裡有什麼事都會來找妳祖父，他是個熱心腸的人，就天天出門替人操心這點不好。要是少管點事，妳祖父可能舉人都考出來了。」

何子衿聽這話嘴角直抽，她祖父明明連個秀才也沒中好不好……接著，何子衿才明白何老娘說此話的用意。

何老娘瞧著二孫子，一臉慈愛道：「我看以後咱們俊哥兒就是做舉人老爺的料。」蔣三妞聽得都忍不住笑，一家人坐在溫暖的屋子裡敘話，連縣裡唱戲的事兒都忘了。傍晚何恭帶著何洌和沈念拜年回家，笑道：「娘沒去看戲？」

這話問得，何老娘正懊惱著，怎麼說著話就給忘了？縣裡可是不經常唱戲的，一年有個五六遭就得偷笑。見兒子問，何老娘便道：「我們要是去了，家裡剩你媳婦一個，到時要湯要粥的，沒個人怎麼成？」

何子衿笑著解答：「祖母看二孫子看得入了迷，把看戲的事兒給忘啦！」

何洌也過去瞧他兄弟，捏一下臉，把小娃娃捏得大哭起來。

何老娘拍了大孫子一下，斥道：「輕著點！」又忙把二孫子抱懷裡哄著。

「我沒使勁兒。」見弟弟大哭，何洌摸摸鼻樑，「我是看剛生下來皺巴巴的小醜孩，怎麼就越長越好看呢？」

沈念道：「俊哥兒長得沒子衿姊姊好看。」

何老娘手臂托著孩子搖來搖去，俊哥兒並不淘氣，漸漸便不哭了。

何老娘聽沈念的話覺得好笑，「那是，你子衿姊姊是天仙來著。」

沈念笑笑，不說話。

用過晚飯，何洌去研究他越長越俊的弟弟，小娃娃這種生物，對於剛做哥哥的何洌來說是個神奇的物種，他還把自己得的新年紅包拿出一個給俊哥兒，摸摸俊哥兒的頭，「自己省著吧，等大了記得跟哥哥拜年啊！」又問他娘：「俊哥兒得什麼時候才會叫哥哥啊？」

沈氏笑說：「快了，明年這會兒就會叫人了。」

何洌一想，覺得遙遙無期，「還有一年啊……」真是急死個人！

沈氏問：「天天出去玩，先生留的課業可寫好了？」

「急什麼，過了初五再寫，十八才開學。」一年就放一次長假，還有老娘在耳邊囉嗦，小小的何洌已經煩惱多多。

「自己記著就行。」沈氏向來認為孩子的課業不是她的管轄範圍內，不過順口一問，接著又問：「阿念呢？」

「肯定找我姊去了，阿念哥每得點什麼好東西都是叫我姊幫他收著。今天去胡山長家拜年，胡山長給阿念哥一枚玉蟬，還說阿念哥文章好，功課好。年前的書院考試，阿念哥是乙班第一名，胡山長說學裡有五十兩的獎勵，等過完年開學了就發。」

阿念哥一定是去跟他姊說這好消息了。

沈氏讚嘆道：「考第一就有五十兩？」

一年束脩不過三十兩，學業出眾能得五十兩的獎勵，阿念上一年學，淨賺二十兩。

「是啊，我也嚇一跳。」何恭道：「這一則是鼓勵小學生認真上學，二則倘真有課業出眾而家境尋常的孩子，也不會因束脩太高而卻步了。」

當然，這得真正優秀才行。阿念第一年上學就這樣出息，何恭心裡還是有些得意的。他家人礙於資質，不是那種一覽眾山小的才智，但他家收養的孩子能如此，他同樣很高興。

何恭摸摸兒子的頭，「我問過了，阿冽考得也不錯，比入學時強多了。班裡二十個學生，阿冽考了第十，可見平日念書也是用心的。」

何冽道：「有阿念哥指點我，阿燦哥他們平時也會教我一些，不過沒阿念哥細緻。」

他跟沈念從小一起長大，兩人的情分自然不同。

沈念每年的紅包都是給子衿姊姊收著的，今年自然也不例外。

當然，今年沈念不僅是有紅包請子衿姊姊收著，還有胡山長給他的玉蟬，他也送子衿姊姊了。何子衿看著掌中這小小的玉蟬道：「在漢朝時，高官帽子上會飾以蟬羽。蟬也是高潔的象徵，胡山長給你的，你拿去佩戴也好。」

沈念道：「在學裡都是穿一樣的文衫，不用佩東西，要是佩上，倒跟顯擺似的，我還得怕弄丟呢。我看有些富貴人家的女孩子腰上會佩東西，這個子衿姊姊先拿著玩，以後我再買更好的給子衿姊姊。」

何子衿摸摸沈念的頭，覺得他真是貼心，「胡山長怎麼好端端的給你玉蟬呢？」

沈念就等著他家子衿姊姊問呢，都等這半日了，子衿姊姊再不問，他就要憋死了。其實他也可以自己說，要是阿冽的性子，早巴啦吧啦自己說了，偏生沈念不是那樣的直率人。他為了等他家子衿姊姊問這句話，過來前將頭髮重新梳好，又用桂花油抹了幾下，故而現在大頭上那叫一個香噴噴亮閃閃。

沈念唇角微微上翹，努力做出淡定的模樣，說道：「其實也沒啥。」

何子衿笑咪咪地瞧著沈念。好小子，沒啥？沒啥你搗鼓這油頭粉面的幹嘛？過來前還重新換了衣裳吧？何子衿憋笑，順勢接話道：「沒啥就好。許是是胡山長看我家阿念生得俊，又懂禮貌，對不對？」

不對不對！

沈念道：「誰敢在山長面前失禮？再說，以貌取人，失之子羽，山長不是這樣的人。」

何子衿故意說道：「我看就是這麼回事。」

沈念連忙道：「不是不是！」再猜，再猜一回我就告訴妳啦！

「嗯……那是你課業學得好？」

沈念如釋重負，果然他家子衿姊姊夠聰明，一猜就猜到。

沈念道：「山長說，年前考試我考得不錯，他想讓我明年去甲班念書。」

「你會不會覺得吃力？」阿念在乙班已經是年紀最小的了。

沈念笑說：「沒事，要是在甲班吃力，我再退回乙班也是一樣的，就是先去試試。」又悄悄同子衿姊姊道：「老鬼也說我基礎打得不錯。」

「那就好。」不小心忘了我家阿念是隨身攜帶家教的。

沈念看他家子衿姊姊把壓歲錢放到一個小荷包裡，背著手站在一旁，道：「子衿姊姊，妳再做個大一些的錢袋吧。」

「幹嘛？」

「有用唄。」

「咦，我要發財啦？」

沈念這才有些不好意思地同他家子衿姊姊道：「山長說，各班考第一的人，每人有五十兩銀子的獎勵，等年後開學就發。」

聞言，何子衿樂得抱著沈念轉了三圈。

沈念臉紅紅的，就聽他家子衿姊姊很有何祖母風範地道：「這都是我的功勞啊！」

何子衿拉著沈念的手去了何老娘屋裡，她是這樣說的：「祖母，天大的喜事啊！」

冬日天冷，何老娘抱著手爐在炕上昏昏欲睡，隨口問道：「怎麼了？」

何子衿道：「我要發財啦！」

何老娘瞬間精神百倍，「咋啦？」天上掉銀餅砸妳頭上啦？

何子衿喜孜孜地說：「阿念考試得了第一，學裡有五十兩獎勵，一開學就發銀子！」

「哎喲！」何老娘一拍大腿，瞬間換算好了，「十畝上等田！十二畝五分中等田！二十畝下等田！」

何子衿問：「阿念，你想買地不？」五十兩是一筆巨款，她倒沒想到怎麼花。

沈念早有主意，「地不急，姊姊幫我留意，要是咱家附近有賣宅子的，我想買一處。」

何子衿大驚，「你買宅子做什麼？」

「置產唄。」沈念笑笑。

「難道阿念要搬出去？」這怎麼成？她捨不得！

何老娘皺眉想了一會兒，一拍炕沿，道：「阿念想的對，是該先置宅子，不然以後成親，誰會嫁給沒宅子的小子？男孩子跟女孩子可不一樣，女孩子嫁人生子，男孩子是成家立業，阿念又不是沒出息，妳叫他在咱家成親，是叫別人笑話他。是該先置下宅子，待阿念再大個兩歲，我幫他相看相看。」

沈念笑說：「這事倒不急，祖母先幫我留意宅子吧。就照著五十兩來置辦，宅子小一些沒事，我不信自己以後會沒出息，待有了出息，再換大宅子是一樣的。」

「成！」何老娘一口應下，「這事兒包在我身上！」

何子衿望著沈念與祖母一唱一和說得投機，一顆火熱的心當即碎裂成渣。

阿念是誰啊？

阿念是打小跟著子衿姊姊一塊長大的，一個桌上吃飯，一個床上睡覺，考了第一，她就能厚臉皮說是她的功勞，阿念也沒有任何意見……這樣的阿念，就要搬走了……

何子衿心都要碎了。

沈念安慰他家子衿姊姊：「就是先買處宅子，我不搬呢。」

「你搬吧你搬吧！」何子衿終於意識到小鳥養大勢必會離巢的傷感，悲切一嘆，「養孩子有什麼用，我以後再也不養小孩了！」

沈念鬱悶地道：「我現在個子只比妳矮一丁點兒，也只小妳兩歲，妳能不能別說這種話，好像妳是我娘似的。」

何子衿嘆了又嘆，繼續嘆：「是啊，你不是我兒子我都這麼難受。多謝你提醒我啊，我以後也不想生小孩了。」

這都啥跟啥啊？子衿姊姊的思考回路有時比何祖母還叫人難以琢磨！

沈念道：「妳這話說出去，可就嫁不出去了。」

何子衿哭笑不得，敲了沈念大頭一記，問他：「你不是因著祖母這些天神神叨叨的，覺得要失去子衿姊姊，就想搬出去吧？」

那倒不是，只是……

沒等沈念整理好自己的心情給子衿姊姊一個明確的回答，就聽他家子衿姊姊問：「那是不是有喜歡的女孩子啦？」

沈念頓時臉上微紅，氣道：「我看慣了子衿姊姊，還能看上誰啊？」

何子衿頓時得意，「這倒也是。」很多男孩子的確是有戀母情節。再一瞧，阿念的臉紅得可以直接去鬥牛了，她忍不住哈哈大笑，「哎喲，還會害羞啦？」

沈念的俊臉冒了煙，心裡憋氣。我得趕緊買宅子搬家，不然真心話都成了笑話！

捌之章　少年情動藏眷戀

正月十八一開學，沈念領回獎學金，就託何祖母幫忙看宅子了。何老娘就喜歡幫孩子們操持事兒，尤其阿念這種奮發圖強型的，何老娘最是欣賞，對沈氏道：「這孩子啊，自小看到大，小時候就知道過日子，以後也差不了，有出息。」

沈氏也聽沈念說了想置套小宅子的事，她倒沒什麼意見，沈念本人看不出哪裡不好，但他那爹娘……呵，年輕時也只看出比常人更優秀來著。

沈氏道：「是啊，這麼小就知道立志自強，是個好孩子，只是阿念畢竟年紀還小，就是找宅子也得離咱們近些才好。」畢竟是看著阿念長大的，不是沒有情分，但對待阿念的血緣，沈氏慎之又慎。那家人平日看著是人中龍鳳，可做出的那些事真叫一個畜生不如。雙親這個樣子，哪怕阿念養在何家，沈氏還是會時不時擔心。

當然，沈氏不會露出這種憂慮來，她只是在內心深處保留一點這樣的看法。對於阿念想置業獨立的事，她依舊會處理得周全妥當。

何子衿道：「這也不急，好端端的哪裡就有合適的宅子，咱家附近也沒哪家要賣房。」

正巧周婆子端來蒸好的粉角，聞言道：「還真有一家。」

「哪家？」何子衿自認也是消息靈通，不過，她這消息靈通遠比不上家中負責採購的周婆子，周婆子道：「就是咱們後鄰柱大爺家。聽說他家嫌縣裡開銷大，想把宅子賣了，闔家去鄉下，守著田地過日子。」

何子衿道：「他家還好吧？年下我見白奶奶出門，頭上還插金簪，哪至於要賣宅子？」

「那哪是金簪啊，是銅芯鎏金的，年前柱大爺家的小四兒拿了去當鋪換錢，叫人家給瞧出來了。去歲咱們太太幫大姑娘置地，買的就是他家的地。」周婆子嘆道：「他家是一年不如一年了。原本賣了地起碼能過幾年好日子，誰曉得做生意又被人坑了一頭，剩的田有限，手頭銀子也所剩無幾，在這縣裡吃喝哪樣不要錢？年前就把家裡丫鬟小子賣了，如今想是商量妥當準備回鄉下。好歹鄉下還剩幾畝田地，耕種勤懇些，不怕沒吃的。」

甭看是前後鄰，何老娘素來看不上何柱之母白氏好吃懶做，故而很少來往。買地那是恰好，有賣的就有買的，她倒是知道他家賣地拿銀子做生意的事，疑惑道：「不是說極賺錢的大生意嗎？沒聽說開張呢，怎麼錢就沒了？」哪怕兩家關係平常，也是鄰居兼同族，何柱家做生意總會四鄰八舍的通知一下吧？怎麼沒見開張，賣地的銀錢也沒了，如今又要賣房？

周婆子只是八卦碎嘴些，再問她別的，她也不清楚，倒是後鄰賣宅子的事兒，如果消息當真，就真是現成的好地段好宅院。

沈氏道：「不如先叫小福子去打聽一二？」

何老娘點頭，「也好。」

何子衿心中鬱悶難以排遣，第二日去山上找朝雲道長說話。

何子衿唉聲嘆氣地說阿念要置房子搬家，還遷怒人家書院道：「您說，書院是不是有毛病啊？就是獎勵學生，發個一二兩銀子便罷，竟然發了五十兩！」

朝雲道長笑說：「阿念早晚得成家立業，妳這是生的什麼氣？他搬走妳就這樣，以後阿念要是成了親，妳還不得上吊？」

「我、我可不是這種人！」被朝雲道長一說，怎麼倒把自個兒襯得跟個惡婆婆似的？何子衿解釋道：「我是說阿念現在還小，不用這麼急著搬家。他年紀小，我惦記得很。」

「惦記就多看顧，有什麼好煩惱的？」朝雲道長自顧自呷口茶，慢條斯理道：「這世間不論父母抑或兄弟姊妹，誰能陪誰一輩子？便是至親至疏的夫妻，也有許多始料未及的事，真能相攜一世的寥寥無幾。」

靠！咋找了這麼個悲觀主義者來吐槽啊？

何子衿嘆口氣，「叫師傅一說，活著有什麼勁兒？」

朝雲道長道：「活著總比死了好吧？」

聞道進來送果子，聽到這種對話，委實是……覺得世上沒有比這更喪氣得話了，當下連忙笑道：「師傅正當盛年，師妹也是花兒一般的年紀，怎麼說起這個來了？」

師傅，您可千萬別想不開！您一想不開，我們都別活了！

何子衿嘆，「聞道師兄，你不知道……」

「我知道，不就是阿念要搬家嗎？」我的天，這種事還真能愁死嗎？

「咦，師兄也知道了啊？」

聞道心說，妳都絮叨一千八百回了。

何子衿比劃一下，「阿念這麼點兒高時就跟著我了。」

聞道笑，「師妹是個長情的人。」

何子衿道：「真捨不得。」

朝雲道長摸摸何子衿的頭，「吃果子吧。」

雖然小鳥要離巢的事給何子衿造成了一定的打擊，不過，接下來她也有好多事要做。蔣三妞的嫁衣已經繡好了，又開始做帳幔、枕套、荷包。在這上頭何子衿是幫不上忙的，倒不是她不想幫，實在是蔣三妞自己的手藝忒好，她也會女紅，卻跟蔣三妞相距甚遠。她要是幫忙，東西放一起就對比得簡直沒法看。好在蔣三妞要做的針線活計並不多，她的聘銀大部分置了田地，其他的再打家具置嫁妝就有限了，更是絕對比不上陳二妞的十里紅妝。

蔣三妞年前便辭了繡坊的差使，如今專心在家裡做女紅，何子衿也就跟著一塊做。蔣三妞做自己的嫁妝，何子衿則是給沈念做些帳幔被褥啥的，預備著以後沈念搬家後用。

何子衿提前問沈念喜好，沈念對這個沒要求，歡喜地說：「子衿姊姊瞧著好就好。」

看沈念那高興的模樣，何子衿真想敲他兩下，再次悲憤：養孩子有什麼用啊？她一想到阿念要搬走，既傷感又難捨，可這小子竟是這麼歡天喜地。

沈念與老鬼顯擺：看，子衿姊姊對我多好，親自給我做針線！

老鬼表示：是啊，人還沒嫁呢，針線先做好給你使了。

阿念：我、我哪裡配得上子衿姊姊？

之後，嘴裡哼著小曲兒，去找阿冽做功課啦！

老鬼嘖嘖稱奇。他小時候不這樣吧？他記得少時雖吃了些苦，可也沒這麼會裝吧？

沈念買宅子的事，順遂得不得了。一有這念頭，後鄰立刻破產，現成三進宅院就被何家買下來了。唯一計畫外的是，沈念原是想著買處四合院那種的小宅院便好，如今這個卻是三進院，五十兩銀子不夠，好在沈念自有產業，人家百十畝地年年有收成，何老娘又是個帳目明白的人，雖喜好銀白之物，可心是正的，沈念這幾年地裡的收成，何老娘零散著又幫他置了幾畝田地，如今買宅院不湊手，何老娘自掏腰包給他添上，以後沈念田裡收成了再還。

何老娘還特意找了沈念來把這帳跟他說明白，又把他的地契還給他道：「你這孩子是個有出息的，宅子置了，這家業你也學著料理吧。要是有什麼不明白的，只管來問我。」

沈念道：「當初我既然說是當作給子衿姊姊的嫁妝，那就是給子衿姊姊的。大丈夫一言九鼎，豈可反悔？」

「你這麼丁點兒大，哪裡說得上大丈夫？我又不缺銀子，就是缺，也不差你這個。」阿念這身世還是有些孤苦的，看著孩子長這麼大，何老娘也不是鐵石心腸，拉過他的手將地契塞到他手裡，「你自己收著，甭學那些不實在的。你又不是富戶，難道以後不要花銷，現在充什麼冤大頭呢？」

老太太的話素來不大好聽，沈念一笑，「我拿著也沒空去管田裡的事，再說，我自己也不會收東西，一個人住，萬一哪天被人偷了怎麼辦？我知祖母不會再替我收著了，既如此，我讓子衿姊姊幫我收著吧。就是我那幾畝地的事兒，也得子衿姊姊替我看著。」

何老娘真想說，那你就乾脆再還我好了，我不比你子衿姊姊可靠一千倍啊？奈何阿念沒再託她的意思，何老娘只得作罷。

就是何子衿也得了何老娘私下的叮囑：「妳幫著阿念管田地，到時他地裡出產了，得了銀子，就繼續去幫他置地，知道不？」

何子衿點了點頭，對於阿念讓她幫著管地契的事兒，沒覺得有啥，阿念的房契、私房都是託她收著的。還有，幫阿念收拾屋子也是兩人商量好，一起收拾的。這也不是沒有好處，何家人口多，房子就緊張，阿念獨自擁有三進宅院，宅院不大，可人少就顯著寬敞。

沈念邀請了江仁過去一塊住，江仁沒什麼意見，他現在幫子衿妹妹管著筆墨鋪子，因去歲鋪子大賺，子衿妹妹給他工錢相當大方。或許因這個緣故，江父和江母都認了命，隨江仁自己折騰。江仁原本是住在沈念和何冽的書房，這次沈念置了三進宅子，江仁就過去挑了正房的西側間，東側間是沈念自己的臥室，兩人一起住著也有個伴。

沈念搬過去時，何子衿仍是很傷感。

沈念請她去自己家裡喝茶，安慰她道：「咱們只是隔了一堵牆，也不是離得多遠啊！」

何子衿鬱悶地擺擺手，「我知道，朝雲師傅都說了，不要說兄弟姊妹，就是夫妻又有幾個能相攜一生的呢？」

沈念也鬱悶了，悶悶地喝著子衿姊姊送的花草茶道：「只要不似我親爹娘，大部分的夫妻都是一輩子在一起的。不過，子衿姊姊妳可要當心啊！」

「當心什麼？」

沈念咳了兩聲，認真道：「據我觀察，一般都是女人活得比男人要久些，妳要是想找個一輩子在一起不分開的人，最好找小些的，不要找年紀比妳大的。」

何子衿：……

沈念這話令何子衿無語，倘不是沈念還小屁孩一個，她會以為這小子在毛遂自薦。摸摸沈念的頭，何子衿道：「知道啦！」

沈念目光灼灼地盯著他家子衿姊姊，妳知道後難道就沒啥表示？

等了一會兒，沈念才明白，他家子衿姊姊還是啥都不知道，說知道是敷衍他呢。這種認知讓沈念非常沮喪，好在他是個有耐心的孩子，重新打起精神道：「以後姊姊看上誰只管跟我說，我幫姊姊打聽對方是不是可靠。」

何子衿覺得好笑，「你才多大就想這個，趕緊把心思放功課上。」

沈念央求道：「妳先應了我。」

「好吧好吧，應你應你。」

喝了茶，何子衿就叫沈念一起去院子裡移花植樹。沈念喜歡茉莉，把以前子衿姊姊送他的茉莉重新擺到自己的臥室，院中也要重滿。前些天，江仁還自家裡弄了兩株葡萄給他，據說是極甜的品種，已經移栽好了。沈念在院裡留出空地，打算以後弄個葡萄架，待葡萄熟，他跟子衿姊姊在葡萄架下吃葡萄啥的。

兩人正忙著呢，胡文帶著自家弟弟胡寧過來了，兄弟倆還帶來兩棵小小的桂花樹。胡文笑道：「聽說阿念你置了宅院，正等著吃你的安宅酒呢。你沒動靜，我們就不請自來了。」

沈念手上沾了泥土，何子衿先與胡家兄弟打過招呼，去屋裡端出銅盆兌好溫水，與沈念一塊洗了手，沈念笑道：「院子還沒收拾妥當。」又謝過胡家兄弟的樹。

胡文道：「這不是尋常的桂花，種一年你就知道了，花是金色的，這可是金桂。先說好，一棵給你，另一棵我孝敬何叔。」

「我也打算把一棵給姑丈的。」沈念請兄弟兩人去屋裡坐，何子衿端上茶來，茶具是新買的，不是什麼名貴貨，繪著花鳥的陶器，透著古樸。

胡文四下瞧瞧，屋子重刷了大白，置了家具，不過明顯不是新家具，卻也乾淨整齊。胡文點頭讚道：「這宅子真不錯，好眼光！」

沈念也是高興，「說來湊巧，我得了筆銀錢，後鄰就正好處理宅子，也是天意吧。」

胡文奇怪道：「怎麼就你們兩個收拾院子，阿冽他們呢？」其實他想問的是三姑娘呢？

沈念早看透胡文的心思，笑道：「阿冽功課還沒寫完，我叫他寫去了。阿燦哥家裡有事，明兒不是休沐嗎？他們跟學裡請了假，一家人回了芙蓉縣。這也是傍晚了，我跟子衿姊姊移些花草在廊下，待夏天就能開花了。」

胡文一個勁兒對何子衿使眼色，沈念道：「阿文哥，你眼睛抽啦？」

胡寧一口茶就噴了，掩面咳嗽，深覺顏面無光。

胡文厚著臉皮笑道：「沒抽沒抽，我這是無規律不定向間歇性眨動。」

何子衿裝模作樣地起身說：「哎呀，該是做晚飯的時候了，我過去叫廚下張羅幾個好菜。阿念，一會兒請阿文哥和阿寧哥過來用飯啊！」

「知道了。」沈念跟著起身道：「阿文哥、阿寧哥稍坐。」親自送他家子衿姊姊出去。

胡文以為沈念也就送出屋門，誰知等了一盞茶沈念才回來。

胡文問：「你送表妹回家去了？」

沈念點頭，「今天子衿姊姊沒帶丫鬟，我當然得送她回家才好。」

胡文心說，這神經病，兩家前後鄰，門口才相距幾步路，你不送她能丟了啊？

三人繼續說話，胡寧是只打算送桂樹，沒打算吃飯，結果堂兄是死活準備賴在何家吃晚飯。胡寧真恨自己跟著過來，還是趕著飯點過來，好像就為了吃飯來似的。

沈念道：「阿寧哥一起留下吧，晚上子衿姊姊烙牛油餅，好吃得不得了。還有前天河裡釣的鯽魚，養兩天了，半點土腥味都沒有，煮了魚湯，下晌就小火燉上了，鮮得很。」

胡文幫腔：「是啊，來都來了，又不是外處。」

胡寧瞪堂兄一眼，對沈念道：「那就叨擾了。」

胡文笑，「不叨擾不叨擾，都是一家人！」

胡寧真想抽死堂兄，這還沒娶呢，就有倒插門的風範了。

胡文又問：「阿仁呢？」

「明兒休沐，鋪子也放假，阿仁哥回家去了。」

胡文道：「明兒休沐，阿念你不會還在家裡悶著吧？」

沈念道：「今天阿冽把功課寫好，明天過來一塊收拾院子。」

胡文眼睛一亮，「明天我也過來！」

胡寧：……

胡文等了一會兒，不見蔣三妞與何子衿過來，便知蔣三妞不過來了。來了一回，也沒能單獨與未婚妻說上幾句話，胡文有些鬱悶，不過，瞧一瞧堂弟，大約是堂弟在的原因吧。何家不是古板的人家，卻也是有些規矩的。

胡文暗自嘆氣，也不想在沈念的宅子裡久坐了，對著沈念與堂弟，三個大男人大眼瞪小眼，有什麼意思啊？於是，胡文道：「這也不早了，咱們過去向姑祖母請安吧。」

何老娘知道胡家兄弟過來的事，特意去瞧了瞧胡文送的桂花樹，歡喜地稱讚胡文：「這樹好，寓意佳！」

胡文笑說：「家祖母去芙蓉寺燒香，我跟著去了。芙蓉寺桂樹最多，且受了佛法熏陶，我乍然心動，就跟方丈大師求了兩棵，一棵給叔叔觀賞，另一棵給阿念弟弟做安宅禮。」

沈念心說，我的天，我不是笨人，可這說話比阿文哥差遠了，我得好生學著點兒！

何老娘更是喜歡，「晚上我叫周婆子做了你喜歡的紅燒肉。」

「姑祖母疼我，這紅燒肉啊，我打小吃到大，還是姑祖母您這裡的最好吃。肥而不膩，入口即化，簡直是絕品。」胡文讚嘆，他是真愛這口。何家的紅燒肉不是一大鍋那種，而是每人碗中一塊兩寸見方的紅燒肉。色澤紅亮，味醇汁濃。

何老娘道：「你家碧水樓裡做的是講究的大菜，我這是家常小菜。家常吃，最好不過。」又問：「阿宣喜歡什麼菜，我叫廚下做給你吃。」

胡寧是個斯文人，大家出身，有些矜持，以往也來過何家，聞言笑道：「我不挑食，什麼都吃。早聽四哥念叨過好些回，說姑祖母這兒的飯菜很香。」

何老娘被這兄弟倆哄得呵呵笑。

一時飯好，因多了胡文和胡寧兄弟，便分了兩席，男人一桌在前院，女人一桌在何老娘屋裡用。胡寧一嘗堂兄最喜歡的紅燒肉，此方覺得，他堂兄也不純粹是在拍岳家的馬屁。他家有大名鼎鼎的飯莊碧水樓，廚子是祖傳養了許多代的，家裡有自己的私房菜，胡寧的口味自然刁鑽，這會兒一嘗，也得說何家的飯食不差。

晚飯不算豐盛，卻讓人吃得極舒服，難怪他堂兄時常過來，胡寧有些理解胡文了。

天色漸晚，胡文就要帶著胡寧告辭。

何老娘瞧著時辰也不再挽留，提醒道：「外頭風涼，剛吃過熱湯熱飯，用圍巾圍一下嘴，免得路上吃了冷風到肚子裡，會鬧肚子的。」她家丫頭片子弄了塊長布條繡花做圍巾，風大時拿來圍挺好用的，家裡人手一條。

何老娘這樣一說，沈念和何冽不得不把他們的圍巾借出來。何冽倒沒啥，沈念卻是極為不情願：這可是子衿姊姊給他做的！

沈念故作才想起來一般，說道：「哎呀，我的東西都搬過去了！」

胡寧忙道：「沒事沒事，外頭也不冷，我們慢慢走就好。」

何冽想都沒想便道：「沒事，我爹也有圍巾。還是圍一下吧，晚上是冷。」

沈念一笑，「是，上次小福哥就是胃著涼，好幾天不舒服。」

於是，借出的就是何恭和何冽父子的圍巾。

第二天胡文一大早來還圍巾，順道買了何老娘最喜歡的羊肉包子，跟何家人一起用了早飯，之後便同沈念去收拾宅院。當然，何子衿、何冽和蔣三妞也來了。

一見著蔣三妞，胡文就去她身邊幫忙，小聲對她道：「昨兒個那圍巾挺好用的，我晚上時常出門，只是那是阿冽的，不好不還。」

蔣三妞笑道：「你是怎麼了，這些天總過來。」以往胡文也常來，只是不比如今勤快。

胡文長吁短嘆，「三妹妹，妳總在家待著，哪知外頭的事。現在的世道啊，妳不知道，咱們縣城東邊姓方的人家算是個小地主吧，硬是拿出百十畝地賄賂趙國舅家，把他家姑娘送到宮裡去，說寧可當宮女。要不，我去問問姑祖母，咱們這親事能提前些不？」

蔣三妞笑意微減，輕聲道：「你覺得我是那種人？」

「不不不，我哪會這般想？」胡文死不承認，可他媳婦是碧水縣有名的美人……胡文眼神飄忽，左瞧右看，就是不敢看蔣三妞那張微寒的俏臉。

蔣三妞瞥他一眼，道：「你要是這麼想，更得多等兩日，看我狐狸尾巴露出來……」不待蔣三妞說完，胡文飛快往她身後一瞅，忍笑道：「看了，沒狐狸尾巴。」

蔣三妞一時失言，自己臉先紅了，輕啐一口，起身走去後宅，胡文忙跟著去了。

沈念這宅子，前頭弄了個小花園，後頭是菜園，種的就是些家常菜，青菜扁豆小蔥已發芽，冒出青嫩綠意。胡文在蔣三妞身旁輕聲道：「我不是那個意思，我也不知道怎麼了，我知道妳不是那種人，只是如今這縣裡人，但凡有閨女的，瘋了一般盼著能像趙家那樣靠閨女賺個好前程。妳說，我是不是魔怔了，怎麼總是胡思亂想呢？」

蔣三妞明白胡文的意思，她忽然道：「當初何涵也與我說過許多好聽的話，可是，你看，這樣的人往往最容易變。當然，我也不能希冀我比他娘更重要，不過，他當初來退親，我是真的希望他最好死在外頭。」

哪怕是舊事，蔣三妞回想起來仍是面若寒冰。她九歲就能搭了族親的車來投奔素未謀面的姑祖母，在她眼裡，沒有什麼困難不能戰勝。哪怕不能戰勝，也能忍耐，何涵卻是說棄就棄。蔣三妞不願多想這些，繼續道：「你看，我根本不是那種心善的人，心胸也不夠寬廣，有人對不起我，我心裡記得真真的。」

蔣三妞嘆口氣，「我這個人雖說不好，可因生得有幾分顏色，希圖富貴還是不難的。當初就有許多媒人上門，想牽線搭橋讓我去給哪個大人哪個富商做妾室。我要是真喜歡，等不到現在。你覺得去給皇帝做妃嬪做宮人是什麼榮耀的事嗎？可這有什麼不一樣，不還是妾嗎？胡文，你不大了解我，我卻是真心想與你過日子的。我就喜歡你這樣沒爹沒娘的，我就喜歡這樣的人，我對他好，他也要一心一意對我好。我們兩個其實都沒有一個真正的家，我是想著你以後能成為我的家人。」

胡文感動極了，平日伶牙俐齒，這會兒竟什麼都說不出來了，只是握住蔣三妞的手，連聲道：「我也是我也是！三妹妹，我也是！」

蔣三妞望著他，胡文稍微冷靜一會兒，神智也回來了，臉上依舊有些興奮的神色，他立刻為自己的言辭做出解釋：「妳總是不怎麼跟我說話，我不過是拿這話逗妳罷了，不是真疑妳的品行。三妹妹，我、我也一樣，不不不，我比妳喜歡我更喜歡妳！」

胡文這個大嗓門啊，蔣三妞道：「你能不能小聲些？」

胡文迅速閉嘴，繼而小聲說道：「三妹妹，我還是有爹的。」

他不得不糾正一下，雖然他爹有跟沒有沒啥區別。

蔣三妞道：「姑祖母說，有了後娘就有後爹，我看你也指望不上他。不過，長輩還是應當尊敬的，剛剛我也只是那麼一說。」她那是火冒三丈，有些口不擇言了。

胡文點頭，瞅著蔣三妞直樂，「嗯，我知道。」

蔣三妞斜睨他，「傻笑什麼？」

笑得太開懷，是有些傻，胡文卻不在乎，他眸光如火，更是一肚子的話，最終卻只說出一句：「那個圍巾，妳也做一條給我吧。」

「真是傻，我能不做給你？早做好了，是聽說你家裡規矩嚴，沒給你罷了。」

胡文一顆心都浸到了蜜裡去，這樁親事是他費盡法子求來的，他自己樂意得不得了，可蔣三妞太矜持，以致於胡文這顆火熱的少年心總有些患得患失。如今方覺得，原來三妹妹對我也是一樣的。這種感情的回應帶給胡文強烈的幸福感，他甚至覺得自己這輩子值了。

蔣三妞今日因情緒起伏，似乎也不大冷靜，兩人就在沈念的後院兒竊竊私語說了半日的話，直待中午丸子來叫幾人過去吃飯，蔣三妞面上飛紅，深悔一時忘了時間。胡文倒沒啥，他臉皮厚度早練出來了。他向來認為，他與三妹妹的親事早定了，說會兒話不算什麼。

胡文拿出男子漢的厚臉皮帶未婚妻出去，整個人都散發著一種強烈的幸福光芒，他笑呵呵地道：「哎喲，阿念，你們在這前頭幹得不錯，這樹也栽上了，很好很好！」

沈念別有深意地瞥他一眼，心說：服了，真的服了！這話說得太有水準了，我比妳喜歡我更喜歡妳，真是服了！

自此以後，胡文來何家來得更勤了。以往是胡思亂想擔了些沒用的心，如今完全是情不自禁。而且，胡文以前喜歡將情話說得委婉，現在都是直來直往了，譬如，他會直接道：「我就是總想過來看看妳。」或是：「三妹妹，妳給我做雙鞋吧，妳給我做個扇袋吧，妳給我做個香囊吧。」反正，原本的委婉暗示，全都改成臭不要臉了。

蔣三妞針線一流，做的東西比胡文用的都要精細，不過，做好後只給胡文瞧一瞧……有限兩件給胡文拿去穿用，其他的都收起來，成親以後再說。

蔣三妞還私下叫胡文去跟長嫂打聽胡大老爺和胡大太太的鞋子尺寸。

胡文一拍腦門兒道：「哎喲，妳不說我都忘了。雖說他們不在，還是得預備著才好。」

蔣三妞笑說：「這些天都在忙，我一時也沒想到這兒，還是嬸子與我說，我才想到。」

上次口誤說人家胡文沒爹沒娘，其實人家父母雙全。哪個庶子敢不認嫡母為母？大戶人家的關係真是麻煩，好端端的何必要娶小老婆？既然娶小老婆，生出庶子庶女偏又低嫡出的一等。有時蔣三妞覺得胡文嫡母刻薄，可將心比心地想一想，正室太太難道就不可憐？說來說去，這也怪不到女人頭上。

「成，回去我問大哥。」胡文應下。

胡文素來會給岳家刷分，他沒問自己大哥胡宇，而是問祖母，胡文是這樣說的：「先前父親母親不在家，鞋子的尺寸也不知道。我岳家聽說大哥大嫂回來了，讓我問問可知父親母親鞋子的尺寸，三妹妹好做針線。」

胡太太笑，「等我打發丫鬟去問問你大嫂子，她定知曉的。」

胡大奶奶自然知道，私下還與丈夫打趣一句：「先時就聽說這親事是四弟自己瞧中了，四弟可真上心，總是去何家走動呢。」

胡宇道：「既訂了親，就不算外處，走動一二也無妨。這親事是祖父祖母親自定的，過年時見了何家相公，也是個溫雅人，家中子弟亦都是念書的，是戶不錯的人家。」

胡宇是嫡子，胡文是庶弟，因年歲差的多些，再加上後來胡文回了老家便再未去父母身邊，兄弟兩個的親緣真不算深厚。如今彼此都大了，胡宇是長兄，自然有做長兄的責任感。當初父母收到祖父母的信，母親倒是沒啥，父親其實不大樂意，覺得兒子雖是庶出，也不至於就得娶孤女。奈何親事是家中老爹老娘親定，胡大老爺這才沒說啥。不過也在長子回老家前叮囑了幾句，讓長子多瞧瞧庶子岳家如何。能如何呢？祖父母親定的親事，能毀親不成？也不是他們這樣人家的家風行事啊！不過，何家也算讀書人家，這一點胡宇是極滿意的。雖說蔣三妞不姓何，可蔣三妞如今只這一門親人，這也就是蔣三妞的娘家了。反正，親事定也定了，又是弟弟親選、祖父母首肯的，以後過好過壞的都怪不得別人。

胡宇又與妻子道：「父親母親不在，咱們是做長兄長嫂的，該多照看阿文。」

胡宇是自覺做長兄的，有長兄為父的責任，胡大奶奶黃氏則是精明過人，這次回老家，她倒是對這個素來不正經念書的庶小叔子頗是刮目相看。他們是不常在老家的，以往胡文瞧著頗有不務正業的氣質，如今真是大變樣，跟在老太爺身邊幫著打理些庶務，做得有模有樣的，像家裡爺們兒，哪怕幫著管家事，亦多是甩手掌櫃，嘴上吩咐一聲，自有下頭人去做。胡文卻不一樣，他出身低，也不怕丟面子，有什麼事常親力親為。這樣賣力，做的事自然穩妥，這麼多孫子，老太爺還就喜歡讓他跟在身邊。

黃氏想著，胡文這般入老太爺的眼，且少時就跟在老太爺老太太身邊，情分深厚，以後老太爺定不會虧了他的。再者，看胡文念書雖不大成，做庶務卻很有一手，這樣的性子，以後日子總過得。心裡思量著，黃氏便覺得，這個庶小叔子還是要好好拉攏的，且又有丈夫這樣說，黃氏便道：「要是以前還沒訂親的時候，請人家姑娘過來喝茶賞花都方便，如今這親事一定，倒不好請了。就是我下帖子請，人家都不好出門呢。我聽說蔣姑娘是五月的生辰，到時我備些東西，叫四弟帶過去，也是咱們的心意，顯著也親近，如何？」

胡宇笑，「也好。」

於是，蔣三妞生辰時還收到了胡家大奶奶託胡文送的禮物，胡文自己買了一對玉鐲給未婚妻，道：「不是上好成色，等以後發了財給妳買羊脂玉。這個也是白玉，妳手白，戴這個好看。」這話當然是私下說的。

眼瞅四下無人，胡文作賊一般執起蔣三妞的手，嗖嗖把兩個鐲子給未婚妻戴上了。

蔣三妞覺得好笑，「看這鬼祟勁兒。」

「沒事，等成親就不用這樣啦。」胡文盯著蔣三妞雪白的手腕看半日，「喜歡不？」

「喜歡。」蔣三妞點頭，「這個就很好，比羊脂玉更好。」

兩人低聲細語說了會兒悄悄話，蔣三妞方問：「怎麼大奶奶會給我生辰禮來著？」以前聽說胡文跟嫡出的兄長感情挺平常的啊。

胡文道：「我也不知，我跟大嫂不熟，反正以後也是要做妯娌的，她給妳就收著唄。」

蔣三妞稍一思量，便有些明白，「我不好過去道謝，你回家後替我跟大嫂說聲謝。」

胡文應了，蔣三妞幫他理一理衣袍，道：「咱們出去說話吧。」

胡文沒動，依舊拉著未婚妻的手，「這次大哥回來，我覺得他對我比以前好多了。」

蔣三妞低聲道：「我剛認識你時，你衣裳的針線是什麼樣，現在又是什麼樣，難不成自己沒有感覺嗎？」

說到這個，胡文真沒感覺，他老老實實地搖頭，「不一樣嗎？我覺得一樣啊！」

蔣三妞想他男孩子粗心，笑了笑，「當然不一樣，以前的料子雖好，針線卻不比如今的細緻。你以前在學裡念書尋常，如今雖不念書了，卻是跟著老太爺打理瑣事，豈能一樣？」

說胡文念書尋常，這真是委婉的說法，胡文一把年紀還跟阿冽一個班呢。不過，胡文念書雖不成，跑跑外差卻不錯。今年書院又請了幾位有名氣的先生來講學。當然，這些先生不能與去歲的薛巨儒相比，卻也都是學識淵博之人，這其間胡文沒少幫著張羅。他年輕，又愛學著做事，胡山長沒理由不提攜自己的孫子。而且，有胡文做內線，就是何子衿的書鋪子，江仁跟著去進了幾次書，生意亦是十分不錯。

當初如何，現在又如何，這一對比也能知曉。

胡文咬牙，「還真是……」勢利啊！可轉念一想，世人誰不如此，就是他自己，也喜歡有出息的人不是？我這家人啊，被三妹妹瞧出來了，真丟臉！

胡文鬱悶地望向蔣三妞，蔣三妞一笑，「其實靠念書出頭的能有幾個？我聽說三年春闈才取三百個進士。我不盼你大富大貴，你做自己喜歡的事就好，當然，得是正經事，以後咱們就安安穩穩地過日子，多好啊。」

兩人在蔣三妞屋裡喁喁細語，何子衿坐外頭喝茶兼當個小電燈泡。何子衿倒沒啥，而且很理解，戀愛中的男女都這樣。何老娘卻是有些坐不住，在堂屋悄與余嬤嬤道：「這個阿文真是的，再有幾個月不就成親了，還總要跟三丫頭私下嘀咕些個啥哩。」

余嬤嬤笑著捧上茶來，勸道：「小兒女們還不都一樣，以往大爺那會兒，還不是一有空就去小舅爺家，硬說是請教功課來著。」這是說何恭當年啦！

擱十年前，何老娘最聽不得這話，如今卻是滿臉笑意，將嘴一撇，「可不是？那會兒我就想，咱們縣裡許先生就是舉人，他不請教，怎麼要去什麼村裡請教學問？心裡雖犯疑，可我想著那孩子素來老實，再不肯說謊的，誰曉得越是老實人，越會說瞎話。」說著兒子當年，再對比一下胡文，何老娘笑，「這些年輕人啊，就是沉不住氣。」

余嬤嬤是何老娘的陪嫁丫頭，最知何老娘底細，聞言笑道：「當初太太在家時，老爺也是這樣，有事沒事就愛往咱家跑，那會兒我還說怎麼這人總來，又跟咱家不是親戚。」

何老娘樂道：「那短命鬼有一回去了，趕上下雨，就住下了，結果第二天放晴也不走，說道上濕都是泥怕滑了腳髒了鞋。本來想第三天走的，又下了雨，一連住了五六日，那賤人還私下說恭兒他爹沒眼色，來了就不走，甚至悄悄說給廚下，讓拿陳年米煮飯，把我氣得，當天就殺了隻下蛋雞給短命鬼吃。」

「那賤人」畢竟是蔣三妞的曾祖母，余嬤嬤忙岔開話題，笑道：「難怪老爺最喜歡吃太太您燉的雞呢。」

「一張刁嘴。」何老娘笑，「我是有了銀子就想著給子孫置地，那短命鬼，有了銀子就買些新鮮吃食回來，要不就是給我打首飾。其實說嘴刁，也是把好的都緊著孩子們吃。命短又沒福，要是活到這會兒，可就能享了福。」

絮絮叨叨說些老頭子的舊事，何老娘也就能理解胡文了。

蔣三妞的生辰宴，就是家裡人團團圍坐吃了壽麵，沒什麼排場，貴在溫馨。待生辰宴一過，何老娘就操持著事蔣三妞去州府買些衣料子做嫁妝的事了。這事兒，何老娘年前就算好了，想等著開春天一暖便去，偏趕上今年事多，給阿念買宅子什麼的，囉哩囉嗦的，耽擱到現在。眼瞅著過了端午，天可就要熱了，何老娘一拍大腿，這就去吧。

她老人家說去就要去，可這年頭出門真不是說走就走的旅行。先說從碧水縣到州府不算遠，卻也絕對不近，馬車走兩天，中間還得歇一夜，何況到了州府吃住也得安排。

不過，這些事對於何老娘根本不算事兒，她老人家早想好了，陳家是常去州府的，問一問陳家什麼時候有車去州府，跟著一道去就成。住宿更不成問題，陳家在州府也有別院，就住陳家州府的別院，這樣一來，非但住宿問題解決，連吃飯的事也不用操心啦。

總而言之一句話，這次出門，吃住行都靠陳家。

唉，要說這一兩年何陳兩家的確不復以往的親近，不過也沒絕交，所以，何老娘早算計好了，車馬食宿省下一筆，還能給蔣三妞多買兩匹好料子。

至於陳家樂不樂意，哼，當初陳大奶奶那死婆子上門學瘋狗，她老人家還不是大度啦。

何老娘這邊張羅著余嬤嬤收拾東西，何恭自陳家回來，道：「姑媽聽說娘您要去州府，說自己也一塊去看看。我跟姑媽商量好了，三天後出發，娘看如何？」

「嗯，挺好。」想到大姑姊要去州府，無非是去瞧陳芳這個外甥女，的確苦命，何老娘嘆一聲，「你去歇著吧，多跟你媳婦說說話，咱們去這幾日，就得她看家了。」

沈念道：「祖母放心，到時我跟阿仁哥也搬回來住。」

孩子們懂事，何老娘心裡熨貼，「好。」

沈念說一聲，就去看他家子衿姊姊了。

何恭回房，沈氏正在逗小兒子，見丈夫回來，笑道：「剛煮了涼茶，你喝一碗。」

何恭慢喝兩口，方道：「姑媽也說要一道去。」

沈氏微感驚訝，繼而釋然，「姑媽想是趁著天還不算太熱，去瞧瞧表妹。這倒也好，老姑嫂一道，路上也有話說。既然這樣，咱們也備些東西，讓母親帶給表妹吧。」

沈氏溫聲道：「原我也想備一些，可你也知道，寧家高門大戶的，咱們子衿頭一遭去都沒見著正主。我就想著，高門大戶的，難免驕傲些，咱們小一輩的過去問個安什麼的倒無礙，好不好的總是晚輩。母親這個年紀這個輩分，我反不願母親去，總擔心母親會受委屈，如今有姑媽在就不怕了。我備些家裡的土物，別看寧家富貴，山珍海味在他們那裡尋常，這些東西可不常見了。」

何恭笑，「也好。」放下茶碗，去瞧小兒子，「唉，我一想到表妹，心裡總不好過。」

這話何恭既能說出來，可見夫妻之間的確是百事不瞞的。沈氏眼神柔和，將兒子給丈夫抱著，不疾不徐勸道：「你素來心軟，才會多想。只是你細想想，我遇著你那會兒，你都已十七了，咱家好幾代單傳，母親只你這一個兒子，怎會不想你早些娶妻生子？母親與姑媽又自來情分好，可當初為什麼親事沒早早定下來呢？我不說，你自己也能覺出原因。你也真是的，別人只有推責任的，怎麼到你這兒，明明不是你的過錯，倒往自己頭上攬？」

丈夫心軟方會如此，沈氏卻不會這樣想。當初丈夫往她家跑的時候，身上並無親事，她也不是搶了誰的丈夫。陳芳這事，再怎麼也怪不到他們夫妻頭上，便拿蔣三妞來說，親事不遂，退過一次親，可誰會拿蔣三妞去換錢換好處嗎？陳芳這一輩子，明明是毀在自己親爹手裡，運道不好，也怪不得別人。

何恭摸摸兒子柔嫩的小臉，笑道：「興許是咱們日子過得太好，我與表妹也是自幼一道長大，雖離得遠，可偶爾想到她如今境況，難免有些惋惜了。」

何恭對陳芳是真的只有兄妹之情，不然當初他不能一下子就相中沈氏。

沈氏道：「什麼是好，什麼是不好呢？咱們啊，就是平平安安過小日子，比上不足比下有餘。寧家呢，是大戶人家，金尊玉貴，你說惋惜，可你看看現下縣裡這些有閨女的人家都失心瘋一樣去走趙家的門路想把閨女送宮裡搏富貴。什麼是好，要我說，知足就是好了。」

想到縣裡這些事，何恭哼一聲，「世風日下。」他是讀書人，故此很瞧不上那些人。

夫妻兩個絮絮叨叨說會兒話，何恭道：「六七天也就回來了，妳一個人在家，倘有事去尋忻族兄或是去姑媽家。」親戚就是這樣，平日裡好啊歹的，該用的時候還得是親戚。

沈念去找他家子衿姊姊說話，兼看他家子衿姊姊收拾行李。

沈念問：「五六天能回來不？」州府什麼的，他家子衿姊姊也要去，他很是捨不得。

「差不多，路上一去一回就得四天，你算算。」

這年頭衣裳都是摺起來擱櫃子裡，很容易壓出摺痕來。

沈念鋪開包袱皮，接過子衿姊姊放床上的衣裳理一理，給她放包袱皮上，鬱悶道：「等我考出秀才來，妳去哪兒，我都陪妳去。」

何子衿笑咪咪地道：「好啊！」

沈念又嘀嘀咕咕讓子衿姊姊注意身體啥的，忽就見一個紅撲撲的東西，沈念道：「這是什麼衣裳？」子衿姊姊的衣裳他都認得，這件怎麼眼生啊？拎起來一瞧，只看一眼，忙又放回去，自己轉身逃走了。

媽呀！他看到子衿姊姊的兜兜啦！

上頭還繡了荷花！

沈念一口氣跑回自己家，在院中缸裡舀了瓢冷水洗把臉才冷靜下來。

老鬼說他：「至於嗎？怎麼跟吃了春藥似的？」沒見識的毛頭小子！

沈念哪裡顧得上理老鬼，他那神魂早不知飛哪兒去了。他自認天天跟子衿姊姊在一處，子衿姊姊的事他都知道，可是好像也有他不知道的。好像那個……唉呀，誰沒見過女人啊，家裡自何祖母、沈姑姑、三姊姊、剛生產過的翠兒姊姊，哪個不是女人，對他也很不錯，但是在阿念心裡，沒人比得上他家子衿姊姊。

只是，他以往沒覺得子衿姊姊與自己有什麼不同，彷彿這忽然之間，他悟了：子衿姊姊跟他是不一樣的。模模糊糊的，就有這種感覺，的確是不一樣的。

沈念臉紅得不行，坐在廊下靜靜出神，並深為先前的事懊惱：怎麼就這麼手欠呢？子衿姊姊會不會覺得我輕浮啊？

沈念心裡七上八下，不知如何是好。

倒是他家子衿姊姊，一門心思地整理衣裳，還沒明白怎麼回事，就見沈念忽地跑掉。子衿姊姊瞅一眼床上那件小紅肚兜，又想到阿念逃跑的樣子，深覺好笑。

話說子衿姊姊是盼星星盼月亮盼了整整十三年，才終於結束了飛機場的日子，小小少女開始成長啦。這年頭肚兜就是胸衣，於是，私下做了好幾件漂亮肚兜換著穿。就是照鏡子，何子衿也覺得自己如今有點身材了，不像以前，穿上長袍與男孩子差別不大。子衿姊姊為此很是竊喜了一陣，還悄悄讓周婆子買了豬蹄回來燉。

言歸正傳，她可沒料到一件肚兜就把阿念給嚇跑了。

何子衿想著，大概是小男孩漸漸長大，見著女孩子的東西才會害羞吧。

（未完待續）

漾小說 207

美人記 3

國家圖書館出版品預行編目資料

美人記/ 石頭與水著. -- 初版. -- 臺北市 :
晴空, 城邦文化出版 : 家庭傳媒城邦分公司發行,
2019.01
冊 ; 公分. -- (漾小說 ; 207)
ISBN 978-986-96855-5-9(第3冊 : 平裝)

857.7 107018411

原著書名：《美人记》，由北京晉江原創網絡科技有限公司授權出版。

城邦讀書花園
www.cite.com.tw

作　　　者　石頭與水
封 面 繪 圖　畫 措
責 任 編 輯　施雅棠
國 際 版 權　吳玲瑋　蔡傳宜
行　　　銷　艾青荷　蘇莞婷
業　　　務　李再星　陳紫晴　陳美燕
編 輯 總 監　劉麗真
總 經 理　陳逸瑛
發 行 人　涂玉雲
出　　　版　晴空
城邦文化事業股份有限公司
104台北市中山區民生東路二段141號5樓
電話：（886）2-2500-7696　傳真：（886）2-2500-1967
發　　　行　英屬蓋曼群島商家庭傳媒股份有限公司城邦分公司
104台北市中山區民生東路二段141號2樓
客服服務專線：（886）2-25007718；25007719
24小時傳真專線：（886）2-25001990；25001991
服務時間：週一至週五上午09:00~12:00；下午13:00~17:00
劃撥帳號：19863813；戶名：書虫股份有限公司
讀者服務信箱：service@readingclub.com.tw
晴空部落格　http://blog.yam.com/readsky
香港發行所　城邦（香港）出版集團有限公司
香港灣仔駱克道193號東超商業中心1樓
電話：852-25086231　傳真：852-25789337
E-mail：hkcite@biznetvigator.com
馬新發行所　城邦（馬新）出版集團【Cite (M) Sdn Bhd】
41, Jalan Radin Anum, Bandar Baru Sri Petaling,
57000 Kuala Lumpur, Malaysia.
電話：(603) 9057-8822　傳真：(603) 9057-6622
Email：cite@cite.com.my
美 術 設 計　洸譜創意設計股份有限公司
印　　　刷　沐春行銷創意有限公司
初 版 一 刷　2019年01月08日
定　　　價　350元
I S B N　978-986-96855-5-9